Thomas G. Krage

Der Dämon der Tredici

CW Niemeyer

„Freunde! Man muss die eigenen Grenzen
auch mal bewusst überschreiten!“
(Hape Kerkeling, Ich bin dann mal weg, S. 134)

„Wahrlich, alles ist Geschichte,
alles wirkt sich aus.“

Aufgrund dieser Erkenntnis habe ich den Roman verfasst
und nehme die Feststellung von Albert Einstein auf,
dass Raum und Zeit relativ sind.

Dieses Buch ist meiner Frau Ilka gewidmet
und all den neuen oder treuen Lesern,
die Freude an der Sprache haben,
weil sie in ihr die Tiefe und Schönheit
des Lebens entdecken.

Worte, die wie ein Schlüssel öffnen.
Sätze, die verbinden.
Gefühle, die mich berühren.
Zusammenhänge, bei denen ich aufhorche.
Bilder, die stark sind und mich faszinieren.
Szenen, die mich packen.
Geschichten, die mich nicht loslassen.
Wege, die ich begleite.
Ängste, die mich befallen.
Abgründe, die mich bedrohen.
Grauen, das ich nicht zulassen will.
Spannung, die mich fesselt.
Räume, in denen sich Welten auftun.
Zeiten, in die ich eintauche.
Menschen, die mich bewegen.
Freude, die ansteckend ist.
Glaube, dem ich vertraue.
Liebe, die zwischen den Zeilen wirkt.
Hoffnung, die mich vorwärts trägt.
Leben in seiner unermesslichen Vielfalt.
Es ist das Wort, das den Menschen sprachfähig macht
und manchmal über sich hinausweist.
Dorthin, wo uns die Worte fehlen.

Verzeichnis der wichtigsten handelnden Personen

** weist auf eine historisch gesicherte Person hin.*

- ***Alexander Fürst zu Schaumburg-Lippe** - Schlossherr in Bückeburg, 21.Jh.
- **Alfredo** – Sicherheitsmann aus Madrid, 21. Jh.
- **Ansgar Albrecht** – Sohn (9 Jahre alt) von Graf Friedrich, 16. Jh.
- **Aprikose Brauhaus** – Historikerin der Uni Göttingen im Roman „Die Fälschung der Tredici", 21. Jh.
- ***Arminius** – Fürst der Cherusker, Germanien, 1. Jh.
- **Carlos Pérez** – spanischer Geheimagent für Terrorabwehr, 21. Jh.
- **Christian Sonnthag** – Historiker der Uni Göttingen und Ermittler, 21. Jh.
- **Christhor** – Cheruskischer Name für Christian Sonnthag, 1. Jh.
- **Christoph** – Pilger aus der Schweiz, 21. Jh.
- ***Christoph Clavius** – Leiter der Vatikanischen Sternwarte, 16. Jh.
- **Dracus** – Sklave aus der röm. Provinz Galaecia, 1. Jh.
- **Draxus** – Gesandter von Papst Gregor XIII., 16. Jh.
- **Draxxus** – Seine Heiligkeit, der Großmeister (SHG) des Geheimbunds der Tredici, 21. Jh.
- **Durán** – Geheimrat der spanischen Krone, 21. Jh.

- **Enrico** – Pilger aus Argentinien, 21. Jh.
- **Esokirpa** – Hure; später Künstlerin im Roman „Die Fälschung der Tredici“, 15. Jh.
- **Fabian Gerster** – Schüler (9) aus Bückeburg, 21. Jh.
- **Ferrod** – Schmied im cheruskischen Germanien, 1. Jh.
- **Floraxx** – Heilkundige, Äbtissin der Burg Ponferrada, 21. Jh.
- **Franka** – Hetäre aus Köln, 16. Jh.
- **Freya** – Cheruskerin in Germanien, 1. Jh.
- **Friedrich, Graf zu Holstein-Schaumburg** – Regent zu Bückeburg, 16. Jh.
- **Gata** – (span. Katze) Agentin der Tredici, 21. Jh.
- **Gerbert Gerster** – Nachtwächter im Bückeburger Schloss, 21. Jh.
- **Gerhild Groothaus** – Ehemalige Magd der Schlossküche, 16. Jh.
- **Goliath** – Hünenhafter Wächter geheimer Höhlen im Wiehengebirge bei der Porta Westfalica, 16. Jh.
- ***Gregor XIII.**, Papst - führt die nach ihm benannte Kalenderreform ein, 16. Jh.
- **Griseldis** - Cheruskische Ehefrau des Stammesältesten Thorbrand, 1. Jh.
- **Inga** – Pilgerin aus Stockholm, 21. Jh.
- **Jimmy** – Pilger aus New York, 21. Jh.
- **Julius** – Römischer Sklave aus Carnuntum, Provinz Pannonia, 1. Jh.
- **Kim-Kairi** – Pilgerin aus Südkorea, 21. Jh.
- **Lambertus** – Baumeister in Bückeburg, 16. Jh.
- **Laura** – Tochter (9) von Christian Sonnthag, 21. Jh.

- **Lisa Wollrath** – Schülerin (9) aus Bückeburg, 21. Jh.
- **Lupus** – (lat. Wolf) Mitglied der Geheimen Ritter der Tredici, 21. Jh.
- **Mario** – Szenetyp aus Santiago de Compostela, 21. Jh.
- **Maternus** – Mönch im Kölner Dom, 16. Jh.
- **Mirabella Hieronymus** – Studentin für Geschichte, Praktikantin in Bückeburg, 21. Jh.
- **Petra** – Exfrau von Christian Sonnthag im Roman „Der Schlüssel der Tredici“, 21. Jh.
- **Pieter** – Pilger aus Südafrika, 21. Jh.
- **Siegward** – Kutscher auf der Via Regia, 16. Jh.
- **Silva Groothaus** – Bäuerin und Marketenderin aus Bückeburg, 21. Jh.
- **Sophia** – Pilgerin aus Neuseeland, 21. Jh.
- **Synnbald** – Statthalter der Tredici in Köln, 16. Jh.
- **Thorbrand** – Cheruskischer Stammesältester, 1. Jh.
- **Titus** – Centurio in einer römischen Legion, 1. Jh.
- **Uto** – Anführer der Tredici im Wiehengebirge bei der Porta Westfalica, 16. Jh.
- ***Varus**, Publius Quinctilius – Römischer Feldherr der Schlacht im Teutoburger Wald, 1. Jh.
- **Victor** – Soldat des Bückeburger Regiments, 16. Jh.

Kapitel 1
Aus der Tiefe

Am Anfang war das Wasser.
Es ist das Lebenselixier des Dramas der ganzen Geschichte.
Pechschwarze Wolken fegt der Sturm heran und gewaltige Regenmassen ergießen sich über das Land – und irgendwo kräht ein Hahn.
Auf den ersten Blick scheint alles zufällig zu sein.
Doch das ist es nicht.

Bückeburg, Schaumburger Land, an einem 13. Oktober

Niemand weiß am frühen Morgen, wie der Tag verlaufen wird, und keiner ahnt, in welcher Dramatik er endet – mit Folgen weit über die Zeiten hinaus.

Die ersten Stunden beginnen gewöhnlich so wie an jedem Freitag. Es ist angenehm mild und eine blasse Sonne schimmert durch die Wolkendecke. Dennoch greift eine latente Angst um sich. Eine unerklärliche Spannung liegt in der Luft, die nur derjenige wahrnimmt, der aufmerksam die Natur beobachtet. Kein Vogel zwitschert in den hohen Bäumen ringsum, es herrscht Totenstille auf den Ästen und in den Nestern. Die gefiederte Kreatur hat längst das drohende Unheil gespürt. Nur die Menschen merken es nicht und verrichten, was sie immer tun, um den Wochenmarkt vor dem imposanten Rathaus in der kleinen Residenzstadt Bückeburg zu beschicken. Fahrzeuge werden rangiert, Verkaufsstände aufgebaut, Obst und Gemüse ausgelegt, Brot und Fisch, Wurst und Käse. Langsam trudeln die ersten Besucher ein. Sie prüfen die Waren mit kritischem Blick, kaufen etwas oder schlendern zum nächsten Stand weiter. Alsbald herrscht geschäftiges Treiben.

Nur der alte Brunnen, genau in der Mitte des Platzes, strahlt mit leisem Plätschern eine angenehme Ruhe aus. Seine kunstvoll behauenen Sandsteine verkörpern Beständigkeit, sie sind über den Stress der Gegenwart erhaben. Er symbolisiert den Kreislauf vom Werden und Vergehen, von der Schaffenskraft des Wassers und zugleich seiner zerstörerischen Macht. Das Wasser ist Lebensquell im Überfluss – wenn es fehlt, herrscht Todesdürre. Deshalb ziehen Brunnen die Menschen an, sie stehen für die Mitte der Lebensgemeinschaft.

Es gibt jedoch eine Schattenseite: der unergründliche Schlund, das Unheimliche im Verborgenen. Daher gilt die Warnung: *Wehe dir, wenn du in einen Brunnen fällst. Die Tiefe formt dich und lässt dich nicht so schnell wieder los.*

Bedächtig kriecht der große Zeiger der Turmuhr des Rathauses voran und nähert sich der Zwölf. Es sieht so aus, als würde er zögern, um der Welt ein wenig mehr Zeit zu geben. Doch der Schrecken ist nicht aufzuhalten.

Dann geschieht das Unfassbare.

Der Blick einer jungen Händlerin erstarrt, ihr Herz setzt für einen Schlag aus. Die graugrünen Augen verengen sich zu Schlitzen, die prüfen und für unmöglich halten, was sich direkt vor ihnen auftut.

Silva Groothaus lässt vor Schreck den schweren Gemüsekorb fallen, polternd verteilen sich die Kartoffeln auf dem staubigen Pflaster. Voller Entsetzen kreischt sie auf. Es ist ein gellendes Schreien, das kein Ende zu nehmen scheint, das sich Bahn bricht aus den Tiefen ihrer Seele. Denn seit Generationen wirkt ein Fluch, der in einem barbarischen Verbrechen gründet, das einst hier geschehen ist. Damit hält ihre Familiengeschichte die Erinnerung an das unsägliche Leid von Gerhild Groothaus wach.

Die Leute auf dem Marktplatz zucken zusammen.

„Was ist passiert?", rufen sie ratlos und schauen sich irritiert um. Bis alle Silva anstarren.

„Da ... da ... da!", stottert die Frau und zeigt mit zitterndem Finger zum Brunnen.

Etliche Blicke wenden sich der Mitte des Platzes zu. Aber dort ist nichts Ungewöhnliches zu sehen. Träge sprudelt das klare Wasser ins Becken. So wie immer.

„Mädchen, du solltest mal Urlaub nehmen, du schuftest zu viel", wendet sich eine Dame mit grünem Hut an sie. „Eine Woche im Harz, die würde dir guttun."

Verstört schaut Silva sie mit glasigen Augen an. „Da war ein Gesicht", stammelt sie. „Ich hab's genau gesehen. Eine unheimliche Fratze, sie kam direkt aus dem Brunnen. Nur für Sekunden. Ein grausiger Dämon!"

„Sie ist verrückt", mischt sich der Fischhändler in seinem Arbeitskittel ein. „Das hätten wir doch alle mitgekriegt. Außerdem ist es absurd."

„Warum soll das nicht möglich sein?“ Die Dame mustert ihn feindlich und zupft an ihrem Halstuch.

„Weil so was kein normaler Mensch machen würde – heute ist ja Freitag, der 13. Außerdem ist das Becken für einen Erwachsenen viel zu flach.“

„Aber ich hab's doch gesehen“, beharrt Silva und merkt, wie ihr Leib bebt. „Es wirkte wie eine glänzende Gesichtsmaske, aus der mich gelbliche Augen anstarrten. Ganz direkt. Ich täusche mich nicht und abergläubisch bin ich keinesfalls. Diesen gruseligen Blick werde ich nie vergessen.“

Bückeburg, Grafschaft Schaumburg, Herbst 1582

„Habe ich richtig gehört?“

„Das darf doch nicht wahr sein!“

Wie ein Lauffeuer verbreitete sich die erschütternde Nachricht in der Residenzstadt. Ansgar Albrecht, der neunjährige Sohn von Graf Friedrich zu Holstein-Schaumburg, war tot. Man fand seinen zarten Körper grausam zugerichtet. Noch gestern sah man ihn mit seinem blonden Schopf und den wachen Augen beim Spielen mit anderen Jungen auf dem Marktplatz. *Und jetzt schlug sein Herz nicht mehr? Unfassbar!* Die Einwohner waren schockiert. Es war, als würde das Leben vor Schreck erstarren und düstere Ängste um sich greifen. Nur diejenigen, die immer alles besser wussten, reagierten mit unverhohlener Häme.

Mit Ansgar Albrecht handelte es sich nicht um irgendein Kind. Sein Vater bekannte sich dazu, dass der Sohn illegitim war und niemals die Erbfolge antreten würde. Dieses

Eingeständnis in aller Öffentlichkeit war bemerkenswert und in jenen Zeiten selten. Denn man wusste, wer als Mutter in Betracht kam. Sie kannten Gerhild Groothaus, die jüngste Tochter des Domänenpächters, eine hübsche Magd mit blonden Zöpfen, die früher in der Schlossküche arbeitete. Ob der Tod des Knaben die gerechte Strafe Gottes sei – das fragten sich insgeheim viele. Aber niemand traute sich, offen darüber zu sprechen. Es schien, als läge ein unerbittlicher Fluch auf diesem Jahr 1582. Denn Graf Friedrich konnte erst jetzt seine Herrschaft antreten, weil bislang sein Bruder im Rang des Bischofs von Minden die Amtsgeschäfte führte.

Die Tragödie besaß eine brutale Vorgeschichte. Schauen wir genauer in die Zusammenhänge.

Manchmal beginnt alles scheinbar harmlos und niemand vermutet die Dramatik, die sich daraus entwickelt. Zwangsläufig und unaufhaltsam. So, wie aus einem Schneeball eine gewaltige Lawine entsteht, die keine Macht der Welt aufhalten kann.

Die Männer zogen ihre Mützen fest über die Köpfe und pressten die Mäntel eng um den Leib. Kalter Wind heulte um die Ecken. Leise fluchten sie. Das war kein Wetter zum Arbeiten. Die Sonne ließ sich schon seit Tagen nicht mehr blicken, obwohl erst Anfang September war.

„Los, nicht so träge. Vorwärts!“, schimpfte der Baumeister und starrte die Gruppe finster an. „Oder wollt ihr heute ohne Lohn auskommen?“

Eine Frage, auf die niemand reagierte. Natürlich traute sich keiner am Abend ohne einen Taler nach Hause. Sonst wäre die Hölle los. Hauptsache, in der Küche am Herd war es mollig warm. Da wollten sie jetzt liebend gern mit Bier beim Weib und den Sprösslingen sein.

Die Arbeiter beschleunigten die Schritte, obwohl ihre abgewetzten Stiefel drückten. Der Weg führte von Westen über eine hölzerne Brücke, unter der der Schlossbach rauschte, durch das wehrhafte Untertor zur kleinen Residenz Bückeburg. Menschen begegneten ihnen kaum, nur ab und zu rumpelte ein Fuhrwerk vorbei. Aus den Schloten der Häuser quoll dichter Rauch.

„Dort lang!“, befahl Lambertus knapp und wies mit ausgestrecktem Arm zum Marktplatz.

Hier wartete ein Wagen, der von Ochsen gezogen wurde, auf den Einsatz; er war mit Gerätschaften überhäuft.

Bückeburg war seit 1365 ein Flecken und mit seinen etwa vierhundert Einwohnern größer als ein Dorf. Zwar besaß es kein Marktrecht, dennoch zogen Händler und Handwerker aus der Umgebung herbei, wodurch sich die Zahl der Bürger stetig erhöhte. Sicherheit boten Wall und Graben sowie die Stadtmauer mit ihren Toren, die streng bewacht wurden. Trotzdem wirkte der Ort armselig, die meisten Häuser waren niedrig und die Dächer mit Stroh gedeckt. Wenn es regnete, drohte man in den matschigen Gassen zu Fall zu kommen. Dazu trugen auch viele Misthaufen bei, die neben den Haustüren lagerten und heftigen Gestank verbreiteten.

Allein das Schloss der Grafen zu Holstein-Schaumburg strahlte, zusammen mit vier Burgmannshöfen und der neuen Jetenburger Kirche, eine gewisse Würde und Wohlstand aus.

Diesen Zustand der Armut plante man grundlegend zu ändern. Nach Zustimmung des Grafen hatten der Bürgermeister und sein Rat beschlossen, vor dem Rathaus einen öffentlichen Brunnen zu errichten. Obwohl es einige im Ort verteilt gab, sollte dieser durch seine Größe auffallen und das Selbstbewusstsein der Bürgerschaft gegenüber dem Landesherrn unterstreichen. Ein stattliches Bauwerk genau in der Mitte des Marktplatzes – damit würde sich Bückeburg deutlich von Minden, Rinteln oder Stadthagen unterscheiden.

Bevor die eigentliche Arbeit beginnen konnte, rollte Lambertus lange Schnüre aus, um das Zentrum auf dem Platz zu bestimmen. Ein zweiter Mann half ihm dabei; dieser war vom Rathaus herbeigeeilt und galt als rechte Hand des Bürgermeisters. Mit in den Boden gerammten Pflöcken markierten sie die Fläche und zeichneten diese auf einem großen Plan ein.

„Genau hier werden wir in die Tiefe gehen und den Brunnen ausheben", erklärte der Baumeister feierlich und blickte seine Männer herausfordernd an. „Los, greift zu den Spaten!"

„Was meint Ihr, wann stoßen wir auf Wasser?", äußerte der Ratsherr interessiert.

„Das werden wir sehen. Weil der Platz im Gefälle der umliegenden Berge und des Ortes liegt, wird das begehrte Nass in Fülle sprudeln. Da bin ich mir ganz sicher", antwortete Lambertus zuversichtlich.

Er sollte recht behalten. Die Männer schaufelten und gruben. Bald lief ihnen der Schweiß von der Stirn und sie entledigten sich der Mäntel. Der Lehmboden war schwer und häufte sich an den Seiten zu immer größer werdenden Haufen.

Plötzlich zuckten die Arbeiter zusammen und schauten sich irritiert um. Lambertus blickte verstört von seiner Skizze auf. Instinktiv spürte er, dass Gefahr in der Luft lag. Mit donnerndem Hufschlag stürmte eine Gestalt heran.

Der apokalyptische Reiter.

Er zog eine dichte Staubwolke hinter sich her. Sein Haupt hielt er unter einer Kapuze bedeckt. Unmittelbar vor der Baugrube zügelte er seinen Hengst *Sandsturm*. Das Tier bebte und schwitzte.

Der Mann trug einen weißen Umhang, der nach der Ordensregel von Bernhard von Clairvaux Reinheit symbolisieren sollte. Aber der Schein war trügerisch. Der Stoff flatterte drohend im Wind. Unübersehbar prangte auf seiner Brust das blutrote Kreuz der Tempelritter und die römische Zahl XIII. Bedächtig zog er die Kopfbedeckung beiseite. Den Männern lief ein grausiger Schauder über den Rücken. Der Fremde offenbarte ihnen kein übliches Antlitz, sondern eine dunkelbraune Maske aus faltigem Leder. Die Augen verbargen sich hinter Schlitzen, in Höhe der Nase gab es zwei Löcher und der Mund glich einer Klappe. Allein die Ohren standen frei ab. Dieser Mensch sah aus, als hätte er sein Gesicht verloren.

„Was geschieht hier?“, dröhnte der Mann ohne jegliche Mimik, obwohl er genau erkennen konnte, worum es ging.

„Wer seid Ihr überhaupt?“ Lambertus baute sich mit breiten Schultern vor ihm auf. Er machte deutlich, wer hier das Sagen hatte und behalten wollte.

Der Reiter musterte den Baumeister lange. Sein Blick wanderte von dessen Augen hinauf zur Kopfbedeckung, dann herab zum Kinn, langsam zum linken Ohr und von dort zum rechten. Die vier Punkte des Templerkreuzes. Damit täuschte er einen archaischen Ritus vor. Jedoch wollte er den Gegner nur verunsichern, der sich daraus keinen Reim machen konnte, nervös wurde und nicht zu fragen wagte.

Der Fremde genoss dieses unheimliche Machtspiel. „Ohne meine Genehmigung wird an diesem Ort kein Brunnen gegraben", rief er arrogant und straffte seinen Oberkörper. „Ich bin Draxus, der persönlich Gesandte Seiner Heiligkeit Papst Gregor XIII."

„Dem Dreizehnten?", stotterte ein Arbeiter und sein Antlitz wurde im Nu aschfahl.

„Du hast recht gehört, Bursche", höhnte er.

Ängstlich bekreuzigten sich die Männer. Sie wussten, dass diese Zahl ein schlechtes Omen war und fürchteten Schlimmes.

Am schnellsten fing sich Lambertus. „Egal, wer Ihr seid und wo Ihr herkommt, in Bückeburg dürfen wir bauen, was und wo wir wollen. Allein unser werter Graf Friedrich hat über uns zu befehlen. Deshalb verschwindet gefälligst!"

„Meint Ihr diesen Taugenichts, dem nichts Besseres einfällt, als einen Bastard zu zeugen?", spottete Draxus und spuckte verächtlich durch die lederne Klappe auf den Boden.

Betreten schwiegen die Männer. Niemand traute sich, zu diesem brisanten Thema etwas zu sagen. Doch jeder empfand ein gewisses Unbehagen.

Um die Willkür seiner Macht zu demonstrieren, sprach der Reiter nun versöhnlicher. „In Ordnung. Hiermit genehmige ich den Brunnenbau an dieser Stelle. Täglich werde ich den Stand der Dinge überwachen. Wehe, Ihr weicht von den Maßen ab. Sonst hetze ich Euch die Inquisition an den Hals. Gehabt Euch wohl!"

Rasch zügelte er *Sandsturm* und stob davon. Bald war er im Staub nicht mehr zu erkennen. Lambertus wischte sich verärgert über die nasse Stirn und nickte seinen Leuten aufmunternd zu. „Wir lassen uns von solch einem Scheusal nicht beeindrucken. Er soll sich zum Teufel scheren!"

„Seid mit Eurem Urteil vorsichtig", mahnte ihn der Ratsherr.

Am nächsten Tag schien die Sonne, als wollte sie die Differenzen von gestern überstrahlen. Schon früh waren die Männer bei der Arbeit. Das Ausschachten war mühsam. Immer wieder lagen Steine im Weg. Während drei gruben, luden andere den Aushub auf einen Ochsenkarren und transportierten ihn weg. Lambertus lotete gerade mit einem Messstab die Tiefe aus, als der Gesandte herbeiritt.

„Seid Ihr bereits auf Wasser gestoßen?"

„Was geht's Euch an!"

„Reizt mich nicht, sonst sind Eure Tage gezählt", drohte er.

„Wir haben sechs Fuß erreicht. Ich schätze, dass wir spätestens bei zehn darauf stoßen werden." *(Zur Berechnung wird der Hessische Fuß zugrunde gelegt. Danach entspricht 1 Fuß etwa 25 cm.)*

Ein ungewöhnliches Geräusch unterbrach ihre Worte. Es hörte sich nicht so an, als wäre ein Arbeiter mit seinem Spaten auf Stein gestoßen. Hier war etwas anderes.

Aufgeregt beugte sich Draxus über die Grube. „Das klang nach Metall."

„Unmöglich", behauptete der Baumeister. „In solcher Tiefe gibt's kein Eisen."

„Und ob!"

Bevor er den Fremden daran hindern konnte, kletterte dieser hinab und stieß unten grob die Männer beiseite. Von einem entriss er die Schaufel und machte sich eifrig ans Werk.

Die Spannung stieg.

„Ihr werdet dort keinen Schatz finden", höhnte Lambertus.

Draxus antwortete nicht, sondern versuchte schließlich mit bloßen Händen das Unbekannte zu bergen. Das war gar nicht leicht, weil es zwischen Steinen und Resten von Holz eingequetscht lag. Man merkte ihm den Eifer an, eine Besessenheit, die ihn packte. Auf einmal hob er ein dünnes Stück verdrecktes Metall in die Höhe, das an einigen Stellen silbrig glänzte. Vorsichtig reinigte er den Fund von Erdkrumen, grunzte angespannt und wischte mit dem Zipfel seines Mantels eine Ecke blank. Dann stutzte er; man sah förmlich, wie es hinter seiner Maske arbeitete. Die Männer starrten ihn an, nur Lambertus schaute betont desinteressiert zur Seite.

„Was habt Ihr entdeckt?", rief ein Arbeiter nach unten.

„Nichts, was Euch angeht", antwortete er kalt und kletterte wieder hinauf.

Hastig verstaute er den Fund in seiner Satteltasche, schwang sich auf *Sandsturm* und galoppierte ohne ein Wort davon. Kopfschüttelnd glotzten die Männer ihm nach.

„Weiter, nicht länger rumstehen, an die Arbeit!“, befahl der Baumeister verärgert.

Ihm missfiel der Auftritt des Fremden. Es wurmte ihn maßlos, dass der Mann anscheinend etwas Wertvolles geborgen hatte und nicht bereit war, mit ihnen zu teilen. Schließlich gehörte jeder Fund den Bürgern der Stadt und nicht einem Dahergelaufenen, auch wenn dieser angeblich ein Gesandter des Papstes war.

Draxus ritt geradewegs zum Bückeburger Schloss. Hier hatte er sich bei Graf Friedrich zu Holstein-Schaumburg einquartiert. Anfangs empfand der Landesherr beim Anblick des Mannes Widerwillen, doch geboten Höflichkeit und Gastfreundschaft, ihm für gewisse Zeit eine Unterkunft zu ermöglichen. Für *Sandsturm* gab es Platz im Marstall.

Als der Gesandte sein Gemach betrat, verschloss er sorgfältig hinter sich die Tür und löste die Riemen der Ledermaske. Mit einer stinkenden Salbe rieb er seine eiternden Geschwüre ein und massierte sie. Niemals benutzte er dabei einen Spiegel, weil er den eigenen Anblick nicht ertragen konnte. Ein Abbild grausamer Vergangenheit.

Erst jetzt zog er seinen Fund unter dem Mantel hervor, den er im Stall unbemerkt aus der Satteltasche gezogen hatte. Mit einem Tuch polierte er das Metall blank, das sich als Silber erwies und die Form von einem Oval mit zwei großen Löchern in der Mitte besaß.

Da steht etwas am Rand, murmelte er und sein Herz schlug schneller. Er entdeckte sechs Buchstaben:

ARM CHE

Darunter war etwas kleiner eingraviert:

LEG

Aufgeregt kratzte er sich am Hinterkopf. *Sollte etwa?*

Er konnte kaum glauben, was er in den Händen hielt. Immer wieder starrte er auf die Lettern und drehte das Teil zum Tageslicht, das durchs Fenster schimmerte.

Bis er keinen Zweifel mehr hatte.

Sein Fund war sensationell. Es handelte sich um eine antike Gesichtsmaske. Die Löcher in der Mitte passten für die Augen und bei der Nase gab es eine Ausbuchtung.

Lange sinnierte er über die Buchstaben. Bis ihm die Erleuchtung kam. Die Abkürzung *LEG* benutzten die Römer für ihre Legionen. Bis heute findet man sie auf Inschriften aller Art und sie macht deutlich, dass der Gegenstand oder das Bauwerk von einer römischen Legion hergestellt beziehungsweise errichtet worden war. Somit musste die Maske aus dieser Epoche stammen.

Jetzt fiel ihm die Deutung der anderen Zeichen nicht schwer. *ARM* konnte nur Arminius heißen und *CHE*, dass dieser ein Cherusker war. Jener germanische Stamm, der im Gebiet der Mittleren Weser siedelte und im Jahre 9 nach Christi Geburt erfolgreich gegen die römischen Truppen unter dem Feldherrn Varus kämpfte. Wenn die

Überlegungen stimmten, hielt er die persönliche Schutzmaske des berühmten Cheruskerfürsten in den Händen. Weil Arminius einige Zeit in Diensten von Rom stand, war es keine Frage, dass ein Adliger eine Maske aus Silber besaß, die von römischer Herkunft war. Oder steckte gar ein Geheimnis dahinter?

Wahrlich, dies war ein unglaublicher Fund. Aber warum lag er in Bückeburg unter dem Marktplatz vergraben? War es reiner Zufall?

Wahrscheinlich nicht.

Er hatte einmal gelesen, dass in alten Zeiten Waffen und wichtige Gerätschaften nach erfolgreichem Gebrauch bestattet wurden. Als Zeichen des Dankes gegenüber den Göttern hatte man sie in einer feierlichen Zeremonie geopfert. Folglich war die Mitte des Marktplatzes eine heilige Stätte, an der Arminius im Anschluss der gewonnenen Schlacht seine Gesichtsmaske beisetzte. Nun fiel ihm ein, dass er beim Bergen auf Steine und Reste von Holz gestoßen war. Die Maske musste in einer Holzkiste, gleich einem Sarg, begraben worden sein. Und die Brocken ringsum waren die Grabsteine.

Innerlich aufgewühlt, schritt er in seiner Kammer zum schmalen Fenster und sah hinaus. Auf dem Hof exerzierten Soldaten. In ihren weiß-rot-blauen Uniformen wirkten sie harmlos. Ein Offizier brüllte Befehle, die nur von wenigen missmutig befolgt wurden. Draxus schmunzelte. *Damit ist kein Staat zu machen.*

Auf einmal – ganz langsam – verschwommen seine Sinne und führten ihn zurück in die Tiefe der kollektiven Erinnerung. Es waren die ersten Oktobertage des Jahres 9 nach Christi Geburt. Er vernahm das Trampeln von Pferden, das Ächzen von Kutschen und Planwagen, das Stampfen der Soldaten und des Fußvolks. Wie eine endlose Schlange krochen die Legionen an der Stelle von Bückeburg vorbei Richtung Westen, am nördlichen Rand des Teutoburger Waldes entlang. Und damit unaufhaltsam in ihr Verderben.

Seine Visionen reichten weiter zurück. Genau in der Mitte des heutigen Marktplatzes erblickte er Horden von Germanen, die mit Schaufeln Erdreich aushoben. Andere schleppten Steine, Mörtel wurde gemischt und Holzbalken zur Abstützung geschlagen. Ein junger, selbstbewusster Mann von vornehmer Abstammung befehligte den Trupp. Es war Arminius, Fürstensohn der Cherusker.

Alle verband ein ehrgeiziges Vorhaben – einen Tunnel mit Stehhöhe zur Weser zu graben, um unbemerkt die feindlichen Römer von verschiedenen Seiten anzugreifen. Und sofort wieder im sicheren Untergrund zu verschwinden. Um den Ein- und Ausstieg zu verschleiern, wurde dieser im Brunnen eingerichtet, der sich neben der Gerichtslinde befand. Kräftige Sandsteine markierten die Begrenzung. Drumherum, durch Palisaden eingezäunt, lag ein kleines Runddorf mit primitiven Häusern und Ställen. Aus den geduckten Dächern stiegen dünne Rauchfäden von den Herdfeuern gen Himmel. Die Bauern betrieben Ackerbau und Viehzucht. Vornehmlich mästete man Schweine, deren Fleisch die Römer liebten. Solche Höfe wurden meistens nicht angegriffen, weil man die Tiere gerne opferte. Dahinter stand die mythologische Vorstellung der Verwandlung von Menschen in Schweine, wie schon in der Odyssee von Homer zu lesen war.

Der Gesandte entdeckte noch etwas anderes, was sein Herz höher schlagen ließ. Die Germanen bauten den Tunnel nicht auf dem schnurgeraden und damit kürzesten Weg zur Weser, sondern mit einem kleinen Schlenker gen Süden. Genau dort erhob sich jetzt das gräfliche Schloss der Herren zu Holstein-Schaumburg. Das bedeutete, dass eine unterirdische Verbindung zwischen dem Marktbrunnen und der Burganlage existierte. Niemand wusste mehr davon.

Bis jetzt. Es war, als würde die Zeit stehen bleiben und alles gleichzeitig sein.

Die harten Schläge der Turmuhr rissen Draxus in die Gegenwart zurück. Verwundert rieb er sich die Augen und wandte sich bedächtig vom Fenster ab. Doch eine drängende Frage ließ ihn nicht los: Geht von der Gesichtsmaske des Arminius' eine geheime Wirkung aus, die bis heute andauert? Anders wäre der Sieg der Germanen über die Römer nicht zu erklären. *Das muss ich unbedingt herausfinden.*

In diesem Augenblick schmiedete er einen heimtückischen Plan.

Heute hatte er die Ehre, mit dem Schlossherrn den Abend zu verbringen. Sie trafen sich im Salon. Der Graf bot ihm an, auf einem bequemen Polstermöbel Platz zu nehmen. Als er sich setzte, knarrte der Stuhl heftig unter seinem Gewicht.

Angespannt schaute sich Draxus um. Schwere Vorhänge aus farbigen Stoffen, mit Brokat verziert, hingen vor den hohen Fenstern. Über dem Kamin prangte ein düsteres Gemälde von Erich zu Holstein-Schaumburg, der seine Augen besorgt in die Ferne schweifen ließ, als sähe er drohendes Unheil heranziehen.

Die Tafel war gedeckt. Zwei mit Goldrand verzierte Suppenteller standen bereit, aus der Terrine kräuselte leichter Dampf und verbreitete einen herrlichen Duft.

„Jeden Besucher laden wir zu unserem landestypischen Gericht ein, der schaumburg-lippischen Hochzeitssuppe. Auch wenn keine Feier ansteht", lächelte der Gastgeber.

Ein buckliger Diener füllte die Teller, entkorkte eine Flasche mit edlem Rotwein aus Bordeaux und füllte die stilvoll geschliffenen Gläser.

„Auf Euer Wohl", nickte der Graf und hob das Gefäß.

„Diese Ehre kommt allein Euch zu", reagierte der Gesandte mit gespielter Bescheidenheit und prostete ihm zu.

„Nun berichtet mir, was Euch in unser kleines Bückeburg führt", lockte ihn Friedrich. „Das Schaumburger Land liegt wahrlich nicht an den großen Handelswegen des Reiches."

„Da mögt Ihr recht haben. Doch ist das nur eine äußerliche Sichtweise", antwortete er und löffelte von der Suppe. „Wirklich köstlich, sie wird mein Leibgericht werden."

„Ich verstehe nicht, wie Ihr das mit der Sichtweise gemeint habt", erklärte der Graf und starrte den Fremden an, wobei er einen kräftigen Schluck aus dem Weinglas nahm und sich über die Lippen leckte.

„Unter dem Siegel der Verschwiegenheit möchte ich Euch in eine Verschwörung einweihen. Ist das möglich?" Draxus hielt inne und blickte sein Gegenüber listig an.

„Was denkt Ihr von mir?", entfuhr es dem Herrscher zornig.

In diesem Augenblick wurde die Tür des Salons vorsichtig aufgeschoben und ein Kind lugte durch den Spalt. Beinahe hätte es aufgeschrien, als es die Fratze sah.

„Komm herein", rief Friedrich freundlich und stellte den Jungen vor. „Das ist Ansgar Albrecht, mein Sohn."

Scheu kam der Sprössling näher und gab dem Fremden zögerlich die Hand. Er wirkte zart, hatte himmelblaue Augen und hellblonde Haare. Sein grüner Wams und die dunkelrote Strumpfhose sahen vornehm aus. Kinder in bürgerlichen Verhältnissen waren ärmer angezogen.

Stille entstand und legte sich wie Blei auf die Szene.

Mit zusammengekniffenen Augen musterte Draxus den Jungen. *Der sieht Friedrich überhaupt nicht ähnlich!* Seine Gedanken kreisten um ein teuflisches Vorhaben. Bis er innerlich eine Entscheidung traf. Zufrieden lehnte er sich zurück und nahm ebenfalls einen kräftigen Schluck Wein. Unsanft stieß er das geleerte Glas auf den Marmortisch. Es schien wie die heimliche Besiegelung eines Vertrages, einer schrecklichen Tragödie.

„Hast du dein Nachtmahl schon genommen?", erkundigte sich der Graf, um die bedrückende Atmosphäre zu durchbrechen.

Ansgar nickte stumm.

„Dann ab ins Schlafgemach. Morgen früh wollen wir zur Jagd in den Schaumburger Wald aufbrechen."

Bald empfahl sich der Gesandte und wünschte Graf Friedrich eine angenehme Nachtruhe. Die vorhin gestellte Frage nach der Verschwörung blieb unbeantwortet.

Das ist gut, weil ich keine Lügengeschichte auftischen musste, die nur den Zweck hätte, Spuren in eine falsche Richtung zu lenken.

Draxus liebte es, Menschen durch Andeutungen zu verunsichern. Das gehörte zu seinen Machtspielen.

Müde schlug die Turmuhr zwölf Mal. Mitternacht.

Der Gesandte erhob sich von seinem Lager, auf das er sich mit voller Kleidung gelegt hatte, und zwängte sich in die schweren Stiefel. Alsbald zog er einen dunklen Mantel über die Schultern und nahm die silberne Gesichtsmaske mit. Leise öffnete er die Zimmertür. Im Schloss waren alle Lichter erloschen und es herrschte eine vornehme Ruhe.

Langsam schlich er über den Gang, stieg die marmorne Treppe hinab und drückte eine schmale Seitentür nach draußen auf. Zum Glück war diese nicht verschlossen.

Heftig pochte sein Herz.

Hoffentlich sehen mich die Soldaten nicht, die hier Tag und Nacht Wache schieben.

Angespannt spähte er in alle Richtungen, aber niemand war zu entdecken. Nur in der Ferne glomm ein kleines Feuer; dort hockten die Männer. Der halbe Mond schien trübe zwischen einigen Wolken hindurch und es wehte ein leichter Wind. Schnell huschte er davon. Er wusste, wohin er wollte.

Der Marktplatz war menschenleer, nur ein paar Katzen streunten umher und in der Ferne heulte ein Wolf.

Deutlich waren die Erdhaufen um die Baustelle gewachsen.

Draxus drückte die Maske vor sein Ledergesicht und war gespannt, ob etwas passieren würde. Anfangs merkte er nichts, doch dann strömte ein Schwall Hitze durch den Körper. Eine ungeahnte Energie breitete sich aus und seine Muskeln strotzten voller Kraft. Alle Sinne waren in größter Bereitschaft. Die Pupillen der Augen weiteten sich, die Ohren standen auf höchstem Empfang und die Nase nahm kleinste Gerüche wahr. Verstand und Geist liefen auf Hochtouren und die Seele empfand in vollkommener Ganzheitlichkeit. Ängste und Sorgen, Zweifel oder Bedenken wurden beiseitegefegt. Wie in einem Rausch beflügelten ihn Selbstbewusstsein und Selbstherrlichkeit. Kurzum – Draxus fühlte sich als perfekte Neuschöpfung und spürte, dass der durch die Energie vermittelte Glaube unbesiegbar machte. Dass solcher Berge versetzen kann, stand bekanntlich schon in der Bibel. Wie ein Sieger schritt er die *Lange Straße* hinauf. Die Häuser lagen im Dunkeln, manchmal schimmerte Glut aus den Herdfeuern. Die meisten Einwohner schliefen tief und fest.

Plötzlich bog ein Hüne aus einer Gasse und stapfte in einem weiten Mantel geradewegs auf ihn zu. Er trug einen Stab mit eiserner Laterne. Das Licht schaukelte bei jeder Bewegung und warf gespenstische Schatten an die Häuser. Der Nachtwächter kontrollierte, ob überall Ruhe und Ordnung herrschten.

Verstecken, weglaufen oder bleiben?

Draxus' Puls raste. Hastig drückte er die Maske stärker aufs Gesicht, sodass sie ihm fast den Atem nahm. Instinktiv presste er sich an eine Mauer und starrte den Mann an. Doch dieser reagierte nicht und ging unbeirrt weiter. Hatte er ihn nicht sehen können, weil die Maske unsichtbar machte? *Das werde ich herausfinden.* Daher folgte er dem Riesen, der sich dem Marktplatz näherte.

Der Wächter umrundete das Areal, bis er in einer Ecke mit kräftigem Strahl seine Blase entleerte. Nun hockte er sich auf einen Sandstein und ließ den Blick über die Bauarbeiten am Brunnen schweifen.

Vorsichtig schlich Draxus auf ihn zu. Er ging volles Risiko ein. Direkt vor ihm blieb er stehen.

Der Mann hob die Laterne und glotzte ihn spöttisch an. „Was soll diese alberne Verkleidung zur späten Stunde? Seid Ihr etwa der Hofnarr?“

Ohne zu antworten, kehrte der Gesandte auf dem Absatz um. Dieser Vorfall war ihm äußerst peinlich und er hoffte, nicht erkannt worden zu sein. Ärgerlich war, dass er nicht herausbekommen hatte, ob die Gesichtsmaske eine geheimnisvolle Wirkung auf andere Leute besaß. Auf jeden Fall machte sie nicht unsichtbar. Wenigstens in dieser Nacht.

Auf einmal fiel es ihm wie Schuppen von den Augen. Wenn sie wirkte, dann nur zu speziellen Zeiten. An den Tagen des Arminius. Heute waren sie es offensichtlich nicht.

Der Nachtwächter schüttelte grinsend den Kopf und schaute dem Fremden hinterher. Dann erhob er sich, spuckte dreimal auf den Boden und schritt die *Lange Straße* wieder hinauf. Langsam wurde das Licht der schaukelnden Laterne immer schwächer, bis es hinter einer Biegung nicht mehr zu sehen war. Was blieb, war die Finsternis.

Auf dem Rückweg zum Schloss reizte es Draxus, heimlich bei den Soldaten der Wache zu lauschen. Hinter einem dichten Gebüsch kauerte er sich ins Dunkel. Die Männer hockten um ein Lagerfeuer, das leise knisterte.

„Habt ihr schon vernommen, dass es Neuigkeiten beim Bau des Brunnens gibt?", hörte er jemanden sagen.

„Nee, was denn?", fragte einer und rülpste.

„Dort hat der Fratzmann beim Ausschachten einen Schatz entdeckt und den einfach so mitgenommen. Unsere Männer haben dumm hinterhergeguckt."

„Wer war denn das?"

„Das Scheusal, das sich bei Friedrich eingenistet hat ..."

Die weiteren Worte gingen im Grölen der Männer unter.

„Den schnappen wir uns!", dröhnte der Anführer ungehalten.

So schnell er konnte, verließ Draxus sein Versteck und hetzte zum Schloss. Er keuchte die Treppe empor und stürzte in sein Gemach. Sofort verriegelte er die Tür und riss sich das Leder vom Gesicht. Am liebsten hätte er seine Sachen gepackt und wäre unverzüglich abgereist. Aber das ging nicht. Schließlich hatte er seinen Auftrag noch nicht erfüllt. Der amtierende Großmeister würde zürnen und ihn hart bestrafen. Daher musste er ausharren. Doch er mahnte sich, auf der Hut zu sein. Diese Mission durfte er nicht gefährden. Um keinen Preis der Welt.

Nach einer Woche karrten Ochsengespanne schwere Sandsteine aus den Brüchen bei Obernkirchen herbei. Die Steinmetze auf dem Marktplatz warteten schon ungeduldig auf die Fracht. Bald vernahm man kräftiges Hämmern, Schaben und Schleifen. Mit Seilwinden wurden die Brocken zur benötigten Stelle gehoben. Andere Arbeiter mischten frischen Mörtel. Immer wieder rief Lambertus Anweisungen und lief mit seinem Messstab umher. Zum Glück besaß er den Überblick und wusste genau, was, wann und wie zu erfolgen hatte. Das Wetter spielte mit, es war trocken und nur leicht bewölkt.

Der Marktbrunnen sollte einen Durchmesser von 10 Fuß aufweisen und die gemauerte Tiefe bei 24 liegen.

Am Rande des Platzes verfolgten die Einwohner das Geschehen mit Neugier. Schließlich wurde nicht jedes Jahr solch ein Bauwerk errichtet. In die Menge der Zuschauer mischte sich der Gesandte. Aufmerksam beobachtete er den Fortschritt der Arbeit und stellte insgeheim seine Berechnungen an. Aber die Zahlen gefielen ihm nicht, es musste etwas passieren. Immer deutlicher wurde ihm, dass er nicht umhinkam, direkt einzugreifen.

Ärgerlich. Sonst ist alles vergeblich.

Am Abend suchte er das Gespräch mit Graf Friedrich. Diesmal trafen sie sich in seinem Arbeitszimmer. Hohe Eichenregale waren vollgestopft mit Büchern und Folianten. An den Wänden hingen säuberlich aufgereiht die Porträts der Vorfahren. Dementsprechend wirkten die Vorhänge in die Jahre gekommen, genauso, wie der an etlichen Stellen abgelaufene Perser. Ein wuchtiger Schreibtisch neben dem Fenster war überhäuft mit Briefen und Zetteln. In seiner Mitte erhob sich ein Leuchter, daneben stand das Tintenfass mit dem Löschsand. Unübersehbar waren die vielen Kleckse vom roten Siegelwachs.

Die Männer nahmen auf grün gepolsterten Stühlen Platz, die um einen ovalen Tisch vor dem Cembalo gruppiert standen.

Heute tranken sie herben Weißwein von der Mosel.

„Wie ist die Gepflogenheit bei Euch", begann Draxus harmlos. „Wer entscheidet über den Marktbrunnen – Ihr oder der Bürgermeister?"

„Ich natürlich", erklärte der Herrscher entrüstet. „Allerdings wollen die Bürger außerhalb des Schlossareals ihren eigenen haben und darüber bestimmen. Deshalb gebe ich ihnen das Gefühl, entscheiden zu können. Obwohl das Augenwischerei ist, denn ohne meine Zustimmung läuft nichts. Schließlich stelle ich die finanziellen Mittel zur Verfügung." Er griff zum Glas und tat einen kleinen Schluck, wobei er nachdenklich aus dem Fenster blickte. „Bauchgrimmen bereitet mir allein ein Mann, der unbedingt Bürgermeister werden will."

Draxus war überrascht. „Von wem sprecht Ihr?"

„Der Alte ist seit Jahren kränklich und liegt arg darnieder. Ende September, also in wenigen Tagen, will er sein Amt aufgeben. Damit macht er den Weg frei, denn am 1. Oktober soll Lambertus der Neue sein."

„Etwa der Baumeister?", unterbrach er ihn.

„Ihr habt recht gehört." Der Graf zögerte und biss sich auf die Lippen; es drängte ihn, mehr zu sagen, was er sich seinem Gegenüber jedoch verbat.

„Ihr hasst diesen Mann, habe ich recht?" Draxus fixierte den Landesherrn mit zusammengekniffenen Augen.

Friedrich nickte stumm und stierte betreten auf den vornehmen Teppich, als ob das persische Muster sein Gefühl wiedergäbe. Man merkte ihm an, dass es eine spannungsreiche Geschichte gab, über die er nicht reden wollte. Wenigstens im Augenblick nicht.

„Ihr könntet ein Veto einlegen."

„Das werden meine Untertanen nicht gutheißen. Es würde Unruhen geben und die muss ich unbedingt vermeiden. Schließlich soll am 1. Oktober der Brunnen fertig sein und von Lambertus feierlich eingeweiht werden. Sozusagen als Akt seiner Inthronisation."

Draxus wischte sich fahrig über die lederne Stirn, was eine dumme Angewohnheit war, wenn er darunter schwitzte. Diese Nachricht passte nicht in seine Planung. Im Gegenteil, sie verhinderte sein Vorhaben. Die Einweihung musste an einem anderen Tag stattfinden.

Unbedingt etwas später.

Kapitel 2
Die verschwundenen Tage

Vatikan, im Januar 1582

Es war ein kalter Tag gewesen, als Draxus vor einigen Monaten die Stadt am Tiber erreichte. Der Großmeister beorderte ihn dorthin, weil er Papst Gregor XIII. zu einer einschneidenden Entscheidung drängen sollte. Es ging um die Ordnung der Welt, die immer mehr aus den Fugen geriet.

Ein enger Berater des Pontifex holte ihn mit missmutiger Miene an der Pforte ab. Der Mann war groß und dürr, besaß ein pockennarbiges Gesicht, tief liegende Augen und fettige, halblange Haare.

„Folgt mir“, brummte er und hinkte voran.

Der Weg führte über weite Flure, die mit Marmor gefliest waren. Ihre Schritte hallten. An den Wänden hingen gewaltige Gemälde mit biblischen Motiven. Ab und zu kamen sie an Fenstern vorbei, durch die kalte Sonnenstrahlen fielen. Die Atmosphäre wirkte abstoßend.

Am Ende des Ganges hielt der Mann inne. Ruckartig öffnete er eine mit goldenen Ornamenten verzierte Tür, trat selbst ein und ließ den Gast folgen. Jetzt blieb er im Hintergrund, aber er beobachtete die Begegnung aufmerksam und machte sich eifrig Notizen.

„Seid willkommen im Kirchenstaat“, begrüßte ihn Gregor im Empfangssaal und wies auf einen mit Gobelin bestickten Stuhl. Seine Abscheu gegenüber der Ledermaske ließ er sich nicht anmerken. *Es ist eine christliche Tugend, über Äußerlichkeiten hinwegzusehen.*

Im Nu wurde seine Miene bitterernst. „Ihr wisst, dass der Orden der Tempelritter der Ketzerei verdächtig war und deshalb verboten wurde. Ich dulde es nicht länger, dass Ihr heimlich im Untergrund weitermacht. Auch wenn Ihr euch nun Geheime Ritter der Tredici nennt. Akzeptiert endlich die Bulle von Papst Clemens V. *Vox in excelso*, anno 1312.“

„Eure Heiligkeit, dieses Edikt war eine Schande“, rief Draxus aufgebracht. „Ihr wisst genau, dass unser seliger Großmeister Jacques de Molay unschuldig war. Clemens besaß keine Kraft, sich gegen König Philipp IV. von Frankreich durchzusetzen. Ich scheue mich nicht vor Euch zu behaupten, dass er ein erbärmlicher Feigling war!“

Der Papst zuckte zusammen. „Was soll diese gotteslästerliche Rede? Außerdem ist das lange her.“

„Spielt das vor Gott eine Rolle?“, redete sich der Gesandte in Rage. „Was damals passiert ist, kann man nicht ungeschehen machen. Einfach so Schwamm drüber – das widerspricht der Wahrheit.“

„Wahrheit, Wahrheit, was ist sie überhaupt?“, philosophierte Gregor und schaute versonnen zum farbigen Deckengemälde. „Die Wahrheit ist immer bunt – so wie dieses prächtige Bild. Sie ist nie nur schwarz oder weiß.“

Draxus ließ sich nicht besänftigen. „Warum wurde unser Großmeister bis heute nicht rehabilitiert? Zum Beispiel durch Euch!“

Betretenes Schweigen breitete sich aus. Der Papst ging auf diese Frage nicht ein, die wie ein Damoklesschwert im Saal schwebte. Schließlich schnäuzte er sich vernehmlich, um deutlich zu machen, dass er die Audienz für beendet betrachtete.

Draxus erhob sich und schlich näher an Gregor heran. Seine Augen glühten. „Die Verfolgungen gegen unsere Brüder fingen an einem Freitag, dem 13. Oktober 1307 an. Das war kein Zufall, es war ein geplantes Verbrechen, welches sich über Jahre hinzog. Ein scheußliches Sakrileg! Als sieben Jahre später unser Großmeister an den Pfahl des Scheiterhaufens gekettet war und das Feuer entfacht werden sollte, sprach er ein kurzes Gebet. Dann fügte er mit kräftiger Stimme hinzu: *Gott weiß, wer im Unrecht ist und gesündigt hat. Bald wird Unglück hereinbrechen über die, die uns fälschlich verurteilt haben. Gott wird unseren Tod rächen.*“

Es war, als würden diese Worte die Mauern des Vatikans erzittern lassen. Gregor XIII. wurde blass und fasste sich an seinen dürren Hals.

„Dieser Fluch hat sich bewahrheitet“, fuhr der Gesandte unbeirrt fort. „Binnen eines Jahres verstarben Clemens und Philipp.“ Er hielt inne, um die Wirkung der Aussage zu steigern. Dann sprach er weiter. „Wir wissen uns dem alten Meister verpflichtet und werden seine Worte nie vergessen.“

Gregor fing sich wieder. „Das reicht. Die Audienz ist beendet. Verlasst unverzüglich den Saal und gehabt Euch wohl!“, rief er barsch und winkte einem Mann der Garde zu, der mit weiten Schritten herbeieilte.

„Ich gehe ja schon", brummte Draxus und stolzierte dem Ausgang entgegen. Doch an der Tür wandte er sich noch einmal zurück. „Setzt endlich Eure geplante Reform um, damit wieder eine gottgewollte Ordnung in den Zeiten herrscht." Er senkte die Stimme und schleuderte eine Warnung hinterher. „Passt auf, Gregor, dass Eure Namenszahl 13 kein Unglück über die Menschheit bringt!"

Damit traf er einen wunden Punkt des Pontifex Maximus. Gregor XIII. war 1502 als Ugo Buoncompagni in Bologna geboren. Mit 37 Jahren trat er in den Dienst der römischen Kirche und wurde 1565 Kardinal – und zwar ausgerechnet in Spanien. Das hatte Folgen, denn sieben Jahre später wurde er im Konklave zum neuen Papst gewählt. Es geschah an einem 13. Mai – eine fatale Entscheidung, die zeitlebens wie ein Schatten auf seinem Leben lag.

Auf direktem Weg kehrte der Gesandte zurück ins geheime Quartier, welches der Orden der Templer noch immer in Rom nutzte. Zufrieden war er darüber, dass er gegenüber dem Pontifex seine wahren Motive verschleiern konnte. Denn es ging ihm in Wahrheit nicht um kirchliche Reformen, sondern allein um die *Toten Tage*. Diese würden einen rechtsfreien Raum bieten, den er ausnutzen wollte. Deshalb war er vorab in Pläne eingeweiht worden, dass die Templer Kontakt zu Christoph Clavius suchen würden, dem anerkannten Naturwissenschaftler am Collegio Romano. Noch war es nicht so weit. Draxus mahnte sich zur Geduld.

Am nächsten Tag machte sich Papst Gregor auf den Weg zur Vatikanischen Sternwarte. Seine Schritte waren schwer, die Begegnung des gestrigen Tages belastete ihn, obwohl ihm nichts vorzuwerfen war. Dennoch spürte er, dass in der Kritik des Gesandten ein Körnchen Wahrheit steckte. Seine große Reform kam nicht recht voran, weil etliche Kardinäle die Pläne missbilligten. Wenn er nicht rasch handelte, würde das Ganze im Sande verlaufen und er hätte versagt.

Die Sternwarte, im Norden der Gärten gelegen, war sein Lieblingsort. Hier herrschten Ruhe und Beschaulichkeit, es gab keine Ansammlungen von Menschen wie in den Messen oder auf dem Petersplatz.

Stolz blickte er zum *Turm der Winde*. 1578 hatte er ihn vom Architekten Ottaviano Mascherino errichten lassen, damit von dort astronomische Beobachtungen durchgeführt werden konnten. Zwei Jahre später war das dreiundsiebzig Meter hohe Gebäude fertiggestellt worden.

Gregor trat durch den Eingang und stieg die endlosen Stufen empor, was in seinen weiten Gewändern gar nicht leicht war. Oben angekommen, wischte er sich über die nasse Stirn. Mit seinen achtzig Jahren erfreute er sich – Gott sei Dank – bester Gesundheit. Keuchend hielt er Ausschau nach dem Leiter der Sternwarte.

„Da seid Ihr ja", rief er erleichtert, als er den Mann entdeckte, der gerade intensiv eine Sternenkarte studierte. „Sagt mir, wie ist der Stand der himmlischen Dinge?"

Clavius räusperte sich. Er war als Jesuit der führende Mathematiker und damit der Verantwortliche der Warte. Ohne Umschweife kam er zur Sache. „Wie Euch bekannt sein dürfte, gibt es ein großes Problem mit unserem Kalender. Schon lange entspricht er nicht mehr dem astronomischen Sonnenjahr. So darf das nicht weitergehen."

„Bitte erklärt mir genauer, aber in einer Weise, dass ich es auch verstehen kann“, schmunzelte der Papst.

„Ich werde mir Mühe geben“, lächelte Clavius. „Bis heute nutzen wir den julianischen Kalender, der unter Julius Cäsar aufgestellt wurde. Jahrhundertelang hat man jedoch akzeptiert, ignoriert oder nicht bemerkt, dass die Dauer eines Jahres elf Minuten und vierzehn Sekunden zu lang ist und damit hinter dem astronomischen zurückbleibt.“

„Dieses Gefühl habe ich schon lange“, lachte Gregor, „jetzt weiß ich endlich, warum ich oft so müde bin!“

Der Mathematicus sah ihn liebevoll an. „Alle hundertachtundzwanzig Jahre summieren sich diese kleinen Fehler zu einem vollen Tag. Deshalb hat sich der Frühlingsanfang verschoben und damit auch das Osterfest.“

„Das heißt, dass der Frühlingsbeginn nicht mehr exakt am 21. März liegt, wie es das Konzil von Nicäa anno 325 beschlossen hat?“

„So ist es.“

Er wurde nervös. „Und was schlagt Ihr vor?“

„Es gibt nur eine Möglichkeit, die ich mit wichtigen Beratern ausgerechnet und mit unseren Sternenkarten überprüft habe. Damit das Kalenderjahr wieder mit dem astronomischen übereinstimmt, müssen zehn Tage übersprungen und damit gestrichen werden.“

Wie bitte – zehn ganze Tage streichen?

Der Pontifex atmete tief durch. Nachdenklich schweifte sein Blick aus den Fenstern des Turmes. Die Aussicht war grandios. Unter ihm bot sich ein Meer von Häusern dar, aus Schornsteinen quoll rußiger Rauch und stob wild gen Himmel. Er blickte auf Straßen und Plätze, auf stolze Kirchtürme, die wie mahnende Zeigefinger wirkten. Und zwischen allem schlängelte sich das blaue Band des Tibers durch die Stadt.

Bedächtig wandte sich der Papst wieder um. „Zehn Tage einfach zu streichen, wird große Unruhe auslösen. Die Menschen werden das Gefühl haben, als würde ich ihnen ein Stück Lebenszeit rauben. Ich weiß nicht."

„Wenn Ihr jetzt keine Reform durchsetzt, wann dann und durch wen? Die Probleme werden immer größer. Außerdem wäre es ein deutliches Zeichen, dass sich die Kirche auch in diesem Bereich um die göttliche Ordnung kümmert, besonders was den Termin von Ostern angeht. Da darf es keine Fehler mehr geben."

Der Pontifex nickte stumm und verließ den Turm der Winde.

Am 24. Februar 1582 erließ Papst Gregor XIII. die Bulle *Inter gravissimas curas*, in der er eine umfassende Kalenderreform bekannt gab. In ihr wurden die Schaltjahre neu geregelt. Alle vier Jahre soll es einen 29. Februar geben; in einem Jahrhundertjahr nur dann, wenn sich die Zahl durch 400 teilen lässt. Der Kern der Bulle bestand darin, dass es einen deutlichen Sprung geben sollte: Auf Donnerstag, den 4. Oktober 1582, würde Freitag, der 15., folgen. Damit wären zehn Tage verschwunden. Folglich haben sie nie existiert – eine wahrlich paradoxe Vorstellung. Denn so eine gravierende Korrektur des Kalenders gab es in der Geschichte der Menschheit noch nie.

Draxus frohlockte, als ihm der Text der Bulle bekannt wurde. Jetzt waren die zehn *Toten Tage* geboren. Den 5. bis 14. Oktober 1582 würde es anfangs zwar faktisch, aber nicht offiziell geben, sie wären wie ausgelöscht. Ein rechtsfreier Raum, eine einmalige Chance. Denn er rechnete damit, dass das Dekret des Papstes sich nicht sofort in allen Ländern durchsetzen würde. Bis die Anordnung den hintersten Winkel erreicht hätte und umgesetzt wäre, würde genügend Zeit vergehen. Deshalb bestand seine nächste Aufgabe darin, die hinterlistigen Pläne voranzutreiben.

Im Volk löste die geplante Manipulation große Ängste aus. Wilde Spekulationen über das Weltende machten die Runde. Cyprianus Leovitius, der angesehene Hofmathematicus des Kurfürsten Otto Heinrich von der Pfalz, berechnete die drohende Katastrophe: In zwei Jahren, anno 1584, wird die Welt untergehen. Ganz sicher.

Bückeburg, Ende September 1582

Jeden Morgen marschierte Draxus in seinem weißen Gewand mit dem Kreuz der Tempelritter auf der Brust zum Marktplatz, um den Fortschritt des Brunnenbaus zu begutachten. Dabei tat er betont gelassen, obwohl er innerlich angespannt war. Er beobachtete die Maurer, Steinmetze, Fuhrleute und Hilfsarbeiter. Ein Augenmerk richtete er auf Baumeister Lambertus, der mit wehendem Mantel eifrig hin- und herlief und Anweisungen brüllte. Man merkte ihm an, wie er seine Macht genoss, denn bald würde er oben im Rathaus sitzen und verächtlich auf alle Bürger herabblicken. Eine Konfrontation mit Graf Friedrich wäre unausweichlich. Zumal er jüngst die hübsche Gerhild zum Weib genommen hatte, die vor Jahren als Magd in der Schlossküche gearbeitet hatte und dort fristlos entlassen worden war. Aber darüber sprachen die Leute nur hinter vorgehaltener Hand.

Zum Ärger von Draxus schritten die Bauarbeiten zügig voran. Es sah aus, als könnten sie noch im September beendet werden. *Ich muss mir was einfallen lassen.*

Von Tag zu Tag steigerte sich die Vorfreude der Bevölkerung auf den neuen Brunnen, der stattlicher und tiefer sein sollte als die bisherigen und besseres Wasser liefern würde. Der berühmte Künstler Adriaen de Vries stellte dafür eine wertvolle Bronzeplastik her, der *Raub der Proserpina* aus der römischen Mythologie. Lambertus plante, die Einweihung mit einem großen Fest zu verbinden. Daher errichteten rund um den Marktplatz Händler aus nah und fern Zelte und Buden. Nicht nur edle Tuchwaren, irdene Gefäße oder Allerlei aus Metall würden angeboten werden, auch süffiges Freibier, saftige Fleischspieße und frisches Brot. Jung und Alt sollten sich daran laben und den neuen Bürgermeister als ihren Wohltäter feiern. Dass dieser nach dem Fest vorhatte, die Steuern und Abgaben drastisch zu erhöhen, ahnte kaum jemand. Zumal dieses Recht eigentlich dem Grafen zustand.

„Hier stimmt was nicht!", murmelte der Nachtwächter, der kurz nach Mitternacht seine Runde drehte und den Marktplatz erreichte. Die Sterne funkelten von einem mondlosen Firmament.

Heute war der langersehnte 1. Oktober.

Das eingestürzte Zelt einer Marketenderin machte ihn stutzig. Gestern Abend herrschte noch Ordnung, weil ja das große Fest bevorstand. Der Brunnen war fertig geworden; emsige Frauen schmückten ihn mit bunten Blumen. Direkt daneben hatte man ein Podest aus Holz errichtet, von dem der neue Bürgermeister seine ersten Worte an das Volk richten wollte.

Der Mann hielt die Laterne höher, um genauer zu sehen. Die Plane war an einigen Stellen zerrissen und es sah aus, als ob dort ein Kampf stattgefunden hatte. Der Wächter zuckte zurück. Vor seinen Füßen breitete sich eine Blutlache aus. Deutlich erkannte er, wie frisch sie war. Mit Herzklopfen leuchtete er in die Tiefe des Brunnens. Da lag etwas auf dem Wasser. Jemand.

Alles war tiefrot gefärbt.

„Habt Ihr es schon vernommen? Lambertus ist tot!“

Rasant breitete sich die schreckliche Nachricht im Ort aus. Die Menschen glaubten nicht, was sie da hörten.

„Unser Baumeister? Der war gestern noch gesund und munter. Heute soll er doch Bürgermeister werden.“

„Er ist ermordet worden!“, lautete die schockierende Antwort.

Die Leute eilten zum Marktplatz, um mit anderen Wut und Unfassbarkeit zu teilen. Wie liebevoll hatten sie alles vorbereitet – und jetzt das. Nicht zu fassen!

„Warum dieser feige Mord, wer mag wohl der Täter sein und wo steckt er?“

Das waren Fragen, die sich jeder stellte. Die Vermutungen schossen ins Kraut, die wildesten Theorien machten die Runde. Aber niemand fand eine schlüssige Antwort. In die Menschenmenge mischte sich Draxus. Er zeigte sich entrüstet und befeuerte die Gerüchteküche.

„Vielleicht war der Mörder ein verärgerter Arbeiter, ein Neider aus dem Stadtrat oder ein geldgieriger Kaufmann? Und was ist mit dem Nachtwächter – ich habe ihn heute noch gar nicht gesehen. Das ist irgendwie verdächtig, meint ihr nicht auch?“, wiegelte er auf.

Die Leute riefen wild durcheinander, jeder beharrte auf seiner Deutung. Die Stimmung war gereizt, Fäuste wurden geballt und Flüche ausgestoßen.

Plötzlich erstarben alle Rufe, die Menschen streckten die Hälse. Graf Friedrich zu Holstein-Schaumburg schritt mit schweren Lederstiefeln heran, die mit vornehmen Schnallen versehen waren. Sein mit Brokat verzierter Mantel wehte leicht. Er kam in Begleitung von zwölf Soldaten der Schlosswache, von denen einer das flatternde Banner des Grafenhauses trug.

Der Landesherr wusste offenbar Bescheid. Souverän betrat er das Podest und hob seine Rechte, damit ihm Aufmerksamkeit zuteil werde. Doch die hatte er. Es war mucksmäuschenstill auf dem Marktplatz, nur in der Ferne kläffte ein Köter.

„Werte Bürger der Stadt, wir beklagen den heimtückischen Mord an Baumeister Lambertus. Alles werden wir veranlassen, um den Verbrecher hinter Schloss und Riegel zu bringen. Dort wird er schmachten und entsetzliche Qualen leiden, bis er auf dem Scheiterhaufen in die Hölle gelangt. Seine Seele wird nicht in Frieden ruhen, sondern auf ewig verdammt sein.“

Applaus brandete auf, Verwünschungen wurden gegrölt.

Als sich alle beruhigt hatten, sprach der Graf weiter. „Morgen früh soll der Leichnam beigesetzt werden. Danach wird der Rat der Stadt einen neuen Bürgermeister bestimmen. Alsbald werden wir das Brunnenfest feiern."

Unruhe entstand, verschiedene Namen wurden gerufen, wer der Nachfolger werden sollte. Doch eine Einigung gelang nicht. Selbst die Ratsherren waren uneins. Schnell überschlugen sich die Stimmen, sodass kaum jemand etwas verstehen konnte. Chaos breitete sich aus.

Unbemerkt schob sich Draxus in die vordere Reihe. Galant bestieg er das Podest und stellte sich in einem gewissen Abstand neben den Grafen. Mit Genugtuung beobachtete er den Mob. Er genoss das Toben, denn er wusste, dass seine Chance kommen würde. *Wer sich zu früh als Retter anbietet, hat verloren.* Erst nach einer Weile rückte er an den Landesherrn heran und raunte ihm etwas ins Ohr. Friedrich verzog sein Gesicht und blickte säuerlich drein.

Inzwischen mündeten die Streitereien in wilde Handgreiflichkeiten. Aus Stimmen wurden Schreie.

Das war genug!

Der Herrscher reckte seinen Arm, doch erst als die Soldaten ihre Waffen zogen, kehrte langsam Ruhe ein.

„Werte Bürger der Stadt, bis ihr einen neuen Bürgermeister bestimmt habt, ordne ich an, dass Draxus, der persönlich Gesandte Seiner Heiligkeit Papst Gregor XIII., ab sofort kommissarisch den Dienst in Bückeburg übernimmt."

Schockiert starrten die Bürger zum Podest. Bald hörte man ein Murmeln von Unmut.

„Ist das nicht der Fratzmann, der Schatzräuber?"

„Wir wollen keinen Fremden!"

„Der Kerl ist unsympathisch!"

In diesem Augenblick erhob Draxus die Stimme. „Ich danke für euer großes Vertrauen", heuchelte er. „Die Einweihung des Brunnens wird auf den 13. Oktober verschoben!"

Von einem fröhlichen Fest sprach er nicht mehr.

Abrupt stieg er vom Podest, wühlte sich durch die Menge und verließ hastig den Marktplatz. Innerlich triumphierte er. Der Weg war frei, er stand kurz vor dem Ziel. Im Marstall des Schlosses packte er seine Satteltaschen, wobei er die Gesichtsmaske des Arminius' besonders sicher verstaute. Rasch gab er *Sandsturm* die Sporen und stürmte gen Westen.

*

Der Weg zur Höhle im Wiehengebirge lag im dichten Nebel. Wer den schmalen Pfad von der Weser dorthin nicht kannte, hätte ihn niemals entdeckt. Hier lag der nördliche, provisorische Stützpunkt der Ritter der Tredici. Der Großmeister hatte seinen besten Mann beauftragt, einen heiligen Ort in der Nähe aufzuspüren, der über einen Brunnen verfügte oder wo einer errichtet wurde. Von ihm aus sollte ein geheimer Tunnel zur Weser führen und damit eine Verbindung über das Wassernetz bis in den Süden des Reiches entstehen.

Draxus' Wahl fiel auf Bückeburg, wo ein altes System existierte und man plante, den Ort in den kommenden Jahren zur prächtigen Residenz des Grafenhauses auszubauen. Entsprechende Skizzen waren ihm aus dem benachbarten Stadthagen zugespielt worden.

Inzwischen war der Gesandte vom Hengst gestiegen und hielt ihn am Halfter. Der Weg führte stetig bergauf, dorniges Gebüsch kratzte ihn blutig. Der Mann fluchte. Aber so blieb der Pfad für Fremde verborgen.

Endlich erreichte er die massive Höhle im Berg, in der Menschen schon seit Urzeiten Unterschlupf fanden. *Sandsturm* band er an einen versteckten Pflock und kraulte liebevoll die Mähne. Dann wandte er sich um und suchte den Spalt im Gestein.

Wo ist er bloß?

Seine Augen spähten im Halbdunkel umher. Seit Jahren war er nicht mehr hier gewesen und in der Zwischenzeit hatte sich manches verändert.

Ein Knacken hinter ihm.

Vor Schreck fuhr er herum.

„Was sucht Ihr hier?“, dröhnte Goliath und bleckte die fauligen Zähne, als wollte er den Eindringling zerfleischen.

„Ich bin der Gesandte.“ Mehr gab er nicht preis, unauffällig tastete er unter dem Mantel nach seinem Dolch.

„Wie heißt das Losungswort?“

„Mission Gregor", riskierte er; das war vermutlich falsch, aber früher der richtige Schlüssel und passte bis heute in den Zusammenhang.

Erstaunlicherweise nickte der Hüne und lotste ihn tiefer in die Höhle hinein. Hinter einer Biegung tat sich ein in die Felsen gehauener Gang auf, der bei einer Eisentür mit dicken Beschlägen endete.

Goliath kramte einen sperrigen Schlüssel hervor und schloss auf. Die Angeln quietschten, was durch den Hall verstärkt wurde. Rasch zündete er eine Laterne an und führte den Gast eine steile Treppe hinab. Die Stufen waren unregelmäßig ins Gestein geschlagen und rutschig. Die Luft war kühl und roch modrig nach jahrhundertelanger Verwesung. Draxus schauderte, je tiefer sie stiegen.

Hinter einer Wendung und weiteren Tür öffnete sich ein geräumiger Saal, der mit Fackeln erleuchtet wurde. An der Seite sah man das schwache Glimmen eines eisernen Kohlebeckens. Die Wände zierten germanische und hebräische Symbole, astronomische und alchimistische Zeichen, Runen und Piktogramme.

„Seid willkommen, Draxus", rief Uto aus der Gruppe von Männern, die auf Holzbänken hockten und Bier pichelten.

Der Gesandte gesellte sich zu ihnen. „Ich bin lange nicht mehr bei euch gewesen und beeindruckt von diesem neuen Versteck. Es ist ja viel sicherer als das alte."

„In der Tat. Von hier aus haben wir durch einen kurzen Tunnel direkten Zugang zur Weser. Egal, wie hoch der Wasserstand ist", erklärte der Anführer. „Das bedeutet, dass wir nicht mehr wie früher übers Gebirge müssen."

„Ich habe gute Nachrichten aus Bückeburg", kam Draxus zur Sache. „Es ist mir gelungen, mich am Hofe von Graf Friedrich einzunisten. Sozusagen sitze ich an der Quelle."

„Hattet Ihr bereits Kontakt zum Bastard?", forschte Uto.

„Ich habe Ansgar Albrecht nur kurz gesehen. Das wird sich bald ändern."

„Was macht Euch so sicher? Wir können nicht länger warten. Sonst müssen wir andere Wege gehen. Die Zeit rennt uns davon."

„Gemach, gemach! Wir haben genau zehn Tage Zeit. Im Januar war ich bei Papst Gregor XIII. Auf meinen Druck hin ordnet er in seiner neuesten Bulle eine längst überfällige Kalenderreform an."

„Was hat das mit uns zu tun?", rief jemand dazwischen.

„Durch diese Reform fallen zehn Tage weg. Nach dem 4. Oktober folgt unmittelbar der 15."

„Unglaublich!", entfuhr es dem Anführer.

Draxus lachte. „Zehn Tage, das werden die *Toten Tage* sein, an denen niemand nach Recht und Ordnung fragt."

„Das verstehe ich nicht", gab Uto zu. „Die Tage sind doch praktisch da, auch wenn sich die Nummerierung ändert."

Der Gesandte sah ihn listig an. „Wenn der Papst ein Edikt verkündet, setzt sich dieses nie sofort durch. Zuerst freilich im Kirchenstaat und Italien. Aber bis es in der Grafschaft Schaumburg angekommen ist, wird es dauern. Das bedeutet, dass nachträglich die besagten Tage gestrichen werden. Was also in diesem Zeitraum geschehen ist, gilt so, als wäre es nie passiert."

„Genial", rief ein Kerl mit langem Bart und rülpste.

„Es wird noch besser", steigerte Draxus die Spannung und griff auf der Tafel nach einer gebratenen Keule, in die er genüsslich hineinbiss. Bedächtig wandte er sich wieder den Männern zu. „Durch glückliche Umstände bin ich in Bückeburg zum Bürgermeister berufen worden." Er hielt inne, um die Ungeheuerlichkeit seiner Worte wirken zu lassen.

„Das ist großartig!" Uto klopfte ihm anerkennend auf die Schulter und hob einen Krug.

Die anderen Männer taten es ihm gleich. „Auf Euer Wohl", schallte es durch die Höhle und der Hall gab ihnen recht.

Nun kam der Gesandte zum eigentlichen Anliegen. „Ich brauche zwei zuverlässige und verschwiegene Leichenfledderer. Sie müssen mir am 13. Oktober kurz vor Mitternacht auf dem dortigen Marktplatz zur Verfügung stehen. Außerdem noch einen kräftigen Burschen, der den Nachtwächter ablenkt."

„Ich werde mich darum kümmern. Mit gutem Geld kann man jeden Mann kaufen", erklärte Uto und schaute ihn mit ernster Miene an. „Auf mich könnt Ihr Euch verlassen."

„Nichts anderes erwarte ich von Euch."

Nach einer Stunde, in der sie miteinander aßen und tranken, verabschiedete er sich und ritt wieder zurück. Er war guten Mutes, dass der Plan gelingen würde.

Draxus erreichte das gräfliche Schloss, als es dunkel wurde. Erschöpft fiel er auf sein hartes Lager. Doch er kam nicht zur Ruhe, weil ihn die Bilder des Tages bewegten. Erst als der Morgen graute, dämmerte er in unruhigen Schlaf, angefüllt mit schweißtreibenden Albträumen.

In der nächsten Zeit ging er Graf Friedrich aus dem Weg, obwohl jener mit ihm städtische Angelegenheiten besprechen wollte. Stattdessen suchte er die Nähe zu Ansgar. Er beobachtete genau, was der Junge machte und wo er sich herumtrieb. Inzwischen gewöhnte sich das Kind an die Fratze und starrte den Mann nicht mehr an.

Eines Tages trafen sie sich im Marstall.

„Du magst Pferde?“, stellte der Gesandte fest und wollte ihn in ein Gespräch verwickeln.

„Oh ja. Ich will reiten lernen und hab es auch schon ein bisschen probiert.“

„Wie war das?“

„Schrecklich! Agamemnon hat mich hinter dem Schloss abgeworfen“, gestand er. „Aber zum Glück bin ich weich gefallen.“

„Willst du einmal auf *Sandsturm* reiten? Der ist sehr lieb und kann ganz behutsam sein.“

„Ja, gerne. Aber vorher muss ich meinen Vater fragen.“

„Das brauchst du nicht, der ist damit einverstanden“, behauptete Draxus.

„Ich weiß nicht“, zögerte er.

„Komm mit, ich zeig ihn dir!“

Es dauerte nicht lange, da saß Ansgar im Sattel und *Sandsturm* trabte gemütlich los. Der Gesandte behielt sie im weitläufigen Schlossgelände im Blick. So kam es, dass der Junge Vertrauen zu dem Gast gewann.

An den nächsten Tagen trafen sich beide regelmäßig im Pferdestall. Ansgar machte beim Reiten große Fortschritte und war von *Sandsturm* begeistert.

„Solch ein Pferd möchte ich auch mal haben", wünschte er sich mit leuchtenden Augen.

„Mal sehen, was sich machen lässt", versprach der Mann.

Am folgenden Mittag setzte Draxus seine Silbermaske auf, um sie gegenüber dem Kind zu testen. Die Sonne verkroch sich hinter düsteren Wolken, als er sich dem Stall näherte. Heimlich spähte er ins Innere. Sein Herz klopfte schneller. Er sah, wie der Knabe *Sandsturm* striegelte und dabei ein fröhliches Lied pfiff. Vorsichtig schlich er weiter und drückte sich in den Schatten eines Pfeilers. Andere Pferde wurden unruhig und verrieten damit seine Anwesenheit.

„Können wir heute mal einen längeren Ausritt machen?", fragte Ansgar, ohne sich umzudrehen.

Stille. Keine Antwort.

Erst jetzt wandte er sich um. „Wo seid Ihr, Herr?" Seine Stimme klang hell, aber unsicher.

In diesem Augenblick trat Draxus mit der Maske hervor und starrte den Jungen an. Es war, als würden sich ihre Blicke begegnen, doch sie waren leer. Ahnungslos lief Ansgar zum Tor und hielt nach dem Mann Ausschau.

Unbemerkt kehrte der Gesandte zum Schloss zurück. Er war mit sich und der Welt zufrieden. Diese Maske machte ihn in den *Toten Tagen* unsichtbar, weil das Energiefeld die Augen des Betrachters so stark ablenkten, dass er sein Gegenüber nicht mehr sehen konnte. Das war das

Geheimnis des Arminius'. Damit besaß er für zehn Tage unschätzbare Möglichkeiten, die er sich nie erträumt hätte. Vorteile, die seine Gegner alt aussehen ließen.

„Warum seid Ihr gestern nicht zum Stall gekommen?", fragte Ansgar am folgenden Tag enttäuscht. „Ich habe auf Euch gewartet. Als Ihr immer noch nicht da wart, habe ich mit anderen Jungen auf dem Marktplatz gespielt."

„Ich musste wichtige Dinge erledigen", log Draxus. „Morgen ist Vollmond. Was hältst du von einer spannenden Wanderung bei Nacht? Dann können wir Fledermäuse, Fuchs und Igel beobachten."

„Au fein, wenn mein Vater das erlaubt", strahlte er.

„Das geht in Ordnung, ich habe schon mit ihm geredet."

*

Endlich. Heute war der 13. Oktober 1582.

Auf dem Marktplatz stand eine einzige Bude für die Einweihung des Brunnens. Nur wenige Männer vom Stadtrat und eine Handvoll Bürger waren gegen Mittag erschienen, um dem Ereignis beizuwohnen. Die meisten machten durch ihre Abwesenheit deutlich, dass sie den Fratzmann verachteten. Und wie abergläubisch sie waren, was diesen Tag anging. Auch von der Kirche war niemand gekommen.

Draxus gestaltete die Zeremonie kurz und bündig. Er betrat das Podest. Gelangweilt enthüllte er die mit Leinen verschnürte Bronzefigur und schlug dreimal mit einem silbernen Stab gegen den steinernen Brunnenrand.

„Hiermit weihe ich als Gesandter Seiner Heiligkeit Papst Gregor XIII. und kommissarischer Bürgermeister des Fleckens Bückeburg den Marktbrunnen ein und übergebe ihn seiner Bestimmung. Möge er zum Segen für Volk und Vaterland dienen!"

Mit arrogantem Blick verließ er den Platz, ohne sich um die Anwesenden zu kümmern. Er wusste, dass die eigentliche Weihe noch bevorstand.

Als die Sonne untergegangen war und der volle Mond am Firmament stand, machten sich Draxus und Ansgar auf den Weg. Widerwillig hatte der Graf dem Vorhaben zugestimmt.

„Bleibt nicht zu lange weg", rief er dem Gesandten nach.

Zuerst wanderten sie durch den weiten Schlossgarten. Die Luft war klar und wurde immer kälter. Bald blieben sie stehen und lauschten. Die hohen Bäume ächzten, hier und dort raschelte es im Gebüsch. Vermutlich war es ein Vogel oder der Igel. Auf einer Lichtung hoppelten Kaninchen und machten sich behäbig aus dem Staub. Auf einmal hörten sie den Gesang der Nachtigall. Es waren Laute aus einer anderen Welt.

Der Knabe staunte voller Begeisterung; solch eine Nachtwanderung wünschte er sich auch mit seinem Vater. Pausenlos stellte er Fragen, die der Gesandte nicht alle beantworten konnte. Aber das war nicht schlimm. So verging die Zeit, bis jener zum Rückweg mahnte.

Sie nahmen eine andere Strecke, die unweigerlich zum Marktplatz führte. Bei jedem Schritt stieg Draxus' Übelkeit in der Magengrube, der Junge dagegen summte voller Vertrauen Kinderlieder. Dieser Knabe wuchs ihm immer mehr ans Herz. Seine Fröhlichkeit drohte ihn anzustecken und den Plan aufzugeben. Zwei Seelen rangen in seiner Brust. *Soll ich – oder doch nicht?* Innerlich flehte er darum, dass sie den Markt nie erreichen würden, obwohl ihre Schritte genau dorthin führten. Die Widersprüchlichkeit des Lebens wurde ihm in dieser Nacht vollends bewusst.

Irgendwann zwang sich der Gesandte zur Gefühllosigkeit. Schließlich ging es um ein höheres Ziel, das er nicht gefährden durfte. Dennoch blieb ein fader Beigeschmack.

Er vernahm in der Ferne das Trappen von Pferden. Seine Anspannung stieg, das Grauen nahm Gestalt an. Es gab kein Zurück mehr. Eine letzte Biegung – da lag der Platz vor ihnen. Er war menschenleer.

„Schade, dass ich heute Mittag bei Eurer Einweihung nicht dabei sein durfte", rief der Junge arglos und rannte voraus.

Am Brunnenrand beugte er sich darüber und spuckte in die Tiefe. Der Vollmond spiegelte sich im zittrigen Wasser.

Draxus' Herz raste und stolperte zugleich.

Plötzlich ging alles ganz schnell. Er packte die Füße von Ansgar Albrecht und zog sie hoch.

„Was macht Ihr mit mir?", stotterte der Neunjährige entsetzt und riss in Panik die Augen weit auf.

Der Gesandte antwortete nicht. Mit ganzer Kraft zerrte er den wehrlosen Körper über die Brüstung und stieß ihn ins Verderben. Der Junge zappelte und schrie verzweifelt, bis das Aufschlagen jeden Laut verschlang. All seine hektischen Versuche, sich auf dem Wasser zu halten, misslangen. Es war ein aussichtsloser Kampf, der nicht lange währte. Bald herrschte grausame Ruhe auf dem Marktplatz.

Totenstille in den *Toten Tagen*.

Zur selben Zeit näherten sich zwei Reiter und stiegen ab. Die Leichenfledderer waren da. Mit einem Seil und Haken zogen sie das Opfer aus dem Brunnen heraus und streckten es auf den flachen Boden. Die Männer zückten ihre scharfen Messer. Draxus wandte den Blick ab – das konnte er nicht mit ansehen. Ohne zu zögern, zerrissen sie die Kleidung, dann schnitten sie tief in den zarten Leib. Blut spritzte auf und besudelte den Platz. Geübt brachen sie die schmalen Rippen und trennten das Herz heraus. Allein darum ging es. Das Organ legten sie in einen Lederbeutel und übergaben ihn dem Gesandten. Dann warfen sie den geschändeten Leichnam in die höllische Tiefe zurück. Ihre blutbeschmierten Messer wischten sie sorgfältig am Wams ab. Auf einen Pfiff hin erschien der dritte Mann auf seinem Ross, der Wache geschoben hatte.

Draxus nickte ihnen zu und übergab den Fledderern einen Silbertaler, der andere bekam einen halben.

Als die drei Gestalten in der Dunkelheit verschwunden waren, eilte er zum Schloss zurück, das im Finstern wie verwaist dalag. Rasch packte er seine Siebensachen, sattelte *Sandsturm* und ritt hinaus aus der Stadt. Wie eine

Trophäe, eine heilige Reliquie, trug er den Beutel bei sich. Er war stolz, dass es ihm gelungen war, ein solches Herz an sich zu reißen. Denn je jünger, desto besser würde es schmecken und Kraft verleihen. Je edler die Herkunft, umso unverwundbarer würde er sein.

Er bemerkte nicht, dass er aus dem Fenster des letzten Hauses im Mondschein beobachtet wurde. Gerhild konnte nicht schlafen. Seit dem grausamen Tod ihres Mannes fand sie keine Ruhe mehr. Sie ahnte nicht, dass sich ihr Entsetzen noch steigern würde.

*

Kurz nach Tagesanbruch näherte sich der Gesandte der Höhle im Wiehengebirge. Es war bitterkalt und wieder umhüllte dichter Nebel die Landschaft. Seine Männer erwarteten ihn. Sie trugen volles Ornat: weiße Kutten mit rotem Kreuz und der XIII der Tredici, weiße Handschuhe und Stiefel. Ihre Kapuzen hatten sie über den Kopf gezogen. Mitten im Saal war eine lange Tafel mit hellem Tuch aufgestellt. Darauf thronten ein goldener Kelch und eine silberne Schale, die von mehrarmigen Kandelabern flankiert wurden. Die Spannung stieg.

Uto entzündete das Wachs, unruhiges Geflacker zog die Anwesenden in einen unheimlichen Bann. Feierlich goss er etwas Blut, das er von jedem aus dem Unterarm nahm, in den Kelch. Dann ließ er sich den Beutel von Draxus reichen und holte das blutverschmierte Herz heraus. Mit einem scharfen Messer zerteilte er das Fleisch und platzierte die Stücke in der Schale. Die Männer reihten sich um den Tisch, während Uto wie ein ketzerischer Priester am Altar agierte.

Die Liturgie bestand aus drei Wir-Sätzen, die seit dem 14. Jahrhundert tradiert wurden:

„Wir sind versammelt im Namen unseres Großmeisters Jacques de Molay.
Wir sind mit ihm verbunden, indem wir Blut für sein Blut und Herz für sein Herz miteinander teilen.
Wir geloben, die Tradition der Templer fortzuführen, indem wir als Geheime Ritter der Tredici die Brunnen der Menschheit bewahren, bewachen und benutzen."

„Wir geloben es!", bekräftigten alle lautstark.

Zufrieden schritt der Anführer von Mann zu Mann und reichte Blut und Herz – in dieser antichristlichen Reihenfolge. Nachdem sie getrunken und gegessen hatten, sprachen sie dreimal das *Maria Ave*. Bezeichnenderweise rückwärts, um damit in gotteslästerlicher Weise die Macht der Vergangenheit zu beschwören. Zum Abschluss murmelte Uto einen alten galizischen Segensspruch und beendete die Zeremonie mit dem dreizehnfachen *NEMA*.

In diesem Augenblick pochte Goliath kräftig an die Tür.

Einer der Männer schritt herbei und öffnete sie. „Was gibt's?", brummte er verärgert.

„Hier ist ein Weib, das Einlass begehrt."

„Wir wollen keine Weiber!“

„Das hab ich ihr auch gesagt, aber sie lässt sich nicht abwimmeln“, erklärte der Hüne.

„Dreh der dummen Gans einfach den Hals um.“

„Sie behauptet, sie hätte gestern Nacht den Gesandten in Bückeburg beobachtet.“

Draxus erblasste. Sein Herz geriet ins Stocken. Ihm wurde heiß und kalt, obwohl er nach den Regeln des Ordens nichts falsch gemacht hatte. Im Gegenteil. Dennoch stieg seine Nervosität.

Uto mischte sich ein. „Lass die Frau herein. Mal hören, was sie sagt. Weil sie den geheimen Weg zu uns gefunden hat, wird sie sowieso nicht lebendig wieder wegkommen.“

Wenig später erschien Gerhild Groothaus im Saal. Nach untröstlicher Trauer waren ihre Gefühle in unbändige Wut umgeschlagen. Aufrecht und selbstbewusst stand sie in einem schlichten Mantel da, in ihrem Blick war keine Angst. Außer dem eigenen Leben hatte sie nichts mehr zu verlieren. Das verlieh ihr innere Stärke.

„Ich weiß von Eurem Frevel, Draxus“, begann sie mit fester Stimme. „Ihr habt meinen Sohn getötet!“

Der Gesandte war für einen Moment sprachlos. „Wie – Euren Sohn?“

„Oh ja“, stieß sie wütend hervor, „mein und Graf Friedrichs Kind.“

„Weibergequatsche!“, rief jemand dazwischen.

Die Frau ließ sich nicht beirren. „Ihr seid dumm gewesen, Draxus. Ich habe beobachtet, wie Ihr die Flucht ergriffen habt. Der dritte Mann, der Wache geschoben hat, berichtete mir noch in derselben Nacht von Eurem grausamen Verbrechen. Er ist mein Bruder und kennt den Weg hierher genau."

„Halt's Maul!", krakeelte ein anderer.

„Ihr habt nicht nur Ansgar Albrecht auf dem Gewissen, sondern auch meinen Mann, Baumeister Lambertus", zischte sie und verengte gefährlich die Augen.

„Genug!" Erbost rief Uto Goliath herbei. „Bring die Schlampe zum Schweigen."

„Draußen wartet mein Bruder", lächelte Gerhild. „Wenn ich nicht unversehrt zurückkehre, wird Graf Friedrich seine Soldaten schicken und die Höhle ausräuchern. Dann werdet ihr alle in der Hölle schmoren. Besonders Ihr, Draxus!"

Das saß. Unvermittelt zog der Gesandte ein Stück Metall aus der Tasche und drückte es vor sein Ledergesicht. Im Nu konnten die anderen ihn nicht mehr sehen. Gewandt schlängelte er sich an ihnen vorbei und hetzte zum Ausgang.

Das Portal war verschlossen.

Er hörte, wie verdutzt die Männer waren. *„Wo ist denn Draxus geblieben? Gerade war er doch noch hier!"*

Ratlos suchten sie den Raum ab, aber es gab keine Spur.

„Jetzt wissen wir genau, was Ihr aus dem Schacht des Brunnens gestohlen habt", schmetterte Gerhild aufgebracht und spürte seine Anwesenheit. „Das kann nur der Schatz des Arminius' gewesen sein, die Heilige Gesichtsmaske, von der unsere Urväter erzählten. Ihnen ging es nicht um den Heiligen Gral, sondern um sein ehernes Geheimnis." Sie redete sich in Rage. „Friedrich und ich werden Euch verfolgen, wo immer Ihr seid. Ich werde nicht eher ruhen, bis ich mich an Euch gerächt habe. Und wenn ich es selbst nicht vollbringe, dann gewiss meine Nachkommen. Draxus, Ihr sollt wissen, dass Ihr an keinem Ort der Erde mehr sicher seid. Ich verfluche Euch, und dieser Fluch wird Euch nicht loslassen. Bis an das Ende Eurer Tage – und weit darüber hinaus. So wahr mir Gott helfe!"

Erschöpft ließ sich die Frau auf einem Schemel nieder. Ihre Verwünschungen hallten von den Wänden wider.

Als Goliath die Tür aufschloss, huschte der Gesandte hindurch und hastete nach draußen. Hier nahm er die Silbermaske ab. Seine Satteltaschen waren unversehrt. Hastig schwang er sich auf *Sandsturm* und stob davon. Trotz des unangenehmen Vorfalls war er zufrieden. Was konnte ihm schon passieren, wenn er mit der Kraft, die vom Gesichtsschutz ausging, nicht zu sehen war?

Er folgte dem Lauf der Weser gen Süden, ein weiter Weg zum Großmeister lag vor ihm. Niemals wollte er sobald wieder Bückeburg betreten. Höchstens, wenn dichtes Gras über die Sache gewachsen war.

Innerlich aufgewühlt kehrte Gerhild mit ihrem Bruder nach Hause zurück.

„Habe ich richtig gehört?"

„Das darf doch nicht wahr sein!"

Wie ein Lauffeuer verbreitete sich die erschütternde Nachricht in der Residenzstadt. Ansgar Albrecht, der neunjährige Sohn von Graf Friedrich zu Holstein-Schaumburg, war tot. Man fand seinen zarten Körper grausam zugerichtet. Noch gestern sah man ihn mit seinem blonden

Schopf und den wachen Augen beim Spielen mit anderen Jungen auf dem Marktplatz. *Und jetzt schlug sein Herz nicht mehr? Unfassbar!* Die Einwohner waren schockiert. Es war, als würde das Leben vor Schreck erstarren und düstere Ängste um sich greifen.

Gerhild tat, was sie seit Jahren nicht mehr machte. Schnurstracks eilte sie zum Schloss und bat um ein Gespräch mit dem Grafen. Seit der Geburt von Ansgar gab es kaum Kontakte mit Friedrich. Aus Gründen der öffentlichen Moral mussten beide auf Distanz gehen. Auch wenn sie insgeheim innigliche Gefühle füreinander hegten.

Die junge Frau hatte diesen schrecklichen Zustand kaum ausgehalten und nach langem Zögern Lambertus geheiratet, der ihr eine glänzende Zukunft versprach. Fürwahr, ihre große Liebe war dieser Mann nicht, denn der andere, der Vater des Kindes, blieb stets in ihrem Herzen.

Graf Friedrich empfing seine Geliebte im Salon. Die Vorhänge der Fenster waren zugezogen. Beide empfanden tiefe Trauer über ihren Sohn und wussten anfangs kaum, was sie sagen sollten. Doch bald schlug die Stimmung in Rachegefühle um. Sie schworen, den Täter gnadenlos zu verfolgen und dabei alle Möglichkeiten auszuschöpfen.

„Der Kerl kann uns nicht entwischen“, erklärte Friedrich.

„Was macht Euch so sicher?“

„Als dein Gatte tot aufgefunden wurde, habe ich mich gewundert, dass sich Draxus so schnell als Nachfolger für das Amt des Bürgermeisters anbot. Mich beschlich der Verdacht, dass er hinter der Tat steckt. Deshalb habe ich Vorkehrungen für den Fall seiner Flucht getroffen."

„Wie meint Ihr das?" Gerhild kaute an den Fingernägeln.

„Sein Gaul wird's nicht mehr lange machen, weil ich ein schleichendes Gift ins Futter streuen ließ. Es besteht aus einer Mischung von Eibe, Fingerhut und dem Schwarzen Bilsenkraut. Alles zusammen bewirkt Blutungen in Magen und Darm. Man muss sich nur die Mühe machen, auf dem Fluchtweg die Pferdeäpfel in Augenschein zu nehmen, ob sie rötlich sind. Und ihnen einfach folgen."

Gerhild war begeistert. „Das ist wahrlich ein genialer Plan. Unverzüglich werde ich die Verfolgung aufnehmen. Ich halte es hier nicht mehr aus und kann nicht tatenlos zusehen, wie der Mörder entkommt. Das bin ich unserem toten Kind und meinem Mann schuldig."

Der Graf nickte. „Du sollst dich nicht in Gefahr begeben. Deshalb wird mein bester Soldat dich begleiten. Ich denke an Victor, er ist ein zuverlässiger und mutiger Kämpfer."

Beide verabschiedeten sich inniglich und gelobten absolutes Stillschweigen zu wahren.

„Wenn du in großer Not bist, gib mir Nachricht. Dann setze ich mein ganzes Heer in Bewegung", bot Friedrich an und übergab ihr einen prall gefüllten Beutel mit Silbermünzen.

Mit gemischten Gefühlen verließ Gerhild das Schloss. Ihr war eher zum Heulen zumute denn zu eifrigen Taten.

Kapitel 3
Denn der Schein trügt

Unterwegs nach Hameln und Köln, Heiliges Römisches Reich Deutscher Nation, danach weiter ins Reich der Franken, Ende 1582

Die Sonne schickte lauwarme Strahlen über das Land. Victor und Gerhild sattelten ihre Pferde und stopften Kleidung und den nötigen Proviant in die Satteltaschen. Alsbald saßen sie auf und ritten los. Als sie Bückeburg verließen, wandte sich die Frau kurz um und blickte hinauf zum Schlossturm. Das imposante Gemäuer glich einem Zeigefinger, der warnend gen Himmel wies. In diesem Augenblick wurde ihr bewusst, wie erfolglos diese Aktion verlaufen könnte.

„Was meinst du", wandte sie sich kleinlaut an den Soldaten, „ist es nicht unsinnig, auf rötliche Pferdeäpfel zu achten?"

„Es geht um Gerechtigkeit. Wenn wir nichts unternehmen, wird es niemand tun, denn kein Richter der Welt würde sich diese Mühe machen. Schließlich sind wir das eurem Sohn schuldig."

„Da hast du recht", seufzte sie.

Zuerst ritten sie in die Nähe des Wiehengebirges, dann hinab zum Uferpfad an der Weser. Von Pferdeäpfeln war weit und breit nichts zu sehen. Gegen Mittag erreichten sie die kleine Stadt Rinteln, die sich auf der rechten Seite des Flusses ausbreitete. Eine schmale Brücke überspannte den Strom, bei der sie den fälligen Zoll zahlten. Bald kamen sie auf dem Marktplatz an, wo geschäftiges Treiben herrschte. Im Schatten von St. Nikolai war er die reinste Baustelle.

„Was geht hier vor?", fragte Victor einen verschwitzten Arbeiter, der mit einem anderen einen Balken schleppte.

„Ihr seid nicht von hier, was? Wir errichten unser neues Rathaus. Es soll im gleichen Stil wie der Münchhauser Hof gestaltet werden. Wenn alles gut geht, wollen wir im nächsten Jahr fertig sein", erklärte der Mann und wischte sich mit einem Lumpen über die nasse Stirn.

„Habt Ihr einen Reiter mit einem ledernen Gesicht gesehen, der ein Gewand mit dem roten Kreuz der Tempelritter trug? Er muss es eilig gehabt haben."

„Nee, so einen haben wir nicht gesehen, der wäre uns aufgefallen."

„Wahrscheinlich ist er an Rinteln vorbei in Richtung der Schaumburg geritten", äußerte Gerhild und wendete ihr Pferd, das schon unruhig mit den Hufen scharrte.

So machten sie sich wieder auf den Weg und folgten dem Fluss aufwärts. Am Nachmittag kam die Schaumburg in den Blick, die majestätisch über dem Tal thronte. Dort lag der Ursprung des Grafenhauses. Der Pfad war steinig. Auch hier entdeckten sie keine rötlichen Spuren. Die Tiere schwitzten, als sie oben ankamen. Vor dem stattlichen Burgtor stiegen sie ab und befragten den Wachposten.

Träge schüttelte der Mann den Kopf. Solch eine Gestalt sei hier nicht aufgetaucht. Sicherlich ist er auf dem Weg nach Hameln.

„Können wir bei Euch nächtigen, denn rasch bricht die Dunkelheit herein?“

Der Posten nickte und rief einen Diener herbei, der Gerhild ein zünftiges Gemach anbot, während der Soldat im Stall ein Lager fand. Bevor beide sich zur Nachtruhe begaben, tranken sie mit den Burgleuten einen Humpen frisches Schaumburger Bräu. Das tat nach all den Strapazen gut.

Im Morgengrauen ging es nach einem kargen Mahl weiter. Die junge Frau klagte über heftigen Muskelkater, denn so lange war sie noch nie geritten. Anfangs führte die Strecke bergab, danach angenehm im Tal der Weser. Gerade erreichten sie eine Gruppe von ausladenden Weiden am Ufer, als Gerhild intensiv auf den Boden starrte.

„Da ... blutige Pferdeäpfel!“, rief sie aufgeregt.

Victor stieg ab und untersuchte den Haufen. „Tatsächlich, hier könnte er gewesen sein. Ich vermute, dass die Spur von gestern ist.“

Nach zwei Stunden erreichten sie die sagenhafte Rattenfängerstadt Hameln. Gerhild staunte, wie groß und prächtig die Gebäude gestaltet waren. In ihnen spiegelte sich der Wohlstand der Kaufleute wider, weil der Ort seit Generationen zum Bündnis der Hanse gehörte. Besonders faszinierten sie die Münsterkirche St. Bonifatius und die Marktkirche St. Nikolaus mit ihren gewaltigen Türmen, den steinernen Bögen und den lichtdurchfluteten Fenstern. Ohne Zweifel, die Baumeister bewiesen vorzügliche Arbeit.

Als sie sich zum *Rattenkrug* begaben, einem beliebten Gasthaus, zuckte Gerhild zusammen. Vom Marktplatz tönte großes Geschrei.

„Was ist da los?", fragte sie eine Bäuerin, die mit einem Korb voller Gemüse vorbeikam.

„Die Büttel der Stadtwache haben einen Pferdedieb gefasst, der sich auf dem Viehmarkt herumtrieb und grausig aussehen soll. Er hat seinen kranken Gaul teuer verkauft und dann ein wertvolles Ross gestohlen. Morgen muss er dafür büßen, dann ist Gerichtstag. Zum Glück herrschen hier noch Zucht und Ordnung."

Gerhild stockte der Atem, ihr wurde heiß und kalt zugleich.

„Lass uns hinübergehen", raunte Victor.

Als sie den Platz erreichten, löste sich die Menschentraube gerade auf. Sie sahen, wie ein Mann in Ketten abgeführt wurde. Draxus.

Gerhilds Herz machte einen Freudensprung. „Das ist Eure gerechte Strafe!", schmetterte sie ihm mit Genugtuung hinterher. Rasch fügte sie an die Büttel gerichtet hinzu: „Passt bloß auf, dass der Mörder nicht seine silberne Maske hervorziehen kann."

„Mörder? Nun mal langsam, Weib", warnte ein hagerer Mann, der vornehm gekleidet war und wie ein Gelehrter wirkte. „Sonst wird man am Ende noch Euch anklagen."

Der Gefangene drehte sich um, sodass sie kurz seinen Blick erhaschte. Seine Augen sprühten vor Überheblichkeit. Angewidert wandte sich Gerhild ab und eilte davon. Ihr Herz klopfte bis zum Halse.

„Lass uns eine Bleibe suchen", schlug Victor vor. „Hier gibt es ein Kloster bei Sankt Bonifatius. Da wirst du sicher sein. Ich selbst werde aufpassen und bei den Pferden ruhen."

In dieser Nacht schlief sie miserabel, weil sich in der Kammer sieben weitere Frauen einquartiert hatten. Etliche schnarchten, ließen üble Winde fahren oder stöhnten lüstern. Schlimm war das Misstrauen – jede verdächtigte die andere des Diebstahls.

Schon früh am Morgen waren zahlreiche Hamelner auf den Beinen. Wie blutrünstige Ratten umzingelten sie das Gerichtsgebäude, bis ihnen endlich Einlass gewährt wurde. Es war die Gier nach Sensation, die sie hierher trieb. Gerhild und Victor kamen als Letzte und nahmen in der hintersten Reihe Platz.

Der amtierende Richter, in einer schwarzen Robe, fing mit harmlosen Fällen an wie leichter Diebstahl, Körperverletzung und Fälschung von Gewichten oder Maßen. Stunde um Stunde verging. Die Luft wurde immer stickiger und das Sitzen auf den harten Bänken schmerzte.

Endlich wurde Draxus vorgeladen. Er erschien mit einem Advokaten an der Seite. Gerhild erschrak, es war der hagere Mann, der sie gestern auf dem Marktplatz gemaßregelt hatte.

„Euch werden zwei Vergehen zur Last gelegt", begann der Richter mit sonorer Stimme. „Ihr sollt einen kranken Gaul zum Wucherpreis verkauft haben – das wäre Betrug.

Außerdem werdet Ihr bezichtigt, ein gutes Ross gestohlen zu haben – das wäre Diebstahl. Was sagt Ihr dazu?“

Draxus schwieg und nickte dem Gelehrten der Jurisprudenz zu. Dieser erhob sich umständlich und verneigte sich unterwürfig.

„Euer Ehren, erlaubt mir zu erklären, dass das nicht alles ist. Ein drittes Vergehen wird meinem Mandanten vorgeworfen – der Mord am Erbprinzen zu Holstein-Schaumburg in der Residenz Bückeburg“, rief er theatralisch mit bewusster Übertreibung, was den Status des Knaben anging.

Wie bitte?

Die Zuhörer fuhren zusammen. Hatten sie richtig gehört, beschuldigte sich dieser Mann etwa selbst? Das gab's noch nie. Sogar der Richter stutzte und stierte den Gelehrten ungläubig an. Im Nu wurde es mucksmäuschenstill im Saal. Gerhild erstarrte vor Aufregung, Victor atmete hörbar aus. Die Anspannung stieg.

Nach einigen Schrecksekunden ergriff der Vorsitzende wieder das Wort. „Wer Ankläger in dieser Sache ist, möge unverzüglich vortreten.“

„Das ist unsere Gelegenheit“, flüsterte Victor, „wenn wir sie nicht nutzen, werden wir nie mehr die Möglichkeit dazu bekommen.“

„Ich weiß nicht“, murmelte Gerhild nervös, aber dann stimmte sie leise zu. „Wir versuchen es.“

Beide erhoben sich und drängelten nach vorne. Unter den Zuschauern entstand leichte Unruhe.

„Wer ist denn das?“

„Die kennen wir gar nicht, die sind nicht von hier.“

Je näher Gerhild der Anklagebank kam, desto mutiger wurde sie. Es war, als strömte unbändige Kraft durch ihre Adern. „Euer Ehren, der Angeklagte hat meinen Sohn Ansgar Albrecht, der auch das Kind von Graf Friedrich zu Holstein-Schaumburg ist, heimtückisch umgebracht und seinen Leib geschändet."

Tumult kam auf. Einige Leute erhoben sich und riefen erbost etwas dazwischen, was nicht zu verstehen war.

„Ruhe!", donnerte der Richter und schaute sich nach seinen Dienern um. „Sonst lasse ich den Saal räumen."

„Wann soll dieser angebliche Mord passiert sein?", fragte er, als es still geworden war.

„Die grausame Tat geschah am 13. Oktober", erklärte sie.

„Seid Ihr Euch sicher?"

„Ich bin mir absolut sicher!"

In diesem Augenblick bat der Verteidiger um das Wort. „Euer Ehren, mein Mandant ist kein geringerer als der persönlich Gesandte Seiner Heiligkeit Papst Gregor XIII. Deshalb gebührt ihm Immunität. Trotzdem will er sich der unberechtigten Anklage stellen, weil er völlig unschuldig ist. Diese Hure lügt, weil sie sich wichtigmachen und schnöden Mammon erpressen will. Denn einen 13. Oktober 1582 gab es überhaupt nicht!"

Draxus frohlockte und grinste unter seiner Hülle.

Durch die trüben Fenster des Gerichtssaals sah man, wie sich schwere Regenwolken vor die Sonne schoben. Es wurde merklich dunkler.

Der Richter kratzte sich am Kopf und grübelte. Endlich nickte er. „Den besagten Tag hat es laut päpstlichem

Dekret nicht gegeben, also kann auch kein Unrecht geschehen sein. Im Namen des Volkes ergeht daher folgendes Urteil: Der Angeklagte wird vom Vorwurf des Mordes freigesprochen. Stattdessen wird die Frau wegen falscher Beschuldigung zu fünfzig Silbertalern Strafe verurteilt. Von diesem Betrag sollen die Geschädigten auf dem Viehmarkt entlohnt werden. Damit sind die Anklagen wegen Betrugs und Diebstahls gesühnt. Der Angeklagte ist unverzüglich freizulassen."

Der Richter fügte noch mahnende Worte hinzu, doch die meisten Zuschauer strömten bereits polternd nach draußen. Der Gerichtstag war beendet.

Der Verteidiger blieb zurück. „Euer Ehren, könnt Ihr uns den Freispruch schriftlich geben?"

„Selbstverständlich. Mein Gerichtsdiener wird Euch ein beglaubigtes Schriftstück aushändigen."

Mit zufriedener Miene und geschwollener Brust blickte sich Draxus um, als suchte er die beiden. Aber die waren von Bediensteten in einen Nebenraum geführt worden.

Wütend verließen Gerhild und Victor das Gericht, nachdem sie die fällige Summe zähneknirschend gezahlt hatten.

„Diese verdammte Kalenderreform hat er brutal ausgenutzt. Das wird er noch büßen", rief sie tränenerstickt.

„Jetzt können wir ihn nicht mehr wegen Mordes anklagen", ergänzte Victor. „Seinen Freispruch hat er schwarz auf weiß in der Tasche. Deshalb schlage ich vor, die Aktion zu beenden. Alles andere ist sinnlos."

Enttäuscht kehrten sie nach Hause zurück. Doch für Gerhild war das Vorhaben damit nicht vom Tisch. In ihrem Herzen loderte ein Feuer nach Vergeltung. Sie wartete nur darauf, dass sich eine günstige Gelegenheit bot.

*

Draxus hatte es eilig. Einerseits war er froh, dass er von der Mordanklage freigesprochen worden war. Andererseits ärgerte er sich über sich selbst, dass er beim Diebstahl des Pferdes so leichtsinnig gewesen war und man ihn dabei erwischt hatte. Nun musste er mit dem Stigma eines Betrügers leben. Wenigstens in Hameln, das er deshalb schnell verlassen wollte. Inständig hoffte er, dass die römische Inquisition nicht Wind davon bekam, denn Spitzel gab es überall. Das würde üble Folgen nach sich ziehen. *Nicht auszudenken*!

Als der Morgen graute, verließ er die Rattenfängerstadt. Anfangs ritt er weiter an der Weser südwärts, alsbald bog er gen Westen. Hier war die Strecke mühsam, die hügelige Landschaft strengte Ross und Reiter zusehends an.

Am späten Nachmittag erblickte er die Türme von Paderborn. Ihn beeindruckten der gewaltige Dom und andere Kirchen. Die Nacht verbrachte er in einem Gasthaus in der Nähe der Stadtmauer. Hier fühlte er sich sicher und vor allem unerkannt.

Bald ging es weiter. Anfangs hoffte er, dass er mit dem neuen Ross zurechtkam, aber dem war nicht so. Mensch und Tier bildeten nicht die Einheit, die er von *Sandsturm* kannte. Dem trauerte er hinterher. Deshalb beschloss er, bei nächster Gelegenheit das Pferd wieder zu verkaufen und in Zukunft per Kutsche zu reisen. Das war viel bequemer und außerdem standesgemäßer.

Nach einer Woche mit etlichen Entbehrungen erreichte er den Rhein. Der Strom brauste mit Macht, er zischte und gurgelte wie ein wildes Ungeheuer. Im Hintergrund, am gegenüberliegenden Ufer, erhoben sich die stolzen Türme von Köln, wobei die des Doms alle anderen überflügelten. Die von den Römern gegründete Colonia Claudia Ara Agrippinensium strahlte bis heute Glaubensstärke und wirtschaftliche Kraft aus. Draxus erspähte ein Boot am Ufer und bat den Fährmann, ihn überzusetzen.

Als er auf der anderen Seite angekommen war, erreichte er das Stadttor, das imposant wirkte, um dadurch Feinde abzuschrecken.

„Was wollt Ihr in unserer Stadt?", bellte der Torwächter und legte auffällig seine Rechte an die Waffe.

„Ich bin der persönlich Gesandte Seiner Heiligkeit Papst Gregor XIII.", begann er ausholend.

„Mit so einer Visage? Das kann jeder behaupten. Noch einmal: Was wollt Ihr hier?"

Draxus lief rot an. Dann zügelte er sich und biss auf die Lippen. Den wahren Grund durfte er auf keinen Fall preisgeben. „Ich will nur zum Viehmarkt und mein Pferd verkaufen."

„Diesen alten Klepper will hier niemand haben", lachte der Mann und hielt sich den schwabbeligen Bauch.

„Wir werden sehen", reagierte Draxus knapp und fragte nach dem fälligen Zoll.

Der Wächter forderte die doppelte Gebühr, die der Gesandte zähneknirschend auf den Tisch legte. Auf keinen Fall wollte er neuen Ärger. Hameln reichte. *Ich hoffe, dass die Einwohner nicht alle so ungehobelt sind wie dieser Kerl.*

Auf dem Markt kaufte er sich einen Lederkoffer, in den er seine Habseligkeiten aus den Satteltaschen stopfte. Besonders achtete er auf die Gesichtsmaske – wenn das die Römer geahnt hätten! Auf dem Viehmarkt gelang es ihm, das Pferd zu einem guten Preis loszuwerden. Danach ließ er sich mit einer Kutsche zu einem standesgemäßen Quartier fahren. Vor der Bettruhe gönnte er sich in der Schänke noch einen Schoppen fruchtigen Rheinwein. *Köstlich.*

Der folgende Tag begrüßte ihn mit Wind und es roch nach Regen. Dennoch machte er sich auf den Weg und inspizierte die Stadt. Erschüttert war er vom Dreck in den holprigen Gassen. Haufen von Abfall und Notdurft verbreiteten üble Gerüche. Katzen und Ratten streunten umher. Bettler und Versehrte sah man an jeder Ecke, dazu gesellten sich billige Metzen. Vor Beutelschneidern, Halunken, Rabauken und anderem zwielichtigen Gesindel musste man auf der Hut sein. Es war erschütternd; die weiland stolze Stadt wirkte heruntergekommen.

Letztlich war das Draxus egal, es ging um seinen Auftrag. Denn Köln galt seit Langem als einer der wichtigsten Stützpunkte der Geheimen Ritter der Tredici. Hier führten viele Wege aus den Provinzen zusammen. Die einmalige Lage am Rhein war ausschlaggebend, die schon die Römer nutzten. Der Clou: Ein unterirdisches Labyrinth von Tunneln durchzog die Stadt, wobei sich die Ein- und Ausgänge in trockengelegten Brunnen verbargen. So konnte man im Verteidigungsfall unbemerkt Soldaten dort auftauchen lassen, wo sie benötigt wurden. Mancher Feind mag sich verwundert die Augen gerieben haben.

Nach dem Ende des Römischen Reiches verfiel die geheime Anlage und geriet in Vergessenheit. Bis die Ritter kamen und einen eigenen Zugang mit Katakomben schufen – direkt unter dem Dom. Im Verlauf der Baumaßnahmen im 13. Jahrhundert fiel das nicht sonderlich auf.

Das schwere Domportal ließ sich nur durch kräftiges Drücken öffnen. Draxus schlüpfte hinein. Im Nu umfing ihn Düsternis, als hätte jemand ein Tuch über seinen Kopf geworfen. Modrige Luft reizte ihn in der Nase. Behutsam ging er voran, seine Schritte hallten auf dem glatten Marmorboden. Im Grunde mochte er diese besondere Atmosphäre, die schauderhaft und faszinierend zugleich war und die es selten in vergleichbaren Gebäuden gab. Er fühlte sich in einer anderen Welt.

Nur wenige Menschen verteilten sich in diesem schier unermesslichen Raum. Die hohen Sandsteinbögen verkörperten Leichtigkeit in schweren Zeiten. Durch die farbigen Glasfenster strömte mattes Licht und vermochte die Stimmung nicht zu bezwingen. Ein passendes Sinnbild für das Leben. Immer wieder wurde erzählt, wie Dombaumeister Gerhard 1271 unter mysteriösen Umständen von einem Baugerüst in den Tod stürzte.

Ein schlimmes Omen.

Die Hohe Domkirche Sankt Petrus war 1248 von Erzbischof Konrad von Hochstaden gegründet worden und wurde seitdem ständig ausgebaut. Hier bewahrte man die Gebeine der Heiligen Drei Könige in einem goldenen Schrein. Damit unterstrichen die Kölner Erzbischöfe den Anspruch, die Krönung eines weltlichen Königs zu vollziehen. Ohne ihre Zustimmung sollte kein Monarch das Reich beherrschen. Für die Ritter der Tredici galt dieses Denken als überholt. Sie wussten, dass wahre Macht nur durch ihren Geheimbund und nicht durch einen Gekrönten möglich war.

Der Gesandte schlenderte umher und tat so, als hätte er Interesse an den zahlreichen Heiligenbildern, Engelsfiguren und dem prächtigen Hochaltar. Um nicht aufzufallen, kniete er mehrmals nieder und murmelte Gebete. Dabei zog er eine Kapuze über den Kopf. Wenn er sich wieder erhob, mied er den Blick mit anderen Gläubigen und besonders den Bediensteten oder Geistlichen.

Irgendwann führten ihn die Schritte ins nördliche Seitenschiff zu einer schmalen Steintreppe, die steil zur Krypta hinabführte.

Seine Unruhe stieg.

Vor der ersten Stufe schaute er sich hastig um.

Eine Gestalt mit Leibesfülle steuerte auf ihn zu. Sie trug eine braune Kutte, um den Hals baumelte ein silbernes Kruzifix, aus dem ein Schmuckstein gefallen war.

„Die Krypta ist geschlossen, da kommt keiner mehr rein!“ Durch lange Gewohnheit schienen die feisten Gesichtszüge in einem ständig höhnischen Grinsen erstarrt zu sein.

Irritiert blickte Draxus den Mann an. „Warum zu dieser Zeit? Ich möchte dort gerne beten."

„Das könnt Ihr auch woanders", erwiderte der Mönch unwirsch, wandte sich ab und schlurfte davon.

Draxus dachte nicht daran. *Ich lasse mich nicht von solch einem fetten Kuttenträger aufhalten.*

Unbeirrt stieg er hinab. Die Stufen glichen einer Zeitreise durch verschiedene Schichten – bis hin zu den Gründern der Stadt. Hier wurde das wahre Geheimnis der Geschichte bewahrt. Aber eine massive Holztür versperrte unten den Weg. *Abgeschlossen.*

Leise fluchte er. Heute schien nicht alles nach Plan zu laufen. Verärgert kehrte er um und verließ missmutig den Dom. *Morgen komme ich mit einem Brecheisen wieder. Und dann wollen wir mal sehen!*

Am Abend suchte er die Domschänke auf und hockte sich in die hinterste Ecke, denn nur neben dem qualmenden Ofen war noch ein freier Platz. Er hatte großen Durst und bestellte einen Humpen Bier. Der Wirt, ein dürrer Mann mit Glatze, musterte ihn mürrisch, denn Fremde weckten seinen Argwohn. Besonders, wenn jene gut gekleidet waren und trotzdem grässlich aussahen. *Wer weiß, ob dieser Spitzbube nicht für die Inquisition aushorcht. Den muss ich streng im Blick behalten.*

Das Gebräu war süffig und tat der Kehle gut. Nach dem ersten Krug orderte Draxus einen weiteren. Inzwischen war die Gaststube rappelvoll, überall hockten oder standen die Leute, sie zechten und lachten über derbe Sprüche. Einige spielten um Groschen, andere stritten lautstark. Bier und Wein flossen in Strömen, die Schankmägde in ihren schmutzigen Schürzen hatten alle Hände voll zu tun. Manche Zunge löste sich und die Geldbörsen wurden immer leerer. Von ihm schien niemand Notiz zu nehmen. *Gut so.*

Er täuschte sich.

Auf einmal drängelte sich eine Frau durch den Raum direkt auf ihn zu. Sie war mollig und trug das Kleid einer Dame, auch wenn der Stoff Mottenlöcher aufwies. Ihr blondes Haar war streng zu einem Zopf gebunden. Unaufgefordert drückte sie sich neben ihn auf die Bank. Draxus hielt die Luft an. *Was will die von mir?*

„Fremd hier, was?" Ihre Stimme war rau, die Augen giftgrün. Abfällig taxierte sie ihn von oben bis unten.

Der Gesandte fühlte sich unbehaglich, solch eine Nähe hasste er. Besonders von einem unbekannten Weib. Dennoch wollte er nicht unhöflich reagieren. *Bloß nicht auffallen.*

„Gewiss, ich bin Gast in Eurer schönen Stadt. Bald reise ich weiter", deutete er an, damit keinerlei Zweifel oder Begehrlichkeiten aufkamen.

„Wo kommt Ihr her?" forschte sie.

„Aus dem Norden des Reiches bin ich hierher geritten." Mehr wollte er nicht preisgeben. Fieberhaft überlegte er, wie er das lästige Frauenzimmer loswerden könnte.

„Wer seid Ihr, was für eine Tätigkeit übt Ihr aus und was wollt Ihr hier?" Sie blieb hartnäckig und trieb ihn vor sich her. Machtfragen.

„Was geht's dich an, Weib?" Äußerlich gelassen, doch innerlich aufgewühlt, griff er zu seinem Krug und nahm einen tiefen Schluck.

Ihre Augen verengten sich gefährlich. „Bruder Maternus hat Euer verdächtiges Verhalten im Dom beobachtet. Täuscht Euch nicht, an den Domschatz kommt Ihr nicht heran. Verschwindet aus unserer ehrbaren Stadt und schert Euch zum Teufel!", giftete sie.

Verdächtiges Verhalten und Domschatz? Er schüttelte den Kopf. *Genug!* Energisch erhob er sich, zahlte die Zeche und verließ polternd die Gaststube.

Inzwischen hatten heftige Schauer ihre Spuren hinterlassen, überall breiteten sich Pfützen in den Gassen aus. Herrenlose Hunde streunten umher. Stürmische Winde pfiffen um die Ecken. Zielstrebig eilte er zu seinem Quartier. Er fühlte sich unsicher.

Was sind das für Schritte hinter mir, werde ich verfolgt?

Drei Männer näherten sich. Plötzlich packte einer ihn am Nacken. Der Griff war bärenstark.

Vor Schreck fuhr er herum. „Was soll das? Lasst mich los!"

Ehe er sich versah, spürte er einen scharfen Dolch unterhalb der Ledermaske an seiner Kehle.

„Her mit dem Gold! Sagt mir, wo habt Ihr den Schatz versteckt?", brummte die kräftige Gestalt.

„Mit dem Domschatz habe ich nichts zu schaffen", stammelte er. „Hier muss eine Verwechslung vorliegen. Schließlich bin ich ein ehrbarer Bürger. Außerdem mittellos. Sucht euch gefälligst einen anderen."

„Lügner, her mit dem Geld", grunzte der Mann und verstärkte den Druck. Seine Komplizen grölten unverhohlen.

Angstvoll starrte Draxus in alle Richtungen, doch niemand trieb sich zu dieser späten Stunde in den Gassen herum, der ihm hätte helfen können. Nur aus einem baufälligen Haus gegenüber kicherten ein paar Huren aus offenen Fenstern und genossen den Überfall. Eine Rothaarige kippte grinsend ihren stinkenden Nachttopf auf das Pflaster, dass es nur so spritzte. Die Männer fluchten lautstark.

Mit Schrecken merkte der Gesandte, wie die Klinge seine Haut ritzte. Blut sammelte sich und tropfte auf den harten Boden. Er spürte, wie sein Lebenselixier schwand.

Fieberhaft grübelte er, wie er eingreifen könnte, aber jegliche Gegenwehr war sinnlos, denn die Räuber waren ihm haushoch überlegen. Besonders wurmte ihn, dass er seinen Dolch in der Herberge zurückgelassen hatte.

Ein unverzeihlicher Fehler.

Schließlich sah er keine andere Möglichkeit. Zähneknirschend rückte er sämtliche Taler heraus, die er bei sich trug. Eilig machten sich die Männer aus dem Staub.

„Fahrt zur Hölle!", schmetterte er ihnen hinterher, aber sie spotteten nur: „Da kommst du doch her."

Wie gut, dass ich in meinem Quartier noch einen reichlichen Vorrat an Münzen versteckt habe.

Aber jetzt durfte ihm niemand mehr folgen. Denn das würde seinen Ruin bedeuten. Das Ende aller Pläne.

In dieser Nacht schlief Draxus unruhig. Von wilden Albträumen gepeitscht, wälzte er sich schweißgebadet auf dem harten Lager hin und her. Erst als zarte Sonnenstrahlen ihn am Morgen durch das trübe Fenster weckten, wurde er aus dem Grausen erlöst. Ein neuer Tag begann. Hastig verschlang er das Morgenmahl, welches eine schlecht gelaunte Küchenmagd ihm vorgesetzt hatte. Alsbald packte er seinen Koffer, beglich die Kosten und verließ ohne Gruß die Unterkunft.

Bevor er diesmal den Dom betrat, griff er in die Seite des Mantels. Da steckte er, sein scharfer Dolch. Sicher befestigt und blitzschnell zu ziehen. Ein Freund von neumodischen Feuerwaffen war er nicht, weil sie zu schwer und durch den Knall laut waren. Damit konnte er nicht unauffällig arbeiten.

Jetzt oder nie. Noch einmal werde ich mich nicht aufhalten lassen. Er drückte das Portal auf und schlüpfte ins Innere. Wieder überfiel ihn die Dunkelheit, aber es roch nach Weihrauch. Ohne zu zögern, schritt er zielsicher zur Treppe, die zur Krypta hinabführte. Von oben konnte er sie genau erkennen – die schwere Holztür. Sie stand sperrangelweit offen. *Verdächtig. Ist das eine Falle?*

Er blickte sich um. Nur wenige Menschen verteilten sich in dem großen Kirchenschiff, keiner schien von ihm Notiz zu nehmen. Vorsichtig nahm er Stufe um Stufe. In der Mitte hielt er inne und lauschte. Sein Herz hämmerte.

Er vernahm, wie unten Männer in gedämpftem Tonfall miteinander sprachen. Auf Deutsch und in Latein.

Aha, zwei Geistliche.

Draxus spitzte die Ohren, aber er verstand nur wenig. Bis ein Ausdruck fiel, der ihn erstarren ließ: *Sanctum Officium.*

Die Inquisition. Im Zuge der Gegenreformation war sie im Jahre 1542 von Papst Paul III. als oberste Instanz aller Glaubensgerichte eingeführt worden. Mit fatalen Folgen.

Dem Gesandten lief ein Schauder über den Rücken. Obwohl er die Verfolgung der Ketzerei grundsätzlich billigte, konnte niemand sicher sein, ob man nicht selbst im Visier dieser allmächtigen Behörde war. Zumal der Orden der Tempelritter seit mehr als zweihundertfünfzig Jahren auf der gefährlichen Liste stand. Was im Prinzip genauso für die Geheimen Ritter der Tredici galt. Wie auch immer – wenn vom *Sanctum Officium* die Rede war, musste höchste Vorsicht herrschen.

Weitergehen oder lieber umkehren?

Draxus setzte seine Schritte fort und zwang sich zur Gelassenheit. Vor der Tür straffte er seinen Körper und atmete tief durch. Dann trat er ein. Die Katakombe bestand aus einem großen Raum mit vielen Ecken und Nischen. Die Decke war niedrig und rundlich gemauert, nicht überall gab es Stehhöhe. Vier Fackeln flackerten an den Wänden und erhellten nur den vorderen Teil, während sich der hintere in undurchdringlicher Finsternis verlor. Zwei Männer in vornehmen Soutanen hockten auf Schemeln. Sie schienen auf ihn zu warten und starrten ihn feindselig an. Im Hintergrund, kaum sichtbar, lauerten zwei Wachen. Sie zückten unauffällig ihre Schwerter.

Der Gesandte fuhr vor Schreck zusammen. Fieberhaft rasten seine Gedanken. *Hab ich den einen Mann nicht schon mal irgendwo gesehen? Groß und dürr, ein pockennarbiges Gesicht, tief liegende Augen und fettige, halblange Haare?*

Immer stärker formten sich Bilder von einer Begegnung. Beunruhigende Szenen vor einigen Monaten im Vatikan tauchten auf. *Vielleicht irre ich mich,* versuchte er sich zu beruhigen und seine Befürchtungen zu zerstreuen. Doch er täuschte sich nicht.

„Was wollt Ihr hier?", herrschte der andere Mann ihn an.

„Ich bin zum Beten gekommen. Mein geschätzter Graf Adolf und wahrer Freund aus Bückeburg liegt hier begraben", versuchte Draxus glaubhaft zu machen.

Graf Adolf XIII. zu Holstein-Schaumburg war 1511 geboren und begann mit der Regentschaft, als er zwanzig Jahre alt war. Diese übte er genau dreizehn Jahre lang aus. Um höhere Ziele zu erreichen, wechselte er in den geistlichen Stand und wurde drei Jahre später Erzbischof von Köln. 1556 verstarb er und wurde hier im Dom beigesetzt.

„Wir sind uns schon einmal begegnet", mischte sich der Pockennarbige ein. „Eure ketzerischen Worte bei der Audienz Seiner Heiligkeit Gregor XIII. sind mir noch bestens in Erinnerung. Das *Sanctum Officium* vergisst nie. Merkt Euch das!"

Dies war mehr als eine Warnung. Es konnte das Todesurteil auf dem Scheiterhaufen bedeuten. Dem Gesandten wurde eiskalt ums Herz und sein Magen zog sich zusammen. Jetzt blieb ihm keine andere Wahl, als sich mit der Flucht nach vorne aus der Falle zu befreien. Egal wie. Wer nichts riskiert, droht unterzugehen.

„Ihr irrt Euch", behauptete er mit fester Stimme. „Hier liegt eine Verwechslung mit meinem Zwillingsbruder vor. Jener war in Rom bei Papst Gregor – nicht ich. Zu der Zeit weilte ich fernab im beschaulichen Bückeburg."

Die Männer grinsten. „Wir ließen Euch von Rom über Bückeburg bis hierher verfolgen. Lückenlos. Da gibt es keinen Zweifel. Außerdem vergisst man Euer hässliches Ledergesicht nicht. Also, lügt uns nicht an. Das ziemt sich nicht im Hause Gottes.“

Abrupt änderte Draxus seine Strategie. „Wie viel soll ich Euch zahlen?“

Die Miene des Pockennarbigen erhellte sich. „Drei Goldtaler für jeden wären angemessen.“ Doch dann verfinsterte sich sein Blick und die Stimme wurde durchdringend. „Ihr habt unsere Frage noch nicht beantwortet: Was wollt Ihr wirklich hier?“

„Da müsst Ihr Seine Heiligkeit persönlich fragen“, wehrte er ab. „Mein Auftrag ist und bleibt geheim. Auch dem Officium gegenüber.“ Er hielt kurz inne, um seine Worte wirken zu lassen. Dann schmetterte er, sodass die Wände zu zittern schienen: „Es geht um Gregor XIII. und Adolf XIII. Verhöhnt nicht die Macht der Dreizehn – ob als Segen oder Fluch – darüber entscheiden allein wir. Gehabt Euch wohl!“

Ohne länger zu zögern oder etwas zu zahlen, machte Draxus kehrt und hastete die Stufen aus der Krypta hinauf. Einige Besucher starrten ihn entsetzt an und tuschelten. Er ignorierte sie. Mit Herzrasen durchschritt er den breiten Hauptgang und strebte zum Portal. Doch er ging nicht hinaus. Fieberhaft suchte er nach einem passenden Versteck. Auf keinen Fall wollte er seinen Plan aufgeben. *Heute muss es endlich gelingen.* Rasch bog er ins rechte Seitenschiff und schlich im Schatten der Pfeiler zurück in Richtung Altar. Sein Blick blieb an einem Beichtstuhl hängen. *Ist dort ein Priester drin?*

Seine Anspannung stieg.

Vorsichtig schob er den grauen Vorhang zur Seite und spähte ins Innere. *Leer.* Da die Tür verschlossen war, kletterte er ohne Umschweife durchs Fenster, nachdem er seinen Koffer hineingeworfen hatte, und ließ sich auf eine harte Bank fallen. *Geschafft!*

Mit spitzen Fingern zog er den Stoff einen Spalt zur Seite und lugte hinaus. In dieser Position befand sich der Zugang zur Krypta genau im Visier. Zufrieden atmete er durch. *Wenn jetzt ein Priester kommt? Mir wird schon was einfallen. Zur Not habe ich meinen Dolch dabei, auch wenn ein Blutbad im Dom ein Skandal wäre. Ein Sakrileg.*

Minute um Minute verstrich. Niemand nahm die Stufen, weder hinab noch hinauf. Langsam schmerzten seine Augen, er wurde schläfrig. Doch er zwang sich zum Durchhalten. Die Zeit dehnte sich.

Nichts geschah.

Gerade wollte er seine Aktion abbrechen, als er bemerkte, wie eine massige Gestalt zur Treppe schlurfte. Das konnte nur dieser Maternus sein. Der Judas, der Verräter.

Im Nu war Draxus hellwach. Er hielt die Luft an.

Der Mann blieb kurz stehen und schaute sich um. Dann stapfte er behäbig die Stufen nach unten.

Es dauerte nicht lange, da kamen die beiden Inquisitoren mit den Wächtern zum Vorschein und strebten einem Seitenausgang zu. Ihre Soutanen schleiften über den staubigen Boden.

Jetzt oder nie.

Ungelenk kletterte der Gesandte aus dem Versteck und eilte zur Krypta. Verstörte Blicke von Gläubigen missachtete er. Was er vorhatte, ging niemanden etwas an.

Zügig nahm er die Tritte hinab. Diesmal war die schwere Holztür zu, aber nicht abgeschlossen. Noch einmal ein kurzer Griff an die Seite seines Mantels, dann drückte er die Tür auf, betrat die Katakombe und verriegelte sie hinter sich mit einem langen Haken.

Grinsend wuchtete sich der Mönch vom Sitzplatz und glotzte ihn an.

„Was soll das? Warum habt Ihr die Tür abgesperrt?"

„Weil ich keine Zeugen will", betonte Draxus.

„Was wollt Ihr hier?" Seine Stimme zitterte leicht.

„Das geht Euch nichts an."

„Oh doch! Ich bin beauftragt, aufzupassen. Und wenn Ihr nicht sofort verschwindet, rufe ich die Wache herbei."

„Es gibt zwei Möglichkeiten: Entweder Ihr macht, dass Ihr fortkommt, oder Ihr fahrt gleich zur Hölle. Heute lasse ich mich nicht von meinem Plan abbringen. Entscheidet Euch!"

„Ihr seid ein Dämon, ein Satan. Ich denke nicht daran, diesen Platz zu räumen", keuchte Maternus und kroch immer näher heran. Sein Grinsen erstarb, die blutunterlaufenen Augen brannten vor Abscheu.

Der Gesandte musste handeln. Unvermittelt zog er den Dolch. Doch er zögerte und drohte seinem Widersacher. Innerlich flehte er, der Mann möge sich fügen, denn er wollte sich nicht an ihm versündigen, wollte nicht ausgerechnet im heiligen Dom zu Köln zum Mörder werden.

Aber Maternus fügte sich nicht.

Plötzlich ging alles ganz schnell. Das scharfe Eisen durchbohrte den fetten Leib und stach zielsicher ins Herz. Dann zweimal in den Bauch. Draxus musste seine ganze Kraft aufwenden, er schwitzte. Blut schoss hervor und quoll auf den Boden. Es bildete sich eine große Lache.

Der Mönch schrie, stöhnte, röchelte – und verstummte nach endlosen Minuten. Dabei wankte er, torkelte und schlug hart auf den Marmor. Er wälzte und wand sich, zuckte wild und erlahmte schließlich. Nun war er tot. Seine Augen verharrten, sie schienen nicht sehen zu wollen, was geschehen war.

Für einen Moment stand Draxus verstört da und starrte auf den Leichnam. Wie in Trance wischte er das Blut von der Klinge am braunen Gewand des Mönches ab. *Oh, wie schrecklich, das habe ich nicht gewollt. Hoffentlich hat niemand das Geschrei oben im Dom gehört. Das würde dramatische Folgen haben.*

Fröstelnd wandte er sich vom Grauen ab, riss von der Wand eine Fackel herunter und drang in den düsteren Teil der Krypta vor. Das Feuer flackerte rußig und warf grausige Schatten. Schritt für Schritt tastete er sich voran.

Endlich entdeckte er, was er suchte. Da war er, der aufrecht stehende Grabstein von Graf Adolf XIII. zu Holstein-Schaumburg, Anno Domini 1556. Wahrlich ein Meisterwerk nicht nur der künstlerischen Gestaltung, sondern speziell der Mechanik.

Der Gesandte wusste genau, was er machen musste. Kräftig drückte er unten auf die rechte Ecke. Ein metallisches Klicken war zu hören, dann konnte er den schweren Stein auf einer Mittelachse mühelos zur Seite drehen. Vor ihm tat sich der Eingang zu einem finsteren Tunnel auf. Dieser Drehstein war in Köln das Geheimnis der Ritter der Tredici.

Mit der Fackel in der einen und dem Koffer in der anderen Hand, zwängte er sich in den engen Gang und schob den Grabstein wieder zurück. Ein Uneingeweihter würde diesen Zugang niemals entdecken. Ausgetretene Stufen führten in die Tiefe. Die Luft stand förmlich und es roch muffig. Von der Decke tröpfelte Wasser, die Wände waren nass. Hier wehte seit Jahrhunderten kein frischer Hauch mehr hindurch.

Draxus achtete darauf, dass er nicht ausrutschte oder sich am Gestein den Kopf blutig stieß. Nicht auszudenken, wenn er hier verunglücken sollte. Kein Mensch würde ihn schreien hören, geschweige denn finden. Der Tunnel führte stetig bergab und machte ein paar Biegungen. Das Echo seiner Schritte klang geisterhaft. Langsam ließ die Leuchtkraft der Fackel nach, sodass er sich zur Eile antrieb.

Bloß nicht im Dunkeln stecken bleiben!

Endlich erreichte er das eiserne Tor. Viermal – die Quersumme von dreizehn – pochte er kräftig, denn so hieß das geheime Zeichen. Auf einmal vernahm er hastiges Stapfen und das Stochern eines Schlüssels. Die Tür sprang quietschend auf.

„Willkommen in der Kölner Unterwelt", rief Synnbald freundlich, obwohl ihm ein eisiger Schauder beim Anblick des Gastes überkam. Er war der Statthalter des hiesigen Geheimbundes der Tredici und führte seine Geschäfte meistens von hier aus. Die unterirdische Anlage bot einen kultischen Saal, zwei Arbeitszimmer, eine Küche mit

Vorratsraum sowie bequeme Schlafgemächer. Besonders geschützt war die Schatzkammer.

„Der Weg zu Euch war voller Hindernisse", seufzte Draxus, „gibt es keine einfache Möglichkeit, hierher zu gelangen?"

„Nur, wenn Ihr gut schwimmen könnt", lachte der Mann. „Unser geheimer Weg führt per Boot durch eine Schleuse, die unter Felsen verborgen am Rheinufer liegt. Seid Ihr noch nie hier gewesen?"

„Nein. Meistens halte ich mich in Spanien, Frankreich oder am Heiligen Stuhl auf."

„Ich habe gegrübelt, wo wir uns schon einmal begegnet sind, doch es ist mir nicht eingefallen", gab Synnbald zu. „War das in León?"

„Es muss vor etlichen Jahren an der Grenze zu Galizien gewesen sein. Ich war im Begriff, nach Rom zu reisen. Daher hatte ich nicht viel Zeit, mit Euch zu plaudern."

„Das können wir nachholen", rief der Statthalter freudig und klatschte in die Hände.

Die Tür öffnete sich und eine Hetäre in einem schwarzen Gewand trat ein. Ihre blonden Haare trug sie schamlos offen.

„Was wünschen die Herrschaften?", fragte sie mit gespielter samtiger Stimme und machte einen Knicks. Ihren Ekel vor dem Fremden verbarg sie geschickt.

Draxus erschrak. Ausgerechnet diese Frau hatte sich in unangenehmer Weise in der Domschänke an ihn herangemacht.

Synnbald bemerkte seine Reaktion. „Verzeiht, dass wir in der Schänke und auf der Gasse zu solch harten Mitteln greifen mussten. Aber die neuesten Regeln des Großmeisters sehen eine genaue Prüfung vor."

„Solch eine radikale?", fragte er entrüstet. „Die hättet Ihr wahrlich auch anders durchführen können."

„Freilich, aber die momentane Lage zwingt uns dazu. Es geht darum, herauszufinden, wie geistig stabil die betreffende Person ist. Wie sie in unvorhergesehenen Situationen reagiert. Vergesst nicht, dass uns die Inquisition im Nacken sitzt. Das erfordert ungewöhnliche Wege."

Draxus nickte verärgert. *Wissen die Tredici von Köln nicht, wer ich bin?* Egal – was er gestern Abend erlebt hatte, waren im Grunde Kleinigkeiten. Da war der Mord am Mönch im Dom schon eine andere Nummer. Aber darüber wollte er nicht reden. *Man kann ja nie wissen.*

„Franka, bringe uns knusprigen Braten und frisches Brot, dazu köstlichen Rheinwein. Wir wollen unseren Gast willkommen heißen."

Die Dienerin verschwand in der Küche.

„Für Euch haben wir das Gästezimmer hergerichtet. Dort wird meine Sklavin heute Nacht dafür sorgen, dass Ihr Euch rundum wohlfühlt", ergänzte der Mann und zwinkerte ihm verschwörerisch zu.

Bald wurden die Speisen auf vergoldeten Tellern serviert und Wein in geschliffene Gläser gegossen. Die Frau musterte den Gast mit versteinerter Miene. Rasch zog sie sich in die sichere Küche zurück.

„Auf Euer Wohl", rief Synnbald.

„Auf das Wohl des Großmeisters und der Tredici", antwortete der Gesandte angespannt. „Lasst uns nun zum eigentlichen Anlass kommen. Ich bin hier, um die fälligen

Abgaben für die letzten sieben Jahre zu kassieren. Unserem Großmeister reißt langsam der Geduldsfaden. Sonst", er machte eine Pause, „ werden wir Köln aufgeben."

Synnbald hob theatralisch die Arme. „Nein, niemals! Wir werden zahlen, weil wir jetzt auch zahlen können. Unsere Schatzkammer ist inzwischen gut gefüllt. Dort stapeln sich wertvolle Artefakte aus Silber und Gold."

„Wo habt Ihr all das her?"

„Das geht Euch nichts an. Trotzdem will ich es verraten. Die meisten Stücke stammen aus dem Domschatz und aus anderen Kirchen. Auch vom Rathaus und Raubzügen bei reichen Kaufleuten sind Teile dabei."

„Ich brauche zehntausend Taler. Aurum pur – in Gold!"

Wie ein Donnerschlag dröhnte die Forderung durch das Gemäuer. Synnbald starrte ihn fassungslos an, es verschlug ihm die Sprache. Fieberhaft rasten seine Gedanken.

Endlich fasste er sich wieder. „Das ist nicht Euer Ernst. So viel besitzen wir nicht", log er.

„Natürlich habt Ihr so viel. Zusätzlich fordere ich für morgen Mittag eine sichere Kutsche nach Frankreich", ergänzte Draxus und fügte grinsend hinzu: „Mit Franka an Bord."

„Unverschämt!", stammelte Synnbald kopfschüttelnd.

Er wusste, dass er keine andere Wahl hatte. Der Großmeister auf der einen Seite und die Inquisition auf der anderen waren stärker. Mit beiden konnte er sich nicht anlegen. Wenigstens nicht, solange die Welt bestand. Denn überall wurde gemunkelt, dass in zwei Jahren

Schluss sei. Dann käme das Jüngste Gericht. Die Stunde der Rache.

„In Ordnung", erklärte er zähneknirschend. „Überlasst mir heute Nacht noch einmal das Weib. Danach könnt Ihr sie nach Belieben haben."

Beide Männer leerten eine weitere Flasche Wein und die Stimmung besserte sich. Am Ende des Tages lachten und spotteten sie miteinander. Besonders darüber, dass Papst Gregor den Willen der Tredici umgesetzt hatte, ohne es zu merken.

Als Draxus müde im Bett lag, war er mit sich und der Welt zufrieden. Er freute sich auf morgen, auf die erregende Reise gen Süden, auf das wollüstige Weib. Er war sich sicher, dass Synnbald ihm keine Falle stellen würde. Dafür war dieser Mann nicht gerissen genug und letztlich als Statthalter der Tredici in Köln ungeeignet.

Ein vernichtendes Urteil – aber eindeutig.

Beim ersten Hahnenschrei schreckte Franka hoch und hatte das Gefühl, kaum geschlafen zu haben. Die Forderung des Fremden versetzte sie in Panik. Was der Kerl von ihr wollte, konnte sie sich denken. Es schmerzte, dass sie als Dienerin keinerlei Rechte besaß, um dagegen aufzubegehren. Ihre einzige Hoffnung bestand darin, aus den Zwängen von Synnbald zu geraten, was ihr bisher nicht gelang. Einmal versuchte sie zu fliehen, aber sie kam nicht weit. Am Stadttor war der Weg in die Freiheit zu Ende. Der Hurenbock hatte überall seine Spitzel und bediente sich gerne der Inquisition. Irgendwie schienen alle Männer gleich zu sein, wenn es um die Unterdrückung der Frau ging.

Gegen Mittag machte Synnbald das Boot klar, das in der verborgenen Schleuse lag. Widerwillig wuchtete er die schwere Kiste hinein, in der sich das Geforderte befand. Darunter waren nur einige Münzen; der größte Teil bestand aus goldenen Gerätschaften wie Kreuzen, Leuchtern, Gefäßen oder Schmuck. Draxus kletterte mit seinem Lederkoffer hinzu und kontrollierte die Schatztruhe. Schließlich folgte Franka mit ihren wenigen Habseligkeiten. Der Statthalter bediente das Wehr und ruderte mit kräftigen Schlägen auf den Rhein hinaus. Das Wasser schwappte unruhig und das Boot schaukelte wild.

„Wenn uns jemand bemerkt?“, fragte Draxus und schaute nervös zur trutzigen Stadtmauer mit ihren Türmen hinauf.

„Um diese Zeit sind dort keine Posten stationiert“, erklärte Synnbald beruhigend. „Erst am Abend wird genau Ausschau gehalten.“

Kurz bevor sie den Sichtbereich der Mauer verließen, lugten zwei Köpfe zwischen den Zinnen hervor. Der Statthalter bemerkte sie und hob unauffällig den rechten Arm. *Alles klar!* Die beiden anderen starrten auf den aufgewühlten Fluss; jeder hing seinen Gedanken über die ungewisse Zukunft nach.

Stromabwärts, hinter einer Biegung, legten sie bei einem Weiler an. Am Uferplatz wartete bereits ein bequemes Gespann. Der Kutscher nickte knapp und hievte die Kiste ins Gefährt, alsbald stiegen Draxus und Franka hinzu. Synnbald wünschte ihnen eine sichere Reise und ruderte unverzüglich zurück. Innerlich lächelte er zufrieden.

*

Das Wetter war angenehm, obwohl die Sonne nicht schien. Nur ein sanfter Wind blies von Westen. Die Strecke führte auf der berühmten Via Regia zuerst nach Aachen. Jene *Königliche Straße* stellte seit Jahrhunderten eine wichtige Handelsroute dar, die das ferne Moskau mit Santiago de Compostela in Galizien verband. Anno 1252 wurde sie das erste Mal in einer Urkunde von Markgraf Heinrich von Meißen erwähnt, doch die Anfänge führten weiter zurück. In jene Epoche, in der Karl der Große von Aachen aus das Fränkische Reich bildete. Das Besondere der Via Regia bestand darin, dass sie unter dem Friedensschutz des jeweiligen Königs oder Kaisers stand. Deshalb wurde sie gerne als Pilgerweg zur Kathedrale in Santiago de Compostela genutzt.

Der Gesandte hatte sich die wichtigsten Orte notiert. Zuerst wollte er nach Aachen reisen. Von dort sollte es ins Königreich der Franken nach Reims gehen. Dann weiter via Paris, Orléans, Poitiers und Bordeaux ins Vorland der Pyrenäen. Da lag das kleine Bergdorf Saint-Jean-Pied-de-Port. Hier begann der berühmte Weg der Jakobspilger, welcher über die Berge Spaniens nach Burgos, León und endlich Santiago de Compostela führte. Irgendwo auf dieser Strecke – vor aller Öffentlichkeit verborgen – lag sein eigentliches Ziel: Der Sitz des Großmeisters der Geheimen Ritter der Tredici.

Wo sich dieser Ort genau befand, konnte er nicht sagen, obwohl er oft dort gewesen war. Nur unscheinbare, heimliche Zeichen auf dem Jakobsweg gaben dem aufmerksamen Pilger Orientierung. Auf der letzten Etappe der Via Regia – so war es angeordnet – wurden ihm von Wachposten die Augen verbunden, damit er unter der Folter nicht den wahren Ort preisgeben konnte. Die Inquisition brannte nur darauf, die Macht des Geheimbunds zu zerschlagen und alle Reichtümer an sich zu reißen.

Auf der Fahrt blieb Draxus wortkarg. Nur Kutscher Siegward plauderte munter über Gott und die Welt mit Franka, die vorne neben ihm auf dem Bock hockte.

„Was ist Euer Reiseziel, junges Fräulein?“, fragte er gerade und musterte sie neugierig von der Seite.

Was soll ich bloß sagen? Auf keinen Fall die Wahrheit.

Bevor sie Luft holen und zu einer Antwort ansetzen konnte, brüllte der Gesandte unwirsch von hinten. „Das werden wir sehen. Heute geht es bis Aachen. Redet nicht so viel, sondern seht zu, dass wir vorankommen. Und du, dumme Gans, hältst den Mund. Dein dauerndes Gequatsche macht mich ganz verrückt.“

Der Kutscher knallte kräftig mit der Peitsche und feuerte die beiden Pferde an. Franka schluckte. Ihr war eiskalt ums Herz und sie presste den Mantel eng um sich. Stur starrte sie geradeaus. *Bei nächster Gelegenheit werde ich fliehen. Auch wenn ich keinerlei Barmittel besitze und auf fremde Hilfe angewiesen bin. Egal, bloß weg!*

Als die Dämmerung hereinbrach, erreichten sie die karolingische Reichsstadt. Aachen wurde für die vielen Heilquellen geschätzt, schon die Römer bauten den Ort aus und nannten ihn Aquae Grani – nach dem keltischen Heilgott Granus. Wegen der Bedeutung des Wassers galt die Stadt bei den Tredici als Heiliger Ort. An dieser Stelle kamen in einzigartiger Weise physische und psychische Ströme für Leib, Geist und Seele zusammen. Besonders hier konnte man diese Kraftquelle so stark spüren.

Der Gesandte war kein Unbekannter. Als die Kutsche vor dem Stadttor anhielt, winkte der Torwächter sie gleich durch.

„Willkommen in unserer Stadt, Meister Draxus! Heute braucht Ihr keinen Zoll entrichten. Seid unser ehrenwerter Gast“, rief er freudig und grinste wegen der jungen Frau.

Das Gefährt rumpelte durch enge Gassen bis zum prächtigen Dom. In seinem Schatten gab es eine zünftige Herberge. Dort fragte der Gesandte nach einem bequemen Gemach für sich und einer einfachen Kammer für Franka.

Als sie das hörte, schöpfte sie Vertrauen und beschloss, ihre Flucht zu verschieben. *Wo soll ich denn des Nachts in dieser fremden Stadt hin?* Außerdem wollte sie eine offene Rechnung begleichen. Dafür brauchte sie Geduld, noch war es nicht so weit.

Der Kutscher schleppte das Gepäck in die Zimmer, wobei Draxus mit Argusaugen auf seine Goldkiste achtete. Nicht auszudenken, wenn sie gestohlen würde. Nachdem alles sicher verstaut war, blieb Siegward beim Wagen und den Pferden. Die beiden Reisenden hockten sich in die Gaststube, um das Nachtmahl einzunehmen. Sie verspürten großen Hunger und Durst.

„Es ehrt mich, dass Ihr als Gelehrter eines hohen Standes mit einer unwürdigen Dienerin zusammen speist und sie nicht körperlich bedrängt", erklärte sie unterwürfig und sah verstohlen auf den Boden.

Diese Äußerung wählte sie mit Bedacht, weil sie ahnte, dass der Mann je friedlicher gesinnt war, desto stärker sie seine Machtposition anerkannte. Einen anderen Weg als den der Taktik sah sie im Moment nicht.

Der Gesandte nickte leicht.

Sie setzte eins drauf. „Außerdem wisst Ihr, dass ich mittellos und auf Eure christliche Fürsorge angewiesen bin."

Jetzt habe ich ihn. Er kann kaum noch zurück.

Eine betretene Pause entstand.

An den Nebentischen wurde munter geplaudert und gelacht. Franka spürte förmlich, wie der Mann mit sich rang und sich endlich einen Ruck gab.

„Auf Euer Wohl", rief er und hob seinen Bierkrug, der leicht überschwappte.

„Ebenso auf Euer Wohl", lächelte sie zufrieden und hob ihr Gefäß, aus dem nichts überlief. *Geschafft! Er hat das herrische Du abgelegt und mich ehrenvoll angesprochen. Ein entscheidender Schritt.*

Die Atmosphäre lockerte sich. Nach dem Bier stießen sie mit blumigem Weißwein vom Rhein an. Draxus fühlte sich immer wohler und seine Zunge löste sich. Munter goss er sich stets nach und fing an, ausführlich von seinen ausgedehnten Reisen durch Frankreich, Spanien oder Italien zu erzählen. Doch Franka blieb wachsam und nippte nur am Glas. In der bevorstehenden Nacht konnte alles Mögliche passieren. Da wollte sie nüchtern sein.

Zur selben Zeit bezogen zwei Reiter aus Köln Quartier in einem Kloster auf der anderen Straßenseite. Kurz nachdem Siegwards Gefährt eingetroffen war, erreichten sie die Reichsstadt. Den Abend genossen sie in der Klause mit schwerem Rotwein. Sie vertrugen viel.

Am folgenden Morgen bereitete der Kutscher alles zur Weiterfahrt vor. Diesmal setzte sich Franka zum Gesandten in der Hoffnung, die angenehme Stimmung des letzten Abends fortzusetzen. Sie wusste, dass es für einen Mann kaum Schlimmeres gab, als sich abgelehnt zu fühlen. Froh war sie, dass die Nacht ohne Bedrängungen verlaufen war. Daher plapperten sie über Belanglosigkeiten. Wie dem Wetter, das passt immer.

Der Weg führte südwestlich am Herzogtum Lützelburg *(Luxemburg)* vorbei. Nach der Übernachtung in einem ärmlichen Kloster verließen sie am folgenden Tag das Heilige Römische Reich Deutscher Nation und gelangten ins Königreich der Franken. Anfangs war die Strecke gut ausgebaut, aber nun wurde sie schlechter. Tiefe Schlaglöcher, steinige Abschnitte und schmale Etappen durch morastige Wälder waren eine Herausforderung nicht nur für Pferd und Wagen, sondern ebenso für die Insassen. Immer wieder wurden sie unsanft hin und her geworfen. Siegward fluchte jedes Mal.

Es war reine Intuition.

Vor einer Kurve blickte Franka unauffällig nach hinten und entdeckte in der Ferne zwei Reiter, die auf demselben Weg waren.

Das müssen meine Männer sein!

Ein wohliges Gefühl kam in ihr auf. Sie spürte, wie ihre Rache nahte, die sich gegen den Geheimbund als Ganzen richtete, der sie jahrelang in Köln gefangen gehalten hatte. Sie biss sich auf die Lippen und hoffte, der Gesandte würde sich nicht ebenfalls umdrehen. Schnell lehnte sie sich gegen das Fenster und tat so, als ob sie ein Nickerchen machen wollte. Aber ihre Seele war aufgewühlt.

Am meisten hatten die Reisenden Angst vor Wegelagerern und Geächteten, die in dichten Wäldern hausten. Diese finsteren Gestalten warteten nur darauf, dass ihnen reiche Beute in die Hände fiel. Dabei scheuten sie nicht vor Mord und Totschlag zurück, denn sie hatten nichts zu verlieren. Draxus wagte kaum den Gedanken, dass dieses Gefährt eine Fracht transportierte, die unermesslichen Reichtum bedeutete. Hoffentlich würden sie von einem Bruch der Achse oder Überfällen verschont bleiben. Zwar war der Kutscher bewaffnet und er selbst trug einen Dolch, aber das bot keine Garantie. Jeder Kampf war immer ein Risiko auf Leben und Tod. Um sich selbst und die Goldkiste zu retten, könnte man zur Not Franka mit ihren Reizen als Lösegeld anbieten, überlegte er. Daher war die Frau für sein Vorhaben äußerst wichtig und er musste verhindern, dass sie sich unbehaglich fühlte und Fluchtgedanken hegte.

Während Franka taktische Überlegungen anstellte, war der Gesandte berechnend. Letztlich dachte jeder nur an sich und seinen Vorteil. So funktionierte seit Menschengedenken das schonungslose Prinzip des Lebens.

*

Reims. Die Hauptstadt der Champagne lag am Schnittpunkt wichtiger Straßen und galt als Zentrum der römischen Provinz Gallia Belgica. Die Türme der Kathedrale Notre-Dame grüßten die Reisenden schon von ferne. Hier residierte ein mächtiger Erzbischof. Draxus kannte die Geschichte der Ketzerin Jeanne d'Arc, die den Dauphin Karl VII. 1429 zu seiner Krönung hierherführte. Wenig später wurde sie verurteilt und auf dem Scheiterhaufen verbrannt. Er sah es als Schande an, dass dieses Urteil 1456 von der Kirche wieder aufgehoben wurde. Das unterstrich erneut, wie schwächlich viele Päpste handelten und auf bequeme Vorteile bedacht waren. *Wenn ich erst auf dem Heiligen Stuhl Petri sitze, werde ich konsequent durchgreifen. So, wie ich Gregor die Leviten gelesen habe, muss man es machen.*

Siegward hielt Ausschau nach einer geeigneten Herberge, die ihm ein anderer Kutscher empfohlen hatte. So rumpelte der Wagen auf holprigen Gassen zum Marktplatz. Gerade bauten Händler ihre Stände ab, auf denen sie Gemüse und Obst feilgeboten hatten. Dahinter erstreckte sich der Viehmarkt, auf dem noch munteres Treiben herrschte. Das Grunzen, Blöken, Gackern und Wiehern mischte sich mit dem Geschrei der Leute um die besten Preise.

Hinter dem Hôtel de Ville, dem Rathaus, lag die Herberge *Zur Post*. Hier kehrten sie ein und bezogen wieder zwei Zimmer, in die die Gepäckstücke gebracht wurden. Draxus' Gemach befand sich im Erdgeschoss, direkt neben der Gaststube. Die schwere Goldkiste schob er unter sein Bett. Dort war sie vor fremden Blicken sicher. Seinen

Lederkoffer mit der Gesichtsmaske verstaute er in einem Spind. Jedoch gefiel ihm die Lage des Raums überhaupt nicht.

„Könnt Ihr mir nicht ein besseres Zimmer zuweisen?", beklagte er sich beim Wirt. „Dieses ist mir viel zu laut."

Der Hausherr verzog sein Gesicht. „Es tut mir leid, Euer Gemach ist das luxuriöseste. Sonst haben wir nur enge Kammern im oberen Geschoss. Aber die sind für Euch nicht standesgemäß."

Der Gesandte nickte. Dem widersprach er nicht. Ehre und öffentliches Ansehen waren ihm äußerst wichtig. Seine andere, dunkle Seite wagte er nur selten auszuspielen. Vielleicht heute Nacht. Bei diesem Gedanken regte sich starke Vorfreude.

Die Reisenden nahmen wieder das Nachtmahl in der Gaststube ein, die mit laut feiernden Menschen gefüllt war. Diesmal hielt sich Draxus beim Weintrinken zurück, während Franka sich gerne nachschenken ließ. Heute war die junge Frau redselig und tischte ihm fantastische Geschichten auf, die sie sich alle ausdachte. Wahre Begebenheiten wollte sie nicht preisgeben, die gingen den Mann nichts an. Es war ihr nur wichtig, Zeit zu schinden.

Die Turmuhr von Notre-Dame schlug zehnmal, als er sich anschickte, das Beisammensein zu beenden und die Nachtruhe anzutreten.

Aber Franka hatte es nicht eilig, weil sie ihn unbedingt bei sich behalten musste.

„Ein Gläschen noch", hauchte sie und lächelte ihm zu, „vielleicht habt Ihr ja noch Lust ..." Sie ließ den Satz offen.

Mit Erstaunen starrte er sie an, einen Hauch länger, als es schicklich war. „Durchaus!“, antwortete er knapp.

Sein Plan schien aufzugehen.

Und ihrer ebenso.

Eine Stunde vor Mitternacht stieg der Gesandte behutsam die steilen Stufen ins Obergeschoss hinauf. Der Lärm aus der Gaststube war inzwischen verebbt, die meisten Leute waren gegangen. Er trug ein leichtes Nachtgewand und verbarg darunter etwas, das er krampfhaft festhielt. Um seinen Hals baumelte ein goldenes Kreuz, welches er der Goldkiste entnommen hatte und ihn stimulieren sollte.

Eine solche Perversion liebte er.

Inständig hoffte er, dass ihm niemand begegnen würde, sonst hätte er sich in Grund und Boden geschämt. Andererseits reizte ihn der Auftritt ungemein.

Auch das mochte er.

Es war dunkel im Haus, nur der Halbmond blinzelte durch ein trübes Fenster im Flur. Die Treppe knarrte entsetzlich. Oben angekommen, wandte er sich nach links und zählte im Stillen die Türen. Die sechste musste es sein.

Die Spannung stieg.

Sein Herz pochte.

Leise klopfte er an.

Nichts tat sich.

Noch einmal stärker.

„Kommt herein“, säuselte eine warme Stimme.

Er drückte die hölzerne Tür auf und trat ein.

Franka lag ausgestreckt auf ihrem Lager und zwinkerte ihm verführerisch zu. Sie trug ein dünnes Nachthemd, durch das sich ihre aufreizende Figur abzeichnete. In der Ecke flackerte ein Licht, das übergroße Schatten an die Wände warf. Ein Zerrbild der Wirklichkeit. Wollust lag in der Luft.

Unvermittelt zog Draxus unter seinem Gewand eine Peitsche hervor, die er dem Kutscher entwendet hatte.

Sie zuckte zusammen. *Hilfe!*

Er kam näher.

Es war, als würde ihr jemand die Luft abschneiden.

Noch näher.

Zitternd verkroch sie sich unter der Bettdecke.

Mit hastigen Bewegungen zog der Mann sein Gewand über den Kopf und löste die Ledermaske, die er in weitem Bogen von sich warf. Hemmungslos, nur mit dem Schmuckstück um den Hals, stand er da. Seine Erregung war unübersehbar.

Franka bebte vor Angst und schauderte vor Ekel.

„Züchtige mich!", befahl er.

„Euch?" Sie verstand nicht.

„Nimm die Peitsche und schlage mich."

Langsam begriff sie. „Nein, das kann ich nicht tun."

„Du kannst das." Er drehte ihr den Rücken zu und beugte sich unterwürfig. „Los, mach schon!"

Franka tat, was sie bislang noch nie gemacht hatte, was ihr auch nicht im Traum eingefallen wäre.

Er feuerte sie an. „Mehr ... schlag zu ... doller ... kräftiger!"

Ihre Hiebe wurden immer wilder, rote Striemen bildeten sich auf seiner Haut. Auch wenn es pervers war, inzwischen war es ihr egal. Wie eine Rasende prügelte sie auf ihn ein. Er wollte es ja so. Hauptsächlich ging es ihr ja darum, Zeit zu schinden. Aber ebenso spürte sie, wie sie ihren Lebensfrust abreagierte.

Abrupt wandte er sich zu ihr um und sie drosch weiter auf ihn ein. Erst als seine Erregung den Höhepunkt erreichte, beendete sie das Martyrium.

Auf einmal fing der Nackte hemmungslos an zu heulen. In ihm brachen Dämme, lange Aufgestautes bahnte sich einen Weg nach draußen. Bebend kniete er vor ihrem Bett. Alle Würde war entwichen. Wie ein verletzter Junge kauerte er da. Franka konnte es kaum mit ansehen.

Selbst sein goldenes Kreuz glänzte nicht mehr.

In diesem Augenblick schlug in der Ferne die Turmuhr der Kathedrale zwölfmal.

Endlich ist Mitternacht. In der Nähe wieherten zwei Pferde, als begrüßten sie den neuen Tag.

Irgendwann schlich Draxus aus ihrer Kammer und stolperte benommen die Treppe hinunter zu seinem Gemach.

Als er die Tür öffnete, erschrak er zu Tode. Die Peitsche entglitt seiner Hand und schlug auf den harten Boden der Tatsachen. Fassungslos starrte er in den Raum und konnte nicht glauben, was er sah. Das Fenster stand sperrangelweit offen. Leise spielte der Wind mit dem Vorhang.

Er hastete zum Bett und stürzte sich auf den Boden, um genau nachzusehen. Da traf ihn der Schlag – die Goldkiste war verschwunden.

Und Franka in derselben Nacht auch.

Kapitel 4
Rückschritt als Fortschritt

Bückeburg, Schaumburger Land, an einem 13. Oktober

Niemand weiß am frühen Morgen, wie der Tag verlaufen wird, und keiner ahnt, in welcher Dramatik er endet – mit Folgen weit über die Zeiten hinaus.

Die ersten Stunden beginnen gewöhnlich so wie an jedem Freitag. Es ist angenehm mild und eine blasse Sonne schimmert durch die Wolkendecke. Dennoch greift eine latente Angst um sich. Eine unerklärliche Spannung liegt in der Luft, die nur derjenige wahrnimmt, der aufmerksam die Natur beobachtet. Kein Vogel zwitschert in den hohen Bäumen ringsum, es herrscht Totenstille auf den Ästen und in den Nestern. Die gefiederte Kreatur hat längst das drohende Unheil gespürt. Nur die Menschen merken es nicht und verrichten, was sie immer tun, um den Wochenmarkt vor dem imposanten Rathaus in der kleinen Residenzstadt Bückeburg zu beschicken. Fahrzeuge werden rangiert, Verkaufsstände aufgebaut, Obst und Gemüse ausgelegt, Brot und Fisch, Wurst und Käse.

Langsam trudeln die ersten Besucher ein. Sie prüfen die Waren mit kritischem Blick, kaufen etwas oder schlendern zum nächsten Stand weiter. Alsbald herrscht geschäftiges Treiben. Nur der alte Brunnen, genau in der

Mitte des Platzes, strahlt mit leisem Plätschern eine angenehme Ruhe aus. Seine kunstvoll behauenen Sandsteine verkörpern Beständigkeit, sie sind über den Stress der Gegenwart erhaben.

Bedächtig kriecht der große Zeiger der Turmuhr des Rathauses voran und nähert sich der Zwölf. Es sieht so aus, als würde er zögern, um der Welt ein wenig mehr Zeit zu geben. Doch der Schrecken ist nicht aufzuhalten.

Dann geschieht das Unfassbare.

Der Blick einer jungen Händlerin erstarrt, ihr Herz setzt für einen Schlag aus. Die graugrünen Augen verengen sich zu Schlitzen, die prüfen und für unmöglich halten, was sich direkt vor ihnen auftut.

Silva Groothaus lässt vor Schreck den schweren Gemüsekorb fallen, polternd verteilen sich die Kartoffeln auf dem staubigen Pflaster. Voller Entsetzen kreischt sie auf. Es ist ein gellendes Schreien, das kein Ende zu nehmen scheint, das sich Bahn bricht aus den Tiefen ihrer Seele. Denn seit Generationen wirkt ein Fluch, der in einem barbarischen Verbrechen gründet, das einst hier geschehen ist. Damit hält ihre Familiengeschichte die Erinnerung an das unsägliche Leid von Gerhild Groothaus wach.

Die Leute auf dem Marktplatz zucken zusammen.

„Was ist passiert?“, rufen sie ratlos und schauen sich irritiert um. Bis alle Silva anstarren.

„Da ... da ... da!“, stottert die Frau und zeigt mit zitterndem Finger zum Brunnen.

Etliche Blicke wenden sich der Mitte des Platzes zu. Aber dort ist nichts Ungewöhnliches zu sehen. Träge sprudelt das klare Wasser ins Becken. So wie immer.

„Mädchen, du solltest mal Urlaub nehmen, du schuftest zu viel“, wendet sich eine Dame mit grünem Hut an sie. „Eine Woche im Harz, die würde dir guttun.“

Verstört schaut Silva sie mit glasigen Augen an. „Da war ein Gesicht“, stammelt sie. „Ich hab's genau gesehen. Eine unheimliche Fratze, sie kam direkt aus dem Brunnen. Nur für Sekunden. Ein grausiger Dämon!“

„Sie ist verrückt“, mischt sich der Fischhändler in seinem Arbeitskittel ein. „Das hätten wir doch alle mitgekriegt. Außerdem ist es absurd.“

„Warum soll das nicht möglich sein?“ Die Dame mustert ihn feindlich und zupft an ihrem Halstuch.

„Weil so was kein normaler Mensch machen würde – heute ist ja Freitag, der 13. Außerdem ist das Becken für einen Erwachsenen viel zu flach.“

„Aber ich hab's doch gesehen“, beharrt Silva und merkt, wie ihr Leib bebt. „Es wirkte wie eine glänzende Gesichtsmaske, aus der mich gelbliche Augen anstarrten. Ganz direkt. Ich täusche mich nicht und abergläubisch bin ich keinesfalls. Diesen gruseligen Blick werde ich nie vergessen.“

In diesem Augenblick tritt ein sportlich gekleideter Mann hinzu, der die Szene mit Interesse verfolgt hat. Christian Sonnthag, ein leidenschaftlicher Dozent für Kultur und Geschichte an der Georg-August-Universität von Göttingen, weilt seit einigen Monaten in Bückeburg. Im dortigen Staatsarchiv dokumentiert er Akten, die der Geheimhaltung unterliegen. Es ist eine anspruchsvolle Arbeit, die viel Sorgfalt benötigt. Zumal die Inhalte der Hinterlassenschaften grenzübergreifend sind. Geschichtliche Fakten lassen sich oft nur schwer oder kaum von mythischen Verklärungen trennen. Die Vergangenheit kann man nicht objektiv darstellen, das erfährt er immer wieder, weil es in ihr um Menschen mit ihren Gefühlen und Wertvorstellungen geht. Irgendwie hat es diese kleine Residenzstadt in sich. Es ist noch gar nicht lange her, dass er in zwei schwierige Fälle involviert war, die romanhafte Züge trugen. Deshalb hat er wenig Lust, schon wieder in etwas Ominöses hineingezogen zu werden, da er in absehbarer Zeit in den wohlverdienten Ruhestand gehen will. Aber danach fragt das Leben nicht.

„Ich gehe eben zum Brunnen rüber und sehe mir die Sache genauer an", erklärt Christian.

Er umrundet einige Verkaufsstände und erreicht die Mitte des Marktplatzes. Neugierige Blicke folgen ihm, mancher schüttelt den Kopf. *So ein Unsinn.*

Bevor er die Lage inspiziert, dreht er sich kurz um und schaut zum Gemüsestand zurück. Dabei stellt er fest, dass es eine Sichtachse gibt. Nichts steht im Weg, was den direkten Blick unmöglich macht. Also konnte die Frau dort etwas gesehen haben. Nun wendet er sich wieder um und beugt sich über den Rand des Beckens. Aus fünf bronzenen Rohren, die mit Tierköpfen verziert sind, sprudelt das Wasser unaufhörlich in die Tiefe. Es plätschert und gluckst aus allen Richtungen. Ein kalter Schauder läuft ihm den Rücken herunter. *Die Köpfe sehen wie Fratzen aus. Sollen sie nicht das Böse abwehren? Aber das scheint nicht gelungen zu sein – denn hier fehlt etwas!*

Ausgerechnet die sicherheitsrelevanten Schutzgitter unterhalb des Wasserspiegels sind verschwunden. Christian beugt sich tiefer und nimmt anfangs nur sein verzerrtes Spiegelbild im aufgewühlten Element wahr.

Er erschrickt bis ins Mark.

Der Brunnen ist seit Jahren als ein geschlossenes System konstruiert worden, das heißt, dass das Becken einen festen Boden besitzt und das Wasser, durch Pumpen angetrieben, ständig zirkuliert. Alle Verbindungen zu unterirdischen Zuflüssen, Quellen und Tunneln hat man damals gekappt. Zentnerschwere Sandsteinplatten verhinderten den Zugang zur finsteren Unterwelt. Bis jetzt.

Sprachlos starrt Christian in einen endlosen Schlund, der sich in undurchdringlicher Finsternis verliert. Seine Gedanken überschlagen sich. Hier muss jemand den Brunnen in den ursprünglichen Zustand zurückgebaut haben. Wahrscheinlich mit schwerem Gerät – anders ist das gar nicht möglich. Unvorstellbar, dass so etwas unbemerkt mitten in der Stadt gelungen ist. Umgeben vom Rathaus, der Hofapotheke, dem Schlosstor und einer Bank. Hier flanieren die Einwohner und zahlreiche Touristen aus nah und fern. Zumal sich dort der Zugang zum fürstlichen Schlossareal befindet. Und an jedem Dienstag und Freitag findet der beliebte Wochenmarkt statt. Ohne Zweifel, dieser Platz bildet nicht nur das Zentrum, sondern ist die Seele der Residenzstadt.

Stimmt vielleicht etwas in meinen Überlegungen nicht? Gibt es Zeiten, wo keine Menschenseele anzutreffen ist, günstige Gelegenheiten für einen heimlichen Umbau?

Fragen über Fragen.

Besonders macht sich eine diffuse Angst breit, dass es gravierende Veränderungen gab, von denen niemand etwas mitbekommen hat. Dass die Realität nicht mit der bisherigen Vorstellung übereinstimmt und die Vergangenheit sich mächtiger durchgesetzt hat und die Gegenwart beherrscht.

„Wenn es dem Bösen gelingt, sich in dein Leben zu drängen, ist es mit der Freiheit vorbei", wispert plötzlich eine eiskalte Stimme aus seiner Tiefe.

Wie vom Blitz getroffen erstarrt Christian. Ihm bricht der Schweiß aus. Abrupt wendet er sich ab, zwingt sich Ruhe zu bewahren und hastet zur Marketenderin zurück.

„Silva, Sie haben recht und sind nicht verrückt", raunt er der blassen Frau zu, die hinter ihrem Gemüse versteinert dasteht. „In der Kürze der Zeit habe ich mir einen groben Überblick verschafft, aber ich kann alles nicht erklären."

Rasch zieht er sein Handy und wählt den Notruf der Feuerwehr, weil nun vom tiefen Brunnen eine Gefahr ausgeht. Nicht auszudenken, wenn ein Kind beim Spielen hineinfällt.

Es dauert nicht lange, bis die Sirenen heulen und die Kameraden anrücken. Jetzt kann vom beschaulichen Wochenmarkt keine Rede mehr sein. Ohne zu zögern, wird das Areal mit rot-weißem Flatterband abgesperrt. Die Männer versuchen, das Wasser herauszupumpen. Eine wahre Sisyphusarbeit. Unaufhörlich strömt aus der Tiefe frisches Nass nach. Die Quellen sind unerschöpflich. Bald geben die Arbeiter frustriert auf.

Die Polizei erscheint. Schließlich geht es um Fragen der Sicherheit und öffentlichen Ordnung. Die Beamten beginnen akribisch, so viele Zeugen wie möglich zu vernehmen. Selbst der Bürgermeister wird befragt und beteuert in immer wiederkehrenden Formulierungen die Unfassbarkeit des Geschehens. „Aus meinem Arbeitszimmer genieße ich einen herrlichen Blick auf den Marktplatz mit dem Brunnen", betont er, „aber in letzter Zeit habe ich dort keinerlei Veränderungen wahrgenommen."

Dem Mann fällt ein, dass vor Jahren eine teure Web-Kamera installiert worden war, die vom Rathaus aus jede zwei Minuten ein Foto vom Platz schießt und dieses per Internet in alle Welt verbreitet. Diese Bilder müsse man unbedingt auswerten. *Das ist ein guter Hinweis.*

Die schockierenden Ereignisse von Bückeburg ziehen weite Kreise. Es dauert nicht lange, bis die Presse vor Ort ist. Radio- und Fernsehstationen berichten live vom *Horrorbrunnen.* Selbst der Fürst im nahe gelegenen Schloss sieht sich genötigt, eine Stellungnahme abzugeben. Er ruft zur Besonnenheit auf, alles wird sich aufklären. Es gäbe keinerlei Grund zur Panik, weil auf dem Marktplatz ein normales Bauwerk stehe. Im Übrigen würde er täglich aus seinem Fenster auf den sogenannten Tugendbrunnen von 1552 blicken. Und da geht es mit ganz realen Dingen zu.

Fernab der Öffentlichkeit hat sich Silva in ihre kleine Wohnung in der Dorfstraße zurückgezogen. Sie will vom ganzen Rummel nichts mehr hören und keinerlei Interviews geben. Dieser schwarze Freitag reicht ihr. Inzwischen sind schwere Wolken herangebraust und dicke Hagelkörner prasseln gegen die Fensterscheiben. Das Getöse wirkt wie Schläge auf ihre verletzte Seele. Voller Angst verkriecht sie sich in ihrem kalten Bett.

*

Draxxus ist stinksauer. *(Um besser unterscheiden zu können, wird der Gesandte Draxus um 1582 mit x geschrieben, der Großmeister Draxxus der Gegenwart mit xx. Außerdem werden die Ereignisse in der Jetztzeit im Präsens formuliert).*

Sein Auftauchen aus dem Bückeburger Brunnen hätte ihn um ein Haar verraten und die ganze Aktion in Gefahr gebracht. Die Silbermaske sollte die Augen des Gegenübers ablenken und ihn dadurch unsichtbar machen. Die Geheimen Ritter der Tredici hatten ihm zugesichert, dass derjenige, der sie trägt, für Sterbliche nicht zu sehen sei. Auf jeden Fall während der *Toten Tage*. Aber es funktionierte nicht – im Gegenteil. Diese Frau hinter dem Gemüsestand starrte ihn direkt an und kreischte in Panik. Und das an einem Vormittag, an dem ausgerechnet der Wochenmarkt stattfand und der Platz vor Menschen überquoll. Niemand von seinen Leuten hatte ihn darüber informiert. Die Stelle sollte nahezu unbeobachtet sein, wenn er mit seinem Einmann-Mini-U-Boot anlegte und aus der Tiefe stieg. Doch genau das Gegenteil war eingetreten. Damit hatte er nicht gerechnet. Irgendetwas mit der Zeitplanung musste schiefgelaufen sein. *Gilt etwa im ehemaligen Fürstentum Schaumburg-Lippe ein anderer Kalender? Oder hat diese Frau ähnliche Gaben wie er? Ist die Grenze zwischen Sichtbar- und Unsichtbarkeit durchlässig geworden? Löst sich das auf, was jahrhundertelang als sicher galt? Das darf einfach nicht wahr sein! Zum Glück konnte ich mit meinem Beta-Laser die dämliche Web-Kamera am Rathaus zerstören.*

Jetzt hockt er in seinem Versteck und grübelt, das heißt, er checkt seinen Datenspeicher.

Kaum ein Mensch ahnt, dass es im Untergrund ein weit verzweigtes Netz von Tunneln und Kanälen in allen möglichen Höhen gibt. Die wichtigsten Verbindungen sind groß genug, um sie mit technischen Hilfsmitteln durchqueren zu können. Zugänge bieten nicht nur die Brunnen, sondern einige Gullys für Regenwasser. Das System ist lange vor Gründung der Stadt aufgebaut worden, wurde immer mehr erweitert und hat inzwischen zahlreiche Kontakte zu Nachbarorten. Das Brisante ist, dass sich fünf Meter unter der Schlossgraft eine gemauerte Zisterne befindet. Sie stammt aus der Zeit um 1600 und war von Graf Ernst zu Holstein-Schaumburg mit Bedacht angelegt worden. Auf jeden Fall scheint dieses Wissen verloren gegangen zu sein, denn kein Historiker oder der Heimatverein berichteten je darüber. Das Besondere ist der Trockenraum, der unabhängig vom Wasserstand durch Schleusen zugänglich ist. Er bietet genügend Platz, um sich darin aufzuhalten. Ein ausgeklügeltes System, kaum wahrnehmbar durch Rohre in den Schlosspark geführt, sorgt für frische Luft.

Nach reiflichen Überlegungen fasst Draxxus den Entschluss, seine Vorhaben in Bückeburg vorerst auf Eis zu legen, weil sich die *Toten Tage* für dieses Jahr dem Ende nähern. Unverzüglich will er zu seiner geheimen Burganlage in Spanien zurückkehren. Dort sollen sich die Ritter der Tredici mit den Plänen für seine zukünftige Herrschaft befassen und ihm eine neue Software installieren.

Noch verschone ich die Residenzstadt – aber ich komme wieder, schwört er und ballt seine eisernen Fäuste.

*

Christian Sonnthag kommt aus dem Staunen nicht heraus. Was er liest, ist ein spannender Krimi – nur dass es keiner ist. Auf seinem Schreibtisch stapeln sich Akten, Briefe und Zettel in allen möglichen Größen. In diesen Tagen arbeitet er im Bückeburger Staatsarchiv, jener bedeutenden Einrichtung zur Erforschung der Geschichte der Grafen zu Holstein-Schaumburg und später des Fürstentums Schaumburg-Lippe.

Das stattliche Gebäude liegt direkt neben dem prächtigen Schloss. Aus seinen Fenstern genießt man eine herrliche Aussicht auf das Anwesen mit der Graft und dem Park.

Die mysteriösen Ereignisse um den Marktbrunnen sind für ihn Anlass, sich genauer mit den geschichtlichen Zusammenhängen zu befassen. Diese Thematik interessiert ihn brennend. Es ist, als würde er mit einem Fernrohr nicht in den Himmel, sondern in die Vergangenheit schauen und im Brennpunkt Ungeheuerliches entdecken. Dabei stößt er zwischen dicken Büchern und Folianten auf ein zerfleddertes Heft, das mit seinen vergilbten Seiten eine Chronik darstellt. Die Buchstaben sind ungelenk geschrieben, der Text besteht in einer Mischung aus Altdeutsch, Plattdeutsch und Latein. Neben Notizen über tragische Vorfälle (Feuer, Unglücke, Pest und schwere Gewitter) sind für Anno Domini 1582 drei bemerkenswerte Ereignisse erwähnt. Zuerst der Bau eines Brunnens auf dem Marktplatz. Dann die rätselhaften Umstände des Todes von Bürgermeister Lambertus und des Prinzen Ansgar Albrecht. Und schließlich die Bestimmung des päpstlichen Gesandten Draxus, der Ritter des Templerordens ist, zum neuen Stadtoberhaupt. Wobei in Klammern hinzugefügt ist: *Gegen den Willen der Bürger!*

Demnach war dies ein dramatisches Jahr. Christian spürt die geschichtliche Brisanz, die sich scheinbar bis heute auswirkt. *Aber wie?*

Am zweiten Tisch in der Ecke hockt eine Examensstudentin der Universität Göttingen für Geschichte, die im Auftrag des hiesigen Heimatvereins Schriftstücke zuordnen und entsprechend abheften soll. Vor einem Monat ist sie mit großer Begeisterung hierher gezogen und hat sich eine gemütliche Wohnung in der Gartenstraße eingerichtet. Ihrem Refugium.

„Das gibt's doch nicht“, murmelt Christian vor sich hin.

Mirabella Hieronymus lässt sich gerne ablenken. „Was hast du Spannendes entdeckt?“ Sie huscht zu ihm und blickt mit schräg gelegtem Kopf über seine Schulter auf alte Akten.

Beide arbeiten seit drei Wochen in diesem Raum zusammen und er bot ihr nach kurzer Zeit das Du an. Obwohl der Altersunterschied groß ist, denn Christian Sonnthag steht kurz vor der Pensionierung.

„Irgendwas stimmt mit dem Marktbrunnen nicht. Er ist kein normaler wie in anderen Städten."

„Wie meinst du das?" fragt sie aufgeregt.

„Na ja, so eine mysteriöse Erscheinung ist ungewöhnlich."

„Glaubst du der Marketenderin?"

„Auch in diesem Fall gilt: Im Zweifel für die Angeklagte. Ihr Erlebnis als Wahnvorstellung abzutun, wäre einfach. Ich habe in den Akten Hinweise gefunden, dass der Brunnen früher von den Leuten Drachenborn genannt wurde. Da schwingt Grausames mit, Verbrechen. Man konnte sich nie richtig mit ihm anfreunden. Auch wenn historische Zeugnisse bislang fehlen, wurde wahrscheinlich einer in germanischer Zeit errichtet und vermutlich in der Epoche der Völkerwanderungen abgerissen. Danach herrschte jahrhundertelang Schweigen. Auf- und Abbau mögen sich abgewechselt haben. 1582 wurde ein neuer geschaffen, im Laufe der Jahre mühsam renoviert und schließlich wieder plattgemacht. Dieses Hin und Her ist symptomatisch. Als ob ein teuflischer Fluch darauf liegt. Über hundert Jahre lang gab es keinen mehr. Die Stelle auf dem Marktplatz blieb öde und leer."

„Der Brunnen war im wörtlichen Sinn überflüssig geworden", lacht sie.

„Aber nun kommt's", Christian hebt die Stimme, „ausgerechnet 1994 wird ein neuer errichtet. Aus Sandsteinen von einem weit entfernten Steinbruch."

„Warum?"

„Genau das ist die Frage! Kräfte im Stadtrat und darüber hinaus müssen ein starkes Interesse daran gehabt haben. Vielleicht gab es ..."

„Quatsch, sicherlich waren es nur touristische Gründe, denn ein plätschernder Brunnen wirkt immer nett", unterbricht sie.

Christian schüttelt den Kopf. „Ich rieche förmlich, dass mehr dahintersteckt. Eine große Verschwörung und erbitterte Machtkämpfe. Alles ist sehr verworren."

„Wer hatte deiner Meinung nach die Finger im Spiel?"

„Wart's ab. In einer Chronik fand ich zwei Schriftstücke, die zwar an anderen Schauplätzen spielen, aber damit zusammenhängen. Das erste ist die Abschrift eines Briefes von Graf Friedrich zu Holstein-Schaumburg von Ende 1582 an seine Verwandten. Darin berichtet er von einem dreisten Raub, der mit dem Schatz des Kölner Doms in Verbindung steht."

„Was hat das mit ihm zu tun?"

„Sein Vorfahr, Adolf XIII., war Erzbischof von Köln und wurde 1556 im Dom beigesetzt. Ich vermute, dass zu dem Gestohlenen auch Gold- und Silberwaren aus dem Bückeburger Schloss gehörten."

„Möglich. Weiß man was über den oder die Täter?"

„Die Sache ist hochbrisant. Ein gewisser Draxus wird erwähnt, weil er zum verbotenen Geheimbund der Tredici gehörte. Ausgerechnet Papst Gregor XIII. sandte ihn nach Bückeburg. Dort hat er den Bau des Brunnens auf dem Marktplatz vorangetrieben und wurde sogar Bürgermeister. Zwei rätselhafte Todesfälle überschatten seine Wirkungszeit. Später soll er in Köln Unmengen von goldenen Gerätschaften an sich gerissen und außer Landes geschafft haben. Dummerweise wurde er auf der Via Regia in Nordfrankreich ausgeraubt. Die Diebe blieben unbekannt und der Verbleib des Schatzes ebenso. Soweit die Niederschrift von Graf Friedrich, der sich auf zuverlässige Informanten beruft."

„Draxusbrunnen und Drachenborn – das klingt ähnlich."

„Gut beobachtet, Mirabella."

„Wenn ich dich richtig verstehe, glaubst du, dass diese Tredici bis heute in Bückeburg aktiv sind?"

„Ich halte es für wahrscheinlich. Die Anhänger bauen ihre Strukturen bis in den Stadtrat hinein aus. Das ist typisch für Geheimbünde. Sie wollen absolute Macht."

„Weiter! Was sagt das andere Schriftstück?" Die Studentin hält die Spannung kaum aus.

Christian hält inne und trinkt einige Schlucke aus der Wasserflasche, die an der Seite steht. Er weiß, wie man Menschen mit Geschichten fesselt. Schließlich greift er zu einem vergilbten Blatt, einer alten Rechnung.

„Unser Graf Friedrich süffelte gerne guten Rotwein."

„So wie du", unterbricht sie ihn grinsend.

„Ich kann mir nur billigen aus dem Supermarkt leisten", schmunzelt er. „Also, diesen Wein ließ er sich extra aus Bordeaux kommen, auch wenn die Fracht recht teuer war und lange dauerte. Der Weinhändler, ein gewisser Maurice, schrieb meistens an den Rand der Rechnung noch ein paar persönliche Worte. Aber Anfang 1583 berichtete er ausführlicher, weil er wusste, dass es zwischen Graf Friedrich und Köln eine Verbindung gab: Sein Nachbar in der Rue-Saint-André wäre ein ehrbarer Goldschmied. Bei diesem erschien eines Tages ein vornehm gekleideter Mann mit einem Lederkoffer und erklärte, er wolle den Jakobsweg pilgern. Er bot ihm eine Sensation an – das einzig erhaltene Stück aus dem Raub vom Kölner Dom. Es ist eine Halskette mit einem goldenen Kruzifix. Nicht irgendeins, sondern das Gerokreuz!"

„Wie bitte, etwa vom berühmten Erzbischof Gero?", staunt sie und ihre Augen blitzen auf.

„Genau. Aus der Gründungszeit des Doms, ungefähr um 970. Heute existiert nur noch eine größer gestaltete Version aus Holz. Ich vermute, dass der Mann kaum noch Barmittel bei sich trug und es gerade schaffte, über Paris nach Bordeaux zu reisen. Dort blieb ihm nichts anderes übrig, als das wertvolle Kreuz zu verkaufen."

„Das gibt's doch nicht", kichert sie begeistert. „Eine irre Geschichte, das kann nur dieser Draxus gewesen sein."

„Wie klein die Welt manchmal ist."

„Gibt es noch mehr Informationen? Was geschah mit dem goldenen Kreuz?"

„Keine Ahnung. Mehr überliefert uns Maurice leider nicht."

„Ich fürchte, dass der Schmied das Stück einfach eingeschmolzen hat", bedauert sie.

„Das glaube ich nicht, weil er von dem hohen Wert des Gerokreuzes sicherlich wusste. Sonst hätte er die Sache nicht seinem Nachbarn erzählt. Vielleicht hat er es zum zehnfachen Preis weiterverkauft."

„An wen und wohin? Das würde ich gerne wissen."

„Ich auch", stimmt Christian ihr zu. *Deshalb werde ich mich selbst auf den Jakobsweg begeben und den Spuren folgen. Ich werde versuchen, Licht ins Dunkle zu bringen und die Zusammenhänge mit dem Marktbrunnen aufklären. Sonst fürchte ich, wird es noch Grausameres in Bückeburg geben.*

Er ahnt nicht, wie prophetisch seine Gedanken klingen und welch schreckliche Steigerung möglich ist.

Kapitel 5
Geheimnisvolle Spuren

Bordeaux, Frankreich, im nächsten September

Die Rue-Saint-André in der Altstadt von Bordeaux pulsiert voller Menschen, die bunten Straßencafés bieten kaum freie Plätze. Nur im Schneckentempo kriechen die Autos voran. Die Luft ist stickig heiß, es weht kein Lüftchen. Das ist ein krasser Unterschied zu heute Morgen am Main. Christian Sonnthag war von Frankfurt hierhergeflogen und deponierte seinen Rucksack vor einer Stunde im Hostel, ein schmucker Altbau in der Nähe des Bahnhofs.

Du musst dir unbedingt eine Auszeit nehmen, hatten ihm seine Freunde geraten. Immer so weiter wie bisher, das kann nicht gutgehen.

Anfangs wehrte er die besorgten Worte ab. Doch immer öfter sah er ein, dass an dem Ratschlag etwas dran war. Seine Tätigkeit als Historiker forderte ihn total, zumal ungewöhnliche Verstrickungen in der jüngsten Vergangenheit viel Kraft kosteten. Außerdem lag eine tränenreiche Scheidung hinter ihm, wodurch es zur Tochter Laura nur sporadischen Kontakt gab. Heftig war der Tod seines Freundes Maximilian, der vor seinen Augen bei Ermittlungen in Göttingen auf dem Marktplatz neben dem Gänseliesel-Brunnen heimtückisch ermordet worden war. Bis heute machte er sich heftige Vorwürfe und litt unter quälenden Schlafstörungen. Er wusste, dass der Anschlag eigentlich ihm gegolten hatte.

Dann kam die Chance auf eine Auszeit, zum Innehalten und der Reflexion auf den Sinn des Lebens. Weil er in den Ruhestand ging, plante er einen lang gehegten Traum zu verwirklichen. *Ich will den Camino, das spanische Wort für den Jakobsweg, pilgern – achthundert Kilometer vom südfranzösischen Bergdorf Saint-Jean-Pied-de-Port bis nach Santiago de Compostela in Galizien. Das ist die Strecke, die Hape Kerkeling 2001 zurückgelegt hat. Gemäß dem Motto „Ich bin dann mal weg" und „Der Weg ist das Ziel". Wenn ich es jetzt nicht angehe, komme ich wahrscheinlich nie dazu. Das wird sehr anstrengend werden, aber es wird mir guttun, meine Grenzen mal bewusst zu überschreiten.*

Dennoch will er seine historische Leidenschaft nicht zügeln und auf dem Weg ermitteln, was diesen Draxus und die Tredici angeht. Ob es eine Verbindung von 1582 bis heute zum Bückeburger Marktbrunnen gibt.

Als Mirabella von seinen Plänen erfuhr, reagierte sie erschrocken. „Lass das bloß sein. Wer weiß, ob dieser Geheimbund noch aktiv ist. Du bringst dich nur unnötig in Gefahr. Ich hab da so ein ungutes Gefühl!"

„Ich werde auf mich aufpassen", versprach er. „Auch wenn Leidenschaft oft Leiden schafft."

Die Vorbereitungen auf den Pilgerweg für geschätzte sechs Wochen waren eine Herausforderung. Der Rucksack durfte nicht zu schwer werden, deshalb lautete die

Devise: *Minimalisierung*. Jedes Kleidungsstück legte er auf die sensible Küchenwaage. Nur zwei Paar Socken, zwei Hemden, Hosen und Unterwäsche kamen mit. Natürlich gehörten die Wanderschuhe dazu, Sandalen, Schlafsack, Regenjacke und Handtuch. Dazu gesellte sich etlicher Kleinkram, von Aspirin bis zur Zahnbürste. Inklusive des nötigen Proviants waren es schwere fünfzehn Kilo geworden. Sein einziger Luxus, auf den er hätte verzichten können, war ein achthundert Seiten dicker Schmöker im Taschenbuchformat. Mit wie viel Gramm das Buch in seinen Rücken drücken würde, wollte er lieber nicht wissen. Aber er nahm sich vor, jedes gelesene Blatt herauszureißen und zu entsorgen.

Souverän – wie ein Pascha.

Glücklicherweise hatte er in der Schule Englisch und Latein, später in Kursen Französisch und Spanisch gelernt. Diese Fähigkeiten würden ihm von großem Nutzen sein.

Aufmerksam studiert Christian in der Rue-Saint-André das Haus Nummer 13. Dort musste im 16. Jahrhundert die alte Goldschmiede gewesen sein. Genau hier stand Draxus vor rund 450 Jahren und betrat die Werkstatt mit dem wertvollen Gerokreuz aus dem Kölner Raub. Mit weitreichenden Konsequenzen.

Jetzt befindet sich eine modische Boutique in dem Gebäude; die alte Fassade mit den stabilen Eichenbalken ist längst verschwunden. Stahl, Glasflächen und grelle Strahler bestimmen das Bild.

Auf einmal entdeckt er an der rechten Hauswand ein Schild, das vermutlich ein historischer Verein angebracht hat. Neugierig tritt er heran und beginnt zu lesen (aus dem Französischen ins Deutsche übersetzt):

An dieser Stelle stand um 1575 die Goldschmiede von Meister Foucault. Folgende Sage ist überliefert:
Eines Nachts klopfte es heftig an der Tür.
Der Meister öffnete schlaftrunken und erschrak.
Vor ihm stand der Teufel und trug ein goldenes Kreuz um den Hals. Er forderte das Leben des Meisters oder eine Kiste voller Goldtaler. Foucault wollte ihm nichts geben und schlug die Tür kräftig zu. Nach einer Stunde wiederholte sich das Ganze mit dem gleichen Ergebnis.
Drei Stunden später pochte es abermals an der Tür.
Diesmal wollte sich der Meister nicht vom Lager erheben. Doch seine hübsche Tochter stand auf und öffnete. Vor sich erblickte sie einen Prinzen mit einer goldenen Kutsche.
Ohne zu zögern, stieg sie ein.
Die Fahrt führte in rasantem Tempo gen Süden zu einem geheimnisvollen Schloss.
In derselben Nacht verstarb Meister Foucault.

Christian ist aufgewühlt. Solche Überlieferungen bieten tiefe Einsichten in die Ereignisse, aber auch in die Denk- und Gefühlswelt der Menschen. Oft ist die Grenze fließend.

Der Gesandte musste hier gewesen sein und dem Händler das goldene Kruzifix angeboten haben. Die Notiz vom Weinhändler Maurice an Graf Friedrich stimmte. Wenn in der Sage vom Teufel die Rede war, spiegelte sich in Draxus' Auftreten seine hinterlistige Art wider. Nicht ohne Grund spürten die Menschen teuflische Absichten. Besonders im Zusammenhang mit *dem* christlichen Symbol. Die genauen Umstände und die Frage nach dem Verbleib dieses Kreuzes dürften in Bordeaux emotionale Wellen geschlagen haben. Sonst hätte man nicht jahrhundertelang davon erzählt.

Christian will der Sache auf die Spur kommen, weil er nun davon überzeugt ist, dass der Goldschmied das seltene Teil nicht eingeschmolzen hat. *Folglich kann es noch existieren. In einem Tresor sicher verborgen, in aller Öffentlichkeit präsentiert oder gar als Schmuck getragen?*

Er verschiebt seine Weiterreise um einen Tag und besucht das Museum der Kathedrale Saint André. Danach die städtische Sammlung. Überall stellt er die gleiche Frage nach dem Gerokreuz. Aber niemand weiß etwas davon. Die Sache ist zu lange her und keiner interessiert sich mehr dafür. *Wie auch immer, ich will auf dem Jakobsweg die Augen offen halten. Vielleicht kann ich das wertvolle Stück irgendwo entdecken.*

Am nächsten Morgen nimmt er den Schnellzug nach Bayonne. Beim Blick aus dem Fenster saust eine monotone Landschaft vorbei und schmerzt mit seiner Unschärfe in den Augen. Wie sehnt er sich nach Entschleunigung. Schritt für Schritt voranzukommen und die Natur, Wind und Wetter bewusst wahrzunehmen. Bald wird es so weit sein.

Der Bahnhof ist überschaubar. Auf dem Nebengleis wartet schon die Bimmelbahn nach Saint-Jean-Pied-de-Port. Hier steigen Leute mit schweren Rucksäcken ein.

Da der Zug nur aus zwei Waggons besteht, wird es eng. Christian quetscht sich neben einen Asiaten, der ihn unentwegt freundlich anlächelt, aber kein Wort hervorbringt.

Die Strecke führt ins Vorland der Pyrenäen. Immer wieder schleifen dicht am Gleis stehende Büsche mit ihren Zweigen an den Fenstern vorbei und verursachen grausam kratzende Geräusche. Nach einer Stunde kommen die ersten Berge in Sicht. Langsam steigt mit der Route auch die Anspannung. Man merkt es den Reisenden an. Während anfangs in vielen Sprachen munter geplaudert wurde, hat inzwischen der Lärmpegel deutlich nachgelassen. Jeder spürt, dass es ernst wird mit dem langen Marsch. Jetzt gibt es kein Zurück mehr, ohne sich vor Gott und der Welt zu blamieren. Und das möchte niemand.

Irgendwann stoppt der Zug und will nicht weiter.

Endstation – Saint-Jean-Pied-de-Port.

Das Bahnhofsgebäude wirkt wie von einer Modelleisenbahn. Hier scheint es nur Ankommende zu geben. Keine anderen Gleise, kein Schalter, kein Zeitungskiosk. Da steht Christian nun – Traumziel oder Albtraum – er weiß es selbst nicht. Aber er wollte es ja so. Also hievt er den schweren Rucksack auf den Rücken und trabt den Pilgern zur Suche nach einem Quartier hinterher. Seine erste Erfahrung: Obwohl er sich zu Hause zahlreiche Videos und Bilder von diesem kaum aussprechbaren Ort angeschaut hatte – in der Realität sieht alles anders aus. Dieses Nomen ist das Omen.

Vor ihm hat sein asiatischer Sitznachbar eine Gruppe gleicher Nation aufgespürt und sie plappern munter in für ihn völlig unverständlichen Lauten. *Wie schön. Aber – gibt es hier keine Deutschen?*

Es scheint so. Auch Schweizer, Österreicher oder – nicht zu vergessen – Liechtensteiner wären ihm recht gewesen. Keinerlei Spuren von ihnen. *Egal.*

Das Zentrum besteht aus alten, engen Gassen mit ebenso alten, engen Häusern. Seit dem 12. Jahrhundert diente der Ort zur Befestigung der nördlichen Grenze des Königreichs Navarra. Überall hängen Schilder mit fantasievollen Zimmerangeboten und entsprechenden Preisen pro Bett für eine Nacht. Wer will schon länger bleiben?

Madame Curie lockt Christian an. Die aufgetakelte Diva im Morgen-, Mittags- und Abendmantel besteht darauf, dass er seine Wanderschuhe auszieht, bevor er das Haus betritt. Obwohl jene blitzblank sind – wie sollte es am ersten Tag anders sein –, gibt es kein Pardon. Ebenso beschlagnahmt sie seine nagelneuen Sandalen, als wäre ihr Etablissement ein heiliges Gebäude. In baskischem Französisch erklärt sie blumig, dass der ausgehängte Preis sich je Lager auf ein Achterzimmer mit Etagenbetten beziehe. Das Geschlecht spiele dabei keine Rolle; wenn sich jeder in seinem zugezogenen Schlafsack an- oder ausziehe, werde man schon nichts sehen. Ein Doppelzimmer dagegen koste das Doppelte. Unlogisch logisch.

Christian willigt in ein Doppelgemach ein in der leisen Hoffnung, mit einer ruhigen Person zu nächtigen. Doch sein Bettgenosse ist der bartverwilderte Xaver aus Rosenheim, ein begnadeter Schnarcher mit dröhnendem Auspuff.

Die Nacht ist kurz, das eiserne Bettgestell quietscht bei jedem Atemzug. Da ist Luft anhalten nicht wirklich eine Alternative. Fünf vor sechs Uhr wuchtet sich der Bayer aus seinem blau-weiß-gerauteten Schlafsack und torkelt zur einzigen Dusche auf der Etage. Wenig später poltert er wieder zurück und flucht in oberbayerischen Kraftausdrücken. Christian versteht nur *Tropfsteinhöhle* und *eiskalt*. Das sagt alles. Man hätte die Wassertemperatur in diesem Palast lieber nicht in Celsius, sondern für Unwissende in Fahrenheit angeben sollen.

Frühstück gibt es keins. Nicht den kleinsten Krümel. Madame lässt sich nicht erweichen. Sie schlurft in rosa Pantoffeln umher und drängt darauf, dass alle Pilger möglichst schnell ihr ehrenwertes Haus räumen. Denn die nächste zahlungswillige Fracht wird nicht lange auf sich warten lassen. Die Bimmelbahn kommt bestimmt.

Es ist stockdunkel, als Christian mit seinem Rucksack auf der Straße steht. In Socken. Die Wanderschuhe darf er erst hier anziehen. Von den Bergen weht ein eisiger Wind herab. Nur wenige Straßenlaternen verbreiten ein schläfriges Licht. Über den Dächern funkeln Sterne, doch im Osten deutet sich bereits die Morgendämmerung an.

Heute ist der erste Tag. Werden meine Füße, Knie und der Rücken es schaffen – und alles ohne Frühstück? Nicht im Traum kann ich mir das vorstellen. Mein Magen knurrt jetzt schon widerlich.

Aus anderen Häusern quellen immer mehr Leute, die vermutlich eine ähnlich kurze Nacht durchlitten haben. Alle streben dem Stadttor im Süden zu, das den Fuß eines

Kirchturms bildet. Niemand spricht ein Wort, keiner will das Klappern seiner Zähne preisgeben. Dass das Pilgern entbehrungsreich ist, sollte an diesem Morgen jedem klar geworden sein.

Diesen Weg muss Draxus gegangen sein, ruft sich Christian in Erinnerung. Auch wenn sich seitdem manches verändert hat, ist einiges aus alten Zeiten geblieben. Vor dem Tor liegt auf der linken Seite die Kirche Notre-Dame. Sie wurde im gotischen Stil des 14. Jahrhunderts errichtet; daher ist es wahrscheinlich, dass der Gesandte sie aufgesucht hat.

Christians Herz pocht unruhig, als er die schwere Kirchentür aufdrückt. Wegen Pilgerbesuchen in dieser Herrgottsfrühe ist sie zum Glück nicht abgeschlossen. Er tritt ein. Hier ist es deutlich wärmer als draußen, ein leichter Duft nach Weihrauch liegt von der gestrigen Messe in der Luft. Auf dem Altar und an den Seitenwänden brennen müde Kerzen. Ihr Flackern wirkt schaurig, an den Kalkwänden werfen sie riesige Schatten.

Das Kirchenschiff ist menschenleer. Bedächtig schreitet er nach vorne und betrachtet das Kruzifix. Der Ausdruck des Gekreuzigten im schwachen Licht berührt ihn in seiner Schlichtheit. Lange steht er davor und spürt seine eigene Verletzlichkeit. Genau das ist der tiefere Sinn des Pilgerns: Gotteserkenntnis und Selbsterkenntnis, so formulierte es 1559 der Genfer Reformator Johannes Calvin.

Christian schaut sich um. Auf einmal hält er inne. *Da stimmt was nicht.* An der Wand befindet sich eine steinerne Inschrift, die in erhabenen Lettern gestaltet ist. Dort steht ein Psalmvers auf Latein – mit einem Fehler:

„IN EXCELSIS EO GLORIA"

Stattdessen muss es heißen:

„IN EXCELSIS DEO GLORIA"
(„Ehre sei Gott in der Höhe")

Das *D* fehlt.

Konnte der Steinmetz damals kein richtiges Latein? Christian geht näher heran. Deutlich erkennt er, dass es eine Lücke gibt, weil dieser Buchstabe nachträglich abgeschlagen wurde. *Ist dies ein heimliches Zeichen, das mit dem Bibelvers gar nichts zu tun hat? D – wie der Anfangsbuchstabe von Draxus!* Ein wahrlich verwegener Gedanke, der ihn nicht mehr loslässt.

Plötzlich entdeckt er noch etwas. *Da ist unten was in den Stein geritzt.* Gebannt starrt er darauf. Es handelt sich um ein wenige Zentimeter großes Symbol. Er hat keinen Zweifel, es ist das Kreuz der Tempelritter. Der Gesandte hat damit seine Anwesenheit bestätigt. Untrüglich. *Er war tatsächlich hier.* Christian zückt sein Handy und schickt Mirabella eine Nachricht über seine Entdeckung und fügt davon ein Foto hinzu. Schließlich hatte er ihr versprochen, sich ab und an zu melden.

Die Studentin schreibt sofort zurück. „Das sieht wie eine Falle aus. Pass wirklich auf dich auf, Christian!"

Er hat nicht bemerkt, dass eine Gestalt den Kirchenraum betreten hat. Ein hagerer Mann in einem dunklen Mantel hält sich im Schatten einer Säule auf und beobachtet ihn aufmerksam. *Was hat dieser Pilger so früh hier zu suchen? Er verhält sich verdächtig.* Unauffällig zieht er sein Handy und fotografiert ihn, was bei diesen Lichtverhältnissen schwierig ist. Den Blitzmodus hat er deaktiviert. Seine effektiven Computerprogramme werden alles aus den Bildern herausholen, was wichtig ist. Speziell das Gesicht des Fremden, der sich für die Bibelinschrift interessiert. *Diesen Kerl muss ich unbedingt im Blick behalten.*

Zehn Minuten später steigt der Agent zufrieden die steilen Stufen zu seiner Leitstelle hinauf. Diese befindet sich direkt im Kirchturm. Aus dem Fenster in luftiger Höhe hat man einen herrlichen Blick auf die Altstadt. Besonders auf die Pilger, die unten durch das Tor strömen. Seit dem 16. Jahrhundert besaß die römische Inquisition das verbriefte Recht, diesen Raum unentgeltlich zu nutzen. Auch wenn die katholische Gemeinde des Ortes immer wieder versuchte, das Privileg aufzulösen, kam stets von obersten Stellen heftiger Widerspruch. So blieb es dabei. Wenigstens offiziell.

Jahrelang war der Raum spärlich ausgestattet. Aber das änderte sich, seit die Geheimen Ritter der Tredici nach Macht strebten und die örtlichen Inquisitoren ausschalteten. Heute reihen sich auf modernen Schreibtischen leistungsfähige Computer. In den Schränken an den Wänden verbergen sich riesige Datenspeicher. Eigene Antennen sichern geschützte Zugänge zum Internet und ins Darknet. Das Herzstück ist eine hochauflösende Kamera eines deutschen Herstellers. Sie ist direkt hinter der Fensterscheibe positioniert und steil nach unten gerichtet, um Pilger ins Visier zu nehmen, die ahnungslos durchs Stadttor gen Süden ziehen. Mithilfe von aktuellen Programmen der Gesichtserkennung wird jede Person identifiziert und mit Profilen aus dem Netz verbunden. Das ist eine ideale Möglichkeit der Überwachung. Alle Daten werden sorgfältig ausgewertet, gespeichert und nach Bedarf für gutes Geld an gewinnträchtige Konzerne, dubiose Einrichtungen oder diktatorische Staaten verkauft. Den Tredici geht es hauptsächlich um auffällige Personen, die eine Gefahr für sie darstellen. Denn unter dem Deckmantel des Pilgerns auf dem Camino gibt es auch schwarze Schafe. Genau die will man ausfiltern und unschädlich machen.

Der Mann überspielt seine Fotos auf die Rechner und startet die Programme zur Identifizierung. Die sozialen Medien sind dafür eine Goldgrube. Wie leichtsinnig Menschen ihre persönlichen Daten freiwillig preisgeben, darüber schüttelt er immer wieder den Kopf.

Diesmal brauchen die Computer etwas länger als gewöhnlich. Aber dann spuckt der Drucker drei Seiten Daten über das Opfer aus, inklusive aktueller Passwörter und Kontoverbindungen. Genüsslich überfliegt der Agent die Angaben. Aufgeregt greift er zum Telefon mit verschlüsselter Übertragung und wählt eine längere Nummer. Endlich nimmt jemand ab.

„RT Lupus, wer ist da?"

„Hier ist AT54. Wir haben einen dicken Fisch an der Leine."

„Drück dich genauer aus", brummt der Mann in der Zentrale.

„Heute Morgen hat sich ein Deutscher, ein gewisser Christian Sonnthag, unsere Inschrift in der Kirche zu genau angeschaut. Meines Erachtens ist er höchst verdächtig."

„Was sagt sein Profil?"

„Er arbeitet als Dozent für Kultur und Geschichte an der Georg-August-Universität von Göttingen. Das liegt im mittleren Norden von Alemania."

„Na und? Das bedeutet nichts", reagiert er unwirsch. *Ich hasse solche Belehrungen.*

„Jetzt kommt's. Dieser Mann hat einen speziellen Auftrag aus dem berüchtigten Bückeburg."

„Etwa wegen DXX und des Marktbrunnens?" Es klingt, als würde RT Lupus vor Schreck erblassen.

„Ich fürchte, ja."

„Bleib an ihm dran. Unbedingt."

„Ich kann hier nicht weg."

„AT67 wird übernehmen, ich regle das. Auf jeden Fall – lass den Ketzer nicht entkommen."

„Claro, Chef." Er legt auf. *Das weiß ich doch selbst.*

Die Agenten der Tredici werden mit *AT* bezeichnet. Gerade Zahlen weisen auf Männer, ungerade auf Frauen. Je niedriger die Nummer, desto höher der Rang. Alle drei Jahre bekommt jeder, entsprechend seinen Leistungen, eine neue Zahl zugewiesen.

Auf der Führungsebene wirken die zwölf Geheimen Ritter der Tredici. Sie werden mit *RT* abgekürzt, tragen aber keine Ziffern, was ihre Gleichheit untereinander ausdrücken soll. Nur ein lateinischer oder latinisierter Name macht sie unterscheidbar.

Oben im Rang, als dreizehnter Ritter, steht der Großmeister, der offiziell keinen Namen trägt. Allein ihm gebührt die Abkürzung *SHG* für *Seine Heiligkeit, (der) Großmeister.* Ein deutlicher Affront gegen den amtierenden Papst. Nomen est omen.

Hinter dem Kürzel AT67 verbirgt sich Gata, die spanische Katze. Sie ist eine skrupellose Frau mit pechschwarzen Haaren, die regelmäßig im Turm arbeitet und der die Örtlichkeiten bestens vertraut sind. Allerdings tauchen immer wieder Gerüchte auf, sie sei eine verführerische Doppelagentin. Wie bei James Bond. Jedoch gibt es dafür keine gesicherten Beweise.

Inzwischen hat Christian die Kirche verlassen, das Stadttor passiert und lässt Saint-Jean-Pied-de-Port hinter sich zurück. Der Weg führt steil hinauf. Zu beiden Seiten erstrecken sich weite Wiesen, auf denen bunte Kühe gemächlich ihr saftiges Bio-Frühstück zermalmen. Es sieht so aus, als würden sie den fremden Pilger angrinsen.

Die Welt ist ungerecht.

Unbeirrt stapft Christian auf einer harten Asphaltpiste weiter bergauf. Während es draußen unverändert kühl bleibt, steigt seine innere Temperatur rasant an.

Puh, ich bin viel zu warm angezogen.

In solch einer Situation gibt es für den Pilger nur zwei Möglichkeiten. Entweder er zieht seine Jacke aus und bindet sie an den überfüllten Rucksack, der dadurch noch schwerer auf den Rücken drückt. Oder er erträgt sie weiter auf seinem schwitzenden Leib.

Christian entschließt sich zu Letzterem. *Damit muss ich mich abfinden. Ich kann nicht bei jeder Steigung immer mehr ausziehen. Das ist hier keine Nacktwanderung.*

Im Laufe des Weges lernt er, mit seinem Schweiß Frieden zu schließen. Sein Körper dankt es ihm, weil sich eine Art Akklimatisation einstellt. Und damit können beide Seiten leben.

Unbarmherzig schraubt sich die Strecke nach oben. In der Nähe der Bergsiedlung Huntto beobachtet er verzweifelte Pilger, die drauf und dran sind aufzugeben.

„Come on, let's go!", ruft er ihnen aufmunternd zu und meint ebenso sich selbst. „Auf, lasst uns gehen!"

Nach einer gefühlten Ewigkeit von acht Kilometern erreicht er Orisson. Dort naht seine Rettung: In einer heimeligen Herberge wird Frühstück angeboten. Baguette mit irgendwas darauf. *Egal, Hauptsache essbar.* Und wie es schmeckt. Dazu gibt's klares Wasser aus der Trinkflasche, heimlich gezapft bei Madame. *Ein Genuss!*

Wer rastet, der rostet. Dieses dämliche Sprichwort ist gar nicht so dumm. Es kostet Überwindung, wieder in die Gänge zu kommen, weil die Füße in den Wanderschuhen drücken und Rücken und Gelenke schmerzen. Aber es hilft nichts.

C'est la vie. So ist das Leben. Weiter, weiter – immer weiter steil bergauf.

Nimmt dieser Berg denn kein Ende?

Doch – aber nicht hier und jetzt.

Irgendwo passiert er die Grenze zwischen Frankreich und Spanien. Von einem uniformierten Grenzbeamten ist weit und breit nichts zu sehen. Schade, gerne hätte er sich einen Stempel geholt, dass er tatsächlich hier gewesen ist. Er ahnt nicht, dass er noch viele solcher Abdrücke in seinen Pilgerpass bekommen wird.

Nach geraumer Zeit erblickt er die Passhöhe. Sie wirkt wie eine Fata Morgana in schweißtreibender Wüste. Dennoch dauert es eine geschlagene Stunde, bis er völlig erschöpft auf 1437 Metern angekommen ist. Jetzt könnte er sich eine tröpfelnde Dusche mit eiskaltem Nass durchaus vorstellen. Auf jeden Fall hat er eine Pause verdient. Ein Apfel aus dem Hostel in Bordeaux und ein heimischer Müsliriegel stehen auf der exklusiven Speisekarte, dazu das obligatorische Wasser. *Köstlich!*

Faszinierend ist der Blick in die endlosen Weiten der Pyrenäen. Es ist ein großartiges Gefühl, mit eigener Kraft hierhergekommen zu sein. Im Nu sind alle Leiden vergessen. Er schaut nach oben. Über ihm tut sich ein blauer Himmel auf, gesprenkelt mit zarten, weißen Wolken.

Oh, what a wonderful world.

Oh, was für eine wunderbare Welt.

Beschwingt läuft Christian nach der Rast weiter, jetzt geht es nur noch hinunter. Allerdings melden sich Körperteile zu Wort, die bislang Ruhe gaben – die Knie. Es ist verrückt mit dem Bergauf und Bergab. Wenn man sich nach einer Strecke sehnt, auf der man gerade nicht ist, und sie ist endlich da, wünscht man sich bald wieder das Gegenteil. Daher nimmt er sich vor, zufriedener mit den jeweiligen Gegebenheiten zu sein. Alles andere kostet nur unnötige Kraft und bringt überhaupt nichts.

Wie in einem Märchen erheben sich auf einmal aus dem Wald die Mauern der gewaltigen Klosteranlage von Roncesvalles, baskisch Orreaga. Sie wurde um 1130 von Augustinermönchen gegründet und in den folgenden Jahrhunderten stetig erweitert. Herzstück ist die Herberge. Laut Pilgerführer gibt es dort hundertvierundachtzig Betten – in drei großen Schlafsälen. *Na, das kann ja heiter werden.*

Je näher Christian der Abtei kommt, desto unruhiger wird er. Eine endlose Schlange von Pilgern wartet geduldig vor dem Portal. Wie im Supermarkt bei Corona.

Alle hoffen auf ein freies Bett. Nicht mehr, aber auch nicht weniger. Niemand will hören: „Sorry, no bed for you."

„Es tut mir leid, aber es ist kein Bett mehr frei."

Christian reiht sich ein. Vor ihm halten sich zwei Holländer mühsam aufrecht. Sie wirken so ausgelaugt, als ob sie von Amsterdam losgepilgert wären. Man kann ja nie wissen. Je länger er sie beobachtet, desto mehr Mitgefühl keimt in ihm auf. Schließlich kennen diese Landsleute ja keine richtigen Berge. Nur Deiche.

Alle haben Glück und bekommen ein Bett zugewiesen. Allerdings müssen später Ankommende weiterziehen oder in der Kälte draußen schlafen. *Das hätte mir noch gefehlt – nach dem anstrengendsten Wandertag meines Lebens.*

Christians Lager befindet sich in einer Nische mit zwei Etagenbetten. Sein Platz ist oben. Ausgerechnet dort.

Auf dem unteren Bett lümmelt sich ein junger Mann aus Hongkong und glotzt apathisch auf sein Handy. Gegenüber residiert eine Madonna aus Brasilien, die in ihrem Rucksack überwiegend Utensilien zur Schönheit schleppt. Ihr Gatte liegt oben und hält zwischen seinen schiefen Zähnen eine kalte Havanna. Nur so. Zum Glück ist das Rauchen streng verboten. Christian atmet durch. *Voilà – das ist heute meine erlauchte Nachtgesellschaft.*

Problematisch ist das Ausbreiten des Rucksacks, weil die Betten eng beieinanderstehen und der schmale Platz von den Subbewohnern ausgiebig genutzt wird. Also wuchtet er sein Fünfzehn-Kilo-Teil nach oben, was die Schlaffläche drastisch reduziert. Er wagt nicht daran zu denken, ob er zwischen Anorak und Zündhölzern zur Ruhe kommen wird.

Noch ist es nicht so weit. Zuerst sucht er die Duschen auf, wovon es fünf pro Geschlecht gibt. Angesichts von hundertvierundachtzig verschwitzten Pilgern sind das gefühlte zwölf Tropfen auf den heißen Stein. Auch hier heißt es Schlange stehen und geduldig sein in der vagen Hoffnung, dass warmes Wasser für alle da ist. Als er endlich in der Kabine steht und lauwarmes Nass über seinen geschundenen Körper tröpfelt, donnert bereits jemand an die Tür. „Hurry up – mach schnell!"

Am liebsten hätte er zurückgerufen, dass in der Ruhe die Kraft liegt. Aber ihm fallen die passenden englischen Vokabeln nicht so rasch ein.

Ein Abendbrot soll es in einer guten Stunde geben; dieses hatte er zusätzlich bei der Anmeldung gebucht. Sozusagen als Luxus-Extra-Bonus. *Man gönnt sich ja sonst nichts.*

Ob es im Kloster eine Spur von Draxus gibt? Diese Frage beflügelt und lässt ihn seine müden Knochen nach sechsundzwanzig strapaziösen Kilometern für eine Weile vergessen. Er zieht seine Sandalen an und geht nach draußen. Aufmerksam mustert er die Gebäude der Anlage und fragt sich, welche um 1582 existierten. Das ist gar nicht so leicht, denn alles sieht irgendwie antik aus. Auf jeden Fall wirkt die Stiftskirche Santa Maria alt.

Behutsam öffnet er die schwere Tür und schlüpft ins Innere. Es riecht nach Vergangenheit und Weihrauch. Vor ihm tut sich ein gewaltiger Raum mit schlanken Säulen an den Seiten auf. Durch schmale Fenster mit buntem Glas im Chor scheint Tageslicht herein. Über dem schlichten Altar thront ein Baldachin. Ein runder Leuchter mit modernen Strahlern schwebt in der Mitte von der Decke herab und schafft damit eine Brücke in die Neuzeit. Nur wenige Pilger sind anwesend und hocken versunken oder schlafend auf den Bänken. *Kein Wunder.*

Aufmerksam schleicht Christian umher und studiert die Inschriften an den Wänden. Aber er findet nichts Außergewöhnliches, keinen Hinweis auf den Gesandten. Vielleicht ist jener gar nicht hier gewesen. Es gibt so viele Möglichkeiten.

Deprimiert schlendert er nach draußen und streunt umher. Dabei kommt er vom Weg ab und verlässt das klösterliche Areal. Es ist ein magischer Drang, der ihn fortzieht. Die Gefahr sich zu verirren, ignoriert er.

Was lauert da hinten im Verborgenen?

Auf einmal kommt Wind auf und fegt vertrocknete Blätter empor. Am Waldesrand erstreckt sich ein verlassener Friedhof. Mit Herzklopfen tritt Christian näher heran. Zerbrochene Grabsteine versinken im hüfthohen Gras, manche sind von dichtem Efeu überwuchert. Dazwischen erheben sich verkrüppelte Bäume. Hierher hat sich schon lange kein Lebender verirrt.

Das Praktische an Grabmalen ist, dass die Datierung kein Problem darstellt, sofern die Inschriften lesbar sind. Aufmerksam studiert er die Monumente. Dabei vergisst er Raum und Zeit. Er merkt nicht, wie eine finstere Gestalt sich von hinten an ihn heranschleicht.

Ein zerbrochener Stein zieht ihn besonders an. Er geht in die Hocke und drückt das Gras beiseite. Vor ihm liegen zwei Hälften, die nicht mehr exakt zusammenpassen. *Ist in der rechten Ecke das Symbol der Tempelritter eingraviert oder liegt es an der bildhaften Schichtung des Sandsteins?* Den Namen des Verstorbenen kann er nicht entziffern, aber die Jahreszahl und der Sterbeort sind gut zu lesen:

„MDLXXXII OREAGA“

Irritiert hält er inne. *Schreibt sich dieser Ort auf Baskisch nicht Orreaga, also mit zwei „r“?*

Aus seiner Tasche zieht er den Pilgerführer und prüft die Schreibweise. Er irrt sich nicht.

„Früher hat man es mit der Rechtschreibung nicht so eng gesehen“, brummt es auf Spanisch von hinten.

Christian zuckt zusammen und fährt vor Schreck herum.

Ein buckliger Mann durchbohrt ihn mit stechendem Blick. Seine Haare und der Bart sind schlohweiß. In der Rechten hält er eine Schrotflinte und zielt genau auf ihn.

„Die ist geladen. Was suchst du hier? Lass unsere Toten gefälligst in Ruhe.“

„Señor, ich bin Forscher und schaue mir die Grabsteine an", versucht er beruhigend zu erklären.

„Verschwinde!", krächzt der Greis und fuchtelt gefährlich mit der Waffe herum. „Sonst werde ich Meldung machen."

Das sitzt. Christian nickt und verlässt den Friedhof. *Wer weiß, wozu der Mann fähig ist und für wen er arbeitet. Bloß kein Risiko eingehen.*

Zum Glück hat er genug gesehen, dass auf dem Stein ein *R* fehlt, und zwar an der Stelle des Bruchs. Es wirkt, als wäre er absichtlich zerbrochen und herausgeschlagen worden, damit man es nicht merkt oder einer falschen Orthografie die Schuld gibt. *Wenn es sich um den zweiten Buchstaben von Draxus handelt, war der Gesandte hier und hat seine nächste Spur zum geheimen Versteck gelegt. Oder tappe ich in eine Falle?*

Mit unruhigen Gedanken kehrt er zum Kloster zurück. Er erreicht den Speisesaal in dem Augenblick, als gerade der Nachtisch serviert wird. Alle Pilger wirken zufrieden gesättigt. Nur ihm knurrt der Magen.

Die Nacht ist ein Martyrium. Von pilgergemäßer Einkehr kann nicht im Entferntesten die Rede sein. Der Typ im Bett unter ihm schnarcht wie ein Weltmeister und die brasilianische Schönheit verbreitet einen Duft, den selbst hartgesottene Moskitos aus der Bahn werfen. Der Havanna-Mann schmatzt, gurgelt und sabbert in dramatischen Lauten. Dazu kommen undefinierbare Geräusche aus den anderen Kojen, mal staccato – mal legato. Am schlimmsten ist die stickige Hitze im Saal, die mit jeder Minute steigt. Ob nach Celsius oder Fahrenheit. *Egal, es ist nicht zum Aushalten.*

Kurz bevor Christian keine Luft mehr bekommt, klettert er mühsam aus seinem Obergeschoss und tastet sich in der Dunkelheit zu den Fenstern. Eines öffnet er auf Kipp und atmet die frische Nachtluft tief ein. *Herrlich!*

Als er endlich auf seiner Matratze liegt, erhebt sich der Havanna-Mann und poltert zum Fenster. Ruckzuck ist es wieder zu. Wie ein Sargdeckel. Der Raucher liebt schlechte Luft. Seine gebrummten Worte könnten „*Es zieht*" bedeutet haben. Doch Christian gibt nicht auf. Zehn Minuten später wiederholt sich das Spielchen. Es ist zum Verrücktwerden.

5.15 Uhr. Es herrscht noch rabenschwarze Nacht, als Mister Hongkong die Augen öffnet und ihm nichts Besseres einfällt, als auf seinen zwei Quadratmetern Bettfläche Turnübungen zu veranstalten. Das gesamte Gestell inklusive des Obermieters gerät gefährlich ins Wanken. Die Spiralfedern quietschen, die Matratzen ächzen. Jetzt ist für Christian die Nacht endgültig vorbei.

Immer stärker bewegt ihn eine Frage:

Was wollen diese Leute bloß auf dem Camino?

Oder bin ich in einen falschen Film geraten?

„The answer, my friend, is blowing in the wind."

„Die Antwort, mein Freund, die weiß nur der Wind."

Kapitel 6
Die Casa des Grauens

Unterwegs nach Pamplona, Spanien, Mitte September

Kurz nach 6 Uhr steht Christian in völliger Dunkelheit draußen vor der Tür. Wieder ohne Frühstück, dafür mit einem erleichterten Vierzehn-Kilo-Rucksack. Ein blaues T-Shirt, seinen molligen Wollpullover und den Dreierstecker zum Handyaufladen hat er der Abtei gespendet.

Großzügig, wie er nun mal ist.

Der Wind weht eiskalt von Norden und man kann seinen Atem sehen, der wie zarter Rauch aufsteigt. Der Himmel ist mit einer löchrigen Wolkendecke überzogen, die langsam weiterwandert und immer wieder neue Sterne freigibt.

Auf geht's. Er stülpt seine Stirnlampe über den Kopf, schaltet auf Fernlicht und marschiert los. Nur drei andere Gestalten sind in der Ferne schemenhaft in krummer Haltung zu entdecken. Ein Schild am Wegesrand verkündet die brutale Wahrheit, dass es bis Santiago de Compostela noch siebenhundertneunzig Kilometer sind. *Sinnvoll zu wissen. Denn wer nicht weiß, wohin er geht, kommt nirgendwo an.*

Zum Glück führt die Strecke abwärts. Das ist auf der einen Seite für den Kreislauf schonend, auf der anderen jedoch friert er erbärmlich. Schließlich befindet er sich auf einer Höhe von rund tausend Metern. *Gut, dass hier Anfang September kein Schnee liegt. Man sollte immer das Positive sehen, dann ist das Leben viel leichter,* ermuntert er sich bibbernd. Alles Mögliche schleppt er im Rucksack mit sich, nur keine Handschuhe. *Das werde ich bei nächster Gelegenheit ändern. Damit ich nicht wie Ötzi ende.*

Der Weg lässt sich angenehm pilgern. Er führt an ausgedehnten Wiesen vorbei, auf denen die Kühe noch im Koma liegen. Als er aus einem kleinen Wald tritt, kriecht die Sonne gerade über den Horizont. Unten im Tal erstreckt sich das verschlafene Dorf Burguete. Aus einem der Häuser steigt eine dünne Rauchsäule auf. *Hoffentlich ein gutes Zeichen.*

Christians Herz macht einen Freudensprung, als er näher kommt und die Bäckerei betritt. Eine korpulente Frau – ihre Lockenwickler stecken in der Frisur – bietet ihm ein Bocadillo de Jamón an, ein kleines Baguette mit Schinken. Er nimmt gleich drei mit: Eins für sofort, eins zum Mittag und eins für Notfälle. Nachdem er die beiden ersten gierig verschlungen hat, tritt bereits der Notfall ein. *Manchmal kommt der schneller als gedacht.*

Am Nachmittag erreicht er Zubiri, der baskische Name bedeutet *Dorf an der Brücke*. Ein markant steil gebauter Viadukt überquert seit dem Mittelalter den reißenden Arga. Die Suche nach einem Bett für die Nacht gestaltet sich schwierig. Alle Herbergen sind voll belegt. Zum nächsten Ort weiterzuwandern, will er nicht. Besser gesagt: er kann nicht mehr. Deshalb bleibt ihm nichts anderes übrig, als in einem teuren Hotel anzuklopfen. Es ist nicht der Preis, der ihn schmerzt, sondern das Sich-abgeschnitten-Fühlen von den Pilgern. Hier ist er zwischen Laptop bewaffneten Vertretern und langweiligen Urlaubern der einzige Gast mit einem Rucksack. Was für ein krasser Gegensatz: Gestern mit knapp zweihundert Pilgern eingepfercht unter einem Dach – und jetzt allein im Einzelzimmer. Da sehnt er sich nach seiner illustren Nachtgesellschaft. Der einzige Vorteil sind das Ausschlafen und ein Frühstück.

Bevor er weiterpilgert, inspiziert er die Dorfkirche St. Stephan wegen geheimer Hinweise. So sehr er sich anstrengt, er findet nichts vom Gesandten. Vermutlich ist er gar nicht hier gewesen oder hat keine Botschaft hinterlassen. Dass er in diesem Ort den Jakobsweg beendet hat, ist unwahrscheinlich, aber nicht ausgeschlossen.

Christian ist frustriert. *Ist es nicht nach so vielen Jahren reiner Zufall, ein Zeichen zu finden? Ich muss alles lockerer angehen. Verkrampftes Suchen bringt nichts.*

Der Weg bleibt wohltuend und führt leicht bergab. Langsam zieht sich die Wolkendecke zusammen und bald fallen die ersten Tropfen. Dummerweise liegt seine Regenjacke ganz unten im Rucksack und er hat keine Lust, sie herauszuwühlen. Also läuft er weiter über Stock und Stein und lässt sich nassregnen. Auch das gehört zum Pilgern dazu.

Vor einer Kurve hört er heftiges Geschrei.

Ist jemand in Not?

Er hetzt um die Ecke. Vor ihm streiten sich lautstark zwei bekannte Gesichter: die Madonna und ihr Havanna-Mann. Auf Portugiesisch hört sich alles dramatisch an. Und das noch im strömenden Regen. Da beide den engen Weg versperren, zwingen sie Christian zum Innehalten. Auf Englisch fragt er, ob er helfen kann.

„Can I help you?"

Das ist ein Fehler.

Jetzt schimpfen sie über ihn und drohen mit wüsten Verwünschungen. Zum Glück versteht er weniger als *Bahnhof*. In Sekundenschnelle sind die beiden wieder beste Freunde geworden und sehen in ihm den Störenfried. Auf einmal ist er der Dumme; so schnell können sich Fronten verändern. Dabei meinte er es doch nur gut.

Christian erkennt, dass auf dem Pilgerweg keine Heiligen unterwegs sind, sondern Kreaturen wie du und ich. Gerade die brauchen diesen langen und beschwerlichen Weg, um Gott, den Nächsten und sich selbst zu finden.

Wenn der Weg nicht das Ziel ist, was dann?

Die Strecke führt an Larrasoaña vorbei, auch hier gibt es eine gotische Brücke aus dem 14. Jahrhundert. Im Volksmund wird sie *Banditenbrücke* genannt, weil sie von Straßenräubern geschickt genutzt wurde.

Christian blickt sich aufmerksam nach allen Seiten um. Die Luft scheint rein zu sein, als er den Ort betritt. Aber er bleibt nur kurz. Er muss mit seinen Kräften haushalten und darf sich nicht jedes Dörfchen mit seiner Kirche anschauen. Schließlich ist ein Pilgerweg keine touristische Unternehmung. Was die Hinweise vom Gesandten angehen, kann er nur auf Intuition hoffen. Denn Draxus ist mit größter Wahrscheinlichkeit dieselbe Strecke gepilgert wie er.

Wer nach tagelanger Ruhe in der Natur und kleinen Dörfern Pamplona, die Hauptstadt der Provinz Navarra, erreicht, ist geschockt. So viele Leute, Häuser, Straßen, Autos und Lärm. Am liebsten wäre er weitermarschiert, schnell durch dieses Babylon hindurch. Zumal die Stadt das Zentrum des Stierkampfs ist. Dabei werden in jedem Juli auf der Ruta de los Encierros Menschen und Stiere mitten durch die Altstadt zur Arena gejagt. Eine Leidenschaft, die er absolut nicht teilt und die nur Leiden schafft.

Am Stadtrand entdeckt er die Casa Paderborn, eine Herberge des Freundeskreises der Jakobspilger aus jener westfälischen Stadt. Zwei deutsche Hospitaleros begrüßen ihn überschwänglich. Rita und Arno führen ehrenamtlich das schmucke Haus mit sechsundzwanzig Betten.

Wie tut es gut, mal wieder Deutsch zu sprechen. Ohne Filter drauflos zu quatschen.

Sie werden dabei von Alfredo unterstützt, einem jungen Sicherheitsmann aus Madrid, der vorher beim spanischen Militär war. Weil er dort zu wenig verdiente und echte Herausforderungen suchte, wechselte er in andere Dienste, über die er kein Wort verliert.

Die Schlafräume sind noch leer, Christian darf sich ein Bett aussuchen und nimmt eins im Etagenbett unten. Aus luftstrategischen Gründen direkt am Fenster.

Dann stellt er sich unter die lauwarme Dusche. Es ist ein tolles Gefühl, wie das Wasser alle Mühen wegspült. Danach ist Waschtag angesagt, was dringend nötig ist. Bald baumeln seine Socken und die Unterwäsche auf bunter Leine in der strahlenden Sonne. Wie neu geboren läuft er zur Stadt und kehrt in der erstbesten Gaststube ein, um ausgiebig zu essen und zu trinken. *Das tut gut.* Anschließend sucht er die wuchtige Kathedrale Santa Maria auf, die im 14. Jahrhundert errichtet wurde. Kraftvoll schiebt er das schwere Portal auf und betritt das Kirchenschiff. Hier ist es angenehm kühl und vor allem still. Der Lärm von draußen dringt nicht durch die mächtigen Mauern. Es ist eine Oase im Alltag. Christian hockt sich in eine leere Bank und spürt, wie gut die Andächtigkeit tut. Anfangs schweifen seine Gedanken unruhig hin und her. Bis er eine gewisse Gottesnähe und damit seine innere Mitte findet. Zeit und Raum verschmelzen miteinander.

Wie lange bin ich schon hier?

Im Grunde ist es egal. Seine Armbanduhr hat er in der Herberge gelassen, um gelassener zu werden.

Gestärkt erhebt er sich und betrachtet die Kathedrale genauer. Beeindruckend sind die Sarkophage aus Alabaster, in denen die Gebeine von König Carlos III. von Navarra und seiner Gattin Leonora seit 1420 ruhen. Durch ein prunkvoll vergoldetes Portal im rechten Seitenschiff gelangt er in den Kreuzgang. Die hohen gotischen Bögen verleihen ihm eine lichte Eleganz. Aufmerksam studiert er die Inschriften.

„Suchen Sie etwas Bestimmtes?", dröhnt eine dunkle Stimme hinter ihm.

Christian fährt der Schrecken in die Glieder. „Nein, nicht unbedingt." Seine Worte kommen zu zögerlich.

„Also doch. Was suchen Sie?", bohrt der Kirchendiener nach und fixiert ihn mit finsterem Blick. „Raus mit der Sprache, wir machen gleich zu."

Soll ich lügen oder die Wahrheit sagen?

„Ich halte nach einem Hinweis aus dem 16. Jahrhundert Ausschau", beginnt er vorsichtig. „Ein Pilger legte damals eine Spur von Buchstaben. Jetzt suche ich den dritten, nämlich ein *A*. Das würde beweisen, dass er hier war."

Das reicht, mehr sollte ich nicht preisgeben.

„Wer sind Sie überhaupt?", mustert ihn der Mann mit krauser Stirn.

Christian will sich nicht provozieren lassen. „Ich bin Historiker aus Alemania und möchte über den Camino ein Pilgerbuch schreiben."

Der Küster räuspert sich, schaut sich mehrmals um und zieht ihn vertraulich in eine düstere Ecke. „Es gibt ein ungewöhnliches Rätsel, einen gravierenden Fehler. Wir bewahren hier ein wertvolles Evangeliar aus dem 13. Jahrhundert. In der Vitrine war bis vor Kurzem immer eine bestimmte Seite aufgeschlagen."

„Welche?" Seine Anspannung steigt.

„Im Evangelium des Matthäus ist es das 13. Kapitel. Dort steht ausgerechnet die Mutter unseres Herrn hinten mit zwei *A*, also *MARIAA*. Wir können uns nicht erklären, was das bedeuten soll. Sicherlich ist es ein Fehler des Mönches, der die Schrift damals kopiert hat. Allerdings bleibt es seltsam, weil er sonst nie einen Schreibfehler gemacht hat, also enorm sorgfältig war."

„Kein Mönch hätte bei diesem Namen solch einen Fehler begangen", ist sich Christian sicher. „Wo in der Zeile steht das Wort, am Anfang, in der Mitte oder am Ende?"

„Am Ende."

„Dann ist es möglich, dass jemand später ein *A* dazu gemalt hat. Ich vermute, dass es jener Pilger war, dem ich auf der Spur bin. Darf ich die Seite im Evangeliar mal sehen?"

Der Diener wird leichenblass und bekreuzigt sich dreimal hastig. „Das geht nicht. Kapitel 13 bringt Unglück! Der letzte Betrachter ist noch im Kreuzgang grausam krepiert."

Christian läuft ein eiskalter Schauder über den Rücken. Er will fortgehen, als ihn der Mann an der Schulter festhält.

„Warten Sie", haucht er mit einem Funken List in den Augen, „wenn ich morgen früh mit dem Bischof spreche, vielleicht lässt sich da was machen. Wie ist Ihr Name und in welcher Herberge haben Sie sich einquartiert, damit ich Ihnen eine Nachricht hinterlassen kann?"

„Ich bin Christian Sonnthag und in der Casa Paderborn untergekommen", erklärt er freimütig.

Der Küster nickt. Als der Besucher fortgeht, schaut er ihm lange hinterher. Alsbald lädt er die Aufnahmen von der Überwachungskamera im Kreuzgang auf sein Handy. Er wählt ein Bild aus, obwohl es unscharf ist, und sendet es mit einem Kommentar an eine längere Nummer.

Alfredo wird schon wissen, wie vorzugehen ist.

Im Quartier schreibt Christian eine Nachricht an Mirabella, dass er weiterhin der Spur von Draxus folgt, von der er mittlerweile drei Hinweise entdeckt hat.

„Ich hab Schlimmes aus Pamplona gehört", antwortet sie. „Dort soll es im Untergrund mafiaähnliche Strukturen geben. Bitte geh kein Risiko ein und komm wieder zurück!"

Die Gute macht sich zu viel Sorgen.

Inzwischen herrscht in der Herberge Hochbetrieb. Alle Betten sind belegt und draußen biegen sich die Wäscheleinen voll von bunten Textilien.

Christian teilt sich den Schlafraum mit sieben anderen Pilgern. Im Bett über ihm liegt Christoph, der einen kräftigen Vollbart trägt und Schweizer ist. Er stammt aus einem Seitental des Berner Oberlands, was man seinem schweren Akzent anhört. Seit fünf Jahren führt er in Zweisimmen einen Laden für alpinen Sport. Vor Kurzem zerbrach seine Ehe, deshalb braucht er eine Auszeit. Deutlich will er den Alkoholkonsum reduzieren, obwohl der vollmundige Vino Tinto es ihm nicht leicht macht.

Jimmy aus New York arbeitet an der Börse in der Wall Street. Die Beben der Finanzmärkte haben auch in seinem privaten Leben Erschütterungen hervorgerufen. Er spürt, dass das Immer-Schneller, Immer-Mehr, Immer-Rücksichtsloser ihn zermürbt. Auf dem Camino sehnt er sich nach Entschleunigung und der Begegnung mit Gott. Außerdem hat er sich vorgenommen, endlich mit dem Rauchen aufzuhören und ein paar Kilo abzunehmen.

Wer die blonde Inga sieht, kann sich denken, dass sie aus Stockholm kommt. Dort arbeitet sie als Stewardess für eine Airline. Sie kann gar nicht sagen, wie viele Meilen sie im Jahr über den Wolken zurücklegt. Doch zieht es sie immer stärker auf den Boden der Tatsachen. Sie will nicht mehr fremdbestimmt sein, von Aufputschmitteln loskommen und sich selbst finden. Schritt für Schritt, bergauf und bergab. Mit allen Risiken, aber auch

Chancen. Sie ist atheistisch aufgewachsen, aber möchte das hinterfragen und offen sein für geistig Neues.

Der Computerspezialist Enrico, ein sportlicher Typ aus Argentinien, ist ein begeisterter Fan von Papst Franziskus. Als dieser noch Kardinal in Buenos Aires war, hat er ihn öfter erlebt und seine liebevolle Art geschätzt. Eigentlich wollte er von Südfrankreich direkt nach Rom pilgern und schrieb deshalb übermütig an den Pontifex. Was war das für eine Überraschung, als Wochen später ihm der Papst persönlich antwortete und vorschlug, lieber den spanischen Jakobsweg zu nehmen. Der wäre für Leib und Seele ganzheitlicher.

Einer der wenigen Pilger aus Afrika ist der stämmige Pieter aus Kapstadt. Etliche Narben aus der Zeit der Apartheid trägt er am Leib. Die Fragen nach Gerechtigkeit und Gleichberechtigung bewegen ihn. Er wünscht sich eine Kirche, die sich stärker politisch engagiert und den Regierungen und Konzernen kritisch begegnet. Besonders, dass Schwarze und Weiße endlich auf Augenhöhe miteinander leben.

Aus Südkorea kommt die zierliche Kim-Kairi. Sie ist Krankenschwester und möchte helfen, wo sie kann. Aber es gibt eine Grenze, die für sie unüberwindbar ist – die zu Nordkorea. Ihre alten Eltern und zwei jüngere Schwestern leben dort. Es zerreißt sie, wenn sie daran denkt. Den Pilgerweg läuft sie barfuß, um damit ihr Leiden und die Sehnsucht nach Frieden auszudrücken. Wer sie unterwegs danach fragt, dem erzählt sie ihre Geschichte.

Die längste Anreise hatte Sophia aus Neuseeland. Sie hat gerade das Abitur bestanden und will vor ihrem Psychologiestudium ihre seelischen und körperlichen Grenzen ausloten. Dazu bieten die achthundert Kilometer auf dem Camino ideale Möglichkeiten. Seit drei Monaten hat sie einen Freund, der allerdings von dieser langen Tour nicht begeistert ist. Die Zeit wird zeigen, ob die Liebe zueinander stark genug ist.

Kurz gesagt – die halbe Welt ist in diesem Schlafraum auf zwanzig Quadratmetern vereint.

Inzwischen ist es draußen dunkel geworden. Rita und Arno laden die Gäste zum Rotwein in den Anmelde- und Frühstücksraum ein. Eine bunte Truppe ist entstanden, jeder versucht sich mit seinem Englisch verständlich zu machen. Es wird viel geredet und gelacht. Einige schlürfen aus Zahnputzbechern, weil es nicht genug Gläser gibt. Manche hocken auf dem Boden oder der Fensterbank. Die Stimmung ist fröhlich; alle verdrängen die Vorstellung, morgen früh vor Sonnenaufgang wieder fit weiterwandern zu müssen. Jetzt ist jetzt – und das wollen sie genießen.

Fünf vor elf Uhr erscheint Alfredo in der Tür, um die Nachtwache zu übernehmen. Die beiden Hospitaleros sollen mal freihaben. Er wirft ein kurzes „Hello“ in den Raum und lehnt sich mit verschränkten Armen an die Wand. Mit mürrischem Blick mustert er die Fremden. Dann geht er zum Schreibtisch und fischt aus der Ablage die Liste der heutigen Anmeldungen heraus. Sie muss jeden Abend an die kommunale Behörde per Fax oder Mail weitergegeben werden. Somit kann niemand unerkannt pilgern, das schreiben die Polizeigesetze vor.

Aufmerksam studiert er die Namen und versucht, diese mit den Gesichtern der Anwesenden in Verbindung zu bringen. Dabei interessiert er sich nur für die Männer.

Wer ist Christian Sonnthag? Wer sieht deutsch aus und benimmt sich so?

Alfredo wartet ab und beobachtet in Ruhe seine Kandidaten. Nur drei kommen für ihn in Betracht. Da alle Englisch sprechen, kann er die länderspezifischen Akzente nicht unterscheiden.

Er muss sich etwas einfallen lassen.

„Who is Christian? I need your sign on this paper", ruft er. „Wer ist Christian? Ich brauche noch eine Unterschrift für die Anmeldung."

Just in diesem Augenblick lachen alle laut über eine witzige Bemerkung von Sophia. Sie erzählt lustige Anekdoten von ihrer ungewöhnlichen Tante in Neuseeland, die als Achtzehnjährige schon einmal den Camino gepilgert war.

Christoph schaut kurz auf und erhebt sich schwerfällig. Nicht nur die müden Glieder wirken, der Vino Tinto tut sein Übriges. Er meint, seinen Namen gehört zu haben, und bahnt sich den Weg zum Schreibtisch. Ohne genau hinzusehen, kritzelt er seine Unterschrift auf die Liste.

Das reicht. Alfredo nickt unmerklich.

Anschließend schwankt der Schweizer zur Toilette, von der Christian gerade erleichtert zurückkehrt.

Mitternacht ist längst vorbei. Alle Pilger schlafen erschöpft auf ihren Lagern. Selbst der Mond ruht, nur eine müde Straßenlaterne blinzelt schwach durchs trübe Fenster.

Lautlos drückt Alfredo die Klinke der Zimmertür und pirscht sich in den Schlafraum. Leises Schnarchen ist zu vernehmen. Ab und zu brabbelt Kim-Kairi. Aber das versteht niemand. Das Drama bahnt sich seinen Weg.

Plötzlich.

Von einem grausigen Albtraum gepeitscht, schreckt Christian schweißgebadet hoch. Er braucht einen Augenblick um zu begreifen, wo er sich befindet. Schlaftrunken erhebt er sich, weil er einen starken Druck auf der Blase spürt. Aus den Augenwinkeln nimmt er in der Dunkelheit eine undeutliche Gestalt zwischen den Betten wahr. *Enrico kann wohl nicht schlafen.* Wortlos schiebt er sich an ihm vorbei und tastet sich zur Toilette.

Mit solch einem Zwischenfall hat der Spanier nicht gerechnet. Er fühlt sich gedrängt, nicht zu lange zu zögern, um seinen lukrativen Auftrag zu erfüllen. Bevor der Pilger zurückkommt. Er darf keine Zeit verlieren.

Da oben liegt er, der deutsche Spion. Ein wehrloses Opfer, sein kräftiger Bart ragt aus dem Schlafsack heraus.

Alfredo zieht die Waffe.

Kurz zögert er und blickt sich hastig nach allen Seiten um. Niemand rührt sich.

Er spannt die Pistole.

Sein Puls rast.

Seelenruhig, wie entrückt liegt der Kopf da.

Behutsam legt er die Mündung an die Schläfe.

Das Opfer atmet einmal tief ein. Mehr nicht.

In der Ferne des Hauses hört man das Zischen der Toilettenspülung.

Jetzt oder nie.

Er drückt ab.

Der Schuss ist wegen des Schalldämpfers kaum zu hören.

Und noch einmal. Zielsicher ist sicher.

Der Mann zuckt nur leicht.

Jimmy im Bett gegenüber hustet ein paarmal heftig, dann herrscht die Ruhe der ewigen Nacht.

Bevor der andere Pilger von der Toilette zurückkehrt, ist der Mörder verschwunden. *Den Befehl habe ich gewissenhaft ausgeführt,* meldet er unverzüglich an seine Auftraggeber.

Unrecht liegt in der stickigen Luft, als Christian sich zum Bett fühlt und wieder in seinen warmen Schlafsack kriecht. Schnell findet er in die trügerische Welt der Träume zurück. Er merkt nicht, wie Blut vom Lager über ihm herabtropft.

„Christoph, wach auf, es ist schon sieben Uhr", ruft Inga und rüttelt an seiner Schulter.

Sie stutzt – und erschrickt bis ins Mark. Dann bricht das Entsetzen aus ihr heraus, alles ist nur noch ein Schreien, das nicht enden will.

Zehn Minuten später ist die Policía vor Ort. Die blauen Blitzlichter der Fahrzeuge zerstören jede Harmonie. Keiner darf die scheinbar heile Welt der Casa Paderborn verlassen. Alle werden an diesem frühen Morgen ausführlich verhört.

Bestürzt erkennt Christian die tragische Verwechslung. *Der Anschlag hat mir gegolten. Haarscharf bin ich dem Mörder entronnen. Christoph ist für mich gestorben – wie schrecklich. Ich hatte Glück, er nicht.*

Das Leben lässt sich nicht einfach in die Kategorien gerecht/ungerecht aufteilen. Beides gehört zusammen und wir haben kein Anrecht auf das, was wir Glück nennen. Genau darin liegt die Herausforderung der Erkenntnis und einer der Gründe, den Jakobsweg zu pilgern. Deshalb werde ich nicht umkehren, sondern weitergehen.

*

Erst gegen Mittag kann Christian seinen Weg fortsetzen. Die Ereignisse bedrücken ihn sehr und er mahnt sich zur Wachsamkeit. Immer wieder blickt er sich um, ob er verfolgt wird. Eine unscharfe Angst sitzt ihm im Nacken.

Die Strecke führt durch Vororte von Pamplona hindurch nach Cizur Menor und ist recht eben. Aber dann beginnt ein schweißtreibender Aufstieg zur Passhöhe Alto del Perdón auf 770 Meter. Die Aussicht ist beeindruckend, große Figuren aus Eisen bilden einen alten Pilgerzug ab. Einer Legende zufolge hat hier der Teufel einen Pilger zu verführen versucht. Er würde ihm frisches Wasser reichen, wenn er Gott und Jakobus lästere. Aber der Mann widerstand. Daher gibt es an dieser Stelle einen Brunnen und daneben ein Friedensdenkmal.

Als Christian diese Sage liest, denkt er unwillkürlich an das teuflische Verbrechen. Das Böse agiert noch immer. Am perfidesten dadurch, dass man es am Anfang gar nicht merkt. Durch Mitmenschen.

Erschöpft wischt er sich den Schweiß vom Gesicht, trinkt aus seiner Wasserflasche und blickt sich um.

Wen sehe ich denn da?

Kim-Kairi hockt auf einem Felsbrocken und mampft munter ein unterwegs erstandenes Bocadillo. Auf seine Frage nach dem Zustand ihrer Füße lächelt sie vielsagend. Das ist Antwort genug. Vom Mordanschlag reden sie nicht mehr. Dieses Thema hat ihnen die Sprache verschlagen.

Alsbald geht es weiter und zwar steil bergab über rutschiges Geröll. Hier befand sich einmal ein Flussbett. Zum Glück sind Christians Wanderschuhe fest genug; auf dünnen Sohlen hat man keine Chance. Ein schottischer Pilger schimpft über sich selbst, weil er billige Treter im Supermarkt gekauft hatte. Damit spürt er schmerzhaft jeden Stein.

Endlich erreicht er Puente la Reina. Der Name bedeutet *Brücke der Königin*. Darin wird die Erinnerung bewahrt, dass die stattliche Brücke auf Veranlassung der Königin von Navarra im 11. Jahrhundert errichtet wurde, um den Pilgern die Überquerung des Arga zu ermöglichen.

Wenn jene so alt ist, wird es die Kirche im Dorf auch sein. Solche Orte haben Draxus angezogen. Mal sehen, ob es irgendwelche Spuren von ihm gibt.

Stolz erhebt sich die „Iglesia del Crucifijo". Wie auf einer Tafel am Mauerwerk zu lesen ist, stammt sie ebenfalls aus der Zeit und wurde von den Tempelrittern errichtet. *Ausgerechnet von denen!*

Christians Herz schlägt schneller. Er nähert sich dem Portal und drückt die mächtige Klinke herunter.

Die Tür bewegt sich keinen Millimeter.

So was Ärgerliches. Gerade jetzt.

Er umrundet das Gebäude und entdeckt eine kleine Seitentür.

Erstaunlicherweise ist sie nicht verschlossen. *Wie gut.* Aufgeregt tastet er sich durch einen finsteren Raum, der als Sakristei dient, ins düstere Kirchenschiff. Drei heruntergebrannte Kerzen flackern unruhig auf dem Altar und schaffen eine gruselige Atmosphäre. Ihn fröstelt, als er unter dem Kruzifix steht. So eins hat er noch nie gesehen. Der Korpus ist in Form eines *Y* gestaltet; nicht wie ein übliches Kreuz mit einem *X*.

In diesem Moment fällt es ihm wie Schuppen von den Augen. Mit dem Kruzifix ist die Verbindung zu Draxus hergestellt. Die Gestaltung Jesu in Form eines *Y* überhöht das *X*, das nicht nur als vierter Buchstabe im Namen des Gesandten vorkommt, sondern das Monogramm Christi in der griechisch geprägten Kultur des Christentums darstellt. Ohne in irgendeiner Weise etwas verändern zu müssen, hat Draxus einen erhabenen Hinweis in dieser Templerkirche gesetzt. Christian schaut genauer hin und entdeckt auf dem Holz die feine Ritzung des Symbols der Ritter. *Also gibt es keinen Zweifel.* Er war hier.

Die Gestalt Jesu wirkt furchterregend. Sein Haupt ist tief auf die Brust gesunken, der abgemagerte Leib ist gekrümmt, die Rippen treten deutlich hervor und an der Seite klafft eine offene Wunde. Der Mund ist schmerzverzerrt und die Augen gebrochen. Die dürren Arme sind schräg nach oben gen Himmel gestreckt und bilden mit dem Körper das Ypsilon. Alle Finger und Zehen sind gespreizt und wirken wie Krallen. Diese Art der Darstellung ist unter dem Einfluss der Mystik des 13./14. Jahrhunderts entstanden und nennt sich Crucifixus dolorosus oder Mystikerkruzifix. Es beherrscht den ganzen Raum, weshalb die Kirche Iglesia del Crucifijo heißt. Ein Schild an der Seite gibt an, dass es vermutlich von deutschen Pilgern aus dem Rheinland gestiftet wurde. *Vielleicht aus Köln?*

Plötzlich Schritte hinter ihm. Gefahr liegt in der Luft.

Vor Schreck erstarrt er.

Bevor er sich umwenden kann, legen sich eiserne Pranken um seinen Hals und drücken ihm die Luft ab.

Christian röchelt, windet sich mit Händen und Füßen. Schlägt wild um sich, tritt mit aller Kraft zu.

Kämpft um sein Leben.

Der andere ist stärker, seine Macht scheint unermesslich.

Die Luft wird knapp.

In seinen Schläfen hämmert der Puls.

Kalter Schweiß steht auf der Stirn.

Die Sekunden laufen wie im Zeitraffer.

Langsam schwinden die Sinne, das Sehen, Riechen und Hören. Innerlich fleht er um Gnade, mehr kann er nicht tun. Sein Ende naht.

Warum greift der Gekreuzigte nicht ein? Sieht er nicht den Unschuldigen, sieht er nicht den Schuldigen?

Es ist, als würde die Erde in ihrem Lauf erstarren und die Sonne sich verfinstern. Als würde alles stillstehen und in ewiger Nacht verharren.

Doch die Macht dieses Gemäuers ist stärker als der Wille des Bösen. Die Kraft des Crucifixus wirkt, denn auf einmal schallt oben aus dem Turm die helle Abendglocke und durchdringt Raum und Zeit. Sie durchschneidet die Fesseln des Leidens.

Der eiserne Griff erlahmt und entzieht sich dem Opfer.

Es geschieht ein Wunder. Frische Luft durchflutet Christians Lunge. Das Leben erweist sich als stärker. Es schiebt den nahen Tod beiseite. Zentimeter um Zentimeter, Schritt für Schritt. Mit äußerster Kraft wendet er sich um, damit er dem Widersacher ins Angesicht schauen kann. Doch die Gestalt hastet im Schutz der Düsternis davon, nur das Wehen einer hellen Kutte ist erkennbar.

Christian hat das Gefühl, ihr schon einmal begegnet zu sein.

Aber wo – und wer steckt dahinter? Ohne Zweifel, das war ein weiterer Mordversuch.

In diesem Augenblick erlöschen die drei Kerzen auf dem Altar. Jetzt herrscht nur noch bedrückende Unklarheit.

Mit zitternden Knien verlässt Christian die Kirche. Unerwartet kommt ihm auf der Straße Enrico entgegen. Innerlich aufgewühlt berichtet er ihm, was passiert ist.

„Du musst dich unbedingt medizinisch untersuchen lassen", rät der Argentinier und zündet sich eine Zigarette an. „Mancher ist auf dem Camino psychisch krank geworden. Das darf man nicht auf die leichte Schulter nehmen."

Energisch schüttelt Christian den Kopf. Er ist sich vollkommen sicher, was er durchgemacht hat.

„Ich gehe jetzt zur Polizei", betont er unbeirrt.

„Das bringt nichts, die werden dich einweisen“, lacht Enrico.

Die Wache befindet sich in einem heruntergekommenen Betonbau. Außer Atem berichtet er vom Grauen. Ein Polizist fragt ihn, wie er in die Kirche hineingekommen ist.

„Das Hauptportal war verschlossen, aber eine Seitentür nicht. Dort bin ich rein“, gesteht er.

„Dann haben Sie selbst Schuld“, erklärt der Beamte kühl. „Jedermann weiß, dass mit den Tempelrittern nicht zu spaßen ist. Sie können froh sein, dass Sie am Leben geblieben sind.“

Weiter versichert er, dass eine Anzeige nichts bringt, weil es in diesem Fall um altkirchliches Recht geht, das bis heute auf dem Grund und Boden des Ordens gilt.

Erbost verlässt Christian die Dienststelle und sucht sich ein Quartier für die Nacht. Er ergattert das letzte freie Bett in einer öffentlichen Herberge, die sich in einer hässlichen, ehemaligen Schule befindet. Sein Lager liegt in einem alten Klassenzimmer mit nun achtunddreißig Schlafplätzen in mausgrauen Etagenbetten. Diese stehen so eng beieinander, dass man im Schlaf aufpassen muss, nicht beim Nachbarn zu landen. Das würde garantiert ein böses Erwachen geben.

Christians Platz ist zum Glück unter dem von Pieter aus Kapstadt, allerdings an einer strategischen Stelle: Direkt am Portal zum Lokus. Schon jetzt herrscht dort ein reger Betrieb mit Staubildung.

Wie wird das erst in der Nacht sein!

Tür auf – Tür zu.

Abschließen.

Menschentypische Geräusche.

Papiergeraschel.

Wasserrauschen.

Aufschließen.

Wieder knallt die Tür auf – und Tür zu.

Bei jedem Mal ergießt sich ein Schwall spezieller Luft über ihn. *Jetzt weiß ich, warum dieses Bett frei geblieben ist. Man hat nur auf mich gewartet. Da bin ich vorhin knapp dem Tode entronnen – und nun das. Ich hätte eine Gasmaske mitnehmen müssen.*

Nach einem Imbiss in der Stadt, dem legendären Pilgermenü mit einer ganzen Flasche Rotwein, geht's in die Herberge zurück.

Da es im September schon früh dunkel wird und alle Wanderer todmüde sind, beginnt die Nachtruhe bereits kurz nach 20 Uhr. Nur für Christian nicht, seine Spät- und Nachtschicht hat gerade angefangen.

Tür auf – Tür zu.

Abschließen.

Menschentypische Geräusche.

Papiergeraschel.

Wasserrauschen.

Aufschließen.

Wieder knallt die Tür auf – und Tür zu.

Dann der Schwall spezieller Luft.

Die Szene wiederholt sich in einer Dauerschleife. Bald reicht es dem Südafrikaner über ihm.

Fluchend turnt er herab, sodass das eiserne Gestell quietscht und zittert. „Das hält ja kein Heiliger aus", ruft er wütend und schleift seinen Schlafsack hinter sich her, um weitab auf dem nackten Boden zu schlafen. Hart, aber fair – mit besserer Luft. Die ist es wert.

Christian bleibt und hält die Stellung. Ihm tun alle Glieder schon schrecklich weh, da braucht er keinen Beton unter sich. Schließlich ist das Leben hart genug. Doch vom Einschlafen und der Ruhe der Nacht kann keine Rede sein. Unerträglich wird es, wenn jemand beim Verlassen des Örtchens die Tür nicht richtig zumacht. Anfangs rappelt er sich mühsam hoch, um sie selbst zu schließen. Dann wartet er ab, bis der nächste Kunde kommt und wie der sich verhalten wird. *Sind die Leute so kaputt, dass sie keine Klinke mehr drücken können?*

Inzwischen ruft er jedem Säumigen mit Nachdruck hinterher: „Please, close the door, bitte mach die Tür zu!"

Im Laufe der Nacht verblasst das Please immer mehr. So wie der Mondschein draußen vor dem Fenster.

Achtunddreißig Leute in einem Raum, wie oft müssen die müssen? Frauen öfter als Männer? Interessante Rechenspiele bieten sich an. Der Dozent aus Göttingen hätte nie gedacht, sich mit solch tief greifenden Fragen zu beschäftigen. Sein Wunsch nach einem spirituellen Pilgerweg droht in der Banalität des Alltags unterzugehen. *Vielleicht ist das eine weitere Herausforderung des Camino.*

Irgendwann nach Mitternacht, als er eingenickt ist, rüttelt eine zarte Hand seine Schulter. Erschrocken reißt er die Fensterläden auf und starrt in sorgenvolle, braune Augen.

„Do you have paper for me, hast du Papier für mich?“

Im Nu ist ihm glasklar, dass Kim-Kairi ihn nicht nach seinen Ausweispapieren fragt. Wir sind nicht an der Grenze oder in eine Polizeikontrolle geraten.

Nein, sie will mehr. Besser: etwas Elementares.

Ihre Rehaugen besänftigen ihn. Damit es für die Asiatin nicht zu unangenehmen Handgreiflichkeiten kommen muss, wälzt er sich aus dem Schlafsack, tastet zum Rucksack und wühlt seinen bestgehüteten Schatz heraus – eine halbe Rolle Klopapier. Made in Germany, 100 % Bio-Qualität. Fünf Blatt davon reicht er ihr und sie verschwindet überglücklich hinter der geheimnisvollen Tür.

Warum fünf Blatt? Das ist wie bei einem Strauß roter Rosen. Da nimmt man immer eine ungerade Zahl. Alter Aberglaube.

Mit dem Gefühl einer guten Tat gleitet er seelenruhig in den Schlaf und reiht sich ein in das laufende Schnarchkonzert. Diesmal merkt er nicht, dass das liebe Mädchen beim Verlassen des Donnerbalkens den Verschlag nicht richtig zugemacht hat.

Es ist stockdunkel, als die ersten Frühaufsteher mit ihren Stirnlampen die Sachen packen und damit im Saal Unruhe auslösen. Irgendwann schreckt Christian hoch und weiß anfangs gar nicht, wo er sich befindet – und warum. Alsbald klicken die Bilder der Erinnerung. Seine Glieder fühlen sich schwer an wie Blei. *Ich bleibe hier, bleibe einfach liegen. Schließlich bin ich ein freier Mensch. Oder etwa nicht?* Unvermittelt schaltet ein besonders rücksichtsvoller Gast die komplette Deckenbeleuchtung an. Zahllose

Neonröhren flackern auf und blenden unbarmherzig mit kaltem Weiß. Pure Lichtfolter. Jetzt ist jeglicher Wunsch nach Ausschlafen brutal vorbei.

Es ist nicht zu fassen. Ausgerechnet Pieter trällert fröhlich ein Lied, in dem in etlichen Variationen *Sunrise (Sonnenaufgang)* vorkommt. Obwohl unser Zentralgestirn noch tief schläft. So ein Optimist.

Christian ist überhaupt nicht nach guter Laune zumute. Zu Hause hasst er nervende Radiosender. Muffelig quält er sich von der Matratze, streift sich seine Wandersachen über und versucht, die Habseligkeiten ordentlich in den Rucksack zu packen. Dabei fehlt der nötige Platz; nur ein Hineinstopfen ist möglich, weil sich direkt neben ihm eine Schlange gebildet hat. Warum die Herrschaften anstehen, ist so klar wie das Wasser der Spülung.

Bloß weg von hier, der frischen Morgenluft entgegen.

Die gelben Pfeile sind es, die dem Pilger den rechten Weg weisen. Mal hat man sie auf die Straße gemalt, mal an Hauswände, Steine, Schilder oder Bäume. Manchmal leuchten sie frisch hell oder sind längst verblasst. Wenn man sie einmal aus den Augen verloren hat, kommt man sich wie in der Fremde ausgesetzt vor. Orientierungslos. Ab und zu beschleicht Christian dieses Gefühl, wenn er nicht aufmerksam die Zeichen beachtet hat oder sie durch Lastwagen verdeckt waren.

Hinter Mañeru kündet ein großer Stein an, dass er hundert Kilometer geschafft hat.

Großartig. Auch wenn noch sieben Achtel auf ihn warten.

Das Besondere des Jakobswegs besteht darin, dass auf ihm im Grunde kein Mensch entgegenkommt. Alle Pilger streben in *eine* Richtung, was es sonst bei Wanderwegen nicht gibt. Genauso verhält es sich mit der Lebenszeit, sie verläuft nur in die Zukunft. Daher ist der Camino so elementar, so lebensnah. Ein Abbrechen ist möglich, aber kein Zurück.

Malerisch auf einem Hügel liegt der kaum aussprechbare Ort Cirauqui. Die engen Gassen wirken gemütlich. Auf dem Rathausplatz trifft Christian den Amerikaner wieder, der genüsslich ein großes Schokoladeneis schleckt. In einem kleinen Geschäft kauft er sich drei Bananen und zwei Äpfel zum sofortigen Verzehr, denn mitschleppen will er sie nicht. Beide hocken sich auf den Bordstein und genießen die Rast.

„Bist du inzwischen in der Langsamkeit angekommen?“, fragt ihn Christian.

„Es fällt mir unsagbar schwer, jeden Moment bewusst wahrzunehmen“, gibt Jimmy zu. „In mir steckt viel Unruhe.“

„Das kenne ich und hoffe, dass der Camino mir das noch beibringt.“

„Bist du Gott begegnet?“, will er wissen. „Der Mord in der Casa hat meine Zweifel an Seiner Allmacht wachsen lassen. Ich verstehe nicht, warum Er es nicht verhindert hat.“

„Das ist eine berechtigte Frage, an der wir oft zerbrechen. Aber stell dir vor, Gott würde überall eingreifen, wo der Mensch einen Mord oder andere Verbrechen verübt.

Dann könnten wir machen, was wir wollen, und es gäbe keine Verantwortung mehr."

„Was ist daran so schlecht?"

„Das Recht des Stärkeren würde sich durchsetzen und alles beherrschen. Die Welt würde im Chaos versinken und bald gäbe es keine Freiheit mehr. Verantwortung und Freiheit gehören zusammen, sie machen unser Leben aus."

Nachdenklich schaut Jimmy in die Ferne. „Also sind Gutes und Böses miteinander verbunden?"

„Genau, sie bilden die beiden Seiten der Schöpfung. Wie bei einer Münze. Wichtig ist, dass wir uns für das Gute einsetzen, wo wir können. Und dem Bösen widerstehen."

„In meinem Job ist das schwer. Oft habe ich den Eindruck, dass nur das Böse regiert. Die Gier nach Gewinn und der Vernichtung der Konkurrenz. Du glaubst gar nicht, wie brutal es an der Wall Street zugeht."

Auf einmal biegt Inga um die Ecke. Sie ist völlig außer Atem, ihre blonden Haare kleben am Kopf. Der Rucksack erdrückt sie fast. Als sie die Männer erblickt, lächelt sie erschöpft und wischt sich den Schweiß von der Stirn.

„Setz dich zu uns", ruft Christian und bietet einen Apfel an.

Die Schwedin grinst. „Das mit dem Apfel hatten wir doch schon mal in der Menschheitsgeschichte, oder?"

„Damals war es umgekehrt, wer ihn angeboten hat", zwinkert Jimmy ihr zu. „Nimm lieber die Banane."

Sie greift danach, genießt die Süße der Frucht und spürt, wie es ihr rasch besser geht.

„Stellt euch vor, was ich gerade entdeckt habe", prustet sie mit vollem Mund.

„Was denn?“

„Beim Ortseingang von Mañeru steht ein Pilgerkreuz aus uralten Zeiten.“

„Ich hab's auch gesehen. Dem Stil nach müsste es aus dem 16. Jahrhundert stammen“, ergänzt Christian.

„Als ich es fotografieren will, bemerke ich plötzlich, dass mich ein winziges Objektiv einer Kamera anglotzt. So groß wie ein Centstück. Es ist in einem Loch direkt in der Mitte des Kreuzes eingebaut. Wenn man nicht genau hinguckt, sieht man es überhaupt nicht. Ich war völlig baff.“

„Unglaublich!“, entfährt es Jimmy.

„Die überwachen uns schamlos“, ist sich Inga sicher.

„Wen meinst du mit *die*?“, hakt Christian nach.

„Keine Ahnung. Ich glaube, dass man heutzutage nicht unbeobachtet durch die Welt gehen kann. Überall lauern Kameras oder Drohnen. Selbst aus dem All werden wir verfolgt. Scheußlich. Besonders hier auf dem Camino, wo es doch um einen geistigen Weg gehen soll.“

„Hast du nachgeschaut, ob sich etwas hinter dem Kreuz befindet?“ Christian kann es kaum fassen.

„Da war ein kleiner schwarzer Kasten montiert, aus dem ein Stück Metall ragte.“

„Vielleicht die Antenne zur Funkübertragung.“

„Lasst uns zurückgehen und die Anlage zerstören“, ruft Jimmy aufgebracht. „Wenn wir das der Polizei melden würden, werden die uns für verrückt halten und nichts unternehmen.“

„Du wirst recht haben. Außerdem sind die Fotos von uns bereits gemacht und übermittelt worden, als wir vorbeigegangen sind. Die können wir nicht mehr rückgängig machen."

„Was meint ihr – wer steckt dahinter?", fragt Inga wütend.

Eine Frage, auf die niemand eine Antwort weiß und wie ein scharfes Schwert an einem Seidenfaden über dem idyllischen Rathausplatz von Cirauqui schwebt.

Nur Christian ahnt eine böse Verschwörung und mahnt sich erneut zu höchster Wachsamkeit. Er behält seinen Verdacht für sich. *Hoffentlich ist das kein Fehler.*

Mit müden Füßen und Rückenschmerzen erreicht er die Kleinstadt Estella. In den letzten Stunden knallte die Sonne unbarmherzig herab, Schatten gab es kaum. Seine Wasserflaschen sind längst leer. Deshalb steuert er die erstbeste Herberge an, während Inga und Jimmy winkend weiterziehen.

Die Unterkunft entpuppt sich als wahrer Glücksfall. Das Gebäude diente im 18. Jahrhundert als Lederfabrik, direkt am Fluss Río Ega gelegen. Es wurde aufwendig restauriert und bietet komfortable Räume. Ihm wird ein Sechsbettzimmer mit eigenem Bad und WC zugewiesen, inklusive drei volle Rollen Klopapier. Was für ein Luxus. Wenn das Kim-Kairi wüsste.

Als Erstes stellt er sich unter die heiße Dusche und lässt das Wasser endlos an sich herabperlen. Dann ist wieder Wäsche waschen angesagt. Nach getaner Arbeit schlendert er frisch und munter in den Ort. Weil die Luft am Abend angenehm ist, nimmt er draußen auf dem Marktplatz das obligatorische Pilgermenü zu sich. Wie mundet der Rotwein und taucht für einen Moment alle belastenden Gedanken in zartes Rosa. *Das darf sein und gehört auch zum Camino.*

Bald geht es wieder zurück in die Herberge. Seine Schlafgenossen sind ein nettes Ehepaar aus Schottland, ein reservierter Schwabe und ein zwielichtiger Franzose.

Das Bett über ihm bleibt leer. Ungewöhnlich.

Es ist mitten in der Nacht, als Christian von einem Geräusch hochschreckt. *Was ist los?*

Im fahlen Licht des Mondes sieht er schemenhaft eine Gestalt, die in einem Rucksack wühlt. *Ist das etwa meiner?*

Er richtet sich auf und tastet hektisch neben das Bett.

Jeder Pilger ist auf die Ehrlichkeit der anderen angewiesen. Beim Schlafen, wenn man unter der Dusche steht oder sein Geschäft verrichtet, kann man nicht alle Habseligkeiten im Blick behalten. Das betrifft besonders Alleinpilgernde. Nicht auszudenken, wenn Geld, Pass, Pilgerausweis oder das Handy gestohlen würden. Es wäre ein schreckliches Drama mit gravierenden Folgen. Ein wahrer Albtraum.

Christian greift ins Leere. Sein Herz stolpert.

Was wäre, wenn?

In Panik krabbelt er aus dem Schlafsack, erhebt sich und blickt sich um. *Da!* Auf der gegenüberliegenden Seite lehnt sein Rucksack neben einem anderen an der Wand. Aber dort hatte er ihn gar nicht hingestellt.

Die Gestalt wendet sich ihm zu. Es ist Enrico.

„Sorry, ich habe ihn dorthin verfrachtet, weil er direkt vor der Leiter zu meinem Bett stand", erklärt er ungefragt.

„Okay“, antwortet Christian knapp und legt sich wieder hin.

Doch ein ungutes Gefühl bleibt. Nervös grübelt er, was er tun soll. Schließlich steht er auf, nimmt sein Handy sowie das Portemonnaie mit allen Papieren und verkriecht sich damit. Er merkt, wie der Argentinier über ihm ins Bett klettert und schwerfällig auf die Matratze fällt.

Lange Zeit liegt er wach, bis ihn der Schlaf überrollt und in schlechte Träume reißt.

Bevor am Morgen die Sonne aufgeht, ist Enrico verschwunden. Er hat eine Manipulation durchgeführt, deren Tragweite Christian nicht ahnt.

In dieser Herberge ist das Frühstück im Preis inbegriffen, eine luxuriöse Besonderheit. Vor allem gibt es Müsli mit frischer Milch. Christian ist und isst begeistert. Das schenkt ihm Kraft für den ganzen Tag.

Bald steht er wieder auf der Straße. Auf dem Weg durch Estella hält er Ausschau nach Hinweisen von Draxus. Jetzt wäre der Buchstabe *U* dran, allerdings – wie bisher – nur an Relikten um 1582, wodurch sich die Möglichkeiten stark einschränken.

Trotz aufmerksamer Beobachtung entdeckt er keine Spur. Dass bedeutet, weiterzupilgern und wachsam zu bleiben. Immer den gelben Pfeilen nach.

Es fängt an zu regnen. Unter einem ausladenden Baum zieht er seine blaue Regenjacke über. Nun kommt von außen keine Feuchtigkeit an ihn heran, aber innen sammelt sich der Schweiß. *Was ist schlimmer?* Einen Schirm hat er nicht dabei. Also heißt es: aushalten. Und vor allem nicht darüber nachzudenken.

Die Strecke steigt stetig an. Die Wolken sind tiefschwarz und ergießen sich unbarmherzig auf alles, was sich unter ihnen befindet. Während die Natur gierig nach Wasser lechzt, stöhnt die zweibeinige Kreatur.

Auf einmal tauchen Kim-Kairi und Sophia in bunten Bikinis auf. Sie lachen lauthals, als sie ihn mit mürrischer Miene entdecken und hüftschwingend vorbeiziehen. Diese Frauen machen es richtig. Sie passen sich den Gegebenheiten an und freuen sich wie Kinder über einen warmen Sommerregen. *Solch eine Leichtigkeit wünsche ich mir. Sind die Deutschen kaum dazu fähig, speziell die Männer?*

Hinter einer Bergkuppe reißt die Wolkendecke auf und die Sonne malt einen riesigen Regenbogen ans Firmament. Damit hat Christian nicht gerechnet, er ist überwältigt. Es ist ein Wunder in dieser wunderbaren Natur. Ein Zeichen des Schöpfers in der unerschöpflichen Welt an ihn, den kleinen Pilger auf seinem mühsamen Weg. Er erstarrt vor Ergriffenheit und seine Augen füllen sich. Lange steht er da und lässt das großartige Gemälde wirken.

Bis die Farben verblassen.

Sie schenken ihm neue Kraft, damit er sich im Grau des Alltags nicht verliert. Er spürt, dass Gefühle stärker sind als der Verstand. Jener blockiert oft die Emotionen und verhindert, eine andere Dimension der Wirklichkeit zuzulassen. Natürlich weiß er als Wissenschaftler, wie ein Regenbogen zustande kommt. Aber die geistig-seelische

Ebene hinter dem Symbol zu erkennen, machen Gott und die Welt aus. Vor allem darum geht es auf dem Jakobsweg.

Als er sich umwendet, steht Sophia hinter ihm. Er hatte ihr Kommen gar nicht bemerkt.

„Großartig, nicht wahr", haucht sie mit warmer Stimme. Es ist eine Bestätigung, keine Frage. „Heute, ganz in der Frühe, als es noch stockfinster war und ich nicht mehr schlafen konnte, bin ich alleine los", erzählt sie. „Da hat mich der Sternenhimmel krass überwältigt. Den Orion erkenne ich, aber es war überall ein tausendfaches Funkeln. Ich fühlte mich ganz klein bei dieser Größe – und irgendwie ganz groß, dass ich so etwas beobachten darf. Für mich war es eine Gottesbegegnung. Ein echtes Wunder."

„Das geht mir auch so", nickt Christian. „Mich fasziniert die Tatsache, dass jedes Betrachten der Sterne ein Blick zurück in die Vergangenheit ist. Das Licht braucht ziemlich lange, bis wir es auf der Erde wahrnehmen können. Also sehen wir immer ein altes Bild von einem Stern. Ob der Orionnebel in diesem Augenblick existiert, kann keiner sagen. Da müssten wir ungefähr 1350 Jahre warten. So lange braucht das Licht hierher."

„Dann ist das, was vergangen ist, nie wirklich vorbei, weil wir es in großem Abstand noch sehen könnten", folgert sie.

Er lächelt. „Streng genommen gibt es nur die Vergangenheit, während Gegenwart und Zukunft momentane Gefühle oder Visionen ausdrücken."

„Kann man sagen, dass die Vergangenheit real ist?"

„In gewisser Weise, denn allein sie wirkt sich wirklich aus. Wir werden in jeder Sekunde von ihr beeinflusst.

Wenn ich zum Beispiel einen Bleistift in die Hand nehme, lag er schon vorher bereit. Sonst könnte ich es gar nicht tun. Darin liegt die Macht der Vergangenheit, denn die Gegenwart hat stets eine Vorgeschichte. Im Großen wie im ganz Kleinen. Alles ist Geschichte."

„Du bist ein interessanter Mann. Ein Naturwissenschaftler?"

„Viel mehr ein Denker und leidenschaftlicher Historiker", sinniert er und blickt zum Himmel. „Die Zusammenhänge zwischen Geist und Materie, Raum und Zeit bringen mich immer wieder zum Staunen – und zur ehrfürchtigen Stille."

„Du wirst ja zum Geistlichen", lacht sie und strahlt ihn mit offenen Augen an.

„Das Faszinierende ist, dass der Geist letztlich über die Materie triumphiert. Die meisten Menschen in unserer Zeit halten eher das Gegenteil für wahr, weil sie visuell fixiert sind. Dabei sehnen sie sich in ihrem Herzen nach Glauben, aber ihr Intellekt weigert sich, ihn zuzulassen. Ein berühmter Mann hat einmal bekannt: *Meine Religiosität besteht in einer demütigen Bewunderung des unendlich überlegenen Geistes, der sich in dem Wenigen offenbart, was wir mit unserer schwachen und hinfälligen Vernunft von der Wirklichkeit zu erkennen vermögen.*"

„Wer war das – der Dalai-Lama oder Martin Luther?"

„Kein Geringerer als Albert Einstein."

„Wow!"

Gemeinsam gehen sie ein Stück des Weges und tauschen sich über Gott und die Welt aus. Nach etwa zehn Kilometern erreichen sie ein verwunschenes Dorf, in dem

Kim-Kairi bereits eine Herberge ausfindig gemacht hat. Sophia tun die Füße weh und sie will heute nicht mehr weiter.

Gerne hätte Christian noch mehr erzählt. Es ist seine Stärke, die Zuhörer mitzunehmen. Eine ernsthafte Stimme, sparsame Gesten und das Ansehen des Gegenübers schaffen Aufmerksamkeit. Wenn es um Geschichte mit ihren Geschichten geht, ist es ihm wichtig, dass es allein auf sie mit ihrem kunstvollen Gewebe ankommt und nicht auf den Erzähler. Dieser hat zurückzutreten, um ein Teil von ihnen zu werden und Platz für die Zuhörer zu schaffen, in sie einzutreten.

Christian hat diese Begegnung so viel Kraft geschenkt, dass er noch zwei Stunden weiterpilgern möchte.

„Bis irgendwann und irgendwo – und pass gut auf dich auf", rufen sie einander winkend zu.

Beide ahnen nicht, dass sie sich nie wieder über den Weg laufen werden, sondern tragischerweise knapp verpassen. Auch das gehört zum Jakobsweg. Ein Festhalten ist nicht möglich, es gibt keine Garantie auf Wiederholung. Allein das kurz Erlebte, die gemeinsame Vergangenheit bleibt. Und sie wirkt weiter.

Beschwingt erreicht er Los Arcos und findet in der Casa Austria ein Quartier, wo sogar bayerisches Weißbier zu zivilen Preisen angeboten wird. Dankbar stellt er fest, wie bereichernd sich dieser Tag entwickelt hat. Es stimmt, der Camino ist voller Überraschungen, die hinter jeder Ecke lauern auf den, der dafür offen ist. Wer nicht, wird sicherlich eine Überraschung erleben.

Am übernächsten Tag erreicht er Logroño, die Hauptstadt der Region La Rioja. Sie ist durch den Weinbau berühmt geworden. Weil es noch früh ist, hält er nicht inne. *Wenn die Füße weiterwollen, sollte man sie nicht daran hindern.* Die Blasen, die sich in den letzten Tagen gebildet haben, ignoriert er. Irgendwann werden sie sich schon beleidigt zurückziehen.

Vor Azofra passiert er den Zweihundert-Kilometer-Stein. *Hurra, ein Viertel habe ich geschafft.*

Kapitel 7
Das Horrorhaus

Torres del Río, Spanien, Ende September

Es ist dunkel geworden, als Alfredo aus seinem schwarzen Seat Ateca steigt. Er hat den Wagen in einer Seitengasse hinter dem Marktplatz von Torres del Río geparkt, weil er nicht auffallen will. Aufmerksam mustert er die wenigen Menschen, denen er begegnet; seine Sonnenbrille hat er aufbehalten.

Um Spuren zu verwischen, trottet er auf Umwegen zur Iglesia del Santo Sepulcro, der Kirche des Heiligen Grabes. Dieser Name deutet die Beziehung nach Jerusalem an und wurde im 12. Jahrhundert von den Tempelrittern errichtet.

Angespannt schaut er auf seine gefälschte Rolex, noch kann er sich keine echte leisten. *Wo bleiben die anderen?* Hier wollen sie sich um 22 Uhr treffen.

Düstere Wolken ziehen auf, der Wind wird frisch.

Wie ein Tourist schaut er sich die Kirche an, die turmartig auf einem achteckigen Grundriss gestaltet ist. Die Acht gilt in der Mythologie als Symbol der Vollkommenheit; hier berührt sich das Irdische mit dem Überirdischen. Um genau das zu betonen, hat er diesen Treffpunkt gewählt. Routiniert blickt er sich nach allen Seiten um. Keine Menschenseele ist weit und breit zu sehen. Nur ein paar Katzen streunen umher. Sicherheitshalber hat er seine Waffe dabei. *Man kann ja nie wissen.*

Mit flinken Fingern knackt er das alte Schloss – nicht das erste Mal – und öffnet das schwere Portal. Schauriges Quietschen erfüllt den Platz.

Hoffentlich hat es niemand gehört.

Er tritt ein und verriegelt sofort hinter sich. Modrige Luft, die nach Verwesung stinkt, umhüllt ihn. Es ist bedrückend still, kein Geräusch der Welt dringt durch die mächtigen Mauern hindurch. Nur sein Herz hört er schlagen. Er schaltet die Stirnlampe ein. Der Raum wirkt schlicht, das Gewölbe ist hoch. Die wenigen Fenster sind schmal wie Schlitze, durch die matter Mondschein fällt. Jeder Schritt hallt auf dem Steinboden, als er sich dem Altar nähert, über dem das Kruzifix hängt. Dem Blick des Gekreuzigten weicht er aus.

Da – ein Pochen an der Tür in einem besonderen Rhythmus. Die Schläge hallen, als würde jemand mit dem Hammer zuschlagen.

Der Code stimmt.

Alfredo eilt zum Portal und öffnet es. Drei Gestalten treten ein und stülpen sich ihre Lampen über den Kopf.

„Wie angenehm ist es hier im Vergleich zu draußen", stellt Lupus fest und legt den langen Mantel ab. Darunter kommt sein weißes Rittergewand mit dem roten Templerkreuz zum Vorschein.

Gata, die attraktive Agentin aus Saint-Jean-Pied-de-Port, trägt khakifarbene Kleidung, als wäre sie auf einer Safari. Aufmerksam sondiert sie den dunklen Kirchenraum und leuchtet jeden Winkel aus. Es könnten dort Gefahren lauern, die Alfredo nicht bemerkt hat.

Als Letzter betritt Enrico die Kirche. Er trägt seine Pilgerklamotten mit dreckigen Wanderschuhen. Ein anderes Outfit hätte ihn verdächtig gemacht.

„Ich gehe mal vor“, bestimmt Alfredo und leitet die Gruppe in eine Nische, wo sich eine schmale Tür befindet.

Hier erstreckt sich eine steile Wendeltreppe aus Sandstein, die im Kirchturm nach oben führt. Der Schacht ist eng und die Stufen überhäuft mit Vogelkot. Überall breiten sich Spinnweben aus. Die tanzenden Lichter werfen gruselige Schatten an die Wände.

„Können wir uns nicht woanders besprechen?“, schimpft Gata, die sich unwohl fühlt.

„Wir sind gleich oben“, ruft Alfredo herab.

Nach etlichen Windungen erreichen sie die Glockenstube. Schwer hängen dort drei Bronzeglocken mit unterschiedlichen Durchmessern. Mit seinem Kugelschreiber tippt Lupus die größte an, wodurch ein tiefer Ton erklingt.

Bestürzt dreht sich Alfredo zu ihm um. „Lassen Sie das, die Schwingungen sind im ganzen Ort zu hören!“

Der Ritter schnaubt. „Sollen doch alle wissen, was die Stunde geschlagen hat.“

„Ruhe, verdammt noch mal“, zischt Gata.

Weiter geht es auf einer hölzernen Stiege in ein rundes Turmzimmer. Vier breite Fenster bieten einen atemberaubenden Ausblick in alle Himmelsrichtungen. Staunend stehen die Gäste an den Scheiben und starren hinaus. Niemand sagt ein Wort. Unter ihnen leuchten die Laternen der Straßen und warmer Schein dringt aus den Häusern. Ein paar Autos huschen vorbei, ein Bus hält an und drei Jugendliche springen heraus. In der Ferne sieht man die nächsten Dörfer liegen. Von rechts nähert sich ein Flugzeug, weiter hinten blinken die roten Positionslichter von Windrädern. Die Wolken haben sich verzogen und geben den Blick frei auf einen gewaltigen Himmel mit Tausenden von glitzernden Sternen.

Alfredo schließt die Fensterläden. Erst jetzt schaltet er die Beleuchtung ein, die den Raum in konspirativen Schein taucht. In der Mitte erhebt sich ein runder Tisch mit futuristischen Stühlen aus gebürstetem Aluminium. An den Wandseiten zwischen den Fenstern reihen sich Computer und Monitore. Im Moment hört man das schleifende Geräusch des Druckers, der eine umfangreiche Liste ausspuckt. Unter dem Dach der Kirche sind die Antennen der Sendeanlage versteckt. Bei Stromausfall springt ein Dieselgenerator an, weil die Installation von Solarzellen auffällig wäre.

„Hier ist unsere Zentrale, die für die Strecke bis Burgos zuständig ist", erklärt er stolz.

Gata nickt anerkennend. „So was haben wir in Saint-Jean auch, nur nicht mit solch einem fantastischen Ausblick."

Lupus übernimmt als Ritter der Tredici die Gesprächsleitung und lässt sich über den aktuellen Stand der Dinge im Fall Christian Sonnthag, den er kurz *CS* nennt, informieren. Obwohl ihm einige Details bekannt sind, sollen die anderen ebenso Bescheid wissen.

Die Agentin beginnt ihren Bericht mit dem Auftauchen des Pilgers in der Kirche Notre-Dame, wo dieser zielsicher *die* Inschrift studiert und dabei auf das fehlende *D* stößt. Der historischen Anfangsspur von Draxus. Die Recherche im Netz ergibt, dass es sich um den Deutschen Christian Sonnthag handelt, der offiziell als Dozent für Kultur und Geschichte an der Georg-August-Universität von Göttingen arbeitet, aber vor allem als Sonderermittler tätig ist. Wegen eines speziellen Auftrags aus Bückeburg ist er als Pilger getarnt auf dem Camino unterwegs. Dabei soll er die Strukturen des Geheimbunds ausspähen und SHG Draxxus überführen. Eine hochbrisante Angelegenheit, die niemals öffentlich bekannt werden darf. In einem anderen Fall hat dieser Sonnthag bereits 2015 versucht, die Tredici zu bekämpfen.

„Dieser Kerl ist für uns hochgefährlich", schließt sie ihre Ausführungen. „Bevor die Inquisition darauf aufmerksam wird, müssen wir ihn beseitigt haben."

„Sonst fliegen wir alle auf", ergänzt Lupus sarkastisch.

Alfredo schildert in unverblümter Weise den misslungenen Mordversuch in der Casa Paderborn. Enrico dagegen verschweigt das Scheitern in Puente la Reina, betont dafür, dass er in der Herberge von Estella im Handy von CS eine Ortungs-App der Tredici installiert und auf ihre Funktion getestet hat.

„Jetzt haben wir ihn jede Sekunde im Visier", erklärt er selbstzufrieden. „Wollen Sie mal sehen, wo der Ketzer gerade steckt?"

Er zückt sein Handy und öffnet das Programm.

„Hier haben wir ihn. In Azofra, in der öffentlichen Herberge, schnarcht und furzt er jetzt um die Wette."

Alle lachen.

Sie beraten, wie weiter vorzugehen ist. Es soll gründlich sein, ohne Verdacht zu erregen. Dafür wäre ein Unglück mit vielen Opfern der unauffälligste Weg, erklärt Lupus am Ende der Besprechung. Als Ort, wo sie zuschlagen wollen, wird in der Provinz Burgos ein Fünfundsechzig-Seelen-Nest ausgewählt.

Agés.

Dort gibt es die Horrorherberge *Casa Roja*. Hier muss die Entscheidung fallen.

Nach konkreten Absprachen ist das heimliche Treffen beendet und alle eilen in die finstere Nacht hinaus. Jeder weiß, was er zu tun hat. Zufrieden steckt sich Enrico eine Zigarette an und bläst den Rauch genüsslich in den Himmel.

*

Es ist stockdunkel und kalt, als Christian in aller Frühe die Herberge in Tosantos verlässt. Der Abend war gesellig gewesen. Es wurde gemeinsam gekocht, gegessen, gesungen und gelacht, auch wenn nicht jeder alles verstanden hat. Später gab es vom Herbergsvater eine Taizé-Andacht in einem feierlich geschmückten Raum unterm Dach. Pilger aus zwölf Nationen waren beieinander und erlebten eine geistliche Gemeinschaft. Hier traf er die Madonna aus Brasilien wieder – ohne ihren Havanna-Mann. *Wer weiß, was mit dem passiert ist; vielleicht hat er sich in Rauch aufgelöst. Auf dem Camino ist alles möglich. Wer hier nicht an Wunder glaubt, wird oft eines Besseren belehrt.*

Beseelt wandert Christian von Dorf zu Dorf, von belebten Strecken zu völlig einsamen. Mal ziehen dunkle Wolken über ihn hinweg und verlieren ein paar Tropfen, mal knallt die heiße Sonne unbarmherzig herab. In einem Dörfchen füllt er am Brunnen des Marktplatzes seine beiden Wasserflaschen mit köstlichem Elixier. Heute bestehen Frühstück und Mittagessen aus Brombeeren, Himbeeren und Weintrauben vom Wegesrand. Das reicht, stellt er erstaunt fest. Eine Erfahrung, die er nie zuvor in seiner Überflussgesellschaft gemacht hat.

Am Nachmittag erreicht er das Kloster San Juan de Ortega, das sich auf tausend Metern Höhe befindet. Seine Beine sind müde und schwer. *Genug für heute!* So mag es vielen Pilgern ergangen sein, sodass im 12. Jahrhundert der Mönch Juan de Ortega ein Kloster zur Fürsorge errichtet hatte. In der Krypta der Kirche liegt der Heilige begraben. Zweimal im Jahr, zur Tagundnachtgleiche im März und September, vollzieht sich hier das *Wunder des Lichts*. Pünktlich um 17 Uhr beleuchtet ein Sonnenstrahl, der durch einen Spalt im Mauerwerk fällt, die Verkündigungsszene auf dem Kapitell beim Altar und wandert über die Geburt Jesu zum Besuch der Heiligen Drei Könige. Nach zehn Minuten verschwindet er wieder für ein halbes Jahr. Ein beeindruckendes Zeichen, bei dem jeder Betrachter andächtig wird.

Nachdem Christian die Kirche verlassen hat, sucht er sich eine Unterkunft für die Nacht. *Hoffentlich habe ich Glück und finde ein gutes Quartier.*

*

Wenige Stunden zuvor. Gata bereitet sich auf den Einsatz vor. In Torres del Río lässt sie ihren knallroten Porsche in einer Nebenstraße stehen und spaziert aufmerksam durch die Gassen. In einem Hinterhof fällt ihr ein schlichter, weißer Lieferwagen älteren Baujahrs auf. Ihrem Namen alle Ehre machend, schleicht sie wie eine Katze näher heran und späht durch die verschmutzten Scheiben. *Der Zündschlüssel steckt. Sehr gut. Sonst liegen dreckige Werkzeuge und Mülltüten herum. Egal, das Wichtigste ist da.*

Hastig schaut sie in alle Richtungen. Ihr Herz klopft. Niemand ist zu sehen. Nur ein paar Hühner gackern und flattern unruhig im Garten umher.

Entschlossen reißt sie die Fahrertür auf und klemmt sich hinters Steuer. Sie startet den Wagen, der Motor heult auf.

In diesem Augenblick öffnet sich eine Stalltür und eine Bäuerin mit Kopftuch erscheint. Sie trägt einen Korb mit Gemüse. Ihr Blick spiegelt Fassungslosigkeit wider.

Gata stockt der Atem. *Nichts wie weg!*

Hastig schlägt sie den Rückwärtsgang rein, die Reifen drehen quietschend durch, und braust zurück auf die Straße. Mit Vollgas brettert sie davon.

Die verdutzte Frau hetzt in die Küche und ruft nach ihrem Mann und den Söhnen. Dann greift sie zum Telefon.

Auf einem Feldweg stoppt Gata hinter dichtem Gebüsch und springt aus dem Wagen. Aus ihrer Tasche kramt sie rotes Klebeband und presst es wie das Logo des Roten Kreuzes auf beide Türen und die Motorhaube. Anschließend zieht sie einen weißen Kittel über und setzt eine gelehrig wirkende Brille auf. *Das wäre erst mal geschafft. Bis der Schwindel auffällt, bin ich längst über alle Berge.*

Die kleine Mittagsglocke der Kirche läutet stürmisch, es hört sich wie Warnschreie an, als ein Fahrzeug des spanischen Roten Kreuzes das Dorf San Juan de Ortega erreicht und mitten im Ort hält. Gata steigt aus und schnappt sich ihre schwarze Aktentasche. Zielstrebig schreitet sie zur Herberge.

Das einzige Quartier des Ortes wurde jahrelang von Priester Don José Maria liebevoll geführt. Beliebt war seine Knoblauchsuppe, zu der er stets alle Pilger einlud. Leider verstarb er 2008; seitdem ging es mit dem Standard bergab. Trotzdem wird die Suppe noch heute nach bewährtem Rezept für die Gäste zubereitet. Das Gebäude bietet sechzig Betten in drei Schlafsälen.

„Ich komme vom Gesundheitsdienst des Roten Kreuzes und werde die hygienischen Verhältnisse überprüfen", verkündet Gata mit strenger Stimme im Flur des Hauses und steuert direkt zur Küche.

Sie betritt den Raum, der sie mit dichtem Dampf umhüllt. Zwei Köchinnen aus dem Dorf zucken zusammen. Solch ein unangemeldeter Besuch von der Behörde verheißt nichts Gutes. Stumm verfolgen sie, wie die Frau den Kühlschrank, Herd, Spüle, Tische und Schränke wie mit einer Lupe inspiziert. Aus der Tasche fischt sie einen großen Block und macht sich fahrige Notizen. Zwischendurch murmelt sie Unverständliches. Es hört sich bedrohlich an.

Ohne etwas zu erklären, stürmt sie anschließend in die Waschräume. Wenig später steht ihr Urteil fest.

„Ab sofort wird diese Herberge aus hygienischen Gründen für unbestimmte Zeit geschlossen!"

Verdutzte Pilger, die bereits ihr Lager bezogen haben, scheucht sie mit dramatischen Gesten davon. Aus ihrer Tasche zieht sie ein vorbereitetes Schild und spannt rotweiß gestreiftes Flatterband zwischen die Eingangstür. Hier soll kein Mensch mehr hereinkommen.

Zufrieden stolziert sie hinaus und hockt sich in den Transporter, von dem aus sie das Quartier genau im Visier hat. *Wehe, wenn sich jemand über meine Anordnung hinwegsetzt!*

Zur selben Zeit fährt ein Laster der Brauerei San Miguel auf direktem Weg nach Agés. Der Wirt der Herberge mit dem kleinen Restaurant El Pajar hatte dringend um Nachschub gebeten. Denn die meisten Pilger trinken nach dem anstrengenden Marsch gerne ein kühles Bier.

Das ist eine günstige Gelegenheit für Alfredo, der den Wagen steuert. Enrico hockt aufgeregt neben ihm. Beide tragen die Arbeitskleidung von San Miguel und dunkle Sonnenbrillen. Ein Verbindungsmann in der Brauerei ermöglichte ihnen für gutes Geld diesen Transport.

Der Wirt hat die Männer noch nie gesehen und zeigt, wohin sie die zwölf bestellten Fässer rollen sollen. Das machen sie – und etwas mehr. Ein zusätzliches, das dreizehnte, bringen sie in die dahinter liegende, baufällige

Casa Roja, welche als Ausweichquartier genutzt wird. Dieses Bierfass lässt sich deutlich leichter rollen.

Der Wirt bemerkt es nicht.

Nachdem die Arbeit erledigt ist, klettern die Männer wieder in den Laster und kutschieren zurück. Nach genau drei Kilometern lässt Alfredo seinen Kumpel aussteigen.

„Viel Erfolg und pass höllisch auf dich auf", ruft er ihm zu. Bald ist der Wagen im Staub der Straße nicht mehr auszumachen.

Enrico hat wieder seine Pilgerkleidung angezogen, spannt sich den Rucksack über die Schultern und steckt sich eine Zigarette an. Behäbig trottet er Richtung Agés. Oft schaut er sich verstohlen nach anderen Pilgern um. Im Geist spielt er verschiedene Szenarien durch. Alle sind hochgefährlich.

Erschöpft nähert sich Christian der Herberge in San Juan de Ortega, sein Rucksack drückt gewaltig. *Gleich habe ich es geschafft*, freut er sich und wischt den Schweiß von der Stirn. Dann stutzt er. *Was ist hier los?*

Unter einer Absperrung an der Haustür winden sich müde Pilger auf die Straße. Auf seine Frage berichten sie ihm, was vorgefallen ist. Alles Schimpfen und Stöhnen hilft nichts, sie dürfen hier nicht nächtigen, sondern müssen weiter zum nächsten Ort. Exakt 3,7 km nach Agés.

Auch wenn die Entfernung nicht gewaltig klingt, kann es dem, der schon den ganzen Tag auf den Beinen ist, den Rest geben. Dazu kommen Hitze und Hunger – das zehrt immens. Vor allem die Sorge, dass die nächste Herberge überfüllt ist.

Was dann? Daran will ich gar nicht denken.

Der Weg ist voller Geröll und zieht sich hin. Wie ein endloses Gummiband. Eine Kurve nach links und noch eine, danach geradeaus ansteigend. Nun eine scharfe Biegung nach rechts, jetzt geht's steil runter. Und gleich wieder hoch. So geht das ständig. Nur die gelben Pfeile wissen Bescheid.

„Hello Christian", ruft plötzlich eine Stimme.

Erstaunt blickt er sich um und entdeckt ein vertrautes Gesicht, allerdings mit gemischten Gefühlen, denn er ist sich nicht sicher, was er von dem Argentinier halten soll.

„Hey Enrico", grüßt er zurück und erzählt, dass er im letzten Ort beim Quartier abgewiesen wurde.

„Mir ging es genauso. Daher hoffe ich, dass wir in Agés was Vernünftiges finden. Let's go, lass uns gehen!"

Gemeinsam traben sie weiter und plaudern Belangloses. Christian mahnt sich, auf der Hut zu bleiben. Er hat nicht vergessen, dass ihm dieser Pilger in brenzligen Situationen stets über den Weg gelaufen ist.

Seltsam – irgendwie trau ich ihm nicht. Oder tue ich ihm Unrecht?

Endlich erreichen sie das kleine Dorf. Hier erinnert eine Steintafel an den Tod von König García III. im Jahr 1054. Er verstarb nach einer Niederlage gegen Ferdinand I., Herrscher von Kastilien und León, wegen Streitigkeiten um Grenzgebiete. Erschütternd, worüber sich Menschen entzweien, wo sie doch Brüder waren. Wenn beide hierher gepilgert wären, hätten sie auf Krieg sicherlich keine Lust gehabt. Denn der Camino ist ein Friedensweg.

Oh nein! Von Weitem erblicken sie die Schlange, die sich vor der Herberge El Pajar gebildet hat. Da heißt es anstehen und hoffen. Die Betten werden der Reihe nach vergeben. Kurz bevor sie dran sind, ist das Haus voll.

„Zum Glück haben wir ein Ausweichquartier in der Casa Roja", ruft der Wirt fröhlich und kassiert von jedem zehn Euro.

Das Gebäude im dunkelroten Anstrich liegt hinter der Herberge und stammt aus Zeiten, in der mit Fachwerk und Lehmwänden gebaut wurde. Alles ist windschief, die Türen schließen nicht richtig und die Fenster lassen sich nicht öffnen. Den beiden Pilgern werden Lager im oberen Geschoss zugewiesen. Christian steigt die Treppe empor, wobei das Holz so knarrt, als würde gleich alles zusammenbrechen. Im Schlafraum stehen eiserne Etagenbetten eng gepfercht beieinander, dass keine Körperbreite Abstand gegeben ist. Auf der Etage gibt es nur ein Bad, in dem sich auch die Toilette befindet. Die Düfte der letzten Nächte wabern noch durchs morsche Gebälk.

Es dauert nicht lange, bis auch dieses Haus mit Pilgern vollgestopft ist und alle ihre Utensilien aus den Rucksäcken wühlen. Die fabelhafte Amélie aus Avignon, die es schon einmal hierher verschlagen hat, berichtet in epischer Breite von beißenden Flöhen und Läusen.

Das sind wahrlich reizende Aussichten. Christian überlegt, ob er nicht lieber weiterziehen soll.

„Wo willst du heute denn noch hin?", mahnt ihn Enrico. „In Atapuerca, dem nächsten Ort, wird die Chance auf ein freies Bett noch geringer sein. Lass uns hierbleiben, diese eine Nacht werden wir überleben."

Widerwillig breitet er seinen Schlafsack auf der uringetränkten Matratze aus; er befürchtet eine Horrornacht.

Die wird er haben.

Von einschlafen kann keine Rede sein. Über seinem Lager wälzt sich Pieter aus Kapstadt. Ebenso ist Kim-Kairi hier gestrandet; sie schläft im Bett gegenüber.

Christian weiß nicht warum, aber er spürt eine starke Anspannung. Als würde ein gefährliches Monster in der Dunkelheit lauern und nur darauf warten, endlich anzugreifen. Doch irgendwann nickt er ein und taucht ab in wirre Träume. Er bemerkt nicht, dass Enrico sich gegen Mitternacht leise erhebt und mit seinen Siebensachen die Treppe herunterschleicht.

Die Turmuhr der Dorfkirche Nuestra Señora de Mérida schlägt einmal müde in die Finsternis hinaus. Es klingt wie ein kurzer Warnruf, ein SOS. Das Drama nimmt seinen Lauf.

Schweißgebadet schreckt Christian plötzlich vom harten Lager hoch.

Hier stimmt was nicht, was ist los?

Er atmet tief ein.

Es riecht seltsam, etwa nach Rauch?

Ja, das ist Qualm!

Im Nu ist er hellwach, reißt den Schlafsack auf, springt aus dem Bett, stößt sich heftig am Gestell und hastet in den Flur. Greller Feuerschein züngelt ihm vom Treppenhaus entgegen. Dichte Rauchwolken quellen aus Ritzen und Spalten. Hier ist die Hölle los.

„Fire! Feuer!", schreit er entsetzt.

Er rennt von Bett zu Bett und versucht, die Erschöpften wachzurütteln. Es gelingt nicht bei jedem.

„Los, steht auf!" Seine Stimme überschlägt sich. „Get up!"

Wie schleichendes Gift kriecht der Qualm über den Boden.

Auf einmal ist Pieter zur Stelle. Mit Bärenstärke trommelt er gegen die Ruhenden und brüllt ihnen den letzten Schlaf aus den Gliedern.

Jetzt rächt sich der marode Zustand der Casa Roja. Die Tür zum Treppenhaus lässt sich nicht schließen und das einzige Fenster nicht öffnen. Sie hocken in der Falle. Panik kommt auf, Chaos breitet sich aus. Die Pilger kreischen durcheinander, schreien und schluchzen. Christian wählt den Notruf der spanischen Feuerwehr, der wie in Deutschland unter *112* zu erreichen ist. Inständig betet er darum, dass man ihn verstanden hat.

Der schwarze Qualm streckt sich wie ein Geschwür aus. Unaufhaltsam. Das Inferno hält nicht inne. Bald fangen alle an zu husten und zu röcheln.

Kim-Kairi ruft verzweifelt nach Mama und Papa. Als ihre Stimme tränenerstickt versagt, faltet sie stumm ihre zarten Hände und reckt sie ohnmächtig gen Himmel. Wird Gott helfen?

Ohne zu zögern, ergreift Christian seine Wanderschuhe und schlägt die Scheiben der Fensterflügel ein. Er weiß zwar, dass frische Luft die Feuersbrunst anfacht, aber es gibt keine Alternative. Klirrend fallen die scharfen Scherben draußen auf das Pflaster. Jetzt reißt Pieter den Holzrahmen aus dem Mauerwerk, um die Öffnung zu vergrößern.

„Los, alle Matratzen her!“, befiehlt er durchdringend.

In der Enge des Raums ist das gar nicht einfach. Zusammen mit einem Israeli zieht Christian die sperrigen Teile zum Fenster, wo Pieter sie direkt auf die Straße wirft.

„Schneller, her damit!“, dröhnt er. „Come on!“

Jetzt helfen auch die, die bisher unter Schock standen.

In diesem Moment fangen alle Glocken der Kirche an, Sturm zu läuten. Feueralarm! Ihr Schall durchdringt mit Macht die scheinbare Ruhe der Nacht.

Zögerlich gehen die ersten Lichter in den umliegenden Häusern an. Bald erscheinen erschreckte Einwohner. Sie können nicht fassen, was sie vor sich sehen. Eine Herberge voller Pilger brennt lichterloh. Inzwischen steht der Dachstuhl in hellen Flammen. Der Rauch beißt in den Augen, der Wind peitscht das Feuer immer wieder an. Ein grausames Inferno.

Mutige Männer aus dem Dorf dringen ins Gebäude vor und versuchen, die Menschen im Erdgeschoss zu retten. Andere holen ihre Fahrzeuge und leuchten mit den Scheinwerfern das Grauen aus. Frauen fangen an, die Matratzen sorgfältig auszubreiten und aufzuschichten. Schließlich rufen sie laut zu den Pilgern am Fenster: „Salto! Spring!“

Pieter zögert nicht. Ohne zu fragen, packt er mit kräftigen Händen die vor Angst bebende Kim-Kairi und wirft sie durch die Öffnung hinaus in diese schreckliche Nacht.

Sie empfindet ihr Fallen in Zeitlupe, als würde die Erde in ihrem Lauf verharren und einen Augenblick stehen bleiben. Als würden Raum und Zeit in einem einzigen Punkt verschmelzen. Applaus brandet auf, als sie weich auf den Matratzen landet und beherzte Arme sich um sie schließen. Dass Menschen ihr ganz nahe sind, die sie gar nicht kennt. Wo sich Angst- und Freudentränen mischen.

Nacheinander springen sie alle. Einige forsch, andere zögerlich. Zum Schluss auch Christian und Pieter, die sich zum Glück nur blaue Flecken und Verstauchungen holen. Emsige Einwohner schleppen Tische herbei und breiten aus, was sie auf die Schnelle bringen konnten: Brot und Käse, Eintopf und Obst, Kaffee und Tee, Bier und Wein. Gastfreundschaft und noch viel mehr.

Doch die meisten können gar nichts zu sich nehmen.

Langsam nähern sich die Sirenen der Feuerwehr und Krankenwagen. Der Weg von Burgos ist weit.

Das Löschen der Casa Roja dauert bis zum Sonnenaufgang. Drei Tote sind zu beklagen. Jack aus Sydney und Gregor aus Prag versuchten vergeblich, durchs Treppenhaus zu entkommen, Caroline aus Florida zitterte im Bad unter der laufenden Dusche um ihr Leben. Bis das Wasser versiegte.

Am Vormittag nimmt die Spurensicherung ihre Arbeit auf. Schnell wird Brandstiftung festgestellt. Ein Fass von San Miguel war mit Benzin gefüllt.

Die Policía beginnt mit ausführlichen Verhören, niemand darf den Ort verlassen. Straßensperren werden eingerichtet. Ein Hubschrauber überwacht die Lage aus der Luft. Als Christian befragt wird, scheut er sich nicht, von verdächtigen Begegnungen mit Enrico zu berichten, der spurlos von hier verschwunden ist. Kurz nach seiner Aussage wird der Argentinier zur Fahndung ausgeschrieben und eine Zeichnerin erstellt ein Bild.

Abends wird in der Dorfkirche vom Priester eine bewegende Messe mit vielen Tränen für die Opfer und die Verletzten gehalten. Wegen des Andrangs gibt es eine Übertragung nach draußen. Das Interesse der Presse ist groß, auch international. Im Anschluss werden alle Überlebenden mit Bussen nach Burgos gekarrt, medizinisch untersucht und in einem bequemen Hotel einquartiert.

Am folgenden Tag startet die katholische Kirche eine Spendenaktion, weil die Pilger im Feuersturm bis auf das Hemd auf dem Leib alles verloren haben. Die Hilfsbereitschaft in der Bevölkerung ist überwältigend, von überall kommen kleine und große Gaben. Geschäfte schließen sich zusammen und statten die Pilger mit Kleidung, Rucksäcken und Wanderschuhen aus. Die staatlichen Behörden bemühen sich im Kontakt mit den ausländischen Botschaften, Ersatzpapiere auszustellen. Die Bank von Spanien vergibt neue Kreditkarten und Mobilfunkunternehmen veranlassen das Nötige.

Doch alles braucht seine Zeit. Am schlimmsten sind die seelischen Wunden. Panische Ängste, Schlafprobleme, Albträume, Schockzustände, Schweißausbrüche, Essstörungen oder Weinkrämpfe. Seelsorger aus verschiedenen Ländern reisen an und betreuen die Geschundenen in ihrer Muttersprache. Viele wollen ihren Camino abbrechen und hoffen auf einen Rückflug ab Burgos. Zu ihnen gehört Kim-Kairi. Sie will nur noch weg, nur noch nach Hause.

Christian hadert mit sich, ob er auch abreisen oder seinen Weg fortsetzen soll. In diesen Tagen ist Pieter zu einem starken Freund geworden.

„Wir bleiben hier und pilgern weiter", macht der Afrikaner Mut. „Wir geben unseren Glauben nicht auf. Das ist die wahre Bewährungsprobe auf diesem Jakobsweg."

„Du hast recht, der stellen wir uns und ziehen weiter", beschließt Christian.

Schließlich hat er seinen wichtigen Auftrag nicht erfüllt. Denn die Buchstaben *U* und *S* fehlen noch bis zum geheimen Ziel des Draxus'. Das will er unbedingt finden und darf sich nicht davon abhalten lassen. Aber er muss extrem aufpassen; seine Widersacher haben gezeigt, zu welch drastischen Mitteln sie greifen. Ohne jegliche Rücksicht auf Verluste. Und das auf dem heiligen Jakobsweg.

Kapitel 8
Die Ruinen der Hölle

Weiter nach Ponferrada, Spanien, Anfang Oktober

Nach drei Tagen Erholung in Burgos ziehen Pieter und Christian beim ersten Hahnenschrei wieder los. Die Schrecken der vergangenen Zeit wollen sie dadurch hinter sich lassen, indem sie sich immer weiter von den Orten des Horrors entfernen. Schritt für Schritt gen Santiago de Compostela – stets den gelben Pfeilen nach. Laut einem Wegweiser am Straßenrand sind es noch über fünfhundert Kilometer. Sie beschließen, aus Sicherheitsgründen zusammenzubleiben, damit jeder dem anderen beistehen kann.

Der Weg verläuft eben, ist aber nicht schön. Die Vororte ziehen sich hin, immer wieder müssen sie verkehrsreiche Autobahnen oder Eisenbahntrassen passieren. Nachdem sie den Arlanzón überquert haben, wird es bei Tardajos ländlicher. Hektischen Lärm – den wollen sie nicht mehr.

Hinter Rabé de las Calzadas beginnt die Meseta, eine monotone Ebene auf achthundert Metern Höhe. Hier wachsen kaum Schatten spendende Bäume und meistens geht es stur geradeaus. Kilometerlang. Wie gut, dass sie zu zweit sind und sich unterhalten können.

Irgendwann hinter Hontanas verstummt das Gespräch. Die Sonne brennt unbarmherzig vom Himmel und das Schwitzen nimmt kein Ende. Ihre Wasserflaschen sind längst wüstentrocken. Jeder kämpft mit sich selbst.

Da hinten – ist das etwa eine Fata Morgana?

Verdutzt bleiben sie stehen, reiben sich die Augen und starren mit offenen Mündern. Dann eilen sie voran.

Es ist keine Täuschung, kein Traumgebilde.

Vor ihnen erhebt sich eine gewaltige Ruine. Die enge Landstraße führt direkt durch mittelalterliche Bögen hindurch, die in alten Zeiten ein tonnenschweres Gewölbe trugen und ein Kloster mit der Kirche verbunden haben. Hier befinden sich die mit Efeu überwucherten Reste von San Antón, das im 12. Jahrhundert von französischen Mönchen gegründet worden war. Der Antoniter-Orden pflegte Pilger, die am gefährlichen Antoniusfeuer erkrankt waren, einer Form von Vergiftung.

„Das ist echt imposant", ruft Christian seinem Gefährten zu, „so was hab ich noch nie gesehen. Lass uns eine Pause einlegen, damit ich mir alles in Ruhe anschauen kann. Vielleicht ..." Er stockt.

„Was ... vielleicht?", hakt Pieter nach.

Er spürt schon seit einiger Zeit, dass der Deutsche etwas verheimlicht. Seiner Intuition kann er meistens trauen.

Christian beißt sich auf die Lippen. Innerlich ringt er darum, ob er sein Schweigen brechen soll. Auf keinen Fall darf er den hilfsbereiten Freund in neue Gefahren bringen.

„Ich bin nicht nur als Pilger unterwegs, sondern auch als Forscher der Geschichte des Camino", erklärt er ein wenig verharmlosend. *Das muss reichen.*

„Schreibst du ein Buch über den Weg?", bohrt Pieter nach.

„So kann man es nennen."

„Okay, wir machen eine Pause. Aber nicht zu lange. Sonst finden wir in Castrojeriz kein Quartier mehr."

Der Afrikaner schnallt seinen Rucksack ab und legt sich in einer schattigen Ecke ins weiche Gras. Bald nickt er ein.

Aufgeregt inspiziert Christian das Mauerwerk, die Nischen und Bögen. Was einst ein Meisterwerk der Baukunst war, birgt heute nur noch einen verfallenen Rahmen damaliger Pracht. Wo Sonnenstrahlen einmal durch gotische Buntglasfenster spielten, künden nun leere Gerippe davon. Etliche Mauern sind längst zu Schutt zerfallen. Nur wenige Bögen, die Stützen des majestätischen Kirchenschiffs, stehen in gespenstischer Einsamkeit da. Wie geisterhafte Tore in eine vergangene Welt.

Hier muss Draxus gewesen sein, denn an dem alten Kloster führt kein Weg vorbei. Doch wie war der Zustand um 1582?

Natürlich vollkommener als jetzt, aber sicherlich zeigten sich damals schon Hinweise auf den Verfall der Anlage. Kein Gebäude stürzt unerwartet ein, so etwas hat meistens eine lange Vorgeschichte, wenn man von Erdbeben oder anderen Katastrophen absieht.

Als fünftes Symbol hält Christian nach einem *U* Ausschau. Aber nichts ist in die Wände geritzt oder auf Inschriften erkennbar. Immer wieder umrundet er das Gemäuer. Bis er endlich auf einem Stein das Graffiti der Tempelritter entdeckt. Und noch etwas Größeres.

Einer der Bögen, die er passiert hat, ist wie ein auf dem Kopf stehendes *U* gestaltet und nicht spitz zulaufend, wie das in der Gotik übliche *V*. Warum die Baumeister im Mittelalter es so errichteten, bleibt ihr Geheimnis, denn nur in der früheren Romanik waren Rundbögen die Regel. Auf jeden Fall wird dem Gesandten diese Besonderheit ins Auge gesprungen sein, um es als sein Zeichen zu verstehen.

Begeistert über diese Entdeckung hockt sich Christian auf einen Sandstein und formuliert ausnahmsweise per Handy eine Sprachnachricht an Mirabella:

„Habe zwischen Hontanas und Castrojeriz in einer Klosterruine das U entdeckt. Bin kurz vor dem Ziel. Jetzt fehlt nur noch ... Was ist los? Nähert sich etwa ein scheinbar unsterblicher Draxus, um mich zu holen? Hilfe, nein! ...“

Weiter kommt er nicht. Schnell drückt er auf *Senden*.

Da ist ein Knattern, ein Schlagen in der Luft. Hektisch springt er auf und läuft ein paar Schritte von den Ruinen weg. Er wittert höchste Gefahr.

Auf einmal entdeckt er ihn. Ein Hubschrauber nähert sich von Norden. Er scheint nicht vorbeizufliegen, sondern steuert direkt auf die Gemäuer von San Antón zu.

Das darf doch nicht wahr sein.

In diesem Moment schreckt Pieter hoch.

„Pass auf, die wollen zu uns!“, ruft er ihm zu.

Beide hasten zu hohen Mauern und verstecken sich hinter verfallenen Säulen.

Der Helikopter senkt die Flughöhe und kommt rasend näher. Seine Umrisse werden bedrohlich größer und das Dröhnen der Rotoren nimmt ohrenbetäubend zu.

Dunkle Wolken ziehen auf, hinter denen sich die Sonne verkriecht. Eine tödliche Spannung liegt in der Luft.

Zwei Männer hocken im Cockpit. Einer steuert, der andere hält ein Fernglas.

Tiefer, immer tiefer senkt sich der Kampfhubschrauber, ein ausgemusterter Sikorsky CH-53 der spanischen Luftwaffe. Die übliche Tarnfarbe ist reinem Weiß gewichen, an den Seiten prangen rote Kreuze. Wer nicht genau hinschaut, meint, sie stammen von einer Hilfsorganisation. Aber der täuscht sich, denn ihre Form ist ein wenig anders gestaltet. Es handelt sich um die blutroten Balken der Tempelritter.

Der Pilot steuert die Maschine in eine Schräglage und nimmt von der Seite die Bogengewölbe ins Visier. Dann geht's wieder in die Waagrechte. Knapp zehn Meter über dem Boden donnert sie auf der Stelle. Totes Laub, Staub und Müll werden hochgeschleudert. Es braust und stürmt, knallt und dröhnt. Grelle Suchscheinwerfer tasten wie Riesenfühler eines unheimlichen Insekts die Umgebung ab.

Langsam sinkt der Helikopter auf acht Meter.

Jetzt noch fünf.

Plötzlich wird die Schiebetür aufgerissen. Eine mit dunklem Overall und Helm bekleidete Gestalt hockt sich auf den Boden. Mit schweren Handschuhen greift sie neben sich und zerrt ein Maschinengewehr hervor.

Hilfe! Jetzt wird es ernst.

Unzählige Schüsse rattern mit Getöse. Salven ergießen sich durch die Bögen und Fensternischen oder prallen von den Mauern ab.

Das Mündungsfeuer blitzt und kracht unaufhörlich. Die Hölle ist los.

„Hier rüber!", schreit Pieter verzweifelt.

Im Schutz einer niedrigen Mauer huschen die beiden Pilger gebückt auf die andere Seite des alten Klosters und pressen sich in eine mit Brennnesseln bewachsene Nische.

Christians Herz trommelt. So etwas hat er noch nie erlebt. Alles wirkt wie in einem James-Bond-Film. Doch es ist brutale Wirklichkeit.

Der Mann mit dem Fernglas gibt ein Zeichen.

Der Pilot zieht den Sikorsky wieder höher.

Jetzt fliegen sie direkt über die Mauern. Und verharren.

Hier gibt es kein Dach, keinen Schutz von oben.

„Da hinten hin!", brüllt Pieter und zeigt zu einem Vorsprung, unter dem sie vielleicht eine Chance haben.

Christian zögert.

Der Afrikaner sprintet los.

Wieder senkt sich das Monster.

Kaltblütig rattert das Maschinengewehr von oben.

Christian hält vor Angst die Luft an.

Großer Gott ... nein ... nicht Pieter ...

Ein wahrer Kugelhagel kracht herab.

Der Mann stolpert über eine Steinkante.

Mühsam rappelt er sich hoch.

Er strauchelt wieder.

Fällt lang hin.

Bleibt blutend liegen.

Die Geschosse zerfetzen seinen Leib.

Noch ein kurzes Aufbäumen.

Er ist tot.

Christian reißt sich aus seiner Schockstarre, zum Trauern ist keine Zeit. Wie ein Wahnsinniger rennt er durch die Ruine, ohne zu wissen, wohin er soll. Fieberhaft sucht er einen Unterschlupf und wählt beim Laufen den polizeilichen Notruf. Tatsächlich gelingt die Verbindung, aber das Dröhnen ist zu laut, um sich verständlich zu machen.

Jetzt dreht der Pilot gen Süden und versucht, das Opfer von einer anderen Seite zu erwischen.

Wie ein in die Ecke getriebenes Tier hetzt Christian umher.

Mal nach rechts. Wieder nach links.

Bis es vor einer hohen Mauer nicht weitergeht.

Erneut sinkt die Bestie. Meter um Meter.

Hier gibt es keinen Ausweg.

Ich muss zurück.

Er wendet sich um und starrt in die Mündung der Waffe über sich. Das Blut rauscht in den Ohren und sein Herz überschlägt sich. *Jetzt ist es vorbei, gleich werde ich tot sein.*

Der Helikopter geht weiter runter und verharrt einen halben Meter über dem Boden.

Die Gestalt springt heraus und schreitet mit dem Gewehr im Anschlag dem Wehrlosen entgegen.

Christian reißt die Arme nach oben, als wolle er den Himmel um Hilfe anflehen. Ein starkes Symbol völliger Ergebung.

Dann geht alles sehr schnell.

Er wird überwältigt und in Handschellen zur donnernden Maschine gezerrt. Unsanft stößt man ihn in den staubigen Laderaum. Christian blickt zur Seite und ein Schrecken zuckt ihm durch Mark und Bein.

„Ihr seid es!", presst er atemlos hervor, als er Alfredo am Steuerknüppel und den Mann mit dem Fernglas als Enrico erkennt. „Was wollt ihr von mir?"

„Halt's Maul", fährt die dritte Person ihn an und versetzt ihm einen kräftigen Fußtritt in die Seite.

Gata nimmt den Helm vom Kopf und schüttelt ihre pechschwarzen Haare. Die scheinbar verspielte Katze hat sich zu einem mörderischen Biest verwandelt. Aus dem Overall zieht sie ein Spray hervor und sprüht Christian direkt ins Gesicht, der vergeblich versucht sich wegzuducken. Nach wenigen Augenblicken wird er bewusstlos und kippt langsam zur Seite auf den harten Boden.

„Der Verräter wird erst einmal Ruhe geben", verkündet die Frau herablassend und schiebt sich genüsslich ein Kaugummi in den Mund.

Dann bückt sie sich und zieht dem Opfer das Handy aus der Hosentasche. Damit ist ihr Auftrag fürs Erste erfüllt.

Mit kräftigem Ruck fällt die Schiebetür ins Schloss. Alfredo zieht den Kampfhubschrauber steil nach oben und fliegt dröhnend in Richtung Westen davon.

Die geschundene Leiche von Pieter aus Südafrika bleibt in den Ruinen zurück. Ein erschütterndes Zeichen menschlicher Brutalität auf einem Weg, der dem Verzicht auf Gewalt dienen soll.

Aus dem schmalen Fenster blickt Gata zufrieden nach unten. Der Sikorsky hat Castrojeriz hinter sich gelassen und fliegt direkt auf Frómista zu. Von hier oben kann sie deutlich die romanische Kirche San Martín sehen. Ein wahres Meisterwerk in architektonischer Schlichtheit des 11. Jahrhunderts. Solche Gotteshäuser faszinieren sie immer wieder. Klare Strukturen, keine Schnörkel – das liebt sie.

Weiter führt der Flug über Carrión de los Condes, Sahagún in Richtung León. Um im Luftraum über der Großstadt nicht aufzufallen, steuert Alfredo in einem großen Bogen südlich herum. Nur in der Ferne kann Gata die spitzen Türme der berühmten Kathedrale ausmachen.

Ab und zu schaut sie sich zum Gefangenen auf der Ladefläche um. *Der Kerl rührt sich nicht. Prima.*

Nach einer Weile kommt Astorga in den Blick. Besonders fällt der eigenwillige Bischofspalast auf, der von Antoni Gaudí im neugotischen Jugendstil errichtet wurde. In diesem puren Luxus würde Gata gerne leben; im Stillen schmiedet sie Pläne, wie aus dem Traum Wirklichkeit werden könnte.

„Bald sind wir da", ruft Enrico ihr über die Schulter zu und reißt sie aus ihrer Sehnsucht.

Die Wolken werden dichter, Wind heult auf und dicke Regentropfen prasseln gegen die Scheiben. Der Krach ist ohrenbetäubend. Alfredo senkt die Flughöhe. Mit Mühe hält er die Maschine auf Kurs. *Dass wir bloß nicht in Schwierigkeiten geraten!* Es sieht so aus, als hätte sich auf einmal der Himmel gegen sie verschworen.

Fieberhaft hält Enrico mit seinem Fernglas Ausschau. Um von der regionalen Luftüberwachung nicht bemerkt zu werden, schalten sie sämtliche Ortungs- und Funkgeräte ab und fliegen auf Sicht. Falls man sie dennoch wahrnehmen sollte, würden sie behaupten, einen verdeckten Hilfsflug des spanischen Roten Kreuzes durchzuführen. Dagegen würde wohl niemand etwas haben.

„Zehn Grad nach rechts", dirigiert er den Piloten, „dort stoßen wir auf den Río Boeza. Wenn wir ihm folgen, mündet er in den Río Sil. Dort liegt auf der rechten Seite unser Versteck."

Alle lachen.

Mit dem Versteck ist nicht ein unscheinbarer Unterschlupf gemeint, sondern die stattliche Burganlage von Ponferrada, die auf einem Schieferplateau erhaben über den beiden Flüssen thront. Die Anfänge der Burg liegen im Dunkeln. Wahrscheinlich waren es die Kelten, die an der strategisch wichtigen Stelle eine Festung bauten. Später nutzten die Römer sie, um den Transport von Gold aus den nahen Minen Las Médulas zu sichern.

Anno 1178 erteilte König Ferdinand II. von León den Tempelrittern die Genehmigung, dort eine Burganlage zu errichten. Sie sollte dem Schutz der Pilger auf dem Jakobsweg nach Santiago de Compostela dienen. Darüber hinaus manifestierte sie Macht und Anspruch auf die Kreuzzüge nach Jerusalem. Weil damals in weiten Teilen Spaniens die Araber herrschten, war Ponferrada für das Christentum ein bedeutender Stützpunkt. Die Templer verstanden sich als Ritter und Mönche gleichermaßen.

Mit großem Eifer wurde gebaut. So entstand eine imposante Burg mit dicken Mauern und Schießscharten, hohen Türmen und Wehrgängen, einem Bergfried und

Wohnräumen. Erreichen konnte man die Anlage allein über eine schmale Zugbrücke, die einen tiefen Wassergraben überspannte.

Bis zum Anfang des 14. Jahrhunderts blieb Ponferrada im Besitz der Tempelritter, weil danach der Orden aus fadenscheinigen Gründen offiziell durch Papst Clemens V. verboten wurde. In Wirklichkeit steckte der französische König Philipp IV. dahinter, dem die mächtige und wohlhabende Bruderschaft ein Dorn im Auge war.

In den folgenden Zeiten erlebte die Burg eine wechselvolle Geschichte, die die Geheimen Ritter der Tredici im Verborgenen gestalteten. Nun ging es darum, ihre Macht auszubauen. Dabei stand nicht mehr das ferne Jerusalem im Fokus, sondern das nahe liegende Europa.

Behutsam steuert Alfredo den Hubschrauber über die mächtigen Mauern der Burg und setzt zur Landung auf dem Kopfsteinpflaster des Innenhofs an. Zwei Männer weisen die Maschine ein. Als sich die Rotoren ausdrehen, erhebt sich Gata und rüttelt den Gefangenen wach.

Benommen richtet sich Christian auf und weiß am Anfang gar nicht, wo er sich befindet und was alles passiert ist. Es fühlt sich wie ein Filmriss an. Nur langsam kommen ihm Bruchstücke in den Sinn. Besonders seinen zerfetzten Freund hat er schmerzhaft vor Augen.

Ist der Wahnsinn noch immer nicht vorbei? Krachend reißt jemand die Schiebetür auf. „Los, raus hier!“, befiehlt Gata und versetzt ihm einen Hieb.

Christian stolpert auf den steinigen Boden des Burghofs. Verdutzt blickt er auf wehrhafte, mit Efeu überwucherte Mauern und stattliche Türme. Über einem Torbogen entdeckt er als deutliches Zeichen der Macht ein großes *S*. Für ihn gibt es keinen Zweifel, dass er am Ziel der mysteriösen Spur von Draxus angekommen ist, dem geheimen Sitz der Tredici.

Auffällig sind die vielen Brunnen. Sie bieten verborgene Zugänge. Er beobachtet, wie Menschen dort mühelos hineinsteigen oder herauskommen. Auf diesem Platz scheint sich das Zentrum der unterirdischen Wasserwege zu befinden. Ein weit verzweigtes Netz wird hier gebündelt.

Plötzlich wird er abgelenkt und schaut zu den Männern, die sich um die Wartung des Sikorsky kümmern. Beide tragen eine Rüstung aus glänzendem Metall.

Bin ich gleichzeitig in der Gegenwart und im finsteren Mittelalter gelandet? Wie ist das möglich?

Kräftige Arme packen ihn von hinten und führen ihn ab. Christian versucht sich zu wehren, er tritt und schlägt um sich. „Lasst mich sofort los, ich bin völlig unschuldig. Sonst rufe ich die Polizei!“

Die Kerle sind bärenstark und feixen nur. Sie zerren ihn zu einem Brunnen. *Wollen die mich etwa ertränken?*

Ängstlich blickt er auf das Wasser.

Er erstarrt vor Schreck.

Auf der Oberfläche spiegeln sich seine Bewacher.

Aber nicht er.

Ich bin ein Niemand.

Hier ist alles anders. Hier herrscht eine andere Physik.

Die Männer ziehen einen Hebel, sodass das Wasser abfließt. Dann stoßen sie ihn in eine Art Seilbahn, die an einer Kette hängt und über einen Flaschenzug in die Tiefe herabgelassen wird. Das Rasseln der eisernen Glieder klingt schauderhaft. Um Christian herum wird es immer dunkler. Er zittert um sein Leben. *Hilfe, rettet mich!*

Abrupt schlägt die Gondel auf den Boden. Die Luft ist kühl und modrig. Ängstlich steigt er aus und tastet sich durch einen kurzen Gang einem Lichtschein entgegen. Durch eine schmale Ritze im Mauerwerk fällt trübes Tageslicht. Er erschrickt, als hinter ihm die Eisenkette klappert und das Gefährt wieder nach oben gezogen wird. Ihr Hall verliert sich nur langsam im Gemäuer. Für einen Augenblick meint er, schadenfrohes Gelächter zu hören. Dann herrscht Stille.

Totenstille.

Oh wie schrecklich. Ich bin gefangen.

Ein schmales Lager mit einer zerschlissenen Decke, ein wackeliger Schemel neben einem kleinen Tisch und ein rostiger Topf in der Ecke – das ist alles. Die einzige Verbindung nach draußen ist ein Luftschlitz in der dicken Sandsteinmauer. Dort hockt eine fette Spinne und saugt förmlich den besten Sauerstoff für sich auf. Hier kämpft jeder um sein Leben. Christian friert. Alles ist so schnell gegangen, dass er es kaum fassen kann. Nervös wühlt er in seinen Taschen. Sein Handy ist weg, den rettenden Strohhalm nach draußen hat man ihm weggenommen. Er ist von aller Welt abgeschnitten.

Erst jetzt überfällt ihn Panik.

Hier soll ich vergessen werden und elendig verrecken.

Die unendliche Grabesstille wird ohrenbetäubend.

Verzweifelt wirft er sich aufs harte Bett.

Gierige Geier kreisen als Ängste über ihm.

Irgendwann – *ich weiß gar nicht, wie lange ich hier schon bin* – rasselt wieder die Kette.

Eine weißhaarige Frau mit einer Laterne in der Hand betritt das Verlies. Sie kramt aus ihrer Tasche einen Kanten Brot, ein Stück Käse und eine Flasche Wasser. Alles packt sie auf den Tisch und hockt sich gegenüber auf den Schemel. Stumm mustert sie den Fremden.

Christian starrt sie beschwörend an. „Bitte, ich brauche Eure Hilfe. Irgendwie bin ich in diese Epoche geraten. Das ist nicht meine Zeit, schließlich gehöre ich ins 21. Jahrhundert. Ich verstehe das nicht!"

„Ich bin Floraxx, die Heilkundige. Alle, die es aus den alten Zeiten in Eure Gegenwart geschafft haben, tragen ein Doppel-*x* im Namen", beginnt die Frau mit krächzender Stimme, die seltsam metallisch und abgehackt klingt. „Manche nennen mich Kräuterhexe, aber das bezeichnet nicht alles, denn ich bin auch Äbtissin. Mir geht es um die Ganzheitlichkeit des Menschen, also um seinen Leib, Geist und Seele." Sie räuspert sich. „Nun zu Eurem Anliegen. Die Zeit ist relativ, hat das nicht Euer Schlaumeier Albert Einstein herausgefunden? Hier im Kastell von Ponferrada erlebt Ihr sie ganzheitlich. Seit der Orden der Tempelritter verboten und unser seliger Großmeister Jacques de Molay 1314 auf dem Scheiterhaufen verbrannt wurde, ist alles zeitlich stehen geblieben. Erst nach 1582 wurden wir aus unserer Starre erlöst. Der Gesandte Draxus kam hierher und führte auf Geheiß von Papst Gregor die zehn *Toten Tage* ein. Sie gelten als außergewöhnlicher Lebensraum für jeden in seiner Epoche. Jedoch nur für die, die genau während dieser kurzen Zeit geboren wurden."

„Das verstehe ich nicht."

Mal sehen, wie sie das erklärt.

„1582 hat Papst Gregor XIII. eine Kalenderreform durchgeführt und den Zeitraum vom 5. bis 14. Oktober gestrichen. Genau in diesen Tagen jedes Jahr – nach dem heutigen Kalender – werden wir wieder quicklebendig und feiern unser Leben. Wir wollen nachholen, was wir verpasst haben. Allerdings stecken wir in einem künstlichen Leib, der von den Technikern der Tredici gewartet wird. Sonst würden wir die Jahrhunderte nicht überdauern. Nur unser Geist ist der echte von damals, weil er unsterblich ist. Nach den Tagen versinken wir wieder in tiefen Schlaf und warten auf das nächste Jahr. Weil heute der 6. Oktober ist, ist es überhaupt möglich, dass wir uns begegnen. Ich selbst bin am 8. Oktober 1248 östlich von Burgos geboren, in einem Dörfchen namens Agés."

„Ach, Agés!" Ein Schauder läuft ihm über den Rücken.

„Kennt Ihr den Ort?", fragt sie erstaunt und ihre Augen blitzen auf. „Wie sieht es dort heute aus?"

„Nur flüchtig habe ich das Dorf gesehen, weil es auf dem Camino liegt." *Mehr werde ich nicht sagen.*

Sie spürt, dass der Fremde etwas verschweigt.

Eine peinliche Stille entsteht. Floraxx taxiert den Mann und verzieht dabei ihr Gesicht. Schließlich stampft sie dreimal energisch mit dem rechten Hacken auf den Boden. Hastig steht sie auf und wendet sich ab.

„Halt, wie komme ich hier raus?", drängt Christian und packt sie an der Schulter.

Ein greller Blitz zuckt auf wie bei einem Stromschlag. Entsetzt schreckt er zurück.

„Fasst mich nicht an. Ohne den Befehl von Draxxus kommt hier keiner raus", schnaubt sie und ist im Nu verschwunden. Die Gondel setzt sich wieder scheppernd in Bewegung.

Jetzt habe ich eine Chance vertan!

Deprimiert lässt er sich aufs Lager fallen und starrt gegen die gemauerte Decke. Eine Spinne seilt sich seelenruhig herab und zieht sich flink wieder hoch.

Den Höhepunkt der *Toten Tage* auf Kastell Ponferrada stellt heute Abend der jährliche Maskenball dar. Dabei lädt Draxxus alle Burgbewohner zu einem ausschweifenden Gelage ein. Beliebt sind skurrile Bühnenstücke und mutige Ritterspiele. Zur Stärkung wird die per Luftfracht importierte schaumburg-lippische Hochzeitssuppe serviert, eine Hommage an die zukünftige Residenz des Großmeisters. Als Hauptspeise folgt Herzragout. Während den einfachen Leuten tierisches Fleisch gereicht wird, kommt den führenden Persönlichkeiten der Tredici das Vorrecht zu, menschliches zu verspeisen. Das benötigen sie, um ihre Energie zu erhalten. Dafür werden neunjährige Kinder aus den umliegenden Ortschaften verschleppt und unter höchster Geheimhaltung nach altem Ritus auf einem Altar geopfert. Traditionell symbolisiert die Neun den Weg zur Vollkommenheit.

„Habe ich recht vernommen, dass wir einen Gefangenen im Untergrund beherbergen?", fragt Draxxus scheinheilig einen Diener, der ihm gerade das Weinglas füllt.

Seine Stimme klingt hohl und mechanisch, weil die Kopfhülle seit Neuestem aus Aluminium besteht. Die Innereien bilden eine Symbiose von organischen und elektronischen Teilen, die computergesteuert werden.

„So ist es, mein Gebieter", flötet Gata, bevor der Mann antwortet.

Lüstern räkelt sie sich auf dem mit rotem Samt bezogenen Diwan. Ein leichtes Gewand verhüllt notdürftig ihre aufreizende Figur. In ihrer Rechten hält sie ein kunstvoll geschliffenes Glas mit prickelndem Champagner.

„Ich habe schon lange nicht mehr eine spannende Hinrichtung erlebt", fügt sie mit verklärtem Blick hinzu. „Unser Spion hat einen qualvollen Tod verdient."

Draxxus brummt verächtlich und seine Kameraaugen spähen über die Gespielin hinweg aus dem Fenster. *Das könnte dir so passen. Mit dem Kerl habe ich Besseres vor. Aber wenn er sich anstellt, kann ein bisschen Folter nicht schaden.*

Einen Tag später wird Christian aus dem Verlies geholt. Das grelle Sonnenlicht blendet seine Augen, nur mit Mühe hält er sich auf den Beinen. Die Gefangenschaft hat gewaltig an seinem Körper gezehrt.

Die Bewacher schleifen ihn zum stattlichen Wohnturm, der alle Gebäude haushoch überragt. „Weiter, nicht stehen bleiben", befehlen sie barsch.

Ich muss versuchen zu fliehen. Wenn ich erst drin bin, wird es kaum möglich sein. Christian stolpert über eine Steinkante und lässt sich plump fallen. Er flucht mit schriller Stimme, reibt sich mit schmerzvollem Blick das rechte Bein und ruft nach einem Medikus. Aber die Wachen spotten nur und zerren ihn brutal vom Boden hoch. Mit

Fußtritten treiben sie ihn zu einem Brunnen, der diesmal mit breiten Stufen in unzähligen Windungen ausgekleidet ist. Unten angekommen, geht es durch eine Alutür, die sie sorgfältig hinter sich verschließen.

Denen kann ich nichts vormachen. Ich muss auf eine bessere Gelegenheit warten. Hoffentlich ergibt sie sich bald.

Unsanft zieht man ihn in einen großen Raum. Schockiert reißt er die Augen auf. Während die Gemäuer von außen mittelalterlich wirken, befindet sich hier eine hochmoderne Fabrik. Für unerwünschte Blicke unter dem Turm verborgen, bilden Vergangenheit und Zukunft eine Einheit. Es ist angenehm temperiert, von der Decke leuchten unzählige Strahler und schaffen ein blendfreies Tageslicht. Überall surren Motoren, Roboterarme fügen Bauteile mit höchster Präzision zusammen. Techniker in weißen Schutzanzügen kontrollieren an Monitoren die Abläufe. Ferngesteuerte Wagen transportieren Köpfe, Rümpfe, Arme und Beine aus glänzendem Aluminium. In einem anderen Bereich werden künstliche Haut-und Haarteile verarbeitet. Nachgebildete Augen, Ohren, Nasen, Münder und innere Organe werden verkabelt und mit Mikrochips versehen. Die geniale Bluetooth-Technologie verbindet alle Komponenten miteinander. Hier feiert – dem Namen nach – der dänische König Harald I. *Blauzahn* Gormsson (ca. 911 – 987) ein spätes Comeback.

Lebensnotwendig sind kleine Kontrollgeräte, die die Personen direkt am Leib tragen. Sie zeigen den Zustand ihrer Neutrino-Akkus an, die für die Energie des Körpers gebraucht werden. Hierbei handelt es sich um eine brandneue Erfindung der Tredici-Wissenschaftler. Solch ein Akku benötigt kein Ladegerät mehr, sondern nutzt den permanenten Neutrino-Strom aus dem Universum, speziell der Tau-Teilchen. Diese Energieform ist immens effektiv, denn der Fluss allein von der Sonne zur Erde beträgt circa siebzig Milliarden Neutrinos pro cm^2/sec. Eine unvorstellbare Menge.

Durch dicke Aluwände abgeriegelt – Aluminium hat die signifikante Ordnungszahl 13 – ist das Labor Zentrum der Anlage. Hier wird eifrig geforscht und experimentiert. Besonders geht es darum, die Gesichtsmaske des Arminius' atomar zu analysieren, nachzubauen und die Wirksamkeit zu erhöhen. Für Draxxus ist dies ungeheuer wichtig, um die Macht der Tredici zeitunabhängig zu steigern. Die Rezeptur antiker Metalle aus römischer Vergangenheit mit hochmoderner Technologie ist bahnbrechend. Weder die Amis noch Russen oder Chinesen sind bisher darauf gekommen. Daher unterliegen die unterirdischen Aktivitäten der strengsten Geheimhaltung. Nur eine Handvoll Eingeweihte weiß genau Bescheid.

Auf Verrat steht die unverzügliche Todesstrafe, die ferngesteuert durch eine giftige Substanz erfolgt. Alle, die hier arbeiten, tragen ein Überwachungsgerät, das in den Körper implantiert wurde.

Überall herrscht ein geschäftiges Treiben von Maschine und Mensch.

Christian hat genug gesehen und wendet sich mit Grauen ab. *Maschine und Mensch – in dieser fatalen Reihenfolge. Wenn so die Zukunft aussieht, will ich nicht in ihr leben. Wo bleibt die Würde des Menschen? Da wird mir ganz übel.*

Plötzlich erstarrt er. Von hinten spricht ihn eine Frauenstimme an.

„Da staunen Sie, was? Hier finden Sie den Beweis, dass die Tredici bald die Weltherrschaft übernehmen", schwärmt Gata und gibt den Wachen ein Zeichen. „Lasst ihn los, er wird nicht fliehen können."

Die Männer nicken; sie wissen von ihrem starken Magnetfeld, dem kein Sterblicher entrinnen kann.

„Jetzt sind Sie in meinem unausweichlichen Bann", erklärt die Frau mit funkelnden Augen. „Was man früher altmodisch ausgedrückt hat, erleben Sie nun physikalisch am eigenen Leib. Die magnetischen Kräfte sind das A und O des Universums. Sie steuern und regeln, ziehen an oder stoßen ab. Genau dieses Prinzip haben wir uns zu eigen gemacht. Niemand kann ihm entrinnen. Auch ein Nobody wie Christian Sonnthag aus dem alemannischen Bückeburg nicht", kichert sie schrill und verdreht die Pupillen.

Lässig spielen dabei ihre Finger mit einem goldenen Kruzifix, das sie als Kraftquelle um den Hals trägt. Dieses Unikat spendet ihr geistige Energie. Sprachlos starrt Christian das Kreuz an. Die Gestaltung kommt ihm bekannt vor, denn er hat gelesen, dass es weltweit gesucht wird.

Bis bei ihm der Groschen fällt.

Es kann sich nur um das berühmte Gerokreuz handeln. Auf seiner Reise hat es Draxus Ende 1582 einem Goldschmied in Bordeaux zum Kauf angeboten. Seitdem gilt es als verschollen. Aber hier ist es – eine echte Sensation. Dahinter muss eine lange und verwickelte Geschichte stecken.

In diesem Augenblick betritt der Großmeister das Labor. Er trägt einen weißen Kittel und wirkt wie ein eifriger Forscher.

Lange mustert er sein Gegenüber. Der Blick wandert von Christians Augen hinauf zum Haar, dann herab zum Kinn, langsam zum linken Ohr und von dort zum rechten – die vier Punkte des Templerkreuzes. Diesen Ritus wendet er gerne an und genießt das unheimliche Machtspiel.

Christian bleibt ruhig. *Ich lasse mich nicht irre machen.*

„Hast du unserem Gast schon von *NATHAN* erzählt?“, fragt er Gata mit flackernden Augen. Bevor sie antwortet, erklärt er mit stolzem Brummton. „Wir nennen die neue Maske des Arminius’ *NATHAN.* Die Buchstaben stehen für bahnbrechende Technologien und Zusammenhänge:

– N bedeutet Neutrino, die unermessliche Energie, mit der wir uns durch die Jahrhunderte bewegen.

– A weist auf hochenergetische Akkus auf Aluminiumbasis. Hier bewirkt das Metall wahre Wunder.

– T steht für den Geheimen Ritterbund der Tredici und legitimiert unseren Anspruch auf die Weltherrschaft.

– H stellt die Verbindung zum Historischen her. Wir sind imstande, die Energie der Vergangenheit in jeder Zeitepoche zu nutzen.

– A nimmt zum Archaischen Bezug. Hier schlummern uralte mystische Kräfte, die wir für unsere Gegenwart regenerieren.

– N bezeichnet die Stärke der Natur, wie zum Beispiel den Magnetismus. Besonders nutzen wir das Wasser, das Elixier des Lebens schlechthin. Alle Merkmale verbinden sich in unserer neuen Gesichtsmaske. In wenigen Monaten werden wir sie vielfach herstellen können und nutzen.“

Draxxus hält zufrieden inne und will sich abwenden.

„Das Ganze funktioniert nur in den *Toten Tagen* – habe ich recht?", schleudert Christian ihm entgegen, weil er die selbstherrlichen Worte dieser unmenschlichen Maschine nicht unwidersprochen lassen will. „Das ist doch lächerlich, nur an zehn Tagen im Jahr. Damit habt ihr keinerlei Chance. Volle dreihundertfünfundfünfzig stehen dagegen."

Der Großmeister verzieht keine Miene. Dennoch arbeitet es in ihm. Dieser Fremde hat den Nerv getroffen.

Auf einmal betritt der junge Argentinier die Halle. Er trägt wie die übrigen Techniker einen Schutzanzug. Christians Herz schlägt schneller. *Er ist meine einzige Hoffnung, die letzte Chance. Ich werde ihm ein schlechtes Gewissen machen, vielleicht hilft das.*

„Enrico, du musst mir aus diesem Wahnsinn heraushelfen", ruft er energisch. „Wir sind doch Pilger, wie Brüder in Christus, auf dem Camino gewesen und der reinen Nächstenliebe verpflichtet. Was soll der Heilige Vater Franziskus bloß von dir denken? Auch dein Vaterland blickt auf dich. Vor allem deine selige Mamá. Sie hat dich mit ihrer mütterlichen und aufopfernden Liebe zu wahrhaft guten Werken erzogen, und dein Vater setzt große Erwartungen in dich. Enttäusche ihn nicht."

„Hör auf damit!" Der junge Mann schlurft näher heran. Seine Augen sind gerötet und nach unten gerichtet. Man sieht ihm an, wie er mit sich ringt.

„Entlasse ihn aus dem Bann", sagt er schließlich zu Gata und macht eine abweisende Handbewegung. „Ich werde mich um ihn kümmern."

Draußen wartet der Sikorsky CH-53 startklar im Burghof. Die Rotoren dröhnen ohrenbetäubend und verwirbeln alles, was sich nicht niet- und nagelfest in der Nähe befindet.

Aus einem offenen Fenster des Turms starrt Gata auf das Geschehen. Ihre Haare flattern wild, der leere Blick ist nicht zu deuten. Sie beobachtet, wie Draxxus in einer silberfarbenen Jacke mit einem Aluminiumkoffer ungelenk zum Piloten klettert und sich den Sicherheitsgurt anlegt. Der gefangene Spion befindet sich bereits im Frachtraum; Enrico wird auf ihn achtgeben.

Alle Systeme werden noch einmal durchgecheckt. Der Lärm nimmt zu, dann hebt sich langsam das Gefährt, kippt ein wenig nach vorne und steigt steil empor. Als die Maschine nur ein kleiner Punkt am grauen Himmel ist, wendet sich die Frau ab, um als Stellvertreterin die Herrschaft im Kastell zu übernehmen. Auch wenn sie vorübergehend ist – aber wer weiß. Sie schwört, alles besser zu machen als Draxxus. In jedem Fall härter durchzugreifen. Mit dem deutschen Ketzer hätte sie kurzen Prozess gemacht. Im Stillen ärgert sie sich darüber, wie der Großmeister mit dem Kerl umgegangen ist und ihn jetzt zum Flug mitgenommen hat.

Schließlich stellt er ein erhebliches Risiko für die geplante Mission dar.

Im Frachtraum hockt Christian auf dem harten Metallboden und lehnt sich an eine Verstrebung der Seitenwand. Alles vibriert und dröhnt. Seine Füße und Handgelenke schmerzen, die Kabelbinder schneiden scharf ins Fleisch.

Als Enrico ihn fesselte, bat er inständig, nicht zu stramm zu ziehen. Vergeblich, der Argentinier grinste nur gequält. Zusätzlich war er geknebelt worden, was eine schreckliche Qual bedeutet.

Alfredo steuert den Helikopter nicht Richtung León, wie er vermutet hatte, sondern gen Westen nach Galizien. Aus einem schmalen, zerkratzten Fenster kann er nach unten schauen und starrt auf eine schöne Landschaft, die für ihn unerreichbar ist und sich wie ein Bilderbuch auftut. Inzwischen haben sie die letzten Häuser von Ponferrada hinter sich gelassen und fliegen über Cacabelos, wo sie den tiefblauen Río Cúa queren. Weiter geht es über Villafranca nach O Cebreiro. Deutlich kann er die romanische Kirche Santa María la Real erkennen. Dort wirkte Pfarrer Elías Valiña, der als Pionier des modernen Jakobswegs gilt und ihn 1984 erstmals mit gelben Pfeilen markierte. *Ach, wie gerne wäre ich als freier Pilger diesen Weg weitergegangen.*

Ab und zu sucht Christian den Blickkontakt mit Enrico, der stur auf sein Handy starrt, obwohl es hier oben gar kein Netz gibt. Er kann es immer noch nicht glauben, dass ausgerechnet dieser junge Mann sich der verbrecherischen Bande angeschlossen hat. Die Grenze zwischen religiösem Eifer und Terrorismus scheint fließend zu sein und lockt denjenigen, sie zu überschreiten, der unter mangelndem Selbstbewusstsein leidet. Vermutlich sind junge Leute besonders gefährdet, weil sie nach Anerkennung haschen. Ein extrem gefährliches Spiel mit dem Feuer.

Draxxus bricht sein Schweigen und wird gesprächig. Bislang war er in seine digitalen Landkarten vertieft und programmierte die Flugroute. Ruckartig wendet er sich mit seinen Kameraaugen dem Gefangenen zu. *Ich werde diesen Spion freundlich behandeln, solange ich ihn brauche. Denn die Zeit rennt uns davon. Heute ist schon der 7. Oktober. Bis zum 14. muss alles erledigt sein.*

Weil die Maschine so laut ist, bedeutet er Enrico, dem Fremden einen Kopfhörer mit Mikrofon aufzusetzen und den Knebel zu entfernen. Er selbst braucht solch ein Hilfsgerät nicht, wenn die Frequenz übereinstimmt.

„Entschuldigen Sie bitte die Unannehmlichkeiten, Herr Sonnthag. Es ist nicht mein Stil, einen Mann wie Sie so ungastlich zu behandeln. Aber die Mission der Tredici erfordert höchste Sicherheit und Geheimhaltung. Daher sind gewisse Maßnahmen nötig, die leider nicht ohne Gewalt auskommen." Seine Stimme klingt kalt und blechern.

Christian hustet und räuspert sich kräftig.

„Lassen Sie mich sofort frei! Ich bin völlig unschuldig von Ihren Leuten entführt worden. Ich verstehe das Ganze nicht", platzt es wütend aus ihm heraus.

„Ganz ruhig, Herr Sonnthag. Wir haben uns gründlich über Sie erkundigt. Mit Genugtuung stellten wir fest, dass Sie die heimlichen Spuren entdeckt und entschlüsselt haben, die seit 1582 den Weg der Erleuchtung weisen."

„Erleuchtung? Dass ich nicht lache", unterbricht ihn Christian aufgebracht. „Eher der totalen Finsternis."

„Die Geschichte der Menschheit verdunkelt sich immer mehr. Jeden Tag können Sie das in den Zeitungen lesen, im Internet oder TV sehen. Dagegen kämpft unser Geheimbund der Tredici durch sein Licht für ein besseres Miteinander."

Jetzt werde ich ihm schmeicheln.

„Unsere Wahl fiel deshalb auf Sie, weil wir von Ihrer hohen Intelligenz und dem Verständnis für historische Zusammenhänge beeindruckt sind. Zumal Sie aus dem schaumburg-lippischen Bückeburg kommen."

„Was soll das heißen?"

„Diese kleine Residenzstadt liegt genau in unserem Fokus. Geologisch befindet sich der Ort exakt an der Nahtstelle zwischen der Norddeutschen Tiefebene und dem Weserbergland. Daher verläuft dort seit alten Zeiten ein Handelsweg von Westen nach Osten, der Helweg. *(Vermutlich wurde der Helweg nach dem mythologischen Totenreich Hel benannt, das von der Riesin Hel regiert wurde. Sprachlich ist es mit Hölle, im Englischen mit hell verwandt).* Die römischen Legionen nutzten das Gebiet genauso wie die germanischen Stämme. Die Nähe zur Weser bot eine günstige Schiffbarkeit von Süden nach Norden und damit zur Nordsee und dem Atlantik. Genau in diesem Bereich ließen sich im Mittelalter die Herren von Schaumburg nieder, bis heute präsent im Bückeburger Schloss."

„Das ist mir bekannt. Aber was hat das mit mir zu tun?"

Der Großmeister verzieht ruckartig den Mund. „Die Tredici streben die Weltherrschaft an, zuerst in Europa. Spanien und die südlichen Länder haben wir schon gut unterwandert. Aber uns fehlt ein Stützpunkt im Norden. Dabei spielt das Wassernetz eine entscheidende Rolle."

Er hält inne, um die Tragweite seiner Worte wirken zu lassen und die Ratlosigkeit im Gesicht des anderen auszukosten.

Christian starrt demonstrativ aus dem Fenster, in dem er nur sein verzerrtes Spiegelbild entdecken kann. *Zu solchem Humbug werde ich nichts mehr sagen.*

Draxxus spricht in abgehackten Worten weiter.

„In Zukunft wird die Verteilung von sauberem Wasser eine entscheidende Rolle spielen. Der rasante Klimawandel und die ökologische Ausbeutung der Erde werden den Kampf verschärfen. Wer das Wasser und Zugang zu den Quellen hat, wird mächtig sein. Was nützen Land, Immobilien, Öl oder Gold? Was nützen Computer, Raketen und Raumfahrtprogramme, wenn wir kein Trinkwasser haben? Im kostbaren Nass liegt die Zukunft der Menschheit. Schon seit Urzeiten hat der Homo sapiens die Nähe zum Wasser gesucht und zu seinem Wohl genutzt. Die Tredici erkennen die Zeichen der Zeit und handeln. Die kleine Residenz Bückeburg liegt genau im Brennpunkt zentraler Wasserströme. Jüngst haben das unsere Aqualogen bestätigt."

Aus den Kamerawinkeln nimmt Draxxus wahr, dass der Pilot unruhig geworden ist und gegen ein Instrument klopft.

„Was ist los, stimmt was nicht?"

Alfredo knurrt vor sich hin und wischt sich fahrig über die Stirn.

Kleine Schweißperlen sammeln sich.

Der Großmeister nimmt das Gespräch wieder auf.

„Wir wollen Sie nicht im Unklaren lassen, Herr Sonnthag. Zuerst fliegen wir zum Aeropuerto nach Santiago de Compostela. Dort gibt es ein geschütztes Areal. Hier wartet unser bequemer Tredici-Jet, mit dem wir in den

Norden düsen werden. Danach folgt Phase Zwei unserer Mission."

Plötzlich stottert der Hauptmotor. Die Rotoren drohen aus dem Rhythmus zu geraten.

Leise flucht der Pilot. Erneut pocht er gegen die Anzeige. Jetzt kräftiger. Der Zeiger sinkt rapide. Leichte Panik befällt ihn.

„Hey, was ist los?", tönt Draxxus mit aufgedrehter Lautstärke.

„Entweder stimmt die Tankanzeige nicht. Oder sie stimmt doch und wir haben gleich keinen Sprit mehr." *Verdammt*! „Die Kiste verbraucht normalerweise rund achthundert Liter Kerosin in der Stunde. Ich verstehe nicht, dass die schon durch sind. Irgendwas ist nicht in Ordnung."

Die ersten Häuser und Straßen von Santiago de Compostela tauchen unter ihnen auf. Bald erheben sich die majestätischen Türme der großen Kathedrale. Angespannt schaut Christian auf die Stadt, die er so gerne zu Fuß erreicht hätte. Für die Pilger auf dem Camino ist sie Jerusalem. Das Ziel schlechthin. Ein Paradies für die kaputten Füße, Knie und Rücken. Der Ort der Glückseligkeit, an dem sich auf wundersame Weise alle Leiden und Schmerzen auflösen. Wo Menschen sich mit Tränen umarmen und unzählige Dankgebete gen Himmel steigen.

Auf sechstausend Fuß sinkt der Sikorsky in atemberaubendem Tempo. Christian wird übel. Alfredo und Enrico lassen sich nichts anmerken. Sie wissen, dass sie die etwa fünfzehn Kilometer zum Flughafen nordöstlich der Stadt nicht mehr schaffen werden. Der Großmeister starrt apathisch vor sich hin, es hat ihm die Sprache verschlagen.

Alle Systeme stehen auf Rot. SOS – Notlandung!

Fieberhaft fixiert der Pilot das enge Geflecht von Straßen und Gassen und das Getümmel dazwischen, das rasend näher kommt.

Angstschweiß breitet sich aus.

Noch fünfhundert Fuß.

Jeder hält den Atem an.

Jetzt zweihundertfünfzig.

Christian krallt sich an der Verstrebung fest.

Nur noch hundert Fuß.

Sein Herz stolpert.

Fünfzig, vierzig, dreißig …

Er ringt nach Luft.

Die letzten Tropfen aus dem Tank verbrennen.

Mit äußerster Kraft und Unterstützung durch eine Windböe zieht Alfredo die Maschine über qualmende Schornsteine von Häusern hinweg. Die wimmelnden Ameisen werden immer größer.

Erschrockene Menschen starren nach oben und weisen mit dem Zeigefinger dorthin. Viele bekreuzigen sich.

Bitte, bitte, nicht hier abstürzen. Gott helfe uns!

Die Leute halten vor Schreck die Luft an. Andere geraten in Panik, schreien und rennen um ihr Leben.

Da ist ein Platz, groß genug für den Sikorsky.

Bloß nicht gegen die Kirchtürme krachen.

Bruchteile von Sekunden vergehen.

Abbremsen – abbremsen …

Der Pilot nutzt den allerletzten Schwung, wobei ihm ein kräftiger Windstoß, diesmal von vorne, zu Hilfe kommt. Brutal schlagen die Kufen auf das steinharte Pflaster und schleifen funkensprühend etliche Meter nach vorne. Genau auf dem heiligen Platz vor der Kathedrale – ausgerechnet hier. Die Maschine droht aus dem Gleichgewicht zu geraten und kopfüber zu kippen. Aber dann fängt sie sich und hält bebend ihre Position.

Langsam drehen sich die Rotoren aus, bis sie tot erstarren.

Auf einmal breitet sich eine fassungslose Stille aus. Niemand im Cockpit rührt sich, jeder ist mit seinen Gefühlen beschäftigt. Ebenso verstummen die schreienden und um ihr Leben rennenden Pilger. Es würde eine göttliche Ruhe sein, wenn der Grund nicht so grausam wäre.

In der Ferne schrillen Sirenen. Schnell zieht Draxxus ein Maschinengewehr hervor, das er unter dem Sitz deponiert hatte, und reicht es mit eindringlichem Befehl an Enrico. Dieser reißt die Schiebetür auf und stürmt auf den Kirchplatz. Inzwischen haben sich viele Schaulustige eingefunden, die das Geschehen mit ihren Kameras festhalten. Der Argentinier läuft schnurstracks auf die Neugierigen zu. Mit der Waffe in der Hand wählt er eine junge Frau aus, schlägt ihr das Handy weg und treibt sie, wie ein Stück Vieh, zum Helikopter zurück.

Die Menge stöhnt vor Entsetzen auf.

Die Blondine stolpert über den Platz, wobei sie einen Schuh verliert. Ihre Augen sind starr vor Angst, das Gesicht ist kreideweiß, ihr Herz flattert. Durch das schmale Fenster beobachtet Christian die grauenhafte Szene.

Ist das nicht ...? Ja, das ist Inga aus Stockholm, die ich in der Casa Paderborn kennengelernt habe. Ausgerechnet sie. Hoffentlich kommt gleich die Polizei.

Inzwischen hat Alfredo den Sikorsky verlassen und übernimmt das Gewehr. Brutal drückt er die Mündung an den zarten Hals der Frau.

Starr vor Schreck steht sie da und wagt sich nicht zu rühren.

Zur selben Zeit rasen drei Fahrzeuge der Policía auf den Platz und kreisen den Hubschrauber ein. Die Wagentüren werden aufgestoßen und Beamte stürmen mit ihren Pistolen im Anschlag heraus.

„Stopp!", ruft Alfredo und stellt seine Forderung. „Tausend Liter Kerosin und freies Geleit im Austausch mit der Geisel."

Die Menge atmet hörbar auf. Die Polizisten ziehen sich zurück und beratschlagen gestenreich. Nun werden Telefonate mit Vorgesetzten und dem Ministerium der Provinz geführt. Inzwischen erscheint die Feuerwehr und sperrt den Platz großräumig ab. Krankenwagen parken an der Seite. Presseleute werden barsch abgewiesen. Aus der Kathedrale stürmt ein junger Bischof, der sich als Vermittler und Austausch der Geisel anbietet.

Alfredo lehnt alles ab. Stur wiederholt er seine Forderung und ergänzt sie mit einem Zeitlimit. „Ich gebe euch eine Stunde. Sonst erschießen wir die Frau – und noch viel mehr Pilger auf diesem Platz!"

Behände schiebt er die Geisel zum Helikopter und drückt sie durch die Schiebetür hinein. Mit dem Gesicht nach unten muss Inga auf dem dreckigen Boden liegen. Sie zittert am ganzen Leib und wirkt wie ein Häufchen Elend. Lachend drückt Alfredo seinen Stiefel auf ihren schmalen Rücken. „Los, Enrico, mach ein Foto von uns!"

Ein Blutbad auf dem Platz des Friedens, direkt vor der berühmten Kathedrale, wollen die spanischen Sicherheitskräfte unbedingt vermeiden. Die Folgen wären katastrophal. Auch weltweit.

Verzweifelt versucht Christian, Blickkontakt mit den Polizisten aufzunehmen und auf seine Notlage hinzuweisen. Vergeblich. Niemand reagiert auf ihn. *Vielleicht spiegelt das Fenster, sodass sie mich gar nicht sehen können. Es ist zum Verrücktwerden.*

In diesem Augenblick klettert Draxxus ungelenk nach hinten und hockt sich neben den Gefangenen. Aus seinem Koffer kramt er eine Packung hervor und öffnet sie vorsichtig. Christian erschrickt, als er eine Spritze herausholt und sie mit einer trüben Flüssigkeit aufzieht.

Was hat er vor? Ist das meine Todesspritze?

Heftig versucht er sich zu wehren, aber der Großmeister zögert nicht und rammt ihm die Nadel durch die Kleidung in den Oberarm. Innerlich stemmt er sich gegen die Injektion, doch es dauert nicht lange, bis er das Bewusstsein verliert und zur Seite kippt.

„Wir haben einen Toten an Bord", ruft Draxxus mit gespielter Dramatik so laut nach draußen, dass die Polizei ihn hört. „Holen Sie schnell einen Bestatter herbei!"

Nach einer halben Stunde rumpelt ein Tankwagen über den Kirchplatz und stoppt direkt neben dem Sikorsky. Zwei Männer in blauen Overalls klettern aus dem Laster und rollen einen dicken Schlauch aus. Sie verbinden ihn mit der Maschine und starten den Tankvorgang. Deutlich hört man das Gluckern.

Die Zeit kriecht dahin.

„Wie lange dauert das noch?“, fragt Enrico die beiden Tankwarte nervös und steckt sich arglos eine Zigarette an.

Plötzlich ...

Ein ohrenbetäubender Knall lässt Santiago de Compostela erzittern. Menschen werden von der Druckwelle zu Boden geschleudert. Trommelfelle platzen. Die Fensterscheiben des Rathauses zersplittern, wertvolle Glasmalereien der Kathedrale werden aus den Rahmen gesprengt. Ein gleißender Feuerball breitet sich rasend schnell aus. Alles in der Nähe lodert, schmilzt, verglüht oder zerfällt zu Asche. Die Temperatur steigt ins Unermessliche. Ein Inferno von ungeheurem Ausmaß verschlingt, was einmal heil und ganz war. Im Bruchteil einer Sekunde ist aus dem Platz des himmlischen Friedens der Schlund der Hölle geworden. So dicht liegt hier beides nebeneinander.

Es dauert eine Weile, bis andere Feuerwehrwagen den Ort des Schreckens erreichen. Aber sie können nichts mehr tun. Fassungslos starren die Hilfskräfte auf die Ruinen der metallischen Gerippe, die einmal einen Hubschrauber und einen Tankwagen darstellten.

Trotz der gravierenden Schäden findet am nächsten Tag in der Kathedrale eine bewegende Messe zum Gedenken an die vielen Opfer statt. Sophia, die Studentin aus Neuseeland, kauert benommen in einer Bankreihe und bebt vor Trauer. Weil er keinen Platz mehr gefunden hat, lehnt sich Jimmy, der Banker aus New York, an eine Säule an der Wand. Er weint um Inga, in die er sich heillos verliebt hatte. Alle können nicht fassen, was passiert ist, und sind in ihren Grundfesten erschüttert. Der junge Bischof, der die Messe hält, sucht nach Worten, die es nicht gibt. Öfter stockt er in der Liturgie und kämpft mit den Tränen.

Sie stehen für das vergossene Blut.

Kapitel 9
The exit day

Bückeburg, Schaumburger Land, 5. Oktober

Mirabella ist in höchster Aufregung.

Die Studentin für Geschichte arbeitet – wie bereits erwähnt – im Auftrag des Heimatvereins im Staatsarchiv Bückeburg. Bislang verfolgt sie die Nachrichten mit einer gewissen Sorge, die ihr Christian ab und zu per Handy schickt. So weiß sie zwar, wo er sich gerade auf dem Jakobsweg befindet und wie es ihm geht. Dennoch bedrückt es sie, dass er ihre Warnungen nicht ernst nimmt und unkommentiert in den Wind schlägt. Solch ein Verhalten missfällt ihr.

Sein letzter Kontakt ist eine Sprachnachricht:

„Habe zwischen Hontanas und Castrojeriz in einer Klosterruine das U entdeckt. Bin kurz vor dem Ziel. Jetzt fehlt nur noch ... Was ist los? Nähert sich etwa ein scheinbar unsterblicher Draxus, um mich zu holen? Hilfe, nein! ...“

Hier brechen seine Worte ab.

Im Hintergrund hört man ein Knattern, ein Schlagen, das bedrohlich näher kommt. Ist es ein alter Laster, ein ratternder Güterzug oder ein Hubschrauber? Immer wieder spielt sie die Aufzeichnung ab. Mirabella spürt, wie Christians Stimme unruhig wird und eine Spannung in der Luft liegt. Besonders, dass er den Namen Draxus nennt. Ist der nicht schon lange tot? Sind hier dunkle Kräfte im Spiel?

Ihr Bauchgefühl wittert höchste Gefahr.

Seitdem ist keine Mitteilung mehr von ihm gekommen. Auch ihre zahlreichen Versuche, zurückzurufen, scheitern. Die Leitung ist tot. *Ich hab's geahnt!* Wirre Fantasien spuken ihr durch den Kopf – vielleicht lebt er gar nicht mehr.

Alles Mögliche ist möglich.

Bald kann sie ihre Ängste nicht mehr für sich behalten. Deshalb spricht sie den Leiter des Staatsarchivs an und beschreibt die Situation.

„Dass sich Herr Sonnthag nicht meldet, kann harmlose Gründe haben. Kein Netz, kein Guthaben, Akku kaputt oder er hat das Handy verloren. Sie dürfen nicht immer an das Schlimmste denken, Frau Hieronymus", versucht er zu beruhigen.

Aber es besänftigt sie nicht. Im Gegenteil, die Panik nimmt zu. Am folgenden Tag spricht sie den Fürsten zu Schaumburg-Lippe an, den sie zufällig erblickt, als er vorm Schloss in seinen Audi *TT* steigt. Die Studentin schüttet ihm ihr ganzes Herz aus.

„Sie haben gewiss Beziehungen nach Spanien", hofft sie.

„Eher nach Portugal", erwidert er freundlich. „Aber auch nach Spanien kann ich einen Kontakt herstellen. Schließlich hat mein Vorfahr Otto IV. um 1555 auf Seiten der spanischen Krone unter Philipp II. gegen Frankreich gekämpft. Ich werde mich darum kümmern. Wenn ich etwas herausbekomme, melde ich mich. Darauf können Sie sich verlassen."

Sie dankt ihm, weil sie sich verstanden fühlt. Beim Archivleiter hatte sie den Eindruck, dass er abwiegelt.

Die Tagesschau am 7. Oktober platzt mit einer Nachricht abends um acht wie eine Bombe in ihr kleines Apartment:

„Spanien, Santiago de Compostela.
Ein Inferno, direkt vor der Kathedrale, erschüttert die Welt. Auf dem zentralen Platz der Jakobspilger hat es beim Betanken eines notgelandeten Hubschraubers eine gewaltige Explosion gegeben. Die Identität von sieben Personen ist unklar; ebenso, ob sie tot oder verletzt sind. Die Ermittlungen werden zeigen, was die Ursache war.
Ein Terroranschlag wird von den Behörden nicht ausgeschlossen."

Mirabella erstarrt, ihr wird eiskalt ums Herz und ihr Leib zittert. *Oh mein Gott, wie schrecklich! Dort muss Christian dabei gewesen sein, ich spüre das. Vielleicht ist er schwer verletzt – oder gar tot. Bitte nicht!*

Je länger sie darüber nachdenkt, desto gewisser wird ihr, dass finstere Mächte der Vergangenheit ihre schmutzigen Hände im Spiel haben und sie bis in die Gegenwart hinein ausstrecken. Entschlossen ballt sie die Fäuste. Ihr Kampf hat begonnen.

Die Zukunft darf unter keinen Umständen von Verbrechern beherrscht werden. Deshalb muss ich unbedingt nach Santiago de Compostela. Aber wie?

In der Nacht findet sie keinen Schlaf. Zweifel mischen sich in ihre Pläne. *Soll ich hin – oder lieber nicht? Was kann ich dort schon tun?* Endlos ringt sie um eine Entscheidung. Bis sie eine fällt.

Am Morgen sucht sie die Polizeiwache in der Ulmenallee auf. Ausführlich schildert sie einer Beamtin den Sachverhalt und äußert ihre Befürchtungen.

„Wir werden Kontakt zur Deutschen Botschaft in Madrid aufnehmen und zu den Kollegen vor Ort", verspricht die Polizistin am Ende des Gesprächs.

Das dauert mir viel zu lange. Ich werde mich selbst auf den Weg machen.

Hastig verlässt sie die Wache und läuft schnurstracks zur Redaktion der *Landeszeitung* in der Fußgängerzone. Ihre Worte überstürzen sich, als sie einem Journalisten davon berichtet. Es ist ihr egal, ob sie dabei die Grenze zwischen Fakten und Vermutungen verwischt. Auch scheut sie sich nicht zu betonen, dass sie keine Mittel hat, einen kurzfristigen Linienflug zu finanzieren. Dazu kommen die Kosten für Unterkunft und so weiter.

„Wir werden morgen in unserer Zeitung darüber berichten und zu Spenden aufrufen. Das bringt was", erklärt der Mann optimistisch. „Vielleicht können Sie in der nächsten Woche schon nach Santiago starten."

In der nächsten Woche? So lange warte ich nicht.

Der Artikel löst ein unerwartet großes Echo aus. Die rätselhaften Zusammenhänge mit dem Marktbrunnen in Bückeburg bewegen die Leser noch immer. Viele sehen den Pilgerweg von Christian Sonnthag als notwendigen Versuch an, Licht in finstere Verschwörungstheorien zu bringen. Dieser mutige Mann opfert seine ganze Kraft dafür. Vielleicht sogar sein Leben. Etliche Anrufer warnen davor, dass sich die junge Frau allein auf den Weg macht. Das Risiko sei viel zu hoch, zumal sie sich nicht in Galizien auskenne und kein Spanisch spreche.

Die Spendenbereitschaft ist enorm. In kürzester Zeit ist die Summe schon so groß, dass eine Begleitung mitreisen könnte. Auf Vermittlung des Fürstenhauses erklärt sich ein in Deutschland lebender Spanier bereit, mitzufliegen. Carlos Pérez, ausgebildeter Pilot beim Militär, arbeitet als Agent für die Geheimdienste beider Länder und ist auf Terrorabwehr spezialisiert. Er ist vierzig Jahre alt und lebt mit seiner Frau und zwei Kindern in Berlin.

Als er vom Vorhaben erfährt, ist er sofort Feuer und Flamme. Einen Geeigneteren könne man nicht finden.

*

Nach Santiago de Compostela, Spanien, 10. Oktober

An einem wolkenverhangenen Tag startet ein Airbus der Lufthansa von Frankfurt am Main nach Santiago de Compostela.

Dieser Direktflug führt über den Luftraum von Köln und Paris, weiter an der Atlantikküste entlang über den Golf von Biskaya bis nach Galizien im nordwestlichen Teil der Iberischen Halbinsel.

In der Maschine sitzt Mirabella neben dem Agenten. Der Mann ist ein drahtiger Typ und trägt einen gezwirbelten Schnauzbart, der sie an Salvador Dalí erinnert. Er hat listige Augen, die interessiert aufblitzen, wenn er alles im Blick haben will.

Sie präsentiert ihm in einer Mappe sämtliche Schriftstücke, die sie zum Thema Marktbrunnen und Draxus aufgetrieben hat. Aufmerksam studiert er die Unterlagen und macht sich Notizen. Ab und zu nippt er vom obligatorischen Tomatensaft, den die Stewardess ihm gereicht hat und der in der Höhe besonders gut schmeckt.

„Dies ist ein außergewöhnlicher Fall", raunt er ihr zu, damit keine anderen Passagiere hellhörig werden. „So was ist mir noch nicht in die Finger gekommen. Bislang dachte ich immer, was vergangen ist, das ist vorbei."

„Darin liegt das Unheimliche, das echt Dämonische."

„Es muss diesem Draxus gelungen sein, die Sterblichkeit zu überwinden. Vielleicht hat er Doppelgänger als identische DNA-Kopien von sich."

„Ist das überhaupt möglich?" Sie schaut ihn mit geröteten Wangen von der Seite an.

Ihre Aufregung wächst, je näher sie dem Zielort kommen.

„So, wie ich in der Schule klassische Physik gelernt habe, ist das unmöglich. Doch die heutigen Erkenntnisse der Quantenphysik sind bahnbrechend. Da verschmelzen Räume und Zeiten. Man kann nicht mehr exakt hier oder dort sagen, jetzt, vorhin oder bald. *Alles ist relativ,* wie Albert Einstein es formuliert hat."

Die Studentin versteht ihn nur teilweise.

Er bemerkt ihren grübelnden Ausdruck und lacht. „So ganz genau kapiere ich das auch nicht und kann es noch viel weniger erklären. Aber die Quantenphysiker bestätigen es."

„Das bedeutet, dass alles möglich ist?"

„Vieles", differenziert er, „nach den Gesetzen der Quantenmechanik."

„Die im Grunde gar keine strengen Regeln sein können, weil ja alles relativ ist", fasst sie zusammen.

Er nickt und blättert weiter in den Schriftstücken. Angespannt blickt sie ihm über die Schulter. Bei einem Dokument rutscht sie unruhig auf ihrem Platz.

„Hier, schauen Sie mal. Herr Sonnthag stieß bei seinen Recherchen auf die Bulle *Inter gravissimas curas* von Papst Gregor XIII., die am 24. Februar 1582 verkündet wurde."

„Was hat die mit unserem Fall zu tun?"

„In dieser Bulle kündigt der Papst eine umfassende Kalenderreform an. Sie ist bis heute gültig als gregorianischer Kalender."

„Na und?"

„Es gab eine einflussreiche Beziehung zwischen Draxus und Gregor. Er muss den Papst unter Druck gesetzt haben."

„Warum?"

„Keine Ahnung. Aber ich vermute, dass hier der Schlüssel liegt. Auf jeden Fall wurden damals zehn Tage gestrichen. Einfach so. Den 5. bis 14. Oktober 1582 gab es nicht. Und dieser fehlende Zeitraum soll sich bis heute auf rätselhafte Weise auswirken."

Pérez Augen blitzen auf.

„Seit wann haben Sie von Herrn Sonnthag nichts mehr gehört?“

Mirabella wird blass und beißt sich nervös auf die Lippen. „Genau seit dem 5. Oktober!“

Es hat leicht geregnet und damit die stickige Luft gereinigt, als die Lufthansa sicher landet. Unzählige Lichter spiegeln sich auf dem nassen Asphalt. Inzwischen ist es dunkel geworden und es weht ein ungemütlicher Wind, der um die Ecken jault. Mit dem Linienbus fahren sie in die Innenstadt zum Busbahnhof am Praza de Galicia. Hier wimmelt es von Pilgern aus aller Herren Länder. Sie sind rücksichtsvoll, es wird nicht gedrängelt. Manche singen andächtige Lieder in ihrer Heimatsprache oder Gospels auf Englisch. Andere zünden Kerzen an und hocken betend auf dem Boden. Die Stimmung ist beinahe heilig, trotz der ramponierten Füße und Rücken, über die jetzt niemand stöhnen will. Das schreckliche Inferno verbindet alle miteinander in dem Wunsch nach wahrem Frieden.

Die Studentin lässt sich von der Atmosphäre anstecken. *Irgendwann will ich auch diesen Camino pilgern und viele nette Leute kennenlernen.* Aber dann ziehen Schatten über ihre Gefühle und sie denkt an Christian und das ganze Drama. *Wo steckt er bloß, ob er noch lebt?*

Der Agent hat zwei Zimmer in einer gemütlichen Pension gebucht, die sie aufsuchen. Zum Glück liegt das Haus mitten in der Altstadt und der Weg dorthin ist nicht weit. Nachdem sie sich einquartiert haben, verabreden sie sich eine Stunde später und trotten zum großen Platz zwischen dem Rathaus und der Kathedrale. Wie überirdische Skelette gruseln die Gerippe des Hubschraubers und des Tankwagens. Ein Wachmann passt auf sie auf.

Mirabella fröstelt und zieht die Jacke enger. Ihre Augen werden feucht und die Gedanken verlieren sich im rußgeschwärzten Metall, das grausamen Tod ausstrahlt. Niemand sagt etwas. Es gibt Situationen, wo uns die Worte fehlen, weil keine Sprache der Welt den unsäglichen Schmerz auszudrücken vermag.

Stumm verharren sie. Bis die Turmuhr schlägt.

Schließlich macht Pérez ein paar Fotos aus verschiedenen Perspektiven. Als Beweis – wer weiß.

In einem kleinen Weinlokal hinter der Kathedrale setzen sie sich in eine stille Ecke. Erst hier finden sie die Worte wieder, die weiterführende Sprache. Sie beratschlagen ihr Vorgehen.

„Zuerst müssen wir herausfinden, was sich genau abgespielt hat, wer von den sieben Personen ums Leben gekommen ist oder verletzt wurde“, beginnt Carlos, der vorhin der jungen Frau das Du angeboten hat. „Erst dann können wir gewiss sein, was mit Christian Sonnthag passiert ist und gegebenenfalls die Überführung seiner Leiche nach Deutschland in die Wege leiten.“

„Also gehen wir morgen zur Polizei“, folgert sie.

„Ich kenne hier den Laden“, erwidert er und streicht sich über den Schnauzbart. „Niedrige Beamte werden uns nichts Konkretes sagen. Doch in jeder Provinz gibt es Leute, die mit dem Geheimdienst arbeiten. Mit denen müssen wir reden.“

„Das hört sich vielversprechend an. Schließlich geht es bei diesem Draxxus um einen ominösen Geheimbund – wenn ich das richtig verstanden habe."

„Wie nennt sich der genau?", hakt er nach.

„Geheimbund der Tredici. Sie verstehen sich als Nachfolger der Tempelritter aus dem Jahr 1314 und streben die Weltherrschaft an. So hatte es mir Christian erklärt."

„Was für ein Blödsinn", schnaubt er und seine Augen verfinstern sich.

„Es kommt auf die Einstellung an", entgegnet sie lächelnd. „Was für uns als Unsinn gilt, sieht für einen anderen Betrachter ganz logisch aus."

„Wie auch immer – wir müssen solche Bewegungen verfolgen. Besonders, wenn sie die demokratische Grundordnung infrage stellen, auch wenn Spanien eine parlamentarische Monarchie ist."

„Ohne Frage."

Am nächsten Tag führt der Agent etliche Telefongespräche. Niemand will Auskunft über das Inferno auf dem Kirchplatz geben. Er hat das Gefühl, mit seinen Fragen permanent gegen eine Wand zu stoßen. Die Mauer des Schweigens. Stecken die Leute etwa mit den Tredici unter einer Decke? Ist Galizien schon so weit unterwandert? Nicht auszudenken!

Bis Carlos auf Señor Durán stößt. Er ist Geheimrat der spanischen Krone und nutzt ein Büro abseits der Altstadt in einem modernen Gebäude mit viel Glas und Stahl.

„Heute Nachmittag könnte ich eine halbe Stunde für Sie erübrigen", erklärt er mit Nachdruck. „Nicht länger, schließlich habe ich viel zu tun."

Zur verabredeten Zeit finden sich Mirabella und Carlos ein. Als Durán erfährt, dass es sich um ein Anliegen aus dem deutschen Bückeburg handelt, erhellt sich sein Blick.

„Mir ist das Haus Schaumburg-Lippe durchaus ein Begriff. Schließlich hat Ihr Graf Wilhelm 1762 für die Unabhängigkeit Portugals gekämpft. Auch wenn wir Spanier damals verloren haben, war das eine militärische Glanzleistung. Mein Respekt!“

Die Studentin wird ungeduldig. „Lassen Sie uns bitte über die schrecklichen Ereignisse in diesen Tagen reden.“

Wenn der Mann weiter aus der Vergangenheit plaudert, ist die halbe Stunde gleich rum.

„Was wollen Sie genau wissen?“, fragt er pikiert.

„Wir brauchen die Namen der Toten und Verletzten“, bringt es der Agent auf den Punkt.

Durán schaltet seinen Computer ein und fischt nach etlichen Klicks eine Mail heraus, die er ausdrucken lässt.

„Hier finden Sie alle Namen, die von der Polizei mühsam ermittelt wurden. Ich bitte um absolute Vertraulichkeit.“

Carlos und Mirabella überfliegen die Zeilen:

Alfredo B., Pilot aus Madrid, †
Enrico R., Copilot aus Buenos Aires, †
Inga S., Pilgerin aus Stockholm, †
Miguel F., Tankwart aus Santiago de Compostela, †
Pablo K., Tankwart aus Vilamaior, †

Christian Sonnthag und Draxxus werden nicht erwähnt. „Zwei Namen fehlen“, erklärt Carlos resolut. „Es müssen insgesamt sieben sein.“

„Wie kommen Sie darauf?", fragt Durán scharf.

„Die Presse hat davon berichtet und stützt sich auf Aussagen von vielen Zeugen auf dem Kirchplatz."

„Trauen Sie nicht der Lügenpresse", lacht er gekünstelt. „Hier fehlen keine Namen. Es handelt sich um fünf Personen, die umgekommen sind. Überlebende gibt es keine. Alles ist korrekt von der Polizei recherchiert worden. Sie müssen sich irren!"

Wir irren uns nicht. Da ist was faul.

Nach wenigen Minuten und gemurmelten Dankesworten stehen die beiden wieder draußen auf der lärmenden Straße. Frustriert ziehen sie sich in einen kleinen Park zurück und nehmen auf einer weißen Holzbank Platz. In der Nähe spielen Kinder mit einem Ball und juchzen vor Freude, während junge Eltern es sich mit einer Decke auf dem Rasen bequem machen. Mirabella blickt sehnsüchtig zu ihnen hinüber und bewundert die Unbeschwertheit. *Solch ein Leben wünsche ich mir. Keine Probleme, nur Dasein, toben und den Tag genießen.* Ihr Begleiter holt sie aus den Träumen zurück.

„Seltsam, dass die beiden Namen nicht auftauchen. Es unterstreicht meinen Verdacht, dass die Behörden mit den Tredici unter einer Decke stecken. Das wäre ungeheuerlich und ein riesiger Skandal."

„Vielleicht sind sie überhaupt nicht an Bord gewesen und leben noch", schöpft sie Hoffnung.

„Aber Zeugen wollen sieben Personen gesehen haben. Bei so einer kleinen Zahl kann man sich kaum verzählen."

„Oder sie verließen die Maschine vor der Explosion."
„Unbemerkt, wie denn?"
„Keine Ahnung."
„Wir müssen uns weiter umhören. Nicht bei der Polizei oder anderen Behörden, sondern bei Augenzeugen. Leute, die alles mitbekommen haben, aber so verängstigt sind, dass sie darüber schweigen", schlägt Carlos vor.

Mirabella nickt verhalten. Sie schwankt zwischen aufkeimender Hoffnung und der Angst vor bitterer Enttäuschung. So ein Wechselbad der Gefühle belastet sie.

Am Abend suchen sie eine schummrige Bar am Rande der Altstadt auf, in die sich selten ein Pilger verirrt. Das ist der passende Ort, um mit Einheimischen in Kontakt zu kommen und Details zu erfahren, die die Behörden verschweigen.

Der Raum ist voller Leute und die Luft stickig. Mirabella hustet, als sie sich an die Theke hocken. Obwohl es keine Raucherkneipen in Spanien mehr gibt, strotzen die Tapeten und Vorhänge von gelblichem Nikotin. An den Wänden hängen vergilbte Fotos von Schlagersängern und Filmgrößen aus früheren Jahrzehnten. Auch die königliche Familie strahlt in vergangener Schönheit aus einem schief hängenden Rahmen. Ein Sinnbild der sich verändernden Zeit.

Die Gäste trinken Bier oder Wein, sie unterhalten sich gestenreich und lachen derb, es werden Karten gespielt und einige versuchen ihr Glück an Spielautomaten. Neben der Theke hängt ein großer Bildschirm, auf dem eine Show abläuft, die niemand beachtet. Es ist laut hier.

Auf einmal schlendert ein Mann herbei und macht sich an die Studentin heran. Er ist Mitte dreißig und trägt einen Vollbart, seine Haare sind dunkel und nach hinten zu einem Zopf gebunden. Die Kleidung ist abgetragen und fleckig. Ungefragt rückt er einen Barhocker neben sie.

Carlos ignoriert er.

Schnell merkt der Fremde, dass die junge Frau kein Spanisch versteht und wechselt in passables Deutsch.

„Ich bin der Mario und hab mal in Bottrop malocht. Darf ich dich zu 'nem Drink einladen?", fragt er frech.

Mirabella ringt mit sich. *Was für ein schrecklicher Kerl. Wie werde ich den bloß los? Dennoch ist das eine Gelegenheit, um ihn auszuhorchen.*

„Gerne dürfen Sie das", lächelt sie gequält, „am liebsten einen Cocktail – aber nur alkoholfrei."

„Sex on the beach?"

So eine blöde Anmache. „Der ist nicht alkoholfrei", tadelt sie ihn. „Bitte etwas mit Orangen und Erdbeeren."

Er streckt sich zum Wirt über den Tresen und bestellt das Gewünschte. In diesem Moment wirft die Studentin Carlos einen vielsagenden Blick zu, dass er sich lieber entfernen soll, um ihre Erkundigungen nicht zu gefährden. Es ist besser, wenn dieser Mario keine Verbindung zu ihm bemerkt. Außerdem kommt sie mit dem Typen schon klar.

Als der Barkeeper die Cocktails reicht, prosten sie sich lächelnd zu und er rückt ihr ein bisschen näher.

„Salud Mädchen! Lassen wir das blöde Sie. Wie heißt du?"

„Ich bin Julia."

„Und wat machste hier?"

„Mit meiner Freundin bin ich auf dem Camino, aber sie hat mit ihren kaputten Füßen heute keine Lust auszugehen.“ *Das klingt glaubwürdig.*

„Wat hat dir am meisten gefallen?“, zeigt er sich interessiert.

„Oh, vieles. Die Gemeinschaft unter den Pilgern, die beeindruckenden Kirchen und Klöster, die vielseitige Landschaft und die liebevolle Gastfreundschaft.“

„Yeah, so ist Spanien – besonders Galizien“, bestätigt er mit vor Stolz geschwellter Brust.

Sie nippt an ihrem Glas und macht ein besorgtes Gesicht. *Jetzt muss ich zur Sache kommen.*

„Als wir hier ankamen, waren wir geschockt. Überall Blaulicht und Sirenen. Wir wussten nicht, was los ist. Besonders auf dem Platz vor der Kathedrale. Da kamen wir gar nicht durch. Alles war abgeriegelt. Schrecklich! Andere Pilger hatten auch keine Ahnung und es kursierten die wildesten Gerüchte. Du weißt sicherlich, was genau passiert ist“, lockt sie ihn.

„Sí, ich hab alles mitgekriegt, weil ich gerade vorm Rathaus rumhing. Ein Hubschrauber ist notgelandet. Die Terroristen nahmen ’ne Blondine, um an Sprit zu kommen. Dann gab’s ’nen Toten, bevor der Tanker kam und alles in die Luft flog. Zum Glück war ich eher weg, um Fluppen zu holen. Hatte echt Glück.“

Wie bitte?

„Es gab vor der Explosion einen Toten?“, bohrt sie nach.

„Genau. Nach der Geiselnahme brauste ein schwarzer Mercedes Kombi ran. Zwei Bestatter krochen mit erhobenen Händen zum Heli. Dann wurde 'ne Leiche rausgeschleppt und im Wagen verstaut. Danach düsten sie weg. Ich vermute, dass es Krach an Bord gab und einer umgelegt wurde."

Mirabella stockt das Herz, ihr wird schlecht. Langsam werden ihre Augen feucht. Am liebsten wäre sie schnell von hier weggelaufen.

„Verrückt, der Tote blieb heil, während die anderen gleich zu Asche wurden", spottet er. „Mir tut's allein um die geile Blonde leid."

Das reicht. Ich will nur noch nach Hause.

Mario plaudert weiter über dieses und jenes, aber Mirabella hört kaum zu. In ihren Gedanken ist sie ganz woanders.

Verstört blickt sie auf die Armbanduhr. „Ich muss jetzt los, Anne wartet auf mich. Danke für den Drink."

„Vorher noch eben zu mir? Ich wohn gleich um die Ecke."

Das könnte dir so passen. „Vielleicht morgen Abend", säuselt sie, um ihn von weiteren Annäherungsversuchen abzuhalten. „Bist du wieder hier?"

„Claro, Julia", nickt er zufrieden, „ich werd auf dich warten."

Die Studentin schlüpft in ihre Jacke und schaut sich beim Hinausgehen rasch im Raum um. Carlos bemerkt sie und schickt sich an, seine Zeche zu zahlen. Aus den Augenwinkeln nimmt er wahr, wie sich dieser Mario inzwischen einer anderen Frau zuwendet. Schnell verlässt er die Bar und taucht mit seiner Begleiterin in die Dunkelheit der Nacht. Heute scheinen die wenigen Straßenlaternen trüber zu leuchten als sonst. Wilde Katzen streunen umher und irgendwo kläfft ein Köter. Der Himmel ist wolkenverhangen und der Wind hat zugenommen. Es ist ungemütlich.

Als Mirabella endlich erschöpft im Bett liegt, fröstelt sie. Ihre Gedanken kommen nicht zur Ruhe. Von draußen rüttelt der Sturm wie ein Einbrecher an den Fensterläden. Sie fühlt sich elendig und verlassen.

Am folgenden Tag, dem 12. Oktober, suchen sie aus dem Internet die Telefonnummern aller Bestatter heraus, die in der Stadt und der näheren Umgebung verzeichnet sind. Es sind genau siebzehn. Carlos beginnt sie der Reihe nach anzurufen. Einige erreicht er, bei anderen läuft nur der Beantworter oder ein Besetztzeichen ertönt. Jedes Mal fängt er mit einer Behauptung an und stellt anschließend die entscheidende Frage:

„Dr. López. Ich rufe von der Rechtsmedizin an. Befindet sich der Tote aus dem Helikopter bei Ihnen?"

Falls die Polizei schon danach fragte, wird man es ihm gewiss mitteilen. Schließlich ist ein grausamer Mord im Hubschrauber geschehen, der aufgeklärt werden muss. Das gebietet der Rechtsstaat.

Mirabella erstellt eine Liste, auf der sie penibel die Telefonversuche festhält. Gegen Mittag haben sie erst acht Bestatter erreicht. Bei allen gab es eine negative Antwort. Es ist frustrierend.

„Wir müssen weiter versuchen, die restlichen zu erreichen. Und wenn wir sie um Mitternacht aus dem Bett klingeln, das ist mir egal", erklärt Carlos genervt.

„Irgendwo muss dieser Christian Sonnthag ja geblieben sein."

Die Studentin zuckt zusammen. *Ach, wie weh mir das tut!*

Obwohl alles für seinen Tod spricht, hofft sie trotzdem auf ein Wunder. Das bezeichnet die Widersprüchlichkeit, aber auch den Reiz des Lebens. Die Spannung der riesigen Wahrscheinlichkeit gegen die riesige Unwahrscheinlichkeit. Doch spätestens seit David und Goliath haben Kleine eine Chance auf wahre Größe.

Sie müssen lange suchen. Als der Agent den dreizehnten Betrieb an der Rúa do Rosario erreicht, schlägt seine Frage wie eine Bombe ein.

„Die gelieferte Leiche war keine! Der Mann ist ein Deutscher und ohnmächtig gewesen. Er wachte auf, als er sich bei uns im Sarglager befand. Wie sich herausstellte, hatte bislang kein Arzt einen Totenschein ausgestellt. In der Hektik des Terroranschlags ist eine Überprüfung unterblieben. C'est la vie – so ist das Leben", kichert der Bestatter tiefgründig.

Mirabella rollen Tränen über die Wangen, als würden alle Dämme brechen. Sie bebt vor Erleichterung und scheut sich nicht, ihre Gefühle zu zeigen.

„Wo befindet sich der Mann jetzt?", fragt Carlos und spielt nervös mit seinem gezwirbelten Bart.

„Keine Ahnung. Ein freundlicher Verwandter hat ihn im Taxi abgeholt und alle Unkosten beglichen. Damit ist für uns der Fall erledigt." Nach kurzem Räuspern legt der Bestatter auf.

Ein freundlicher Verwandter – das kann nur einer gewesen sein!

„Garantiert hatte Draxxus seine schmutzigen Hände im Spiel und hat sich selbst und seinen Gefangenen gerettet", folgert Carlos.

Beide wissen nicht, dass der Großmeister beim Abtransport des Ohnmächtigen sich die Gesichtsmaske des Arminius' überstülpte. Unbemerkt kletterte er hinten in den Leichenwagen. Es erfüllte ihn mit tiefer Genugtuung, dass neben ihm kein Toter, sondern der Schlüssel zu einer machtvollen Zukunft lag.

„Arbeit ohne Ende", stöhnt Carlos und macht sich daran, alle Taxizentralen anzurufen, die in der fraglichen Zeit von der Rúa do Rosario zwei Personen transportiert haben. Diesmal meldet er sich im Namen von Polizeimeister López.

Er hat Glück. Das dritte Unternehmen bestätigt eine Fahrt zum Aeropuerto.

„Ob die schon über alle Berge sind?", fragt Mirabella ernüchtert und schlürft bedächtig ihren Kaffee.

„Das ist wahrscheinlich, aber nicht absolut sicher. Lass uns sofort aufbrechen und dorthin fahren. Wir dürfen die Spur nicht verlieren."

Die Nachforschungen am Flughafen gestalten sich als unergiebig. Niemand findet in den Passagierlisten die gesuchten Namen. Bis ein Mitarbeiter auf ein speziell geschütztes Areal am Rande hinweist. Dort werden ausschließlich private Maschinen abgefertigt, vornehmlich nach Einbruch der Dunkelheit. *Verdächtig. Schnell dorthin!*

Grelle Scheinwerfer leuchten das besagte Gebiet aus. Mirabella und Carlos sehen mit Schrecken, wie gerade ein Jet mit übergroßem *T* auf einem blutroten Kreuz an den Seitenflächen zur Piste rollt.

„Sofort aufhalten! Die Starterlaubnis verweigern!", ruft der Agent aufgebracht und hätte sich am liebsten selbst in den Weg geworfen.

Einige Sicherheitsbeamte starren ihn verwundert an und schütteln die Köpfe. Alle Erklärungsversuche von Carlos prallen von ihnen ab. Verzweifelt rauft er sich die Haare.

Ohnmächtig nehmen beide wahr, wie der Tredici-Jet donnernd abhebt und in düsteren Wolken verschwindet.

Zu spät.

*

Um einen langen Nachtflug zu vermeiden und mögliche Verfolger zu täuschen, landet die Maschine unweit auf einem verlassenen Militärgelände. Dieses nutzen die Tredici als Drehscheibe für geheime Operationen. Allerdings nur in Notfällen, weil die Rollbahn kurz ist und seit Jahren keine Tankmöglichkeit mehr besteht. Hier übernachtet die Besatzung in einem gesicherten Gebäude, damit der Gefangene nicht fliehen kann.

Kurz nach Tagesanbruch, dem 13. Oktober, startet der Jet wieder und nimmt Kurs Richtung Norden. Draxxus presst zufrieden die Hände gegeneinander. Er kommt seinem Ziel immer näher.

Über den Wolken muss die Freiheit wohl grenzenlos sein ...

Christian spürt, dass die schöne Zeile von Reinhard Mey für ihn nicht stimmt. Zwar hat man ihn nicht gefesselt, aber wirkliche Freiheit würde bedeuten, dass er nicht zu diesem Flug gezwungen wäre. Dennoch ist er heilfroh, dem Inferno auf dem Kirchplatz entkommen zu sein – wenn auch in ungewöhnlicher Weise, wie er später erfuhr. Außerdem ist er diesmal mit dem Zielort einverstanden.

„Unsere Route führt über Paris und Köln zum kleinen Militärstützpunkt in Achum von Schaumburg-Lippe. Wie Sie wissen, liegt er direkt vor den Toren von Bückeburg, meiner zukünftigen Residenzstadt", erklärt Draxxus stolz mit brummender Stimme.

Der Großmeister sitzt neben ihm in der Reihe hinter den beiden Piloten. Nur ein Techniker befindet sich noch an Bord und passt auf, dass der Gefangene kein Theater macht.

Gedankenverloren schaut Christian aus dem schmalen Fenster. Sie haben inzwischen die Küste Spaniens verlassen und düsen mit achthundert Stundenkilometern über den glitzernden Golf von Biskaya. Die Sicht ist wunderbar klar. Ein paar Frachtschiffe wirken wie kriechende Würmer im unendlichen Blau der Tiefsee.

Bei dem Jet der Tredici handelt es sich um eine Gulfstream G150, die zwei moderne Triebwerke besitzt, acht Passagieren Platz bietet und eine Reichweite von etwa fünftausend Kilometern schafft. Dieser Typus wurde ursprünglich in Israel hergestellt, deshalb ist er für den Geheimbund erste Wahl, weil er an die Tradition der Tempelritter anknüpft.

Fieberhaft grübelt Christian, wie er sich nach der Landung in Achum verhalten soll. Ob ihm die Flucht aus dem Machtbereich des Irren gelingt, um die Polizei zu alarmieren. Am meisten befürchtet er, dass man ihm nicht glauben wird. Zugegeben, es ist eine wahnsinnige Geschichte. *Hoffentlich halten die mich nicht für einen völligen Idioten.*

Bald verlässt die Gulfstream das Meer und erreicht das französische Festland bei Bordeaux. Alsbald fliegt sie auf den südlichen Stadtrand von Paris zu. Wie Spielzeug erhebt sich der Eiffelturm gen Himmel. Weiter führt die Strecke nordöstlich nach Deutschland. Vorbei am Kölner Dom – ein anderes Modell – geht es Richtung Hannover. Nach einer Weile verlässt die Maschine den vorgeschriebenen Korridor der Flugsicherung und folgt im Luftraum von Kassel dem Lauf der Weser. Wie ein schmales, blaues Band windet sich der Fluss um die Dörfer, Wiesen, Felder und Berge. Vor Hameln leitet der Pilot den Sinkflug ein. Ein wenig später kann man aus dem linken Fenster die alte Universitätsstadt Rinteln entdecken, während sich rechts auf den Felsen des Wesergebirges die stattlichen Zeugen einer Burganlage erheben. Hier residierten seit dem Mittelalter die Grafen zu Schaumburg, bevor sie sich in Stadthagen und später in Bückeburg als Fürsten niederließen. Über dem Pass bei Steinbergen geht der Jet deutlich tiefer und steuert direkt auf die Residenzstadt zu. Dabei ignoriert der Pilot das geltende Überflugverbot.

Die Nervosität an Bord steigt.

Jetzt kann man genau das Schloss erkennen, die grüne Kuppel des Mausoleums im Park, den spitzen Turm des Rathauses und das prächtige Palais. Auf der rechten Seite erhebt sich der Sprungturm des Bergbads und dahinter beginnt der dichte Wald des sagenumwobenen Harrls.

Christian hält die Luft an. Er schwitzt.

Der Pilot zieht die Gulfstream über die Dächer der Häuser hinweg, knapp über den Jetenburger Friedhof und weiter in Richtung des Militärstützpunkts in Achum.

Überall starren die Einwohner ängstlich nach oben, Kinder drücken sich verstört an ihre Mutter. Manche machen Fotos von dem Fluggefährt.

Was ist denn das für eine Airline? Die hab ich ja noch nie gesehen. So nah über uns. Seltsam!

Inzwischen hat der Pilot Kontakt zum Tower in Achum aufgenommen und kündigt eine Sonderlandung an, die der Geheimhaltung unterliegt. Doch der diensthabende Fluglotse weigert sich, die Genehmigung zu erteilen, und verweist auf den Airport von Hannover. Zumal dieser Platz hauptsächlich für Hubschrauber konzipiert ist. Alles kommt ihm irgendwie spanisch vor. Daher schlägt er Alarm.

Den Piloten interessiert das nicht. Er dreht eine große Schleife über die umliegenden Dörfer, dann fliegt er zielstrebig die Landebahn von Osten her an. Rumpelnd setzt das Fahrwerk auf dem Asphalt auf. Der Tredici-Jet rollt noch etliche Meter, bis er stillsteht. Und verharrt.

Christians Anspannung steigt ins Unermessliche. *Endlich bin ich wieder zurück in Bückeburg. Aber was wird gleich passieren? Ich wage kaum an Freiheit zu denken. Hoffentlich gibt es keine Schießerei.*

Mit Sirenen und Blaulicht eilt die Bundespolizei herbei und umzingelt mit drei Fahrzeugen die Maschine. Anwesende Soldaten auf dem Gelände halten sich in Bereitschaft und warten auf ihren Einsatz. Schließlich bedeutet eine illegale Landung einen klaren Rechtsbruch, zumal der Jet kein deutsches, sondern ein spanisches Hoheitszeichen trägt. Außerdem ist das auffällige Logo mit dem *T* auf blutrotem Kreuz ihnen völlig unbekannt.

Nichts passiert.

Beide Seiten belauern sich argwöhnisch und warten ab. Keiner traut sich, den ersten Schritt zu tun und damit möglicherweise einen Fehler. Irgendwann öffnet der Techniker die Bordtür, die galant aufschwingt und frische Luft hereinlässt. Mit leisem Surren fährt die Gangway aus.

Ohne zu zögern, packt Draxxus seinen Gefangenen und schiebt ihn vor sich her nach draußen. Unübersehbar fuchtelt er mit seiner Waffe herum. Niemand soll den Ernst der Lage bezweifeln.

Alle halten den Atem an.

„Ich fordere das sofortige Auftanken der Maschine, freien Start und ein gepanzertes Fahrzeug“, ruft er laut und deutlich auf Deutsch zu den Polizeiwagen.

Nun kann man sehen, wie die Beamten fieberhaft telefonieren, um von übergeordneten Stellen Weisungen zu bekommen. Niemand will die Verantwortung in diesem brisanten Fall übernehmen. Und das unter Zeitdruck.

Nach einer Viertelstunde steigt ein Mann mit erhobenen Händen aus seinem Wagen.

„Wir stimmen den Forderungen zu. Mit dem Betanken werden wir gleich beginnen. Auch den Start ermöglichen wir. Nur ein gepanzertes Fahrzeug können wir nicht so schnell auftreiben. Das muss erst aus Hannover angefordert werden."

„Wie lange wird das dauern?"

„Unser Ministerpräsident ist gerade damit in Ostfriesland unterwegs."

„Hat euer Fürst nicht so eine Karre?"

„Diese Zeiten sind vorbei, der fährt einen ganz normalen Audi TT", schmunzelt der Mann.

„Diesen Audi will ich haben", verlangt der Großmeister mit abgehackter Stimme. „Aber sauber – ohne Wanzen, Überwachung und so." Auf den erschrockenen Blick des Beamten fügt er besänftigend hinzu: „Keine Sorge, ihr kriegt ihn heil zurück. Ich werde die Kiste schon nicht zu Schrott fahren." *Na, wir werden sehen.*

Innerlich frohlockt er. Steht doch das Kürzel *TT* für die *Toten Tage*. Und die sind genau seine Zeit.

Es dauert eine gute halbe Stunde, bis ein blasser Schlossverwalter der Fürstlichen Hofkammer den Wagen vorfährt. Hastig steigt er aus, lässt jedoch den Zündschlüssel stecken. Draxxus zögert nicht, er drückt seine Geisel auf den Beifahrersitz, deponiert seinen Koffer und klemmt sich hinters Steuer. Der Audi wirkt luxuriös und duftet nach edlem Rasierwasser. Fasziniert betrachtet er die bunten Anzeigen und spielt am Radio. *Vielleicht behalte ich den, er ist wahrlich ein standesgemäßer Wagen.*

Inzwischen ist das Auftanken abgeschlossen und die Startbahn frei. Mit der Lichthupe gibt er dem Piloten ein Zeichen. Langsam rollt der Tredici-Jet an und beschleunigt immer stärker. Dann hebt er donnernd ab und verschwindet in dichten Wolken über dem Schaumburger Land.

Niemand an Bord ahnt, dass zwei Eurofighter der Luftwaffe die Gulfstream bereits im Visier haben und sie in höchster Gefahr schweben. Per Funk wird der Pilot mehrmals zur Landung auf dem nächsten Flugplatz aufgefordert. Aber er ignoriert alle Befehle und versucht, so schnell wie möglich den deutschen Luftraum zu verlassen. Die Behörden in Bonn und Berlin zögern nicht lange und geben schließlich grünes Licht. Über einem dünn besiedelten Gebiet in der Eifel wird der Jet abgeschossen.

*

Mittlerweile ist es dunkel geworden, was zu Draxxus' Plänen passt. Bevor er den Wagen startet, legt er seiner Geisel Fußfesseln an. Dann braust er vom Flugfeld und verlässt Achum. Zuerst geht es westwärts, an einer Kreuzung biegt er ab zum verschlafenen Dorf Scheie. Nach wenigen Minuten stoppt er vor einer großen Scheune, die zwischen hohen Eichen abseits eines Bauernhofs steht. Der Großmeister steigt aus und blickt sich hastig um. Die Luft ist frisch, im trüben Licht einer Laterne sieht man seinen Atem, der wie Zigarrenkringel nach oben schwebt. Es sind bläulich schimmernde Abgase aus seinem inneren Neutrino-Motor, der den Kreislauf antreibt.

Verstört nimmt eine schwarze Katze Reißaus.

Draxxus kennt sich aus. Geübt knackt er das Torschloss und fährt den Audi in die Scheune. Hier lagern keine Strohballen und hausen auch keine Tiere. Es ist vielmehr eine illegale Traktor- und Autowerkstatt. Mit kantigen Bewegungen entfernt er von einem Fahrzeug die Nummernschilder und montiert sie am Fluchtwagen. *Perfekt – heute habe ich alles geschafft, was ich mir vorgenommen habe. Denn morgen ist der 14. Oktober, der letzte der Toten Tage. Dann muss ich's vollbracht haben. Dabei wird mir dieser Christian Sonnthag von Nutzen sein. Anschließend werde ich ihn entsorgen. Ganz einfach im Biomüll.*

Wenig später verlässt er das Dorf und fährt, um mögliche Verfolger abzuschütteln, auf einem Umweg nach Bückeburg. Hier wird es durch die Straßenlaternen heller und die Bebauung nimmt zu. Kleine Villen und hohe Bäume säumen die Straßen der alten Residenzstadt. Nur ein paar Autos oder Passanten sind zu dieser späten Stunde unterwegs.

Angespannt klebt Christian auf dem Sitz und hält fieberhaft Ausschau. Während der Mann in der Werkstatt hantierte, gelang es ihm nach mühsamen Versuchen, die Fußfesseln zu lösen und so zu platzieren, dass es nicht auffiel. *Bei erstbester Gelegenheit werde ich fliehen. Aber wo genau – hier oder lieber dort? Jetzt gleich oder besser etwas später? Hoffentlich bin ich schnell genug. Dass ich bloß nicht irgendwo hängen bleibe oder stolpere.* Sein Herz rast. Auf der Stirn sammelt sich kalter Schweiß, die Hände sind klitschnass. Die Angst steigt. Vor ihnen springt eine

Ampel auf Rot. Der Audi stoppt. Sie befinden sich an der Kreuzung zur Ulmenallee. In der Ferne leuchtet das blaue Schild der Polizeiwache.

„Darf ich das Radio anschalten?“, fordert er nervös.

„Das mache nur ich“, herrscht ihn der Großmeister an und beginnt umständlich mit der Einstellung.

Jetzt oder nie!

Christian reißt kräftig am Hebel der Wagentür, die sofort aufspringt, und stürzt nach draußen. Gleichzeitig greift er mit der linken Hand zum Aluminiumkoffer, den Draxxus leichtsinnig zwischen den vorderen Sitzen deponiert hatte.

Darin befindet sich die Gesichtsmaske des Arminius'. Der wertvolle Schatz.

Nichts wie weg.

Aber er stolpert.

Hilfe!

Rutscht auf feuchten Blättern aus.

Taumelt.

Kann sich nicht halten.

Schreit vor Entsetzen auf.

Stürzt.

Schlägt mit dem Kopf hart gegen die Bordsteinkante.

Und verstummt.

Alles löst sich um ihn herum auf. Die Menschen, die Straßen, die Häuser, die Gegend, die Zeit.

Das Sehen, Hören und Fühlen.

Es wird dunkel in ihm.

Ein feines Blutgerinnsel tropft auf den Asphalt.

Draxxus flucht wie ein Wilder.

Brutal rammt er den Rückwärtsgang ein.

Der TT macht einen Satz nach hinten.

Die Scheinwerfer blenden mörderisch auf.

Ein Mitarbeiter von einem gegenüberliegenden Dönerimbiss hat den Hilflosen bemerkt und rennt wild gestikulierend quer über die Kreuzung.

Jetzt drückt Draxxus den ersten Gang rein.

Der Motor heult drohend auf, die Reifen quietschen.

Er gibt Vollgas.

Im Nu scheint die Zeit stillzustehen. Das Unfassbare zwingt die Wahrnehmung in die Zeitlupe. In das Einfrieren des Moments. Als würde die Erde auf ihrem langen Weg um die Sonne kurz innehalten und die Augen verschließen, um das drohende Unrecht nicht mit ansehen zu müssen.

Haarscharf, nur wenige Zentimeter vor dem Gestrauchelten, reißt er das Lenkrad herum.

Ohne Skrupel hätte er das Opfer gerne zermalmt – aber seinen Koffer nicht. Das würde alle Mühen zunichtemachen.

Den hole ich mir so schnell wie möglich zurück.

Unvermittelt donnert er geradeaus durch die Ulmenallee, hin zu seinem Versteck im fürstlichen Palais. Das Brüllen des Triebwerks verliert sich nur langsam in dieser Nacht. Allein eine pechschwarze Dieselwolke bleibt über der Kreuzung hängen. Ein düsteres Omen an diesem 13. Oktober.

Eine bleierne Stille senkt sich herab.

Wie aus dem Nichts zieht auf einmal dichter Nebel auf. Er verschluckt nicht nur das Sichtbare, sondern krümmt Raum und Zeit, um alles zu verwandeln, und verändert zu offenbaren. Kein Mensch kann das verstehen, der es nicht selbst erlebt hat. Dabei gibt es nur eine Richtung – weit zurück in die Vergangenheit. Allein sie ist voller Kraft und Wirkung bis auf den heutigen Tag. Schließlich wird morgen der letzte der *Toten Tage* in diesem Jahr sein.

The exit day.

Kapitel 10
Wenn das Damals zum Jetzt wird

Ein kleines Dorf am Nordrand des Wesergebirges, Germanien, 14. Oktober anno 7 nach Christi Geburt

„Aufwachen! Nun wacht doch endlich auf!", rief eine stämmige Frau mit kräftiger Stimme.

Mit einem nassen Lumpen wischte sie über das Haupt des Fremden und flößte ihm eine bräunliche Kräutertinktur ein, die sie stets in einem kleinen Krug bei sich führte.

„Wenn Ihr nicht trinkt, werfe ich Euch den umherstreunenden Wölfen vor. Das wird für sie ein Festschmaus."

Erschrocken riss Christian die Augen auf. Alle Glieder schmerzten entsetzlich, die rechte Schulter war verrenkt.

„Wo bin ich?", stammelte er benommen.

Mühsam richtete er seinen geschundenen Körper auf und schaute sich verdutzt um. Alles wirkte fremd. Die Straßenkreuzung mit den Autos und Ampeln war verschwunden, es gab keine Ulmenallee mehr. Sämtliche Häuser waren weg. Kein Bückeburg mit dem prächtigen Schloss und der würdevollen Stadtkirche, kein repräsentatives Palais oder imposantes Rathaus, auch der markante Sprungbogen des Bergbads fehlte. Nur freies, ödes

Feld erstreckte sich um ihn herum. Weiter hinten sah er ein paar Bäume, zwischen denen niedrige Hütten standen und Tiere grasten. Im Dunst der Ferne erhob sich das steile Wesergebirge mit der einschneidenden Porta Westfalica. Wenigstens das war für ihn ein vertrauter Anblick, nur der schlanke Funkturm und das überragende Standbild von Kaiser Wilhelm waren nicht da.

Christian lag auf einem staubigen Feldweg, unzählige Fliegen schwirrten um ihn herum und schwarze Käfer krabbelten an ihm hoch. Ein kühler Wind blies, es sah regnerisch aus. Er war aus der Zeit gefallen, aus seiner Gegenwart in das Jahr 7 nach Christi Geburt. In die raue Epoche der Germanen und Römer. Das hatte die geheimnisvolle Maske des Arminius' geleistet, weil er sie im Koffer bei sich getragen hatte. Er hätte nie gedacht, dass alles, was man bei sich trägt, sich immer auswirkt.

Nichts bleibt ohne Wirkung.

Hoffentlich ist das nur ein ungewöhnlicher Traum.

„Kommt, steigt auf", rief die Frau und wies zu ihrem Karren, der von einem mageren Ochsen gezogen wurde. „Ich bin Freya aus dem Dorf dort drüben und in wichtigen Stammesangelegenheiten unterwegs. Schließlich geht es um unsere Zukunft. Da brauchen wir jeden Mann für unseren großen Kampf."

„Was für ein Kampf?", fragte er mit einer schrecklichen Ahnung, die ihm fast den Atem nahm.

„Natürlich gegen die Römer", zischte sie und spuckte verächtlich auf den Boden. „Seid Ihr so dumm, oder tut Ihr nur so? Hat der Sturz Euer Hirn zerquetscht?", giftete sie und starrte ihn misstrauisch an. „Eure Sprache klingt seltsam. Auch die Gewandung ist merkwürdig. Mir dünkt, dass Ihr nicht von hier seid.“ *Er ist sicherlich ein römischer Spion. Den werden wir uns gründlich vorknöpfen. Spätestens wenn sein Blut fließt und die Gelenke brechen, wird er gestehen.*

Feindlich musterte sie den Fremden.

Christian räusperte sich. *Was soll ich dazu sagen? Ich kann kaum glauben, dass ich wirklich hier bin. Am liebsten möchte ich weglaufen, zurück in meine Welt. Aber das wird nicht gehen. Außerdem ist Flucht oder sich zu verweigern, keine Lösung. Damit würde ich nicht weit kommen. Es hilft nichts, ich muss mich mit der Situation arrangieren und in ihr eine Prüfung sehen. Eine riesige Herausforderung. Wahrscheinlich hat es einen Sinn, dass ich ausgerechnet in diese Epoche gefallen bin. Warum, das will ich unbedingt herausfinden. Vielleicht lüfte ich ja das letzte Geheimnis der Tredici. Wie gut, dass ich an der Uni Altdeutsch gelernt habe. Wer hätte das gedacht.*

„Ich stamme aus dem Volk der Langobarden, die am Strom der Albis *(Elbe)* leben“, behauptete er kühn. „Mit meinem Gespann war ich als Kaufmann unterwegs und wurde von Wegelagerern brutal ausgeraubt. Sie haben mich zusammengeschlagen und am Wegesrand liegen gelassen. Ich danke Euch gütigst, dass Ihr mich gerettet habt.“

„Was tragt Ihr da an Eurem Handgelenk?“, fragte sie plötzlich mit großen Augen.

Oh nein, sie meint meine Armbanduhr, bei der bezeichnenderweise das Glas zersprungen ist. Jetzt bleibt mir nur noch die Flucht nach vorne.

„Das ist ein heiliger Armreif für unseren Gott Odin. Wenn ich ihn zur Sonne richte, zeigt er mir den Lauf des Tages und damit die genauen Opferzeiten an."

„Wie kommt Ihr dazu?"

„Ich bin nicht nur Händler, sondern bei meinem Volk auch Gelehrter und Priester. Wir verehren Odin, der bei Euch Wodan genannt wird."

„Dann seid Ihr ein heiliger Mann?", fragte sie beunruhigt.

„So kann man es nennen."

Vielleicht hilft mir das und schützt mich. Doch wie komme ich bloß aus dieser Nummer wieder raus?

Freya starrte mit offenem Mund den Alukoffer an. „Fürwahr, eure Trage glänzt wie Sunna."

„Eure Göttin der Sonne?"

„Natürlich, wer sollte es sonst sein", schüttelte sie den Kopf, „sagt mir, was befindet sich darin?"

„Dieses Behältnis ist das einzige, das ich retten konnte. Aber was darinnen ist, geht Euch nichts an", betonte er resolut. „Die Neugierde ziemt Euch nicht. Höchstens alten Waschweibern, die nichts mehr vom Leben erwarten."

Das klingt hart. Doch ich muss versuchen, Distanz zu wahren. Sonst drohe ich unterzugehen.

Die Frau nickte. „Los, steigt auf, ich werde Euch zu unserem Stammesältesten bringen."

Unter höllischen Schmerzen kletterte Christian auf den Karren und ließ sich zwischen Rüben und Kohl fallen. Unwillig zog der Ochse an. Das Gefährt rumpelte den mit Pfützen übersäten Feldweg entlang. Auf den kargen Äckern bauten die Bauern Gerste, Weizen, Hafer und Hirse an. Abseits wuchs ein wenig Flachs für das Linnen.

Je näher sie dem Ziel kamen, desto deutlicher wurde, dass zwischen den hohen Bäumen und Hecken ein kleines Runddorf lag. Um es zu schützen, war es mit einem langen Zaun von spitzen Palisaden umgeben, die man in den Erdboden gerammt hatte. Vier schmale Lücken, die nachts verschlossen wurden, gab es gemäß den Himmelsrichtungen. Die Gebäude bestanden aus windschiefen Katen, Hütten und einigen Langhäusern. Alle besaßen tief herabgezogene Dächer, die mit Rohr gedeckt waren und von hölzernen Pfeilern getragen wurden. Regelmäßig aufgerichtete Pfosten bildeten die Außenwände, zwischen denen sich mit Lehm bestrichenes Flechtwerk befand. Bei den größeren Häusern gab es einen Unterbau aus gebrochenem Sandstein. Hier hausten Mensch und Tier unter einem Dach beieinander. Aus einigen Herdfeuern stiegen dünne Rauchfäden gen Himmel. Neben manchen Wohnhäusern standen Backöfen. Mit einem großen Schornstein, aus dem es stärker qualmte, fiel die Schmiede auf.

Das Dorf schmiegte sich um einen Platz, in dessen Mitte ein mit dicken Quadern umfasster Brunnen stand. Daneben erhob sich majestätisch ein ausladender Baum.

Die Gerichtslinde.

Christian kam aus dem Staunen nicht heraus. *Der Ort liegt genau an der Stelle vom späteren Bückeburg – und vom Brunnen. Ein solcher steht heute auf dem Marktplatz. Wenn ich doch bloß eine Kamera dabei hätte! Echt schade, denn das glaubt mir niemand. Also werde ich versuchen, aus meiner Lage das Beste zu machen und den Aufenthalt in der Vergangenheit zu genießen. Es ist eine einmalige Chance.*

Trotz dieser Mut machenden Gedanken quälten ihn zwei Fragen: *Wie komme ich wieder zurück?* Weil es ihn durch die Energie der Gesichtsmaske des Arminius' hierher verschlagen hatte, ist er fest davon überzeugt, dass er nur mit ihrer Hilfe zurückkehren könnte. Auf jeden Fall müsste er sorgfältig auf das Teil achtgeben, schließlich ist es sein Rückflugticket. Von der unsichtbar machenden Wirkung wusste er zu diesem Zeitpunkt noch nichts.

Die zweite Frage klang aufregender: *Kann ich mit meinem Hiersein den Lauf der Geschichte beeinflussen?*

Wie aus dichtem Nebel tauchten Erinnerungen auf. Er sah seinen geschätzten Professor Ringwald vom Historischen Seminar der Uni Göttingen vor sich. Damals stellte sein Freund Maximilian die Frage, ob jemand, der in die Vergangenheit gelangt, die Geschichte verändern kann. Ein spannendes Thema über das Zeitparadoxon. Dazu erzählte der Gelehrte ein oft zitiertes Beispiel: „Sie reisen in die Vergangenheit und bringen Ihren Großvater um. Folglich können Sie später nicht geboren werden und könnten daher auch nicht zurückgehen, um den Großvater zu töten."

„Aber theoretisch kann ich ihn doch umbringen und damit die Geschichte verändern", beharrte Maximilian.

„Die sogenannten Zeitparadoxa haben nicht wirklich mit der Zeit zu tun. Sie sind Theorien über Geschichte, die verführerisch klingen, aber falsch sind. Verführerisch deshalb, weil sie einem einzelnen Menschen vorgaukeln, er könnte Einfluss auf den Lauf der Ereignisse nehmen. Und falsch, weil man das absolut nicht kann."

„Es nützt also nichts, theoretisch darüber zu spekulieren?"

„Weil es praktisch unmöglich ist. Denn an der Praxis, in unserem Beispiel am menschlichen Handeln in der Geschichte, muss sich jede Theorie messen lassen. Schließlich ist die Vergangenheit abgeschlossen, sodass sie keine nachträgliche Veränderung zulässt. Daher gibt es auch keine Zeitparadoxa."

Irgendwie beruhigte Christian die Erinnerung an diese Diskussion. Wenn die Aussagen des Professors korrekt waren, würde alles so ablaufen, wie es in jedem Geschichtsbuch stand.

Und ihm könnte nichts Tödliches passieren, weil er ja in der Neuzeit geboren war.

Oder vielleicht doch? Was passiert, wenn die Vergangenheit zur Gegenwart wird, wenn zeitliche Grenzen sich auflösen?

Trotz aller naturwissenschaftlichen Erkenntnisse nagte in ihm der Zweifel. Im sicheren Hörsaal einer Universität mag es sich interessant anhören, aber wenn man selbst davon betroffen ist und tief in der Vergangenheit steckt, sieht die Welt ganz anders aus.

Eine Gruppe von Kindern, die verdreckt und mit fleckigem Leinen bekleidet waren, lief ihnen auf dem Weg entgegen. Die meisten gingen barfuß, nur die Älteren trugen Holzschuhe. Einige trieben Schafe und Schweine auf die Weide, andere hüteten Gänse. Als sie an dem Fremden vorbeikamen, blieben sie kurz stehen, schauten ihn schüchtern an und machten eine leichte Verbeugung. Dann rannten sie schnell weiter; zwei graue Torfspitze kläfften hinter ihnen her.

Christian erreichte das Runddorf. Er staunte über die beschauliche Ruhe. Es gab keine lärmende Hektik, wie er sie gewohnt war. Alles wirkte in Zeitlupe. Ein Bursche mit rötlichen Haaren sattelte gerade sein zotteliges Pferd. Eine Alte legte behutsam ihre Wäsche zum Bleichen in die Sonne, während die Nachbarin unterm Vordach am Webstuhl saß und Reimverse vortrug. Vor dem Hof pickten ein paar Hühner. Ein Greis mit einem Krug in der Rechten humpelte zum Stall und murmelte unverständliche Worte. In der Schmiede loderte helles Feuer und ab und zu hörte man kräftige Hammerschläge. Durch die geöffnete Tür eines anderen Hauses sah Christian, wie ein Töpfer mit seinen Händen ein hohes Gefäß schuf, vielleicht einen Wasserkrug. Zwei Handwerker hockten auf einem Dach, um es sorgfältig mit Binsen auszubessern, und scherzten, während eine junge Frau mit blondem Haar gemächlich den Hof fegte. Fröhlich summte sie ein Lied und schielte manchmal nach oben.

„Sei gegrüßt, Griseldis“, rief Freya ihr zu. „Ist dein Gatte daheim?“

„Wozu fragst du?“, gab diese brüsk zurück.

Sie wies auf den Fremden, der inzwischen mit seinem Koffer mühevoll vom Karren geklettert war. „Ich habe diesen Mann am Wegesrand aufgegriffen, den wir peinlichst überprüfen sollten!“

Christian zuckte zusammen. *Was meint sie damit?*

In diesem Moment öffnete sich quietschend eine Holztür und ein stattlicher Mann mit kurzem Bart erschien. Sein graues Haar fiel in Wellen auf die Schultern. Er besaß ein knochiges Gesicht mit langer Nase und tief liegenden Augen. Eine hässliche Narbe zog sich von der Stirn über die rechte Wange. Gekleidet war er mit einem schweren Pelzmantel und dunkler Hose, die von einem verzierten Ledergürtel gehalten wurde. Christian wusste, dass die germanischen Beinkleider anfangs von den Römern verspottet wurden, bis sie selbst die praktische Bedeutung erkannten. Dennoch setzte sich diese Mode bei ihnen relativ spät durch.

Der Mann blickte finster drein und starrte den Fremden unverhohlen an. Seine hellblauen Augen musterten ihn vom Scheitel bis zur Sohle. Schließlich blieb sein Blick argwöhnisch an dem glänzenden Aluminiumkoffer hängen.

„Das ist der Cherusker Thorbrand, unser Stammesältester und Priester. Sein Name besagt, dass er das flammende Schwert unseres Gottes Thor darstellt", machte Freya ihn bekannt. „Er wird herausfinden, ob Ihr wahrhaftig gesprochen habt."

Leichtfüßig lief sie zu ihm hin und raunte etwas in sein Ohr. Kurz verzog er seine Miene und nickte stumm.

Christian rang mit sich, ob er den Leuten die Wahrheit auftischen sollte, dass er durch widrige Umstände aus der Zeit gefallen war. Aber das würde niemand glauben. Im Gegenteil, man würde ihn für geisteskrank halten und irgendwo einsperren und verrecken lassen.

„Werter Stammesältester Thorbrand, ich bin gewiss, dass Ihr keinen Tadel an mir finden werdet", rief Christian mit betont kräftiger Stimme. Zum Glück konnte niemand sehen, wie sein Herz bebte.

Der Mann knurrte ein paar unverständliche Worte, öffnete die Tür und wies den Fremden an, hereinzukommen.

Zögerlich trat Christian über die Schwelle. Augenblicklich umhüllte ihn Düsternis. Es roch nach kaltem Rauch der Feuerstelle und ätzendem Dung vom angrenzenden Stall. Fürwahr, eine ungewohnte Mischung.

Plötzlich ging alles ganz schnell.

Der Älteste griff in eine Kiste, zog einen Leinensack hervor, stülpte ihn seinem Opfer über den Kopf und zog fest zu. Er rief einen Knecht herbei und sie packten ihn mit kräftigen Armen. Christian war so überrumpelt, dass er sich kaum wehren konnte. Ehe er sich's versah, legte man ihm eine schwere Kette ans rechte Bein und zerrte ihn in einen engen Verschlag. Hier wurde der Sack entfernt, sodass er hektisch atmen konnte.

„Verzeiht die Unannehmlichkeiten", stieß Thorbrand hervor, „aber das Thing findet erst beim nächsten Vollmond am Dienstag statt. So lange müsst Ihr hierbleiben."

Bevor die Tür verriegelt wurde, warf man ihm den Koffer hinterher. Die Männer hatten Ehrfurcht vor dem glänzenden Teil und fürchteten göttliches Unheil, wenn er bei ihnen geblieben wäre.

Mit dem Thing war die Volks- und Gerichtsverhandlung der Germanen gemeint, an der jeder freie Mann teilnehmen musste. Wen man dort verurteilte, wurde dingfest *(thingfest)* gemacht. Die Zusammenkünfte fanden unter freiem Himmel statt, oft im Schatten einer alten Linde.

Als besonderer Tag galt der Dienstag, der Thingstag, der unter dem Schutz des Gottes Tyr stand *(engl. Tuesday).* Wie Christian deutlich wurde, war der Dienstag im 21. Jahrhundert noch immer ein Tag der Versammlung – in Bückeburg der des Wochenmarktes.

Jetzt bin ich eingesperrt, bin gefangen! Nicht nur in der Zeit, sondern auch am Ort. Eine unendliche Müdigkeit breitete sich in ihm aus und das Gefühl, eine zweitausend Jahre lange Reise hinter sich zu haben und nicht im Geringsten zu erahnen, wie es weitergehen könnte.

Der winzige Raum besaß kein Fenster. Nur unter dem Türspalt schimmerte schwacher Schein. In der Ecke lag etwas Stroh, an der Seite stand eine tönerne Schüssel. Der Abort. Ab und zu huschte eine Maus vorbei. Aus dem Stall hinter der Wand hörte er kräftiges Grunzen und Blöken.

Erschöpft warf er sich aufs Lager, um schnell einzuschlafen und am besten nie wieder aufzuwachen. Aber er fand keine Ruhe. Seine Gelenke schmerzten, stöhnend wälzte er sich hin und her. Und die Gedanken kreisten wild.

Irgendwann öffnete sich die Tür und Griseldis brachte ihm einen Kanten Brot und einen Humpen lauwarmes Bier.

Germanenbräu, Schaumburger Pils!

Christian leerte das Gefäß in einem Zug. *Das tat gut.*

Dankbar lächelte er der Frau zu. Sie verschwand und kam bald mit dem erneut gefüllten Krug wieder. So ging das tagelang, wobei die Hausherrin immer gnädiger wurde und ihm gelegentlich Hirsebrei mit Gemüse reichte.

Schließlich sollte der Gefangene bis zum Thing nicht abmagern. Das würde nämlich einen schlechten Eindruck machen, weil er ja noch nicht verurteilt war. Danach würden Kost und Logis freilich anders aussehen.

Thingstag, am Mittag.

Heute schien die Sonne von einem mit kleinen Wölkchen gesprenkelten Himmel. Stolz versammelten sich die Männer des Dorfes mit ihren Waffen um die Linde. Zwei Diener führten Christian an der Kette zum Richtplatz.

Thorbrand trat in einem Festgewand in die Mitte und reckte sein blankes Schwert in die Höhe, sodass sich darauf die grelle Sonne spiegelte. Im Nu verstummte das Gemurmel. Der Älteste strahlte absolute Autorität aus. Mit bedächtiger Stimme begann er zu sprechen.

„Zu Ehren unseres Gottes Tyr halten wir heute das Thing und bitten um Seinen Schutz. Mit dieser Versammlung rufe ich den unbedingten Thingfrieden aus. Niemand ist im Bereich dieser Linde befugt, zur Waffe zu greifen oder in anderer Weise Gewalt anzuwenden. Gelobt ihr das im Namen unseres Gottes?"

„Wir geloben es im Namen von Tyr", schallte es aus den Männerkehlen.

Thorbrand nickte zufrieden, dann fuhr er fort. „Wir haben einen Fremden in unserem Gau aufgespürt, der seltsam spricht, ungewöhnlich aussieht und deshalb im Verdacht steht, ein Spitzel der Römer zu sein."

Lautes Murren breitete sich aus. „Führ ihn uns vor", rief jemand aus der Menge.

Auf einen Wink hin platzierten die Diener den Gefangenen neben dem Häuptling. Christian hatte das Gefühl, zum Schafott geführt zu werden. Den Aluminiumkoffer hielt er fest umklammert.

Ich kann das Thing nur mit Rhetorik überzeugen. Sonst hab ich keine Chance.

Thorbrand fixierte ihn, seine blauen Augen verengten sich. „Sagt uns, wo kommt Ihr her?“

„Zuerst danke ich Euch für die Freundlichkeit, mich anzuhören“, fing er ausschweifend an. „Besonders hat die ehrenwerte Freya mir geholfen, als ich verwundet ...“

„Kommt gefälligst zur Sache“, befahl der Häuptling barsch.

„An meiner Sprache vernehmt Ihr, dass ich zum Volk der Langobarden gehöre und als Kaufmann unterwegs war, bis ich in einem Hinterhalt brutal ausgeraubt wurde. Unsere Väter stammen aus den fernen Nordlanden und zogen an die See im Osten *(Ostsee)*. Meine besondere Kleidung spiegelt die ehrbare Tradition der Heimat und dem Handel mit fernen Völkern wider.“

Bluejeans, Polyester-Shirt, eine atmungsaktive Baumwolljacke und Adidas-Schuhe – hoffentlich nehmen die mir das ab.

„Wahrlich, Eure äußere Gestalt ist ungewöhnlich“, rief Ferrod, der Schmied des Dorfes, ein kräftiger Mann mit lockigem Haar. „Darum glaube ich Euch kein Wort. Mein Bruder, der im Osten auf der Jagd war, hat mir ausführlich von den Langobarden berichtet. Doch von solcher Gewandung hat er nichts erzählt. Deshalb müsst Ihr ein Römer sein. Nur die kleiden sich so unsittlich.“

„Nieder mit ihm! Nieder mit ihm!“, tönte es von allen Seiten.

„Ruhe!“, donnerte Thorbrand dazwischen. „Wir wollen noch mehr von ihm hören. Danach wird das Urteil gesprochen.“

Christian nutzte den Einwand. „Werte Männer, ich kann verstehen, dass Ihr so sprecht, weil Ihr das Land meiner Väter nicht kennt. Dort, wo sich im Winter die Sonne kaum erhebt, ist es Tradition, sich an Festtagen für die Götter besonders zu kleiden. Seefahrer aus entlegenen Landen, die mit den Römern keinen Handel treiben, tauschen ihre wertvollen Stoffe und Schuhwerk gegen unsere Rentier- und Elchfelle. Einige erzählten mir, dass sie weither von der gerühmten Insel Atlantis stammen.“

„Was bedeutet die glänzende Trage an Eurer Hand und was verbirgt sich in ihr?“, brummte der Älteste.

Christian schluckte. *Was sage ich bloß?*

„Ich bin nicht nur Händler, sondern bei meinem Volk auch Priester. Der Koffer besteht aus dem heiligen Metall Aluminium, welches bereits im Reich der Ägypter in höchstem Ansehen stand“, behauptete er kühn. „Er ist ein Geschenk von Pharao Ramses III. an unser Volk und birgt zur Anbetung das heilige Abbild der Göttin Isis.“

„Isis?“, murmelte die Menge, „zeige sie uns!“

Christian murmelte unverständliche Segensworte, öffnete behutsam den Behälter und präsentierte die glänzende Gesichtsmaske, indem er sie in alle Richtungen hielt. Rasch verstaute er sie wieder. Niemand sollte auf dumme Gedanken kommen.

„Lügner! Solch eine Bedeckung sah ich schon einmal", rief Ferrod. „Als ich im letzten Lenz am Großen Fluss weilte, der auch Rhenus *(Rhein)* genannt wird, erblickte ich solche bei den Römern. Sie sind Teil der Rüstung und sollen das Antlitz schützen."

„Fürwahr, der Fremde lügt schamlos und lästert damit Tyr. Er ist ein gottloser, römischer Spitzel", äußerte lautstark ein Greis und funkelte zornig mit den Augen.

„Nieder mit ihm!", wiederholten einige Männer, während andere unüberhörbar murrten.

Thorbrand kratzte sich am Kinn. Er grübelte. Jetzt herrschte Stille. Die Anspannung stieg.

Christian starrte ihn Hilfe suchend an. Seine Reaktion würde über Leben oder Tod entscheiden. Ein schreckliches Gefühl, wenn man so von einem Menschen abhängig ist.

„Lasst uns abstimmen", verkündete er endlich. „Wer glaubt, dass der Fremde vor dem heiligen Tyr und uns Cheruskern gelogen hat, weil er ein Spion Roms ist?"

Christian hielt die Luft an, sein Herz drohte zu bersten. Er wagte kaum, in die Runde zu schauen.

Die Männer hoben ihre Arme und klirrten mit den Waffen, die sie als Zeichen der Zustimmung gegeneinanderschlugen.

„Wer ist dafür, dass er den Tod verdient hat?"

Ein Ruck ging durch Christian. „Lasst mich erklären, ... Ihr wollt die Wahrheit wissen, ... aber das ist nicht immer so einfach ..."

„Schweig endlich!", fuhr ihn der Stammesälteste an. „Noch einmal: Wer ist dafür, dass er den Tod verdient hat?"

Christian zitterte und würgte. In seinen Schläfen hämmerte der Puls. Im Inneren wühlte die Angst.

„Tod dem Römer!", brüllten die Männer und lärmten wieder mit den Waffen.

Nur langsam kehrte Ruhe unter der Gerichtslinde ein.

„Im Namen von Tyr – das Urteil ist gesprochen", stellte Thorbrand fest. „Der Fremde soll morgen, wenn Sunna am höchsten steht, ins Große Moor gebracht werden. Für heute ist das Thing beendet!"

Christian durchfuhr es wie ein Schock. Schweiß brach ihm aus, der Platz drehte sich. Das darf nicht wahr sein, dass ich als *Moorleiche* ende.

Im Nu packten ihn beide Diener, wobei einer ihm den Koffer entriss und dem Stammesältesten überreichte.

Sie schleppten den Verurteilten zum Verlies zurück und warfen ihn unsanft aufs Stroh. Diesmal bekam er nichts zu essen oder zu trinken. Seine verzweifelten Bitten verhallten. Völlig überdreht versank er in wilde Albträume.

Am Abend hockten Thorbrand und Ferrod draußen am lodernden Feuer. Es war kühl geworden, aber die Glut wärmte. Über ihnen breitete sich das Firmament in seiner Pracht wie ein glitzernder Teppich aus. Ab und zu huschte eine Sternschnuppe vorbei und hinterließ für wenige Augenblicke eine leuchtende Spur.

„Gelüstet es dich nach einem weiteren Krug Bier?", fragte der Stammesälteste seinen Gast, nachdem sie den ersten Humpen geleert hatten. „Oder magst du jetzt ein Trinkhorn Met, oder Medu, wie man bei uns sagt?"

„Ein guter Vorschlag, mein Freund."

Ferrod streckte sich auf der hölzernen Bank und stierte in die Flammen.

Thorbrand rief nach Griseldis, die ihren Webstuhl verließ und wenig später mit zwei Hörnern erschien.

„Meine Gattin bereitet den besten Medu weit und breit", erklärte er stolz.

„Darf ich fragen, wie?" Der Schmied wurde neugierig.

„Gerne, mein Gast", antwortete die Frau fröhlich. „Zuerst schöpfe ich zwei Krüge Wasser aus unserem Brunnen und füge einen Becher Honig hinzu. Danach wird beides auf dem Ofen gekocht, abgeschäumt und gekühlt. Danach rühre ich Fermentum hinein und lasse alles einige Monde lang gären. Schließlich würze ich den Honigwein. Aber womit, das verrate ich nicht. Das ist unser Geheimnis seit Generationen", lachte sie.

„Der mundet köstlich", rief Ferrod begeistert und hob sein Horn zum Wohl.

„Fürwahr, manche Geheimnisse muss man wahren", unterstrich Thorbrand lächelnd und hob ebenfalls sein Gefäß. „Aber etwas anderes bereitet mir noch immer Kopfweh", fuhr er nach einem kräftigen Schluck fort.

„Der Fremde?"

„So ist es. Der Kerl wirkt sonderbar, als ob er nicht aus unserer Welt stammt. Schon gar nicht aus der der Römer. Die kenne ich zur Genüge, wenn sie gelegentlich den Rhenus überquerten. Vielleicht ist er ein Hellene oder stammt aus Kleinasien."

„Aber er spricht unsere Sprache, auch wenn er einen starken Akzent hat und manche Ausdrücke nicht versteht."

„Kopfzerbrechen macht mir, was er hier überhaupt will, wer seine Auftraggeber sind und wie viele dahinterstecken."

„Das können nur die Römer sein, die ihn dafür entlohnen. Da bin ich mir absolut sicher. Die sind gierig danach, unser Land zu erobern und uns zu Sklaven zu machen."

Der Schmied erhob sich, um ein paar Holzscheite nachzulegen. Es knisterte geheimnisvoll, Tausende von glühenden Teilchen stoben gen Himmel.

„Wir dürfen die Götter nicht erzürnen", mahnte Thorbrand, „hast du an seinem Handgelenk den wertvollen Armreif gesehen?"

„Ja, so einen habe ich noch nie erblickt."

„Mich bedrückt ein ungutes Gefühl. Hoffen wir, dass wir morgen keinen wirklich heiligen Mann im Moor versenken. Das würde Wodan uns nie verzeihen!"

Nach einem weiteren Horn Medu überfiel sie die Müdigkeit und bald verabschiedeten sie sich auf eine geruhsame Nacht.

Irgendwann um Mitternacht.

Was war das?

Schweißgebadet schreckte Christian hoch. Alles war düster. Anfangs wusste er gar nicht, wo er war. Erst langsam fügten sich die Bilder zu einem schrecklichen Ganzen. Eine Gestalt hockte neben ihm und zog kräftig an seinem Handgelenk.

„Wer seid Ihr und was wollt Ihr?", fragte er benommen.

„Den heiligen Armreif!“, wisperte Freya. „Wenn Ihr schon sterben müsst, möchte ich ihn wenigstens besitzen.“

„Nein, den bekommt Ihr nicht.“

„Ich will ihn aber!“

„Nur, wenn Ihr mich von der Kette befreit.“

„Das darf ich nicht.“

„Wodan wird es Euch danken.“

„Thorbrand und Griseldis werden mich umbringen. Das ganze Dorf wird gegen mich sein.“

„Überlegt es Euch. Aber zögert nicht lange, denn in Bälde graut der Morgen.“

Rasch huschte Freya aus dem Verschlag, während das Schnarchen des Stammesältesten durch den Flur dröhnte. Leise verriegelte sie die Tür, blickte sich nach allen Seiten um und verschwand wie eine Katze in der Dunkelheit. *Hoffentlich hat mich niemand bemerkt.*

Jetzt war an Schlaf nicht mehr zu denken. Christian quälte sich auf dem piksenden Stroh und zitterte dem grausamen Tag entgegen. Bei jedem kleinsten Geräusch schreckte er hoch und hoffte, die Frau würde wiederkommen und ihn aus dem Loch befreien.

Aber Freya kam nicht.

*

Schwere Wolken zogen über das Land, als ein Ochsenkarren gemächlich den Feldweg Richtung Nordwesten rumpelte. Es war früh am Morgen. Die Sonne war zwar schon aufgegangen, hielt sich aber verborgen, als wollte sie das drohende Unrecht nicht mit ansehen müssen. Irgendwo krähte ein Hahn, kräftiger als sonst, es hörte sich wie Warnschreie an. Doch niemand achtete darauf.

Zusammengekauert, wie ein Bündel Reisig, lag Christian Sonnthag auf dem hölzernen Wagen und konnte sich wegen der schweren Kette kaum rühren. Anfangs protestierte er laut, aber dann wurde er geknebelt. Die Vollstrecker wollten ihre Ruhe haben.

Am Rande des Großen Moores würde ein alter Bohlenweg beginnen, der mitten hindurch führte und seit Generationen genutzt wurde. Nach etwa hundert Schritten gab es eine Stelle, an der Feldsteine lagerten. Einen von dieser Sorte würde man dem Todesopfer um die Füße binden, damit er sicher im Sumpf versank. Diese Art der Hinrichtung galt bei den Germanen als unehrenhaft. Deshalb sollte sie dem seltsamen Fremden zuteilwerden.

Thorbrand schritt in einem edlen, mit Pelz besetzten Mantel mit Ferrod voran, hinter dem Karren folgten zwei Diener mit spitzen Lanzen. Die Gegend wurde immer öder. Hier wuchsen nur noch Torfmoose, Sauergräser und Heidekrautgewächse. Vereinzelte Birken und Erlen ließen ihre Zweige herabhängen und verstärkten damit die bedrückende Stimmung. Kein Vogel zwitscherte in den Lüften. Nach einiger Zeit wurden die Wolken düster und heftiger Regen setzte ein. Der Weg wurde schlammig, sodass der Ochse sich mühsam quälte. Zuerst hörte man in der Ferne ein Rumpeln, das schnell näher kam. Ein kräftiges Gewitter zog heran.

Die Anspannung stieg.

Thorbrand zählte mit den Fingern die Abstände zwischen Blitz und Donner. „Donar naht sich uns und ist sehr zornig!“, rief er mit ernster Miene seinem Begleiter zu.

„Das Moor ist nicht mehr weit“, beruhigte der Schmied.

Plötzlich zuckte ein greller Blitz herab und tauchte die karge Landschaft für einen Wimpernschlag in fahles Licht. Es folgte ein dröhnender Donner, der den Boden erzittern ließ.

„Schnell, suchen wir Schutz“, rief der Älteste und wies auf ein kleines Waldstück links des Weges, das sich auf einem Höhenzug erstreckte. „Den Karren mit dem Opfer lassen wir stehen, zumal sich der Ochse nicht mehr rührt.“

Drei der Männer rannten zu einer Gruppe von Tannen, um sich unter ihnen in Sicherheit zu bringen. Nur einer wandte sich nach rechts zu einem großen Baum.

Das Wetter tobte. Donar tobte.

Ferrod erreichte gerade die Eiche, als der Blitz einschlug und Stamm und Äste in ein gleißendes Inferno verwandelte. Alles war nur noch eine glühende Masse, die jedes Leben auslöschte. Im selben Moment krachte der ohrenbetäubende Donner, wie es bislang keiner erlebt hatte.

Wie betäubt stürzte Thorbrand neben den Dienern in den matschigen Boden und flehte zu Wodan um Vergebung.

Der Schmied löste sich auf, selbst Asche gab es von ihm nicht mehr. Er hätte das Sprichwort beherzigen müssen, das bei Gewitter lebensnotwendig ist: *Buchen sollst du suchen, vor Eichen musst du weichen!*

Nur langsam zog das Unwetter weiter. Als die Abstände zwischen Blitz und Donner größer wurden, versuchte der Stammesälteste sich aufzurappeln. Aber der rechte Fuß gehorchte nicht. Verzweifelt stützten beide Diener ihn. Sein Bein war gebrochen, vor Schmerzen biss er sich auf die Lippen. Die Schulter brannte entsetzlich, die Haare auf dem Kopf und Teile des Mantels waren versengt. Seine Begleiter trugen zum Glück nur Prellungen und leichte Verbrennungen davon.

Spätestens in diesem Augenblick verstand Thorbrand das göttliche Zeichen. „Donar hat gesprochen. Befreit den Fremden von der Fessel, denn er ist unschuldig. Jetzt habe ich den Karren bitter nötig. Und dann geht es zurück nach Hause", befahl er mit zittriger Stimme und wischte sich fahrig über die Augen. „So, wie wir sind, triefend nass – aber noch am Leben. Nur ohne unseren Freund Ferrod."

Die Dorfbewohner waren entsetzt und erstaunt zugleich. Dass ihr geschätzter Schmied umgekommen war, erfüllte sie mit tiefem Schmerz. Denn dieser fähige Mann – so ihre Pläne – sollte einmal Thorbrands Nachfolger werden. Besonders bedrückte sie, dass es keinerlei Überreste mehr von ihm gab, die man nach dem Ritus würdig hätte beisetzen können. So fehlte ein Ort der Trauer. Traurig.

Der nächste Gedanke beschäftigte sie mit Sorgen. Wer würde die Schmiede weiterführen? Sie war für das Dorf unverzichtbar, darüber waren sich alle einig. Weil Ferrod nicht geheiratet hatte und es keine Kinder gab, war die Zukunft des Gewerbes unsicher. Wer wäre schon bereit, sich an den glühenden Ofen zu stellen und im Schweiße seines Angesichts solch schwere Arbeit mit dem Hammer zu verrichten?

Völlig erstaunt zeigten sich die Leute darüber, dass der Fremde wieder da war. Hatte man ihn nicht öffentlich im Namen von Tyr zum Tode verurteilt? Wie konnte das sein? Nur Freya freute sich riesig.

Thorbrand berichtete – wegen seines geschienten Beins in sitzender Haltung – auf einer eilig einberufenen Versammlung der waffenfähigen Männer mit bewegenden Sätzen von Donars heftigem Gericht. Er schloss mit den Worten, dass dem gefällten Todesurteil eine Fehleinschätzung zugrunde liege. Nicht der heilige Tyr trage daran die Schuld, sondern allein er.

Das war ehrlich. Die Männer widersprachen nicht und klirrten zustimmend mit den Waffen.

„Noch etwas möchte ich euch verkünden", beendete er die Zusammenkunft. „Wir wollen den vormals Fremden jetzt als Freund in unserer Mitte begrüßen!"

Er schaute zu Christian herüber, der in der hintersten Reihe stand, und nickte ihm aufmunternd zu. Dieser räusperte sich kurz, dann trat er in schlichter, germanischer Kleidung vor, die ihm Freya besorgt hatte.

„Werte Männer, mit dem heutigen Tag wollen wir die Vergangenheit hinter uns lassen. Das gilt ganz besonders für mich. Ich spüre, dass Donar mir ein neues Leben geschenkt hat, und das möchte ich ihm und Euch weihen. Daher werde ich meinen Namen ändern und fortan

Christhor heißen. Ich will mich Euch anschließen und nicht mehr Langobarde sein, möchte zu einem Cherusker werden und mich in den Dienst Eures Dorfes stellen. Damit Ihr vom Ernst meiner Worte überzeugt seid, werde ich trotz meines Alters ab morgen die Schmiede übernehmen. Ferrod zum ewigen Gedächtnis!“

Die Überraschung hätte nicht größer sein können. Begeistert schlugen die Männer mit den Waffen gegeneinander, wodurch das ganze Dorf in freudige Schwingungen versetzt wurde. Thorbrand lächelte zufrieden in die Runde. Seine Erleichterung war gewaltig, denn jetzt gab es wieder eine Zukunft. Und vor allem Frieden.

Oder war es nur die Ruhe vor dem Sturm?

Für Christhor war es eine übermenschliche Herausforderung. Vom Handwerk des Schmiedens besaß er keine Ahnung. Zum Glück gab es zwei Knechte, die schon lange unter Ferrod gedient hatten. Sie kannten genau den Ablauf der Arbeit. Zuerst musste Eisenerz aus entlegenen Gebieten besorgt werden, danach begann das Aufheizen des Ofens und Schmelzen des Gesteins. Schließlich wurde die glühende Masse in Formen gegossen und mit einem schweren Hammer bearbeitet. Lang- und Kurzschwerter, Gere, Beile, Äxte, Dolche, Messer, Lanzen- und Pfeilspitzen in allen möglichen Größen sowie Eisen für Haus und Hof waren am meisten gefragt. Es war eine wahre Knochenarbeit. Christhors Muskeln wuchsen von Tag zu Tag. Abends fiel er todmüde auf sein Lager – völlig erschöpft, aber glücklich wegen der sinnvollen Tätigkeit.

Es war ihm von der Sippe Ferrods gestattet worden, nicht nur die Werkstatt, sondern auch den Wohnraum zu übernehmen. Dafür sollte er alles gut in Schuss halten, besonders das Dach, was bald neu gedeckt werden musste. Darüber hinaus hatte er Abgaben zu leisten, die in der Herstellung von Eisenwaren bestanden.

Mental war es für ihn nicht leicht, sich immer wieder in die germanischen Verhältnisse hineinzuversetzen. So gab es kein Bargeld – nur die Tauschwirtschaft. Natürlich auch kein Telefon, Post oder Internet. Wer jemanden benachrichtigen wollte, musste sich selbst auf den Weg machen oder einen Boten schicken. Läden gab es nicht. Wenn man etwas brauchte, konnte man nur versuchen, das über Beziehungen zu bekommen. Oder es einfach lassen.

Die Welt war viel kleiner geworden, überschaubar und ruhig. Man lebte von dem, was die Natur bot und wie sich Wind und Wetter gebärdeten. Alles war elementar, eine starke Reduzierung auf das Wesentliche.

Auch sein Geist wurde klarer. Anfängliche Ängste – *Was mache ich bloß, wenn ...?* – lösten sich rasch auf. Denn die Realität forderte alles von ihm.

Nur in seinen Träumen lebte er als Christian Sonnthag im 21. Jahrhundert. Dann sprach er hochdeutsch, wohnte mit seiner neuen Partnerin zusammen, arbeitete an der Uni Göttingen, besuchte die Familie, feierte mit Freunden, bretterte mit einem Audi TT *(ausgerechnet mit dem)* über die Autobahn, reiste nach Berlin oder flog in der Welt umher. Er schrieb, telefonierte und chattete, kaufte im Fachgeschäft, Supermarkt oder bestellte im Internet. Nach dem Aufwachen am Morgen brauchte er jedes Mal eine gewisse Zeit, um sich zurechtzufinden. *Irgendwann wird es mir hoffentlich gelingen, in meine alte Welt zurückzukehren. Zum Glück bin ich gesund und fit. Aber wie lange wird das gut gehen?*

Seine Leidenschaft war das Erzählen, der spielerische Umgang mit Worten, das Bauen von Brücken zwischen der Realität und Fantasie. Damit fesselte er seine Zuhörer. Immer öfter scharten sich junge Leute um ihn.

„Erzähle uns noch mehr“, riefen sie gespannt und hockten sich in einem Kreis um ihn.

Er nannte sie *Futurien*. Darin spann er Gedanken über das Ende des Römischen Reiches. Fabulierte über Kaiser und Könige, die Entdeckung ferner Länder, religiöse Veränderungen, den geistigen und technischen Fortschritt – und endete meistens mit dem Flug zum Mond. Sein Publikum hielt jedes Mal die Luft an und konnte nicht ahnen, wie sehr er von der zukünftigen Welt sprach. Der geschichtlichen Wirklichkeit.

„Du hast eine irre Fantasie“, waren sie sich einig.

*

„Christhor, darf ich dich heute zum Essen einladen?“ Eines Tages lugte Freya in die Schmiede und erblickte ihn mit bloßem Oberkörper vor dem Amboss. Der Schweiß lief ihm in Strömen vom Leib.

„Das ist freundlich“, gab er zurück und wischte mit einem Lumpen über die nasse Stirn. „Gleich bin ich fertig und komme zu dir herüber.“

Weil er nun zum Stamm der Cherusker gehörte, wurde er geduzt. Ein großes Zeichen von Vertrauen.

Solch eine Einladung tat gut. Während seine Knechte weiter schufteten, machte er sich auf den kurzen Weg zu ihrer Kate, die am Ende des Feldwegs lag. Heute schien die Sonne von einem klaren Himmel und der Wind war schwach, das hob gleich die Stimmung. Fröhlich pfiff er ein Lied, wobei er unvermittelt zusammenzuckte, weil es *Yesterday* von den Beatles war. *Wie passend.* Dennoch summte er schnell was anderes, etwas Undefinierbares. Sicher ist sicher. *Was wäre, wenn jemand die Melodie erkennen würde? Ein wahrlich verrückter Gedanke.*

Als er die Kate erreichte, zog er den Kopf ein, so niedrig lag das Dach über der Holztür. Drinnen sah es wohnlich aus, Gefäße mit Blumen und Kräutern dufteten verführerisch. Hier konnte man sich wohlfühlen. Freya war seit geraumer Zeit verwitwet, weil ihr Mann in einer grausamen Stammesfehde sein Leben verlor. Seitdem hatte sie nicht mehr geheiratet, obwohl sie mit ihren blonden Haaren noch immer hübsch aussah. Ihre drei Söhne lebten mit den Familien im benachbarten Gau und schauten selten vorbei. Da sie eine tatkräftige und heilkundige Frau war, wurde sie von den Bewohnern geschätzt. Freya wusste über alles im Dorf Bescheid. Wer mit wem, wie oder was – kaum etwas blieb vor ihr verborgen. Meistens war es bestes Wissen, manchmal aber reine Intuition oder gar Fantasie. Deshalb war jeder Einwohner klug beraten, sich mit ihr gut zu stellen. Denn je kleiner der Ort, umso wichtiger waren Beziehungen. Eine Kehrseite gab es jedoch: sie bestand aus Abhängigkeiten, Enge und Moral.

„Hast du schon die große Neuigkeit vernommen?“, fragte sie, als sie zu Tisch saßen und Hirsebrei mit Speck, Gemüse und frischen Kräutern aßen, wozu es süffiges Bier gab.

„Was denn?“

„Na, dass uns morgen hoher Besuch erwartet.“

„Wer kommt?“ Gespannt legte er den Löffel beiseite.

„Der junge Fürstensohn der Cherusker, Arminius, will höchstpersönlich zu uns kommen. Was für eine Ehre!“

Ein flaues Gefühl überkam ihn. „Was bedeutet das für uns?“

„Wahrscheinlich, dass es bald mit dem Kampf gegen die Römer losgeht. Langsam wird es aber auch Zeit.“

Er schluckte. *Wenn meine Berechnungen stimmen, haben wir jetzt das Jahr 7 nach Christi Geburt. Bis anno 9 und der großen Schlacht im Teutoburger Wald ist noch etwas Zeit. Spätestens dann muss ich von hier verschwunden sein. Auf ein mörderisches Gemetzel habe ich echt keine Lust.*

„Wie ist Arminius denn so?“, wollte er sie aushorchen.

Versonnen strahlte Freya gegen die Decke. „Er sieht sehr gut aus, ist kräftig gebaut, groß und schlank, hat ein edles Antlitz mit hellblauen Augen und blondes Haar. Seine Wesensart ist großzügig, mutig und klug, aber auch zielstrebig und kampfbereit. Jemand hat mal gesagt: *Das Feuer seines Geistes verrät sich schon im Blick seiner*

Augen. Wenn du ihn siehst, spürst du das sofort.“ *(Zitat des römischen Historikers Velleius Paterculus (ca. 20 v. Chr.–31 n. Chr.), der Feldzüge persönlich miterlebt hat.)*

Christhor musste lächeln, wie viele Emotionen sie in ihre Beschreibung legte. „Was weißt du noch über ihn?“

Unmerklich zuckte sie zusammen, als hätte er sie aus Träumereien gerissen. „Er ist der Sohn des Cheruskerfürsten Segimer und seit Kurzem mit Thusnelda, der Tochter von Segestes, verheiratet. Wie mir eine Freundin verraten hat, soll ihr Vater strikt gegen die Heirat gewesen sein. Ich weiß nicht, warum. Aber die beiden setzten sich mutig darüber hinweg. Ihre Liebe hat gesiegt.“

Freya kaute ein paar Bissen vom Hirsebrei und schlürfte ein wenig Bier. Dann fuhr sie fort. „Ich schätze, dass Arminius etwa fünfundzwanzig Lenze zählt. Seit einigen Jahren dient er als Söldner im römischen Heer und hat sich in Pannonien große Verdienste erworben. Deshalb wurde er mit dem römischen Bürgerrecht ausgezeichnet und sogar in den Adelsstand erhoben.“

„Dann ist er doch ein Verräter“, provozierte er sie.

„Oh nein“, widersprach sie erregt, „er hat seine germanische Herkunft und die Verpflichtungen gegenüber seinem Volk nie vergessen. Wie gemunkelt wird, plant er eine große Schlacht gegen die Eroberer. Eigentlich darf ich dir das gar nicht anvertrauen, denn es ist streng geheim. Unser aller Leben hängt davon ab. Christhor, versprich mir im Namen Wodans, dass du es keinem Fremden weitersagst!“

„Ich werde mich daran halten“, bekräftigte er und nahm einen tiefen Schluck aus dem Krug.

Bald wechselten sie das Thema und sprachen über die Arbeit auf dem Feld und von den Mühen des Alltags.

„Beim nächsten Mal muss ich dir unbedingt cheruskische Ausdrücke beibringen", lächelte sie. „Als ehemaliger Langobarde kannst du sie ja nicht kennen. Damit du ein besonders guter Cherusker wirst."

Christhor nickte vielsagend.

Schließlich dankte er ihr herzlich für das Mahl und verließ ihr Häuschen. Nachdenklich schlenderte er zur Schmiede zurück. Inzwischen waren dunkle Wolken aufgezogen und kühler Wind jaulte um die Ecken. Er schaute gen Himmel und verstand die Zeichen. Denn er wusste, dass harte Zeiten bevorstanden.

Kapitel 11
Der eiserne Schwur

Ein kleines Dorf am Nordrand des Wesergebirges, Germanien, anno 7 nach Christi Geburt

Heftiger Hufschlag schreckte die Einwohner auf. Arminius stob mit zwölf Kämpfern auf feurigen Hengsten heran, die eine dichte Staubwolke hinter sich herzogen. Am Platz des Brunnens zügelten sie ihre Rosse und stiegen ab. Aufmerksam schaute sich der Recke nach allen Seiten um. Das tat er immer, um sich ein Bild von der Lage zu machen, ob Gefahr lauerte und ein Fluchtweg nötig war. Oder besser: ein Kampf bevorstand.

Thorbrand zog sein festliches Gewand über und humpelte dem Gast entgegen, um ihn würdig zu begrüßen. Sein Beinleiden bereitete ihm immer noch Schmerzen, aber er biss die Zähne zusammen.

„Seid herzlich willkommen in unserem Dorf, hochgeborener Fürst der Cherusker", rief er freudig und streckte die Hand zum Zeichen des Friedens aus.

„Lassen wir die Förmlichkeiten und duzen uns", reagierte Arminius, „schließlich gehören wir doch zu einem Volk."

„Das höre ich gern. Komm mit in mein bescheidenes Haus, denn du bist mein Gast. Deine Begleiter können sich im Stall nebenan lagern."

Wenig später hockten sie im Langhaus auf bequemen Polstern, während draußen sechs Mann Wache schoben. Sie sicherten mit ihren blitzenden Schwertern Tore und Türen, denn man konnte nie vor plötzlichen Angriffen sicher sein. Nach drei Stunden Bereitschaft wurden sie abgelöst.

Heute war Griseldis fein angezogen. Sie trug ein langes Wollkleid, das vor der Brust mit bunten Blumen bestickt war. Auf der linken Schulterseite hielt eine goldene Fibel den Stoff zusammen. Ihren Hals schmückte eine funkelnde Perlenkette. Mit anmutigen Bewegungen tischte sie frisch gebackenes Brot auf, das herrlich duftete, und knusprige Fleischstücke. Dazu gab es köstlichen Medu.

„Auf das Wohl der Cherusker!", riefen die Männer und schlugen die Trinkhörner gegeneinander, sodass der Wein leicht überschwappte.

In diesem Augenblick öffnete sich die Tür und Christhor kam herein. Er wusste, dass er nicht geladen war, wollte aber unbedingt den Anführer kennenlernen und die genauen Pläne erfahren, die zum Krieg führen sollten. Erst dann würde er seine eigene Rolle in dem drohenden Drama finden können. Bevor es zu spät war. Deshalb nahm er die Dreistigkeit in Kauf und schneite in die gute Stube des Stammesältesten.

Für einen Moment verzog Thorbrand verärgert das Gesicht, dann fasste er sich und stellte ihn dem Gast vor.

„Das ist Christhor, unser neuer Waffenschmied. Er kommt aus dem Volk der Langobarden, hat sich jedoch unserem Stamm angeschlossen und nach Ferrods Tod die Werkstatt übernommen. Seitdem macht er hervorragende Arbeit."

Arminius blickte ihm länger als sittlich in die Augen. Als sähe er mehr und nähme eine andere Wirklichkeit wahr.

Christhor brach der Schweiß aus. Stirn, Hände und Rücken wurden klitschnass. *Dieser Cherusker hat eine sagenhafte Ausstrahlung, sie geht mir durch Mark und Bein. Hoffentlich ist er kein Hellseher und durchschaut mich.*

Endlich nickte er vielsagend. „Starke Männer können wir immer gebrauchen. Hast du im Heer der Langobarden gekämpft oder warst du als Söldner bei den Römern?"

Diese Frage kam überraschend.

Was soll ich antworten, ohne Verdacht zu erregen?

„Ich war bei meinem früheren Volk ein gelehrter Mann, ein Priester Odins. Daher bin ich nicht im Kriegsdienst gewesen, sondern sorgte für Ruhe und Ordnung in meiner Heimat."

„Das hört sich gut an", nickte Arminius anerkennend.

Am liebsten hätte sich Christhor wieder zurückgezogen, aber er zwang sich am Tisch der Männer Platz zu nehmen. Denn er wusste, dass ihm keine andere Möglichkeit blieb, als sich der Situation zu stellen. Flucht war meistens die schlechtere Wahl. Zum Glück kam gerade Griseldis um die Ecke und reichte auch ihm ein Trinkhorn.

„Auf die Freiheit der Cherusker!", rief er den beiden zu.

„Jetzt muss ich zur Sache kommen", begann Arminius und seine Miene verfinsterte sich. „Seit Jahren unterdrücken die Römer unsere Völker. Das fing mit Gaius Julius Cäsar an, der in skrupelloser Weise befreundete Stämme beinahe ausgerottet oder in die Sklaverei geführt hat. Tausende und Abertausende. Wie er mit den Usipetern und

Tenkterern umgegangen ist, übersteigt jede Grausamkeit. Zumal jene nie die Vormacht Roms infrage stellten. Fürwahr, ich bin manchmal nicht zimperlich mit meinen Feinden, aber achte traditionelle Werte wie freies Geleit oder Waffenstillstand."

„Wenn solche Regeln nicht mehr gelten, würden wir keine wahren Menschen mehr sein und hätten die Strafen der Götter verdient", stimmte Thorbrand zu.

„Dann wären wir echte Barbaren", fügte Christhor hinzu.

Barbaren? Verstörte Gesichter trafen ihn.

Erst jetzt merkte er mit Schrecken, dass dies ein gewisser Anachronismus war. Der Ausdruck und die Sichtweise auf die Germanen entsprachen der römischen Perspektive. Und die kannten die Stämme damals nicht. Außer Arminius. Verärgert über sich selbst biss er sich auf die Zunge.

Das war ein gefährlicher und entlarvender Satz. Hoffentlich geht keiner darauf ein. Das wäre für mich eine Katastrophe!

Der Recke starrte ihn lange an, auf seiner Stirn formten sich Falten. Eine Spannung breitete sich aus und hing drohend in der Luft. Bedächtig leerte er sein Horn und nahm ein Stück Brot vom Teller. Wie in Zeitlupe zermalmte er das Gebackene. Sein Blick schweifte aus der offenen Tür, als sähe er dort die Zukunft vorüberziehen.

Unruhig rutschte Thorbrand auf seinem Platz und stierte in sein leeres Gefäß, das er hin und her schwenkte, als ob es sich dadurch mit Honigwein füllen würde. Niemand traute sich, die peinliche Stille zu durchbrechen.

Endlich fuhr der Fürstensohn fort. „Kennt ihr die Geschehnisse an der Brücke über den Rhenus?"

Beide schüttelten den Kopf. Christhor kannte sie aus dem Geschichtsbuch, aber er tat unwissend.

„Einige Reiter der Usipeter und Tenkterer flohen zu den Sugambrern, die auf unserer Seite des Rhenus leben. Als Cäsar das erfuhr, lehnte er es ab, per Schiff den Fluss zu überqueren, um die Reiter anzugreifen. Stattdessen ließ er eine vollständige Holzbrücke über den reißenden Strom errichten. Was meint ihr, nach wie viel Nächten?"

Thorbrand zögerte. „Vielleicht in drei Monden?"

Arminius lachte. „In genau zehn Nächten, gerechnet ab dem Fällen der Bäume, war das Meisterwerk vollendet."

„Nicht zu glauben!", riefen die anderen.

„Wie ging es weiter?", wollte der Älteste wissen, während sein Weib erneut die Hörner füllte.

„Cäsar verfolgte und mordete, er setzte Gehöfte und ganze Dörfer in Brand, raubte Tiere und das Getreide auf den Feldern und zog sich nach achtzehn Nächten wieder zurück. Die imposante Brücke ließ er hinter sich abreißen. Damit wollte er uns deutlich machen, dass er jeden Augenblick zurückkommen kann. Für die Römer ist keine Grenze unüberwindbar, keine Flucht vor ihnen möglich. Wenn Rom erobern oder vernichten will, zieht es das eiskalt durch."

Er hielt kurz inne, tat einen kräftigen Schluck und leckte sich die Lippen. Dann fuhr er fort. „Zwei Jahre später wiederholte sich das Spielchen. Cäsar ließ eine Brücke über den Rhenus errichten und zerstörte auf unserer Seite alles, was er konnte. Danach zog er sich wieder zurück.

Aber diesmal befahl er, die Brücke nur zur Hälfte abzureißen. Vom gallischen Boden ragte sie mitten in den Strom hinein und endete in einem vierstöckigen Turm, der schwer bewacht wurde. Damit sollte mehr als deutlich ausgedrückt werden, dass der lange Arm des Imperiums jederzeit unsere Stämme erreichen kann."

Der Stammesälteste grunzte missbilligend und Christhor stimmte mit ein.

„Unter dem Nachfolger Drusus wurden die Attacken zahlreicher. Sein erster Feldzug war eine Flottenexpedition. Mal was anderes. Etliche Schiffe verließen die Stützpunkte am Rhenus, fuhren den Strom hinunter und steuerten auf die offene See gen Norden. Mit dem Stamm der Friesen schlossen sie ein Bündnis, das eine Unterwerfung bedeutete. Danach segelten sie weiter an der Küste entlang zum Gebiet der Chauken *(Die Chauken siedelten im Gebiet vom heutigen Bremen. Von der peinlichen Aktion im Jahr 12 v. Chr. berichtet der Historiker Lucius Cassius Dio (ca. 163 – 235 n. Chr.)*. Und jetzt kommt's – haltet euch fest!"

Die Männer hielten den Atem an, Griseldis hockte sich neugierig zu ihnen an den Tisch.

„Die große Flotte des noch größeren Feldherrn sollte den kleinen Chauken Angst und Schrecken einjagen. Aber das ging voll daneben. Als sie sich der Küste näherten, zog auf einmal die Ebbe den stolzen Kriegsschiffen das Wasser unterm Hintern weg. Wie gestrandete Wale lagen sie auf Grund und glotzten dumm aus der Wäsche."

Die Zuhörer prusteten vor Lachen und schlugen mit den Fäusten auf die Tischplatte, sodass die Gegenstände bebten. „Peinlich, peinlich", rief Thorbrand.

„Was für eine dilettantische Blamage", ergänzte Christhor.

Griseldis schüttelte sich vor Lachen und konnte sich gar nicht mehr einkriegen.

„Der ruhmvolle Feldherr und seine genialen Navigatoren meinten wohl, sie würden auf dem harmlosen Rhenus oder gemütlich vor Rom schippern", grinste Arminius. „Sie hatten keinen Schimmer von der rauen Nordsee. Drusus holte sich nasse Füße und reiste, so schnell er konnte, zurück in die warme Hauptstadt, um dort seinen Schnupfen zu kurieren."

„Woher weißt du das alles?", lachte Griseldis.

„Oft genug war ich in Rom und hörte von diesem unrühmlichen Abenteuer", erklärte der Fürstensohn. Abrupt wurde seine Miene todernst. „Im folgenden Frühjahr kehrte Drusus an den Rhenus zurück und begann zu Lande mit verschiedenen Angriffen. Sie zogen an der Lupia *(Lippe)* entlang gen Osten und griffen zuerst die Usipeter an, dann die Sugambrer. Weiter ging es zur Visurgis *(Weser)* in unser Gebiet. Ich erinnere mich genau – damals zählte ich sieben Lenze – wie die schwer bewaffneten Römer durch unsere Heimat zogen und eine Schneise der Verwüstung hinterließen. Meine Eltern und ich sind vor Angst in die dichten Wälder bei den Heiligen Steinen *(Externsteine)* geflohen und flehten zu Wodan. Etliche Nächte versteckten wir uns dort, kauten Beeren und Nüsse und tranken aus Pfützen. Wir haben nur geflüstert und sind umhergeschlichen, um bloß keine verdächtigen Geräusche zu machen. Geschlafen wurde auf dem Waldboden, wo uns nachts die Ameisen piesackten. Es war schrecklich! Immer wieder spähten wir in unser Tal und trauten uns erst dann heraus, als die Truppen weit weggezogen waren. Nur zögerlich kamen auch die anderen Cherusker zurück."

„Das haben wir ähnlich durchgemacht", nickte Thorbrand.

„Es war eine schrecklich ungewisse Zeit", fügte Griseldis hinzu. „Als wir zurückkehrten, waren unsere Häuser niedergebrannt und das Vieh tot, verschleppt oder geschlachtet. Bei uns begann eine große Hungersnot."

Arminius nickte. „Damals schwor mein Vater Rache an den Römern. Doch die Zeit dafür war noch nicht reif. Als ich zwanzig Lenze zählte, kam es noch schlimmer. Inzwischen führte Tiberius ein riesiges Heer an und marschierte geradewegs in unser Stammesgebiet. Er gab uns die Wahl zwischen zwei Unmöglichkeiten: den grausamen Tod oder die Kapitulation. Wir entschieden uns – wohl oder übel – für Letzteres. Sämtliche jungen Männer, also auch ich, mussten unsere Waffen abgeben und vor dem Feldherrn auf die Knie fallen. Wir wurden gezwungen, dem Imperium, Cäsar Augustus und ihm selbst ewige Treue zu schwören und unverzüglich in die römische Armee einzutreten. Alle taten es, weil wir keine andere Wahl hatten. Es war widerlich, mir dreht sich jetzt noch der Magen um."

„In unserem Dorf haben wir die Schrecken vernommen", bekräftigte der Älteste, „mit dem Wegführen der jungen Männer brachen sie jeden Widerstand."

„Ihr autoritärer Stil und Verständnis von Recht und Ordnung widerspricht unseren Traditionen. Sie wollen das Thing abschaffen und durch eigene Gerichte ersetzen. Außerdem sollen wir regelmäßig hohen Tribut zahlen, um damit die Staatsfinanzen zu sanieren. Aber wie denn und wovon? Wir sind arm, bei uns gibt es nichts zu holen."

„So ist es", unterstrich Griseldis. „Ich bin froh, wenn ich jeden Tag etwas kochen kann und die Tiere was zu fressen haben. Da bleibt kaum etwas übrig. Besonders die Nächte im Winter sind hart."

„Deshalb werden wir nicht länger zögern, der Zeitpunkt der Rache ist gekommen. Ich werde den Schwur meines Vaters mit Wodans Hilfe ausführen!", bekräftigte Arminius mit feurigen Augen.

„Wir dürfen uns die Angriffe nicht mehr gefallen lassen", unterstrich Thorbrand erbost. „Sonst stehen bald wieder die feindlichen Truppen vor unserer Tür und dann ist es endgültig mit der Freiheit der Cherusker vorbei. Was hast du vor, wie sind deine Pläne?"

„In deiner Äußerung steckt schon die Antwort", schmunzelte Arminius und nahm genüsslich einen Schluck Medu.

„Wie bitte? Wir lassen die Römer bis vor unsere Haustür kommen?"

„Genau. Wir locken sie hierher. Und dann vernichten wir sie aus dem Hinterhalt heraus."

„Mmh, die Legionen sind groß und schwer bewaffnet. Alle Soldaten sind gut ausgebildet und im Kampf erprobt. Da haben wir doch keine wirkliche Chance."

„Wenn unser Hinterhalt gut geplant ist, schon. Die römischen Trosse sind schwerfällig – ich weiß, wovon ich rede. Außerdem kennen die Legionäre nicht den Verlauf der Wälder und besonders der heimtückischen Sümpfe. Sie können sich also nicht frei bewegen und ihre Schlachtreihen geordnet aufstellen. Das ist unser entscheidender Vorteil. Wir sind hier aufgewachsen, kennen Berg und Tal, jeden Baum und Strauch und sind deshalb viel beweglicher."

Thorbrand war nicht recht überzeugt, während Christhor zustimmend nickte. „Das ist ein guter, aber auch gefährlicher Plan, Arminius. Zuerst muss es dir gelingen, die verschiedenen Stämme unter deiner Führung zu vereinen und für den Kampf zu gewinnen. Zigtausende sind nötig. Außerdem müssen die Männer gut bewaffnet werden und vor allem darf nichts nach außen dringen. Wenn uns jemand anzeigt, sind wir dran!"

„Verräter gibt's doch überall", warf Griseldis ein.

„Deshalb muss jedem klar sein, dass es um ein hohes Ziel geht – die Freiheit Germaniens und damit von jedem Einzelnen. Dann kann es klappen. Wer nichts wagt, der nichts gewinnt", formulierte Christhor resolut.

Energisch griff er zum Trinkhorn und leerte den Rest; seine Augen fixierten den Fürstensohn, der dem Blick standhielt.

„Du willst mir noch etwas Wichtiges mitteilen", bemerkte Arminius die Stimmung, die sich in der Stube breitmachte. Dabei formulierte er nicht eine Frage, sondern eine Feststellung, die zur Wahrhaftigkeit zwang.

Genial. Hat dieser Mann einen siebten Sinn?

„In der Tat. Ich habe etwas für dich mitgebracht, das dich kraftvoll machen wird", begann Christhor geheimnisvoll. „Thorbrand, sei bitte so gut und bringe mir die glänzende Trage, die mir nach dem Thing abgenommen worden ist."

Der Hausherr starrte ihn empört an und wollte protestieren. Aber rasch besann er sich, weil es nicht schicklich war, gegenüber dem hohen Gast eine Blöße zu zeigen. Mühsam stand er auf und schlurfte zu einem Nebenraum. Aufgebracht lief sein Weib hinter ihm her. Jedermann merkte den Widerwillen. Stumm folgten ihnen die Blicke.

Es dauerte.

Christhor wurde heiß und kalt. *Hoffentlich ist der Koffer nebst Inhalt noch da. Sonst raste ich aus!*

Im Hintergrund hörte man erregte Stimmen, die sich stritten. Endlich tauchte Thorbrand wieder auf, sein Gesicht war gerötet. Unwirsch stieß er das Teil auf den Tisch.

„Da ist sie", brummte er; seine Worte sprachen Bände.

Der Gast fixierte den Behälter und hielt die Luft an.

„Wunderbar", erwiderte Christhor gelassen und öffnete den Verschluss.

Behutsam holte er die silbrige Maske heraus und hielt sie Arminius hin. „Die ist für dich, ich borge sie dir. Sie wird dir große Macht verleihen und uns allen helfen."

In diesem Moment gab Christhor das wichtigste Utensil seiner Rückkehr ins 21. Jahrhundert aus der Hand. *Ist es ein Fehler? Vielleicht, irgendwann werde ich den Cherusker bitten, mir die Maske zurückzugeben, aber jetzt brauche ich sie nicht.* Innerlich war er noch nicht dazu bereit, die liebgewonnenen Menschen in ihrer Zeit zu verlassen. Außerdem fesselte ihn zusehends die Nervosität, die in der Luft lag. Auf jeden Fall wollte er das Jahr 9 abwarten und nur in höchster Lebensgefahr vorzeitig die Rückreise antreten.

Arminius nahm die Gesichtsmaske entgegen und betrachtete sie ehrfürchtig von allen Seiten.

„Christhor, wo hast du die her?“, fragte er streng.

„Das kann ich nicht genau sagen. Sie wurde mir im Land meiner Väter von einem weit gereisten Boten gebracht mit der Aufforderung, sie dem Cheruskerfürsten zu überreichen. Heute ist der Tag dafür gekommen.“

Ohne zu zögern, stülpte sich Arminius die Maske vors Gesicht und war im Nu nicht mehr zu erkennen.

Allen fuhr der Schrecken in die Glieder. Thorbrand stotterte: „Bin ich blind geworden? Wo ist er geblieben? Das gibt's doch nicht!“

Plötzlich erschien er wieder und begutachtete erneut das besondere Stück. Der Stammesälteste stieß einen Laut der Erleichterung aus, aber auch von unbändiger Angst. *Seit der Langobarde bei uns ist, geht manches nicht mit rechten Dingen zu. Wir müssen wachsam bleiben.*

In diesem Augenblick kam Griseldis mit einem neu gefüllten Krug und goss die Hörner abermals mit Honigwein voll. Die Männer hoben ihre Gefäße.

„Auf das Wohl der Götter!“, riefen sie und tranken.

„Als ich in Rom weilte, wurde in Kreisen um Octavian, dem Kaiser Augustus, gemunkelt, dass es eine Wundermaske geben soll“, plauderte Arminius. „Sie stammt aus dem Tempel von König Salomo in Jerusalem. Als die Römer Judäa eroberten, raubten sie diese Maske und brachten sie nach Rom. Ihre Wirkung soll darauf beruhen, dass sie göttlicher Natur ist. Das ist alles, was ich damals aufgeschnappt habe. Daher ist es fürwahr ein Wunder, dass ich sie jetzt hier bei euch in den Händen halte. Wodan sei Dank dafür!"

Mit peinlichem Schauder erinnerte sich Christhor an seine verlogene Version vom heiligen Abbild der ägyptischen Isis.

Auf einmal sprang Thorbrand erregt von seinem Platz hoch, schritt unruhig umher und sog die Luft durch die Nase.

„Riecht ihr es auch?"

„Tatsächlich, es stinkt nach Rauch!" Christhor legte sein Trinkhorn weg und rannte zur Tür.

Sie war verschlossen.

„Das ist nicht möglich!" Thorbrand war entsetzt.

„Was geht hier vor?", bellte Arminius und warf sich mit voller Wucht gegen das Eichenholz.

Das Tor gab keinen Zoll nach. Inzwischen quoll dunkler Rauch durch die Ritzen der Wände.

„Hilfe, Hilfe!", hustete Griseldis mit fahlem Gesicht.

„Wir müssen durch den Stall raus", befahl der Hausherr.

Dort loderte ihm heller Feuerschein entgegen. Zum Glück befanden sich alle Tiere draußen auf der Weide, nur zwei kranke Schafe blökten laut vor Angst.

Jetzt sitzen wir in der Falle!

„Das ist ein Anschlag gegen mich", war sich der Fürstensohn sicher. „Die Zeiten, in denen ich mich frei bewegen konnte, sind lange vorbei."

Hastig suchte er nach einem schweren Gegenstand und fand endlich eine Eisenstange, die für Ochsenkarren benötigt wurde. Damit hetzte er zur anderen Seite des Raums und stieß sie mit Wucht zwischen zwei Holzpfosten gegen die Wand. Wieder und immer wieder rammte er dagegen.

Bald bröckelte der Lehmputz und das Flechtwerk brach heraus. Der schwarze Qualm kroch in jeden Winkel.

Man konnte kaum etwas sehen, die Augen brannten.

Die Hitze stieg.

Alle rangen nach Luft und husteten entsetzlich.

Schweiß rann von jeder Stirn.

Eine höllische Angst breitete sich aus.

„Ich ersticke", schrie Griseldis in Panik.

Würde der Wahnsinn gar nicht enden?

Inzwischen fand Christhor eine Axt und schlug sie – im Rhythmus abwechselnd mit Arminius – mit aller Kraft gegen die Wand. Langsam bildete sich ein Loch, das mit jedem Hieb größer wurde. Frische Luft strömte herein.

Thorbrand bot röchelnd an, den Fürstensohn abzulösen. Aber der schüttelte energisch den Kopf und schuftete weiter.

Endlich war der Spalt groß genug, um hindurchzukriechen. Behände wurde zuerst das Weib durchgedrückt, dann folgten die Männer. Zuletzt griff Arminius nach dem Koffer mit der wertvollen Maske und schlüpfte ins Freie.

Fassungslos blickte er sich um und sah gerade noch, wie hinter dem Stall sechs Gestalten auf ihren Rössern das Weite suchten.

„Das werden die Verräter büßen!", wetterte er und spuckte verächtlich auf den Boden. „Ich bin mir sicher, dass der Teufel Segestes dahintersteckt."

Das Inferno schreckte die Einwohner auf und sie bildeten mit Eimern und Krügen eine Kette vom Brunnen zum Brandherd, aber das Wasser reichte nicht und wurde zum Rinnsal. Glücklicherweise fing es kräftig an zu regnen. Doch das Haus war nicht mehr zu retten. Als das Dach einstürzte, stoben Tausende von Funken in die Luft. Bis auf die Grundsteine brannte es ab. Nur noch verkohlte Balken ragten wie warnende Zeigefinger in den düsteren Himmel.

Bebend bedeckte Thorbrand das Gesicht mit seinen schmutzigen Händen. Der Fürstensohn sollte die Tränen nicht sehen. Er stand vor dem Nichts.

Jetzt bin ich am Ende.

„Wir werden alles wieder aufbauen", rief jemand aus dem Dorf, aber der Stammesälteste hörte die Worte nicht.

„Ich biete euch Unterkunft in meiner bescheidenen Kate", erklärte Freya großherzig. „Wenn wir alle zusammenrücken, ist Platz in der kleinsten Hütte."

„Nein", widersprach Christhor. „Griseldis mag bei dir unterkommen. Aber die Männer kommen zu mir in die Schmiede. Dort gibt es genug Platz. Auch wenn es einem Fürsten nicht würdig ist."

Arminius lächelte dankbar.

„Hauptsache, ich habe ein Dach über dem Kopf. Und ein Horn Medu. Heute brauche ich auf diesen Schrecken noch ganz viel davon."

Alle lachten und das tat gut. Denn nur so konnten sie langsam das Grausen überwinden. In dieser Nacht wurde die Zahl der Wachen erhöht. *Man kann ja nie wissen.* Erst weit nach Mitternacht fielen sie erschöpft auf ihre Strohsäcke. Der Vollmond schien. In der Ferne heulte ein Wolf. An einen erholsamen Schlaf war nicht zu denken. Jeder fühlte sich in seinen wild umherkreisenden Gedanken gefangen.

Am nächsten Tag versammelten sich die Männer am Brunnen. Es war bedeckt, aber trocken, nur ein schwacher Wind blies aus Südwest.

„Ich konnte kaum ruhen“, gab Arminius zu. „Dafür hatte ich dank Wodan eine glänzende Idee.“

„Lass hören“, riefen die anderen neugierig.

Er räusperte sich, um die Aufmerksamkeit zu erhöhen, dann strich er sich fahrig durchs Haar und schaute in die Ferne zum Einschnitt zwischen den Gebirgszügen.

„Gestern stellten wir fest, dass der Brunnen zu wenig Wasser hergibt, um einen großen Brand zu löschen. Deshalb werden wir ihn vergrößern und einen Tunnel zur Visurgis graben.“

„Wie bitte – einen unterirdischen Gang?“ Thorbrand kam es vor, als hätte er sich verhört. „Das ist unmöglich, weißt du, wie weit das ist?“

„Natürlich, ich habe gute Augen“, erwiderte der Fürstensohn lächelnd.

„Für ein bisschen Wasser ist das ein sehr großer Aufwand, findest du nicht?“, reagierte Christhor.

„Fürwahr. Aber wer die Macht über das Wasser hat, dem gehört die Zukunft“, sprach Arminius.

Wie weise. Du ahnst gar nicht, was das in Zeiten des weltweiten Klimawandels bedeutet.

„Es geht mir nicht allein um den Dorfbrunnen, sondern hauptsächlich darum, einen Geheimgang zu errichten“, ergänzte der Cherusker listig. „Von ihm werden wir den Römern in den Rücken fallen und sie angreifen, wenn sie bei der Porta Westfalica lagern. Ebenso können wir uns blitzschnell wieder zurückziehen. Das wäre mein erster Plan für einen Hinterhalt. Aus zuverlässiger Kunde vernahm ich, dass inzwischen der Feldherr Publius Quinctilius Varus das Kommando übernommen hat. Gegen ihn werden wir kämpfen. Ich kenne ihn ausgiebig und habe einen guten Draht zu ihm. Wenn wir uns gewissenhaft vorbereiten, alle Pläne umsetzen und sie geheim bleiben, gibt es eine echte Chance, gegen die Römer zu gewinnen. Dann werden sie sich nie mehr in unserem Land blicken lassen und wir behalten unsere Freiheit. Ich bin überzeugt, dass das die Sache auf jeden Fall wert ist."

„Wie viele Legionen befehligt dieser Varus?", wollte Thorbrand wissen.

„Wenn meine Informationen stimmen, sind es drei: die XVII., XVIII. und die XIX. Legion. Wobei jede etwa fünftausend Fußsoldaten und dreihundert Reiter umfasst. Dazu kommen noch die örtlichen Hilfstruppen."

„Bei Wodan, das ist eine Menge", stellte er bestürzt fest.

„Das darf uns nicht einschüchtern, sondern im Gegenteil herausfordern. Deshalb brauche ich aus deinem Gau dreihundert starke Männer." Arminius fixierte den Stammesältesten und bemerkte, wie er zusammenzuckte.

„Du bist verrückt. Woher soll ich so viele bekommen? Die meisten arbeiten zurzeit auf den Feldern", schüttelte er den Kopf. „Dreihundert Mann, das ist reiner Wahnsinn!"

„Wenn wir alle zusammenstehen, ist das kein Wahnsinn, sondern begründet unseren Erfolg", fuhr der Gast unbeirrt fort. „Und du, Christhor, wirst die Planung für den Bau des Tunnels und die Bewaffnung der Männer übernehmen. Wir dürfen keine Zeit verlieren."

Wie ein Donnerschlag trafen ihn diese Worte. Gerade war er noch ein kleiner Dorfschmied – und jetzt in die große Maschinerie des germanischen Aufstands eingebunden. Ohne dass man ihn gefragt hatte. Aber so war Arminius. Er bestimmte – und das war in gewisser Weise auch gut. So gab es keine langen Diskussionen, denn der Fürstensohn wusste genau, wem er was zutrauen konnte. Damit nicht nur sein Plan, sondern der sämtlicher Stämme gelang: die Freiheit von den Römern. Dieses Ziel würde die Bewohner zusammenschweißen.

Wirklich alle? Die Ereignisse würden es zeigen.

In den folgenden Monden wurde das kleine Runddorf am Wesergebirge zum Zentrum großer Aktivitäten. Starke Burschen legten mit Hacken und Schaufeln zuerst den Brunnen tiefer. Dann wühlten sie sich durch das Erdreich und luden den Aushub in Eimer, die ans Tageslicht befördert wurden. Die Erde wurde auf Ochsenkarren geladen und weit abseits verstreut. Große Haufen wären aufgefallen und mussten vermieden werden. Andere Männer fällten Bäume und sägten sie zu Balken, die zur Abstützung des Geheimgangs dienten.

Während seine Knechte fleißig Waffen schmiedeten, lenkte Christhor die Arbeiten. Als Maß für die Richtung des Tunnels verwendete er lange Schnüre aus Leder, die endlos aneinandergeknüpft waren.

„Bevor wir zur Porta graben, machen wir einen kleinen Schlenker nach Süden“, befahl er. „Von dort aus gehen wir schnurstracks gen Westen zur Visurgis.“

Zum Glück fragt keiner, warum. Ich will versuchen, den Platz des späteren Tugendbrunnens direkt vorm Bückeburger Schloss in das System einzubeziehen. Auch wenn jener von 1552 aus Stadthagen stammt und dort erst 1920 aufgestellt wurde. Ebenso soll die Burganlage mit ihrem geheimen Gewölbekeller verbunden werden.

Die Arbeiten kamen gut voran, weil es wenig regnete. Nach jeweils fünfhundert Schritten legten die Männer einen Luftschacht an, aus dem sie ebenfalls den Aushub brachten. Diese Schächte würden sie später mithilfe von Gestein und Gebüsch verstecken. Probleme bereitete ihnen das Grundwasser, das mühsam abgeschöpft werden musste. Besonders felsige Abschnitte forderten enorme Kräfte und ließen sich manchmal nur durch eine Umgehung meistern.

Jedes Mal, wenn die Sonne unterging, krabbelten die Arbeiter erschöpft aus dem Tunnel und wuschen sich. Dann hatten die Frauen eine kräftige Mahlzeit mit Fleisch bereitet, wozu kühles Bier gereicht wurde. Das hatten sich alle redlich verdient, bevor sie in die aufgestellten Zelte krochen. Da mancher Kerl fern von seinem Weibe war, siedelten sich einige Huren an. Es war Arminius wichtig, dass sich die Männer wohlfühlten, und er versprach ihnen nach gewonnener Schlacht fette Beute.

Dafür würde sich die harte Arbeit lohnen.

„Ihr habt ein gutes Tagewerk vollbracht", lobte Christhor sie. „Vergesst nie, dass es offiziell nur um unsere Wasserversorgung geht", bläute er ihnen ein.

Nicht auszudenken, wenn jemand etwas ausplaudern würde. Schließlich war strikte Geheimhaltung oberstes Gebot. Er war sich sicher, dass römische Spitzel Germanien regelmäßig durchstreiften. Niemals dürften sie und in der Folge auch Varus von diesem Vorhaben Wind bekommen. Deshalb verließ Arminius mit engen Begleitern öfter das Dorf und schlug sich in die Wälder, um Verräter aufzuspüren. Ab und zu kam es zu kleinen Scharmützeln. Dabei probierte er seine Maske aus und war von der kraftvollen Wirkung jedes Mal begeistert. Seine Männer gaben das Publikum ab und bestätigten stets seine Unsichtbarkeit. Alle waren überzeugt, dass damit und mit Tausenden germanischen Kämpfern der Sieg gegen die Römer gelingen werde.

*

Ein kleines Dorf am Nordrand des Wesergebirges, Germanien, Herbst anno 9 nach Christi Geburt

„Wir haben es geschafft!", verkündete Christhor stolz, als Arminius von einem längeren Ritt zurückkehrte, bei dem er Kämpfer rekrutierte. „Der Tunnel ist bis zur Visurgis fertiggestellt. Jetzt hat der Brunnen eine fünffach mannshohe Tiefe und genügend Wasser, während der geheime Gang etwas höher beginnt, damit man bequem hindurchmarschieren kann."

„Das hört sich gut an", nickte der Fürstensohn. „Hauptsache, man ertrinkt darin nicht."

„Höchstens holt man sich nasse Füße", lachte Christhor. „In regelmäßigen Abständen gibt es kleine Öffnungen nach oben, durch die frische Luft gelangt. Von außen sind diese so verborgen, dass sie Fremden nicht auffallen. Der einzige Nachteil ist die Dunkelheit. Aber es geht ja immer geradeaus, also kann man sich gar nicht verirren."

„Das ist beruhigend", grinste Arminius. „Lass uns die Strecke gleich einmal ablaufen."

Mithilfe einer langen Leiter stiegen sie in den Brunnen hinab und erreichten über der Wasserfläche den Eingang zum Tunnel. Der Gang war schmal, aber hoch genug, um aufrecht hindurchzugehen. Sie hatten kleine Öllampen mitgebracht. Christhor ging voran, während Arminius folgte. Der Weg machte zuerst einen kleinen Bogen nach Süden, schwenkte aber rasch gen Westen. Wände und Decken waren mit Holz ausgekleidet, nur bei felsigen Strecken war das nicht nötig.

Nach etwa zwei Stunden schimmerte ihnen grelles Tageslicht durch schmale Ritzen entgegen.

„Am Ende müssen wir ein paar Brocken zur Seite rücken, damit kein Feind den Zugang entdecken kann", raunte Christhor über die Schulter.

Bald darauf standen sie stolz im hohen Gras, direkt am Ufer der brausenden Visurgis. Hier gluckste und gurgelte das Wasser zwischen den Flusssteinen, ab und zu entdeckten sie einen Fisch. Die Sonne schien warm, ein paar Vögel kreisten über ihnen und irgendwo blökten Schafe. In idyllischer Ruhe lagen die Weiden an der Porta Westfalica. Es roch nach Frieden und Freiheit. Fürwahr, es war herrlich.

Arminius wusste, dass sich das schnell ändern würde. Neben seinen Cheruskern konnte er zahlreiche Männer von den Brukterern, Marsern, Angrivariern und den Chatten zum Freiheitskampf überzeugen. Dagegen lehnten die Friesen und Chauken eine Beteiligung ab, weil sie bereits mit Rom ein Bündnis geschlossen hatten und es aus Angst vor Rache nicht aufs Spiel setzen wollten.

Der geheime Plan sah vor, am Helweg, der am Nordrand des Teutoburger Waldes entlangführte, gut getarnte Hinterhalte zu errichten. Von dort würden sie den endlos langen Zug der Legionen mit Geren und Pfeilen angreifen, die wie ein tödlicher Hagelschauer niedergehen würden. Den endgültigen Todesstoß sollte die raue Landschaft bewirken: das unheimliche, alles verschlingende Große Moor der Tiefebene. Arminius und seine Leute kannten die Gefilde wie ihre Westentasche. Die größte Römerfalle errichteten sie an einem Schanzwall, der zu Füßen des Kalkrieser Berges lag. Hier war der Helweg eng, denn auf der anderen Seite lauerten die Sümpfe auf ihre Opfer. Ein Entrinnen würde es nicht geben.

„Wann wird die Schlacht beginnen?", fragte Christhor.

Arminius zögerte, dann sprach er: „Wenn der nächste volle Mond leuchtet, ist Wodan uns wohlgesonnen, und wir werden losschlagen."

Fieberhaft rechnete er nach. Vollmond würde gemäß seiner Zählung genau am 5. Oktober sein. Am ersten der späteren *Toten Tage*. Wahrlich, das passte ausgezeichnet. In diesem Augenblick verstand er, warum 1582 der römische Papst Gregor XIII. ausgerechnet diesen Tag und die folgenden streichen ließ. Er wollte nachträglich die Schmach der Varusschlacht symbolisch ausradieren. In der Tat waren die *Toten Tage* für Rom schwarze Tage gewesen.

„Gut, mein Freund. Genau dann wird der rechte Zeitpunkt gekommen sein."

Arminius schäumte vor Wut.

Die strikte Geheimhaltung war gebrochen worden. Wie er von Boten erfuhr, suchte ausgerechnet sein Schwiegervater Segestes Feldherr Varus auf, der sich wie ein Besatzer mit seinen Legionen im Cheruskerland aufhielt. In eindringlichen Worten warnte er den Römer vor einem germanischen Hinterhalt und bezichtigte Arminius des Hochverrats.

„Verhaftet vorübergehend den Fürstensohn und andere Häuptlinge – einschließlich meiner selbst – zu Eurer Sicherheit", war sein bestechender Ratschlag gewesen.

Darauf musste Arminius unbedingt reagieren, weil sonst alle Pläne zunichte wären. Deshalb sattelte er sein Ross und stürmte zum römischen Lager.

Vier Wachposten sicherten den Zugang zum Praetorium. Als sie den Fürstensohn erblickten, ließen sie ihn passieren, da sie ihn gut kannten. Publius Quinctilius Varus saß gerade auf einem prachtvoll gepolsterten Sessel und studierte die Skizze einer Landkarte. Sein schütteres Haar war ergraut und scharfe Falten im Gesicht verrieten ein fortgeschrittenes Alter. An seinen Fingern prangten wertvolle Ringe. Er trug einen Umhang mit vornehmer Stickerei, der von einer goldenen Fibel gehalten wurde. Breite Purpurstreifen wiesen ihn als ehrbaren Senator in Rom aus, zumal dieser Farbstoff der teuerste war, den es gab. Seine Statur zierte ein prächtiger Ledergürtel, der mit Silberbeschlägen und funkelnden Edelsteinen besetzt war.

Die Füße steckten in kunstvollen Sandalen, wobei er mit dem rechten Bein unentwegt auf den Boden trommelte.

Arminius bemerkte seine innere Unruhe. *Ich werde die Stimmung ausnutzen und aufs Ganze gehen.*

„Mein cheruskischer Freund, schön, dich zu sehen“, rief der Feldherr mit einladender Geste und wies ihn, sich auf einen Schemel gegenüber zu setzen.

Nach freundlichen Begrüßungsformeln kam Arminius zur Sache und tischte dem Römer unverblümt eine Lüge auf: Bei einem jenseits der Brukterer gelegenen Stamm gibt es heftige Unruhen, die das römische Heer unverzüglich im Keim ersticken sollte. Damit aus dem Feuer kein Flächenbrand wird. Um rasch dorthin zu gelangen, bietet sich praktischerweise nur ein Weg an, nämlich die alte Handelsroute. Der Helweg am Teutoburger Wald.

Varus verzog sein Gesicht und stutzte. *Von solchen Spannungen weiß ich gar nichts. Meine Kundschafter berichteten mit keinem Wort davon. Kann das stimmen?*

Heftige Zweifel kamen in ihm hoch und drohten wie böse Geister, die sich nicht so leicht vertreiben ließen.

An diesem Abend war ein letztes Gastmahl vor dem Aufbruch vorgesehen, an dem auch Segestes teilnahm.

Arminius stockte das Herz. *Ausgerechnet der!*

Jener scheute sich nicht, seine Warnung in aller Öffentlichkeit zu wiederholen. Und das, obwohl er zum Stamm der Cherusker gehörte.

Fieberhaft grübelte Arminius, wie er darauf reagieren sollte. Er musste die Angelegenheit zur Sprache bringen.

Es hilft alles nichts. Am besten die Flucht nach vorn.

„Meine vertraulichen Boten bestätigten mehrmals heftige Unruhen im Westen. Sie können sich zu einer Gefahr für Rom entwickeln, wenn Ihr nichts dagegen unternehmt. Was übrigens die Anschuldigungen von Segestes angeht – da macht Euch mal keine Gedanken, mein verehrter Varus. Der Kerl will mich nur anschwärzen, weil er wegen der Heirat seiner Tochter mit mir tiefen Groll hegt und auf Rache sinnt. Bei Wodan, es ist alles in bester Ordnung. Wir Cherusker sind dankbar, dass Ihr in unserem Lande für Recht und Ordnung sorgt", erwiderte er und lächelte dem Feldherrn freundlich zu. „Ich gäbe mein heiliges Blut für Euch und das ganze Imperium!"

Varus grübelte. Eine latente Unruhe auf beiden Seiten stieg. Endlich nickte er. Der Feldherr vertraute dem jungen Mann mehr als dem verbitterten Schwiegervater.

Aber er war gewarnt.

Sie hoben ihr Gefäß, das mit köstlichem Rhenuswein gefüllt war, und prosteten sich mit durchdringenden Blicken zu. „Auf unsere Zukunft!"

Doch jeder verstand etwas anderes darunter.

*

Nächte später am Nordrand vom Wiehengebirge und Teutoburger Wald, Oktober anno 9 nach Christi Geburt

Der Morgen des Aufbruchs an der Visurgis verlief planmäßig. Der Himmel war wieder einmal trübe, aber daran waren die Römer inzwischen gewöhnt.

Anfangs gab es kleine Scharmützel. Die Cherusker nutzten das Überraschungsmoment durch ihren Tunnel bei der Porta Westfalica und gelangten so in den Rücken der Gegner. Dabei halfen ihnen die geografischen Kenntnisse und die gewichtsmäßig leichte Bewaffnung.

Dennoch zogen die Legionen unbeirrt ihres Weges und ein langer Tross mit den Gerätschaften für Unterkunft und Verpflegung folgte ihnen. Dazu gehörten Familien, Handwerker, Heilkundige, Köche und Huren. Der Feldherr plante, nach Bekämpfung der gemeldeten Unruhen mit seinen Truppen den Rhenus bei Vetera *(Xanten)* zu erreichen, um dort das sichere Winterquartier zu beziehen.

Langsam fing es zu regnen an. Besorgt blickte Varus aus seinem Reisewagen, in dem er die schwere Soldkasse mit sich führte. Das Grau des Himmels wurde immer schwärzer. Schließlich goss es wie aus Kübeln. Der Helweg verwandelte sich in rutschige Schlammkuhlen und große Pfützen, die Strecke war kaum noch passierbar. Ein Ausweichen wäre nicht mehr möglich, weil sich auf der linken Seite das Gebirge erhob und auf der rechten gefährliche Sümpfe erstreckten. Kehrtzumachen war für die stolzen Soldaten keine Alternative. So zogen sie weiter, Schritt für Schritt, Meile um Meile. Wobei wegen der Nässe die Kleidung und Ausrüstung schwerer und schwerer wurden.

Immer näher zur Römerfalle beim Kalkrieser Berg.

Plötzlich wurden sie von einer befestigten Wallanlage massiv mit Pfeilen und Geren, den berüchtigten Wurfwaffen, angegriffen. Wegen der Enge fanden sie keinen Raum, um ihre bewährten Schlachtreihen aufzustellen.

Eine Katastrophe bahnte sich an, der Helweg wurde zum Albtraum. Zum Höllenweg.

Die unerbittliche Schlacht zwischen den Germanen und Römern zog sich über Tage und Nächte hin. Sooft Arminius konnte, setzte er seine Gesichtsmaske auf und tötete einen Legionär nach dem anderen. Nur an Varus selbst wagte er sich nicht heran. Ein gewisses Gefühl von Ehrfurcht hinderte ihn, zumal der Mann ihm blind vertraut hatte.

Als die römische Niederlage offensichtlich war, musste der Fürstensohn nicht mehr eingreifen. Der bislang so selbstbewusste Feldherr stürzte sich ins eigene Schwert und damit in den Tod. Jetzt war der Kampf entschieden. Die Cherusker und andere Stämme jubelten. Endlich war ihr Land wieder frei. Und würde es letztlich auch bleiben.

Christhor ließ sich von Thorbrand, der aus Altersgründen nicht mitkämpfte, regelmäßig über die Lage informieren und fieberte mit. Als Waffenschmied sollte er daheim arbeiten, denn es gab viel zu tun. *Da hab ich noch mal Glück gehabt, dass ich nicht meinen Kopf hinhalten muss und zu Hause bleiben kann.*

Schätzungsweise zwanzigtausend Römer und Söldner fielen in den Kämpfen oder starben später an Verwundungen. Ebenso beklagten die Germanen ihre Opfer, aber es waren deutlich weniger.

Drei Nächte später tauchte Arminius mit seinen Begleitern wieder im Dorf auf und schwenkte stolz sein Schwert.

„Wir haben das Imperium besiegt und unsere Freiheit verteidigt. Was kaum jemand für möglich gehalten hätte, vollbrachten wir mit List und Klugheit. Davon werden noch Generationen nach uns erzählen.“

Wie wahr.

Alle Einwohner reagierten begeistert auf die Beute, die sie mitbrachten. Es waren nicht nur Waffen und Gegenstände für den Alltag, Pferd und Wagen, sondern eine Horde von Gefangenen. Finster blickten die Männer drein, die geschunden mit zerrissener Kleidung dastanden und wussten, dass nun ihre Sklavenzeit beginnen würde. Es waren vierzehn Gestalten, die man in einer Reihe angekettet hatte. Sie stammten aus verschiedenen Provinzen des Römischen Reiches, was man an ihrer Sprache und dem Aussehen erkennen konnte. Darunter befand sich der Zenturio Titus, der eine Hundertschaft befehligt hatte und von einer angesehenen Familie aus Rom stammte.

Zu dem Zeitpunkt konnte niemand ahnen, dass mit diesen Fremden eine neue Dramatik mit weitreichenden Folgen ihren Anfang nahm.

Thorbrand teilte die Beute und die Männer nach seinem Gutdünken auf, wobei er den Offizier zu sich nahm.

„Christhor, du sollst zwei kräftige Sklaven für die Schmiede bekommen, damit sie für dich die harte Arbeit verrichten“, erklärte er und wählte sie aus.

Der eine hieß Julius und kam aus Carnuntum, welches an der Donau in der Provinz Pannonia lag. Der andere stammte aus Gallaecia, das zu Hispania gehörte und von der Legio VII Gemina kontrolliert wurde. Er sah schaurig aus, weil die linke Gesichtshälfte durch einen Schwerthieb von einem früheren Kampf verunstaltet war. Besonders gruselig wirkte die halb abgeschlagene Nase; nur zwei düstere Löcher unterhalb der Augen kündeten davon. Zahlreiche Zähne fehlten, die restlichen faulten in verborgenen Winkeln. Dass dieser Mann überhaupt lebte und sogar kräftig war, glich einem Wunder.

Sein Name war Dracus.

Als Christhor das hörte, zuckte er zusammen und schauderte. Die schrecklichen Bilder aus seiner Vergangenheit tauchten wieder auf. *Draxxus! Mittlerweile weiß ich, dass es keine Zufälle gibt. Im Gegenteil – alle Zeitepochen sind miteinander verwoben. Deshalb muss ich vor diesem Mann äußerst auf der Hut sein.*

Am nächsten Tag, nach der Abreise von Arminius, ging es ans Werk. Dracus schwang den schweren Schmiedehammer mit einer Leichtigkeit, als hätte er sein Leben lang nichts anderes gemacht. Tagsüber wurden ihm und den übrigen Sklaven während der Arbeit die Ketten abgenommen. Man sicherte sie nur in der Nacht. Als gemeinsame Sprache diente Latein, das jeder mit dem ihm eigenen Akzent aussprach. Und wenn die Worte mal fehlten, funktionierte meistens die Zeichensprache und verursachte manch fröhliches Gelächter. Irgendwie klappte die Verständigung.

„Zeigt mir doch mal den geheimen Tunnel“, bat Dracus eines Tages seinen Herrn und gab an, dass darüber gemunkelt wurde. „Außerdem soll es eine Maske geben, die Arminius in der Schlacht getragen hat“, fügte er listig hinzu. „Die muss ich unbedingt sehen. Schließlich habe ich selbst eine getragen und sie im Getümmel der Schlacht verloren.“

Christhor schreckte auf, sein Herz schlug schneller. *Was hatte der Mann da gesagt?*

Auf einmal sah er eine mögliche Verbindung zur berühmten Gesichtsmaske, die nach rund zweitausend Jahren bei Kalkriese im Osnabrücker Land ausgegraben wurde. Aber auch eine heiße Spur zum gefährlichen Draxxus, der noch immer die Fäden der Macht in den Händen hielt. *Wie jedoch alles zusammenhängt, ist mir schleierhaft. Mit Logik komme ich da nicht weiter.*

„Das kommt gar nicht infrage“, beschied er knapp. „Du bist mein Sklave und nur zum Arbeiten hier!“

„Lass sein, Dracus“, mischte sich Julius ein und klopfte dem Hispanier auf die Schulter. „Bei Jupiter – ganz gewiss kommt bald unsere Stunde der Rache.“

Argwöhnisch beäugte Christhor die beiden. Ihn beschlich das unheimliche Gefühl, dass sie mit den anderen Sklaven etwas ausheckten. Seine Befürchtungen sollten sich erschreckend bestätigen.

Die Ereignisse gingen nicht spurlos an den Einwohnern vorbei. Obwohl die Zimmerleute für den Stammesältesten ein neues Gebäude errichtet hatten, klaffte ein tiefer Riss in Thorbrands Seele, der nicht zu kitten war. Der vormals so stolze Führer wurde zusehends depressiv. Die liebevolle Zuwendung von Griseldis vermochte ihn nicht zu heilen. Der Medicus des Dorfes tat sein Bestes und stellte Heilkräuter zum Einnehmen zusammen. Selbst Titus beteiligte sich an der Pflege und versprach, dass er die Schwäche des Hausherrn nicht zur Flucht nutzen würde. Doch alle Fürsorge bewirkte wenig.

Voller Kummer und Ängste verstarb Thorbrand nach drei Monden und wurde an einem Thingstag in einem feierlichen Ritus zu Wodan getragen.

Die Ratlosigkeit war groß. Wer sollte jetzt der Anführer sein, das Thing ausrufen und leiten? Die Dorfbewohner fühlten sich wie Waisenkinder, die nicht mehr ein noch aus wussten. In Versammlungen der Waffen tragenden Männer wurden in langen Reden die Lage beraten und die Götter befragt. Bis eine Entscheidung fiel.

„Christhor, nach dem Willen von Wodan sollst du unser neuer Stammesältester werden", erklärten sie schließlich und schlugen als Zeichen der Bekräftigung laut ihre Waffen gegeneinander. „Du hast ein ehrwürdiges Alter, einen bewegten Lebensweg und glänzt mit Kraft und Weisheit."

Wahnsinn – ausgerechnet ich. Wer hätte das gedacht.

Von so viel Vertrauen überwältigt, sagte Christhor zu. Er konnte nicht anders und verschob den heimlichen Plan zur Rückkehr in seine Zeit, von dem er sowieso nicht wusste, wie er ihn bewerkstelligen sollte. Nun galt es, sich den Herausforderungen dieser Gegenwart zu stellen und nicht von irgendeiner Zukunft zu träumen.

Ich kann es kaum glauben. Jetzt bin ich Häuptling in diesem kleinen Runddorf, das in ferner Zeit einmal Bückeburg heißen wird. Wahrlich unvorstellbar! Wenn das meine Zeitgenossen wüssten!

In einer feierlichen Zeremonie wurde er unter Anrufung der Götter zum Stammesältesten im Cheruskerland geweiht. Daran schloss sich ein rauschendes Fest rund um den Dorfbrunnen an. Es gab knusprig gebratene Fleischspieße und frisches Brot; Bier und Medu flossen in Strömen. Die Sklaven durften mitfeiern und grölten Lieder in ihren Heimatsprachen. Die Stimmung war fröhlich und ausgelassen. Aber Christhor behielt Dracus fest im Blick. *Nicht auszudenken, wenn dem Kerl jetzt die Flucht gelingen sollte!*

Weit nach Mitternacht wurden die Lagerfeuer gelöscht und jeder torkelte beseelt zu seiner Bettstatt, um in tiefen Schlaf zu rauschen. Niemand ahnte Schlimmes.

Das Erschrecken war groß.

Als der Morgen graute, zogen dichte Rauchschwaden durch den Ort. Zwei Katen brannten lichterloh. Nicht nur das, sondern dreizehn Sklaven waren geflohen. Allein der Zenturio war geblieben und half mit den Bewohnern eifrig beim Löschen.

„In solcher Weise abzuhauen ist feige, weil sie die Großherzigkeit ausnutzt und Vertrauen missbraucht", erklärte Titus. „So beschämend handelt kein ehrbarer Römer."

Die Enttäuschung im Dorf war riesig. Ohne dass es jemand bei der Feier mitbekommen hatte, verband diese Kerle ein fataler Schwur:

„*Wir dreizehn Männer stehen zusammen und bilden ab heute den Geheimbund der Tredici.*
Von nun an wird unser Ziel sein, über die Welt zu herrschen und andere zu Sklaven zu machen.
Das ist unser eiserner Schwur und bleibt es für alle Zeiten!"

Christhor war das Entsetzen ins Gesicht geschrieben. Er wagte die Folgen gar nicht auszudenken. Besonders ärgerte ihn, dass dieser Dracus entlaufen und damit die Saat dämonischer Verbrechen über Generationen hinweg gelegt war. *Hätte ich bloß eingegriffen und diesen Keim des Bösen erstickt. Schmerzlich weiß ich aber auch, dass ich den Lauf der Geschichte nicht grundlegend verändern kann. Seien die Motive noch so gut – es geht einfach nicht.*

Zum Glück befand sich die Maske des Arminius' wieder in seiner Obhut, denn er hatte ihn darum gebeten. Er musste sie sicher verstecken, bevor vielleicht Dracus zurückkam, um sie zu stehlen. Oder die Herausgabe zu erzwingen.

Am nächsten Tag, früh am Morgen, als es noch dunkel war, kramte Christhor das gute Stück aus einer Ecke hervor, legte es behutsam in eine flache Holzkiste und schlich damit zum Brunnen. Die Leiter lehnte im Schacht.

Nervös schaute er sich nach allen Seiten um. Sein Herz trommelte. Er kam sich wie ein Dieb in der Nacht vor. *Hoffentlich sieht mich niemand.*

Vorsichtig, Schritt für Schritt, kletterte er die Sprossen hinab und tastete die dunklen Steine ab. Modrige Luft wehte ihm aus dem Tunnel entgegen. Auf einmal fühlten seine Finger eine Vertiefung in der Wand. Rasch zog er Hammer und Meißel hervor und schlug eine kleine Höhle heraus. Als sie passend war, schob er die Kiste mit der Gesichtsmaske hinein und verschloss sodann das Loch mit Brocken.

Geschafft – aber sind da oben Schritte?

Ängstlich kroch er in den Geheimgang und wagte kaum zu atmen, obwohl sein Puls raste.

Abwarten. Ich darf mich nicht bewegen. Sicherlich hört man draußen wegen des Halls jedes Geräusch.

„Komm heraus", rief Freya mit heller Stimme herab. „Ich habe dich gesehen, als ich zum Melken wollte."

Verärgert kroch Christhor aus dem düsteren Schlund nach oben.

Die Frau streckte beide Hände aus und half ihm über den Brunnenrand.

„Was hast du dort unten gemacht?", forschte sie streng.

„Bei meinem alten Volk gibt es den Ritus, sich einmal im Jahr vor Sonnenaufgang in einem Brunnen zu waschen", behauptete er, aber sah ihr dabei nicht in die Augen. „Damit sollen die Götter friedlich gestimmt werden."

„Du bist nicht mehr bei den Langobarden. Vergiss sie! Hier gelten allein die Gebräuche der Cherusker. Nichts anderes", tadelte sie ihn. „Wenn du das noch einmal machst, werde ich dafür sorgen, dass die Angelegenheit in aller Öffentlichkeit vor das Thing kommt. Du weißt ja, damit ist nicht zu spaßen!"

Christhor nickte. Das war Warnung genug.

Zum Glück hatte er die Maske sicher versteckt. Ob und wann er sie selbst nutzen würde, stand wahrlich in den Sternen.

*

Ein kleines Dorf am Nordrand des Wesergebirges, Germanien, anno 21 nach Christi Geburt

Etliche Jahre waren vergangen. Die am Anfang alles beherrschende Frage von Christhor, *Wie komme ich bloß wieder zurück?*, verblasste, als würde die Kraft der Sonne sie ausbleichen. Zusehends verschoben sich seine Erinnerungen an das vorherige Leben ins Negative. Er wollte den Stress nicht mehr, den Zwang der Uhren, den Takt des Kalenders. Den Ärger bei der Arbeit, volle Autobahnen, Lärm auf den Straßen und die schlechte Luft. Die Massen von Menschen, das Gedränge und Anstehen. Corona oder andere Gefahren. Den Luxus vermisste er auch nicht: die überfüllten Supermärkte und das hektische Internet. Die Immer-Erreichbarkeit, immer mehr, immer schneller – und viele schlaflose Nächte mit grübelnden Gedanken. Auch die Langeweile und innere Leere, und dass er körperlich kaum gefordert wurde. All das wollte er nicht – er wollte nicht mehr zurück.

Sein Lebensweg hatte eine entscheidende Wendung erfahren. Hier war alles anders und er spürte, dass seine unartikulierten Träume Wirklichkeit geworden waren. Die Beschränkungen auf das Wesentliche waren befreiend. Persönliche Sachen besaß er nur wenige, die Anzahl der Kleidung konnte man an den Fingern abzählen. Das reichte vollkommen. Sein Tagesablauf war klar strukturiert. Beim ersten Hahnenschrei erhob er sich vom Lager und schritt nach dem Morgenmahl an sein Tagewerk. Auch wenn die Arbeit hart war, so erfüllte sie ihn mit tiefer Zufriedenheit. Abends, nach einem Bier oder Medu, schlich er todmüde zu Bett und war glücklich. Er wusste, was er heute geschafft hatte und wie es morgen weitergehen konnte. Die Gemeinschaft im Dorf trug ihn und er sie. Jeder lebte mit den anderen zusammen. Im kommenden Jahr wollte er die Schmiede den beiden Knechten übergeben, die dadurch im Dorf einen höheren Status erhalten würden, was sie redlich verdient hatten.

Besonders erfüllte sein Herz die wachsende Liebe zu Freya. Im letzten Lenz hatten sie geheiratet, trotz oder wegen des Altersunterschieds. Die kleine Hochzeitsfeier zu Ehren Wodans am Dorfbrunnen war das Bewegendste, was er je erlebt hatte. Ein Leben an der Seite einer Cheruskerin – das hätte er sich niemals vorstellen können.

Jetzt war seine Heimat dieses kleine germanische Dorf geworden. Schließlich stand auch hier die Wiege seiner Herkunft und der Sprache. Inzwischen kannte er alle Leute recht gut, schätzte ihre Angewohnheiten und lernte, mit den Absonderlichkeiten klarzukommen. Jeder akzeptierte jeden und man half sich, wo man nur konnte. Hier erlebte er echte Gemeinschaft. Sogar der Zenturio fügte sich als große Bereicherung in das Dorfleben ein, sodass – auf seinen Vorschlag – das Thing ihm eines Tages die Freiheit gewährte. Sichtlich gerührt erklärte Titus, dass er hierbleiben wolle, um als Friedensstifter zwischen dem Imperium und den Germanen zu vermitteln. Ein ehrbarer Plan.

„Alea iacta est – die Würfel sind gefallen", war sein Motto.

Christhor lernte den Römer als gebildeten Gesprächspartner zu schätzen. Über die politische Lage konnten sie vortrefflich debattieren, ohne den anderen in seinem Stolz zu verletzen. Auch religiöse Fragen besprachen sie, wenn sie am Lagerfeuer nebeneinanderhockten, zum Mond blickten und Medu tranken. Der Wunsch nach Frieden und gegenseitiger Achtung verband sie. So entwickelte sich im Laufe der Zeit eine tiefe Freundschaft, die über Äonen hinweg ablesbar sein würde.

Als Stammesältester ritt Christhor gelegentlich zu anderen Dörfern, um sich über die Lage zu informieren und abzustimmen. Dabei ging es nur um ein einziges Thema: Die Römer gaben noch immer keine Ruhe. Unter den Feldherren Tiberius und Germanicus, der sechs Jahre später den Schlachtort aufsuchte, unternahmen sie mehrere kriegerische Raubzüge und Vernichtungsaktionen. Die Gefühle von Rache und Machtstreben führte sie stets über den Rhenus nach Germanien. Aber ihr Ziel, die Stämme bis zur Albis *(Elbe)* zu unterwerfen, erreichten sie nicht.

Arminius und seine Heerscharen waren klug genug, sich nicht einer offenen Schlacht zu stellen. Vielmehr griffen sie weiterhin aus dem Hinterhalt an und zogen sich schnell wieder in die dichten Wälder zurück, wohin ebenso die Einwohner geflüchtet waren. Der Fürst beabsichtigte, alle Stämme noch stärker unter seinem Kommando zusammenzuführen, um schlagkräftiger zu werden. Damit stieß er auf wachsenden Widerstand bei den einzelnen Völkern, die sich ihre Selbstständigkeit nicht nehmen lassen wollten. Allerdings gab es auch welche, die lieber mit Rom paktierten. Es war schwierig, alle unter einen Hut zu bekommen. Oft raufte Arminius sich verärgert die Haare.

„Habt Ihr's schon vernommen?", rief der Bote außer Atem und zügelte sein Ross vor der Gerichtslinde.

Griseldis fütterte gerade die Hühner und hielt verdutzt inne. „Was habt Ihr uns zu vermelden?"

„Der hochgeborene Cheruskerfürst Arminius ist tot. Er wurde heimtückisch ermordet!"

Die Frau zuckte zusammen, ihr wurde eiskalt ums Herz. „Kommt mit, das müsst Ihr unbedingt unserem Stammesältesten berichten."

Beide suchten die Schmiede auf, wo Christhor schwitzend an der Esse stand und Hufeisen schlug. Als er sich umwandte, platzte der Bote mit der Nachricht heraus.

Erschöpft ließ er sich auf einen Schemel fallen und wischte sich mehrmals über das nasse Gesicht, worauf sich Schweiß und Tränen mischten.

Niemand wagte ein Wort. Nur das Feuer knisterte. Selbst die Knechte hielten betreten inne.

Minuten verstrichen.

Schließlich ging ein Ruck durch Christhor. „Sagt mir, wer hat ihn umgebracht? Ein Römer?"

„Nein, es war jemand aus seiner eigenen Familie. Mehr weiß ich nicht zu berichten."

Ungläubig starrte der Schmied den Boten an, als hätte er sich verhört. Schwerfällig erhob er sich und schritt im Raum umher, wobei er immer wieder den Kopf schüttelte. „Der tapfere Arminius. Er hat uns von den Römern befreit und wollte das große Werk fortsetzen. Er war unser wichtigster Mann, ein wahrer Held. Und dann bringt ihn jemand aus Neid und Machtstreben um. Es ist nicht zu glauben, dass das eine cheruskische Familie sein soll.

Haben uns etwa die Götter und alle guten Geister verlassen?"

In diesem Augenblick erschien Freya, weil sie ihren Mann zum Mahl rufen wollte. Als sie die Tragödie vernahm, schluchzte sie und verbarg das Gesicht hinter ihrer Schürze.

„In den letzten Jahren hatte es Arminius besonders schwer", versuchte Christhor die Zusammenhänge zu benennen. „Sein Bruder Flavus intrigierte genauso wie der Onkel Inguiomer und Schwiegervater Segestes. Dazu kam, dass sein schwangeres Weib Thusnelda von ihrem eigenen Vater an die Feinde ausgeliefert und nach Rom verschleppt wurde."

„Wie mir zu Ohren gekommen ist, hat Arminius seinen kleinen Sohn Thumelicus noch nie zu Gesicht bekommen", fügte Freya tränenerstickt hinzu.

„Manchmal ist die Welt ein brodelnder Kessel", fasste Christhor die Gedanken zusammen und blickte nachdenklich ins lodernde Feuer der Esse.

Wie wird es weitergehen, was wird meine Zukunft sein?

Düstere Wolken zogen auf.

Die Anspannung stieg.

Kapitel 12
Kein Ende des Schreckens

Bückeburg, Schaumburger Land, Nacht zum 14. Oktober

Die Gegenwart bleibt nicht stehen.

Der Motor des Audi TT heult drohend auf, die Reifen quietschen. Draxxus gibt Vollgas.

Haarscharf, nur wenige Zentimeter vor dem Gestrauchelten, reißt er das Lenkrad herum. Ohne Skrupel hätte er diesen Christian Sonnthag gerne zermalmt – aber seinen Koffer mit der wertvollen Maske nicht. Das würde alle Mühen zunichtemachen.

Den hole ich mir so schnell wie möglich zurück.

Unvermittelt donnert er geradeaus durch die Ulmenallee. Das Brüllen des Triebwerks verliert sich nur langsam in dieser Nacht. Allein eine pechschwarze Dieselwolke bleibt über der Kreuzung hängen. Ein düsteres Omen an diesem 13. Oktober. Eine bleierne Stille senkt sich herab.

Der Wagen braust die Allee hinauf, an ihrem Ende in scharfer Rechtskurve in die Herminenstraße und sofort links zum Versteck im fürstlichen Palais. Erst jetzt tritt der Fahrer auf die Bremse. Im matten Mondschein erkennt er, dass die schmiedeeisernen Tore zum Anwesen sperrangelweit geöffnet stehen. Ein purer Leichtsinn des Hausherrn. Solche Nachlässigkeiten sind es, die der Großmeister schamlos ausnutzt und die es immer wieder gibt. Gar nicht so selten, sondern seiner Erfahrung nach öfter, als man denkt. Man muss dafür nur die Augen offen halten und den richtigen Riecher haben.

„Dort kannst du immer rein", hatte ihm ein Vertrauter zugeraunt, „das Portal ist praktisch nie zu."

Langsam rollt der Audi knirschend über den breiten Kiesweg. Auf beiden Seiten erstrecken sich Rasenflächen, die tot, wie diffuse Eisflächen, wirken. Nur eine schwarze Katze streunt umher, ihre Pupillen funkeln aggressiv im Scheinwerferlicht.

Das Neue Fürstliche Palais ließ Fürst Stephan Albrecht Georg zu Schaumburg-Lippe 1893–96 für seine Mutter, Fürstin Hermine, geb. Prinzessin von Waldeck und Pyrmont, errichten. Sein Vater, Fürst Adolf Georg, war im Mai verstorben und das Domizil sollte zum Witwensitz werden. Dort lebte Hermine bis zu ihrem Tod 1910; ihr Sohn verstarb ein Jahr später. Heute wird das Palais tagsüber als Bildungseinrichtung genutzt. Das stattliche Gebäude ist im Stil der Neorenaissance gebaut. Imposant wirkt der mit Efeu umrankte sechsundfünfzig Meter hohe Turm, der eine fantastische Aussicht bietet.

Genau darauf ist der Blick von Draxxus gerichtet, als er langsam heranfährt. Der Glanz des Mondes bestrahlt in diesem Augenblick zart die Zinnen. *Bald verlasse ich den alten Turm am Harrl und werde hier als SHG, Seine Heiligkeit der Großmeister, residieren. Damit werde ich über die Weser und alle Zuflüsse der Region herrschen. Denn wer über das Wasser waltet, wird in Zukunft mächtig sein. An dieser Stelle wird sich der nördliche Stützpunkt des Imperiums der Tredici befinden. Gleichsam in der Nachfolge des Römischen Reiches. Idealer geht's nicht.*

Hinter dem Palais stellt er den Wagen ab und will sich dem geheimen Zugang nähern, als er innehält. *Moment mal – der TT könnte mich verraten!*

Ohne zu zögern, steigt er wieder ein und startet. Diesmal lässt er die Scheinwerfer aus. Behutsam fährt er den Kiesweg zurück und biegt auf die Hauptstraße. Angestrengt späht er in alle Richtungen. Keine Menschenseele ist zu sehen. Die Bürger von Bückeburg scheinen in dieser Nacht tief und fest zu schlafen.

Mitten auf der Herminenstraße hält er an. Die Strecke ist zur Innenstadt gefährlich abschüssig.

Noch einmal der Blick zu allen Seiten.

Nichts. Oder doch?

Er belässt den Zündschlüssel im Schloss, kuppelt den Leerlauf rein und löst die Handbremse. Hastig steigt er aus, schlägt die Fahrertür zu und eilt nach hinten. Er muss gar nicht eingreifen. Langsam beginnen sich die Räder zu drehen. Sie werden schneller und schneller. Der Geisterwagen nimmt Fahrt auf.

Er rollt und rollt.

Der Großmeister starrt dem Audi hinterher, der wie ein Gespenst in der Dunkelheit verschwindet, weil sich in diesem Augenblick der Mond hinter dichten Wolken verkriecht.

Plötzlich gibt es weit unten am Kreisverkehr der Georgstraße einen lauten Knall, den er gar nicht mehr hört, da ihn die grausame Nacht verschluckt. Eine junge Frau aus Stadthagen, die gerade von einer Geburtstagsfeier kommt, verstirbt noch am Unfallort in ihrem Kleinwagen. Die Retter der alarmierten Wache sind ratlos.

Selbstbewusst schreitet Draxxus zum Palais zurück. Hinter einer Ecke bückt er sich und hebt mithilfe eines eingelassenen Griffs den Gullydeckel hoch. Wahrlich ein Kinderspiel, denn er ist leicht. In der ganzen Stadt gibt es davon dreizehn Stück an strategisch wichtigen Stellen. Alle bestehen aus Aluminium, das rostfarben lackiert wurde. Sie ermöglichen geheime Zugänge in die Unterwelt der Tredici. Gewandt klettert er in den Schacht, schließt den Deckel über sich und folgt dem Tunnel zum Keller im Palais. Automatisch gesteuerte Leuchtdioden weisen den Weg. Zufrieden erreicht er schließlich das ausladende Treppenhaus und steigt hinauf.

Das vornehm möblierte Turmzimmer gefällt ihm als zukünftiges Hauptquartier. Dennoch ist er unzufrieden. Er merkt, wie seine Kräfte schwinden. Von Stunde zu Stunde hat er das Gefühl zu altern. Das bewirkt der Verlust der Maske, die ihm bislang Energie spendete. Deshalb nimmt er sich vor, in Kürze ins Osnabrücker Land zu reisen. Dort will er aus dem Museum von Kalkriese die berühmte Gesichtsmaske stehlen, die 1990 gefunden wurde und vermutlich dem Feldherrn Varus gehörte. Jedoch dürfte jener sie nicht eingesetzt haben, sonst wäre die Schlacht gewiss anders verlaufen. Der Großmeister ist davon überzeugt, dass auch diese Maske ungeahnte Kräfte entfalten wird.

Bis ich aber da bin, brauche ich neue Energie. Am besten durch junge Herzen, eingelegt in die schaumburg-lippische

Hochzeitssuppe, meinem Leibgericht. Mal sehen, wer mir heute über den Weg läuft.

Gleich am frühen Morgen verlässt er das Palais, bevor die Meute der Schüler zum Unterricht eintrifft. Bei seinem Vorhaben darf er keine Zeit verlieren, schließlich ist heute der letzte der *Toten Tage* in diesem Jahr. Und den will er voll ausnutzen. *Wer weiß, was die Zukunft bringen wird.* Ungemein ärgert ihn der Verlust der Silbermaske nicht nur wegen der fehlenden Kraft, sondern weil er sich nicht mehr schützend dahinter verstecken kann und nun von Angesicht zu Angesicht handeln muss. Von seinem metallischen Kopf zu denen aus Haut und Knochen, von digital zu analog. Hier prallen zwei Welten aufeinander. Vor Wut steigert sich seine Betriebstemperatur in den roten Bereich. *Vorsicht!*

Zu Fuß macht er sich auf den Weg in die Stadt. Über sein Haupt hat er einen dunklen Hut mit breiter Krempe gezogen. Der Himmel ist bedeckt und es weht ein kalter Nordwind. Das sind ideale Bedingungen für seine Motivation.

Die Strecke führt ihn durch die eisernen Tore, auf denen passenderweise Meeresungeheuer dargestellt sind. Weiter geht es die Herminenstraße hinunter, vorbei am Bethelquartier und dem Landgericht. Das Grauen nimmt seinen Lauf.

Es ist früher Nachmittag.

Die Musikschule befindet sich in einem stattlichen Gebäude an der Georgstraße. Gerade ist die Flötenstunde zu

Ende, die Kinder packen ihre Sachen und strömen nach draußen. Dort warten bereits Eltern in ihren Autos.

„Denkt daran, die Stücke zu Hause fleißig zu üben", ruft ihnen die Lehrerin hinterher.

Das sagt sie jedes Mal, weshalb niemand darauf antwortet.

„Willst du noch zu uns nach Obernkirchen mitkommen?", fragt Mia ihre Freundin Lisa. „Dann zeige ich dir, was ich gestern gebastelt habe."

„Au fein", strahlt das Mädchen. „Könnt ihr mich danach wieder nach Hause bringen?"

„Natürlich", ruft Mia und rennt zum Wagen, in dem ihr Vater ungeduldig wartet.

Sie erklärt ihm, um was es geht, doch er schüttelt den Kopf. „Das passt heute schlecht. Wir müssen nach Rinteln zur Oma. Schließlich hat sie Geburtstag und wartet mit Kaffee und Kuchen auf uns."

„Dann ein anderes Mal", seufzt Mia und klettert in den Wagen, während sich Lisa allein auf den Heimweg macht.

Sie verlässt die Georgstraße und nimmt eine Abkürzung zum Schlossgelände. Das ist ihr Lieblingsweg, weil er an einer Pferdekoppel vorbeiführt. Schon von ferne entdeckt sie einen Schimmel und ein schwarzes Ross. Endlos lange kann sie am Zaun stehen, den Tieren zuschauen und dabei alle Zeit vergessen.

„Du magst Pferde!", hört sie auf einmal eine tiefe, abgehackte Stimme hinter sich, die nicht fragt, sondern feststellt.

Erschrocken fährt sie herum.

Ein Fremder blickt sie an und flunkert mit den Augen. Er hat ein seltsames Gesicht und trägt einen komischen Hut.

„Willst du mal meine Pferde sehen?", fragt er.

„Ich muss aber nach Hause", zögert sie.

„Der Stall ist nicht weit, es dauert nicht lange."

„Wo denn?"

„Da hinten, im Marstall, gehören mir drei Boxen. Wenn du magst und deine Eltern nichts dagegen haben, darfst du *Wirbelwind* auch mal reiten", lockt er sie.

„Das ist ja ein lustiger Name", lacht sie. „Aber ich soll nicht mit fremden Leuten gehen, sagen meine Eltern."

Der Mann verzieht keine Miene. „Ich bin nicht fremd. Deinen Vater kenne ich gut aus der Firma", behauptet er. „Bist du nicht die … ähm … na, sag schon ..."

„Lisa!"

„Natürlich, die Lisa, die so schön Flöte spielt. Oft hat dein Vater stolz von dir erzählt. Wie alt bist du inzwischen?"

„Ich bin neun."

„Das ist genau das richtige Alter für Pferde", schwärmt er. „Bist du hier in Bückeburg geboren?"

„Ja, warum?"

Hervorragend, das ist ein Volltreffer.

„Weil du dann ein Fürstenkind bist."

Inzwischen erreichen sie den Marstall und schlüpfen durchs große Tor ins Halbdunkel. Hier riecht es nach Pferden, Dung und Stroh. Keine Menschenseele ist weit und breit zu sehen. Ohne es sich anmerken zu lassen, erinnert sich Draxxus daran, dass er schon einmal vor langer Zeit hier war. Damals mit Ansgar, dem Sohn von Graf Friedrich zu Holstein-Schaumburg. Auch dieser Junge war genau neun Jahre alt.

Die Dramatik steigt.

„Da hinten steht *Wirbelwind*", raunt er dem Mädchen zu und weist in eine düstere Ecke. „Bevor du ihn reiten kannst, müssen wir kurz zu meinem Schloss, um für dich das passende Reitzeug auszusuchen."

„Au fein", ruft sie begeistert.

„Was machen Sie mit mir?", kreischt Lisa, als die schwere Kellertür im Palais ins Schloss gefallen ist. „Nein! Lassen Sie mich sofort los. Hilfe, Hilfe!"

Das waren ihre letzten Worte.

Lisa Wollrath kehrt nicht mehr nach Hause zurück. Nach der Flötenstunde in der Musikschule verliert sich ihre Spur.

„Wo steckt bloß der Fabian? Er müsste längst wieder zu Hause sein!" Nervös blickt Frieda Gerster auf die Küchenuhr. „Es ist schon nach sieben."

Mit Sorgenfalten schaut sie zu ihrem Mann Gerbert hinüber, der gerade die Zeitung zusammenfaltet und neben sich auf die Bank legt. Draußen ist es dunkel geworden. Beide hocken in ihrer kleinen, aber gemütlichen Küche. Der Esstisch ist bereits liebevoll gedeckt. Heute soll es Lasagne geben, die mögen die Kinder besonders gerne. An jedem Freitag hat der Junge Training und danach kommt er immer sofort nach Hause. Das haben die Eltern ihm eingebläut.

Treib dich nicht irgendwo herum – an diese mahnenden Worte hielt sich bislang der Neunjährige.

Heute etwa nicht?

„Vielleicht ist er noch bei Micha", kräht die siebenjährige Anna aus dem Kinderzimmer nebenan. „Die sind seit kurzer Zeit miteinander befreundet."

Die Minuten vergehen, ohne dass der Sohn auftaucht. Immer wieder schiebt die Mutter die geblümte Gardine zur Seite und späht aus dem schmalen Küchenfenster des zweiten Stockwerks in die Dunkelheit der Straße, die nur durch trübe Laternen beleuchtet ist. Ein parkendes Auto reiht sich an das andere. Von Fabian ist nichts zu sehen.

Langsam steigt ihre Panik.

„Und wenn was passiert ist?"

„Was soll schon passiert sein", wiegelt ihr Mann ab.

„Na ja, heutzutage passiert so viel Schreckliches."

„Doch nicht im beschaulichen Bückeburg", versucht Gerbert sie zu beruhigen. „Wir leben nicht in einer gefährlichen Großstadt. Hier passt jeder auf den anderen auf."

„Ich weiß nicht, ich hab so ein ungutes Gefühl."

Nervös läuft Frieda hin und her und streicht sich fahrig die Haare aus dem Gesicht, als würden sie das Sehen behindern.

Nach fünf Minuten ruft ihr Mann bei Michas Eltern an. Nein, der Fabian ist nicht hier, heißt es.

Als die acht Schläge der Turmuhr von der Stadtkirche verklungen sind, können sie das endlose Warten nicht mehr aushalten. Während die Mutter mit blasser Miene apathisch am Esstisch hockt, zieht sich der Vater die Jacke über. Sorge, aber auch Wut beherrschen ihn.

„Ich geh mal nachschauen", brummt er.

„Ich will mit!", ruft Anna aufgeregt.

„Das kommt gar nicht infrage", antwortet er barsch. „Du bleibst bei Mama."

Energisch verlässt er die Wohnung und stapft die Treppe nach unten. Krachend fällt die Haustür ins Schloss.

Kühle Luft umweht ihn. Es nieselt leicht. Sein Weg führt die Bahnhofstraße hinunter, alsbald biegt er ab zum Sportheim. Hier sind bereits alle Lichter erloschen. Er kehrt um und läuft zur Schule, weil sich dort am Abend manchmal Jugendliche treffen. Aber es ist niemand da. Sowieso sind zu dieser Zeit kaum Menschen unterwegs. Nur ein paar Autos huschen mit ihren Lichtkegeln an ihm vorbei.

Gerbert Gerster friert und krempelt den Kragen der Jacke hoch. Seine Sorgen steigen bei jedem Schritt und wandeln sich zu nackter Angst. *Hoffentlich ist dem Jungen nichts zugestoßen!*

Kreuz und quer irrt er durch das unwirtliche Bückeburg und späht in alle Winkel. Immer wieder zieht er sein Handy und ruft zu Hause an, ob Fabian inzwischen eingetrudelt ist.

Nein! – ist die stets wiederkehrende Antwort, die unendlich viel Raum für die schrecklichsten Fantasien lässt.

Bis er einen Entschluss fasst.

In der Ulmenallee betritt er die Polizeiwache und stellt eine Vermisstenanzeige. Der freundliche Beamte versucht ihn mit wohlgemeinten Worten zu beruhigen.

„Der Junge taucht sicherlich bald wieder auf. Machen Sie sich keine Sorgen. So etwas kommt hundertmal am

Tag in Deutschland vor. Das kennen wir. Hat ihr Sohn vielleicht was mit Alkohol oder Drogen zu tun?“

„Wie bitte?“ Er starrt den Mann entgeistert an. „Unser Fabian ist neun!“

„Irgendwann kann das beginnen, ohne dass die Eltern was davon mitkriegen“, reagiert der Polizist lakonisch und fügt hinzu: „Wir warten erst mal ab. Wenn er nach drei Stunden immer noch nicht aufgetaucht ist, werden wir eine Suchaktion starten. Eine letzte Frage habe ich noch: Ist ihr Sohn in Bückeburg geboren?“

„Ja, warum?“

„Nur so.“ Seine Worte hallen rätselhaft im Raum umher.

Verstört verlässt der Vater die Wache. Immer wieder wischt er nervös über seine schweißnasse Stirn. Gar nichts machen zu können und nur abzuwarten, das bedeutet für ihn das Schlimmste. Er ahnt eine drohende Katastrophe.

Fabian Gerster bleibt verschollen, ebenso wie Lisa Wollrath. Es gibt keinerlei Spuren von den Kindern. Eine große Suchaktion der Polizei und von beherzten Bürgern bleibt erfolglos. Bald bitten die lokalen Radiostationen um Hilfe und geben genaue Beschreibungen der Neunjährigen durch. Auch im Internet werden Aufrufe gestartet, danach folgen die Zeitungen. „FLUCH ÜBER BÜCKEBURG“ titelt ein Blatt und stellt kühn eine Verbindung zum mysteriösen Ereignis am Marktbrunnen her. Die beiden Kinder müssen entführt worden sein. Wahrscheinlich vom Dämon – so wird vermutet.

Die Situation ist zum Verzweifeln.

„Was machen Sie mit mir?", schreit Fabian, als die schwere Kellertür im Palais ins Schloss gefallen ist. „Nein! Lassen Sie mich sofort los. Hilfe, Hilfe!"

Das waren seine letzten Worte.

Draxxus lässt sich die fast noch zuckenden Herzen der Kinder gut schmecken. In einer kleinen Küche unterhalb des Turmzimmers hat er das zarte Fleisch in Olivenöl geschmort, mit 13er-Aluminiumsalzen gewürzt und durch etwas Rotwein aus der spanischen Provinz Rioja verfeinert. Wie Wildbraten. Nur die Hochzeitssuppe hat er sich gespart; *vielleicht ein anderes Mal.* Stattdessen schlürft er teuren Champagner aus dem Schloss-Laden. *Heute muss ich feiern!* Schließlich enden um Mitternacht für dieses Jahr die *Toten Tage*. Er spürt, wie unbändige Kräfte in ihn zurückkehren. Die braucht er unbedingt für die kommenden Stunden.

Die zerfledderten Leichen drückt er im Keller in eine Häckselmaschine für den Garten und streut das Granulat in den Hausmüll. Dem Verwalter des Palais werden die grauen Beutel schon nicht auffallen, die gut verschnürt in den Tonnen ruhen. Montag ist Abfuhr.

Im Rathaus am Marktplatz löst eine Krisensitzung die andere ab. Die Telefonleitungen glühen förmlich, Internetverbindungen brechen zusammen. Es droht ein Chaos, die Nerven der Verantwortlichen liegen blank. Mit höchster Anspannung wird darauf gewartet, dass sich der oder die möglichen Entführer mit Forderungen melden. Zwei hiesige Banken bieten bereits ihre Hilfe an.

Doch es meldet sich keiner.

Nach einigem Zögern wird in der bislang beschaulichen Residenzstadt der Ausnahmezustand ausgerufen. Anfangs sträubte sich der Bürgermeister gegen solch einen gravierenden Schritt, aber die Ängste lassen keine andere Entscheidung mehr zu. Sämtliche Kindergärten, Schulen, Gemeindehäuser und Kirchen, Spiel- und Sportplätze werden geschlossen. Auch das Hallenbad stellt den Betrieb ein. Es wird dringend geraten, dass Kinder und Jugendliche zu Hause bleiben oder nur in Begleitung von Erziehungsberechtigten nach draußen dürfen. Überall patrouilliert die Polizei, Mannschaften aus benachbarten Landkreisen unterstützen die Maßnahmen. Zeitweise kreist ein Hubschrauber mit Ortungsgeräten und Kameras über der Innenstadt. Der Staatsschutz schaltet sich ein. Selbst im fürstlichen Schloss gelten erhöhte Sicherheitsbestimmungen, alle Führungen und Veranstaltungen werden abgesagt.

Aufmerksam wird der Brunnen auf dem Marktplatz observiert. Man kann ja nie wissen, lautet die Devise. Die Gerüchte, wer oder was dahinterstecken könnte, schießen ins Kraut. Mögliche und unmögliche Verschwörungstheorien kursieren. Niemand hat mehr einen Überblick. Die Presse, Radio- und Fernsehstationen lauern mit ihren Teams hinter mancher Ecke und gieren nach Neuigkeiten.

Am schlimmsten trifft es die betroffenen Familien. Sie trauen sich kaum noch auf die Straße. Allein mitfühlende Nachbarn führen die nötigen Besorgungen aus.

Genüsslich verfolgt Draxxus das Geschehen. Weil im Palais nun der Unterricht ausfällt, genießt er die Ruhe vor dem Sturm. Nur eine Sache stört ihn gewaltig, die seinen Plan durchkreuzt: dass es im Schloss keine Führungen mehr gibt. Genau auf die hatte er gesetzt.

Ich muss unbedingt dort rein. Aber wie?

Gegen Abend stolziert er ungelenk durch die fast menschenleeren Straßen der Kleinstadt. Seinen dunklen Hut drückt er tief ins Gesicht. Die meisten Einwohner hocken ängstlich hinter den Gardinen oder vor dem Fernseher und verfolgen aufgeregt die Sondersendungen des regionalen Programms.

Auf dem Marktplatz, direkt neben dem Brunnen, stößt er auf eine Patrouille der Polizei.

„Gut, dass ihr für Sicherheit sorgt", ruft er den Beamten mit seiner metallischen Stimme zu. „Hoffen wir, dass der oder die Verbrecher schnell geschnappt werden. Gibt es schon irgendwelche Lösegeldforderungen?"

„Wir geben zum Stand der Dinge keine Auskunft", antwortet ein Uniformierter gereizt. „Bitte gehen Sie weiter!"

Draxxus schreitet die Bahnhofstraße entlang und bleibt vor einer mit bunten Lichteffekten angestrahlten Bar stehen. Hier halten sich viele junge Leute auf, flotte Musik spielt im Hintergrund.

Er zögert. *Ob ich auffalle?*

Vorsichtig tritt er ein. Sicherheitshalber behält er den Hut auf und sondiert mit seinen Kameraaugen die Lage. Doch niemand scheint von ihm Notiz zu nehmen. Schließlich quetscht er sich auf einen freien Platz am Tresen und bestellt ein großes *Schaumburger.* Gierig lässt er das goldgelbe Bräu durch seine raue Kehle rinnen. Das tut nach der schweren Mahlzeit wirklich gut. Gleich ordert er ein zweites.

Angespannt lauscht er den Gesprächen ringsum. Alles dreht sich um das eine Thema, das die Leute bewegt.

Sein Blick bleibt an einer jungen Frau hängen, die am Nachbartisch mit ihrer Freundin hockt. Beide quatschen munter über alles Mögliche, wobei ihm auffällt, dass sie einen seltenen Namen trägt. Der Kellner sprach sie vorhin an, als er einen Cocktail brachte.

„Sex on the beach – der ist für dich, Mirabella. Na, was machen die Nachforschungen?"

Mirabella Hieronymus! Ist das nicht die Assistentin von Christian Sonnthag, die im fürstlichen Staatsarchiv arbeitet? Ja, das wird sie sein.

Auf einmal läuft sein innerer Motor heiß und er reißt sich die obersten Hemdknöpfe auf.

„Ist Ihnen nicht wohl?", fragt der Barkeeper besorgt.

„Doch. Ich habe nur lange keinen Alkohol mehr getrunken, das ist alles", lügt er gequält.

Bloß nicht auffallen!

Nach einer Weile schicken sich die Frauen zum Aufbruch an und verlassen lachend das Lokal. Hastig zahlt der Großmeister seine Zeche und eilt hinterher.

Unauffällig beobachtet er, wie sich die beiden verabschieden.

„Soll ich dich nicht nach Hause bringen?", fragt die eine und öffnet bereits die Autotür.

„Nicht nötig", ruft die Studentin, „ich wohn doch gleich um die Ecke. Außerdem tun ein paar Schritte an der frischen Luft echt gut. In meinem Job sitze ich zu viel."

Mirabella macht sich auf den Weg. Die Straßenlaternen verstreuen trübes Licht. In ihren Schatten schleicht der Verfolger.

Sie verlässt die Bahnhofstraße und biegt nach links. In einer Kurve geht sie geradeaus in ein Wohngebiet der Gartenstraße. Hier reihen sich öde Klinkerbauten, die von Parkplätzen und einem Netzwerk schmaler Pfade eingefasst sind. Aus einigen Fenstern schimmert mattes Licht, auf einem Balkon raucht eine Gestalt. Nur der Glimmstängel ist zu erkennen, der hastig bewegt wird.

Die Studentin steuert auf den Block in der zweiten Reihe zu und erreicht die Haustür.

Soll ich jetzt zuschlagen?

Draxxus verwirft den Plan und beobachtet hinter einem Gebüsch, wie Mirabella den Hausflur betritt, die Beleuchtung aufflammt und – durch Fenster sichtbar – im Treppenhaus bis nach oben steigt. Dort schließt sie die rechte Wohnung auf und verschwindet. Im Nu verlöscht das Licht wieder und taucht das Gebäude in trügerischen Schein.

Der Mann wartet in seinem Versteck ab. Er hat alle Zeit der Welt. Nach einer halben Stunde schlendert er zur Haustür.

Er drückt auf die Klingel oben rechts: *M. Hieronymus*.

Für ihn gibt es jetzt kein Zurück.

Mirabella zuckt zusammen und schreckt hoch, weil sie bereits zu Bett gegangen ist. *Wer will noch so spät was von mir? Nein, ich bleibe liegen.*

Da – wieder das Klingeln. Ein bisschen länger als vorhin.

Auf einmal fällt ihr Clarissa vom Block nebenan ein, die sich Geschirr für eine Familienfeier ausgeliehen hatte und es heute zurückbringen wollte. *Das hat doch keine Eile.* Trotzdem steht sie auf, wirft sich ihren Bademantel über die Schultern, drückt auf den Summer und öffnet die Wohnungstür.

Die Flurbeleuchtung flackert an. Sie huscht zum Geländer und späht nach unten.

„Bist du's, Clarissa?", ruft sie heiser ins Treppenhaus.

Keine Antwort.

Sind da schwere, hastige Schritte nach oben?

Ein mulmiges Gefühl steigt in ihr hoch und auf einmal rast ihr Herz. Schnell will sie hinter die sichere Tür zurück, als unmittelbar ein Mann vor ihr auftaucht. Seine massige Gestalt mit einem furchterregenden Gesicht verdunkelt das Licht und nimmt die Breite der Treppe ein.

Hilfe, Hilfe!

Bevor sie schreien kann, ist er bei ihr, presst mit eiserner Hand den Mund zu und drückt sie brutal in die Wohnung zurück. Mit seinem rechten Fuß knallt er die Tür hinter sich zu. Der Fremde packt sie mit stählernem Griff, sie windet und wehrt sich und schlägt dabei gegen den Garderobenständer. Verzweifelt tritt und beißt sie um sich, wobei sie hart an der Kommode schrammt. Beide verlieren das Gleichgewicht und stürzen auf den Steinboden. Er wälzt sich über sein Opfer, fast zerquetscht er ihre Lunge. Seine kantigen Hände legen sich um ihren Hals und drücken zu.

Mirabella wird schwarz vor Augen. Sie spürt, wie ihre Kräfte rapide nachlassen. Körperlich gibt sie auf und ändert ihren Widerstand. Ein flehentlicher, tränennasser Blick, der mehr sagt als tausend Worte – etwas anderes bleibt ihr nicht. Wenn überhaupt, kann sie dieses Ungeheuer nur geistig besiegen. Darin liegt ihre wahre Stärke.

Draxxus lockert den Griff, sie schnappt wild nach Luft. Alle Glieder schmerzen entsetzlich, ihr Herz droht zu bersten, sodass sie gar nichts sagen kann.

Ganz ruhig hockt er vor ihr und starrt sie unentwegt an. Wie schwere Mühlsteine mahlt seine Software. Noch braucht er diese Frau, weil sie den einzigartigen Schlüssel besorgen kann, der ihm den Zugang zum entscheidenden Schritt ermöglicht. Zum Sakrileg.

„Ich gebe dir eine letzte Chance. Wenn du die verspielst, bringe ich dich eigenhändig um. Niemand wird jemals deine Leiche finden."

Die Studentin ringt nach Atem und richtet sich mühsam auf. „Ich werde tun, was Sie von mir verlangen", keucht sie mit aufgeschlagenen Lippen.

„Du hast einen Schlüssel zum Schloss", behauptet er.

„Zu was?", stöhnt sie, als hätte sie sich verhört.

„Zum fürstlichen Schloss. Da will ich in die Kapelle. Aber nicht zum Beten, sondern um die Herzen der echten Fürstenkinder zu holen, die dort begraben liegen. Nach dem Genuss von bürgerlichen fehlen mir noch die adligen."

Mirabella schluckt vor Entsetzen, ihr wird ganz übel. Tatsächlich liegen in der Schlosskirche etliche Herzen der Dynastie zu Schaumburg-Lippe begraben, während man den übrigen Leichnam im Mausoleum in Stadthagen bestattete. Ebenso hat man das bei verstorbenen Kindern gemacht.

„Was wollen Sie damit? Die sind doch alle schon lange tot", erwidert sie schockiert.

„Du täuschst dich. Herzen sind nie wirklich tot, ihre Energie ruht nur. Sie geben Kraft zur Ewigkeit, zu *meiner* Unsterblichkeit. Besonders geht es mir um das Herz von Ernst August, der mit neun Jahren verstarb. Neun macht neu – verstehst du? Speziell, wenn der Junge im Dreizehner-Jahr 1822 geboren und 1831 gestorben ist, weil die Jahreszahlen in der Quersumme diese magische Zahl ergeben. Denn ich bin Draxxus, der Großmeister! Mit mir werden die Tredici in Zukunft alle Macht haben. Von diesem Bückeburg aus werden wir als Imperium die Welt regieren. Unser Geheimnis liegt im Zugang zu den Wasserquellen, die sich hier bündeln und Leben ermöglichen", rattert sein künstlicher Ton. „Vielleicht verspeise ich danach noch die Reste von Emma Elisabeth Bathildis Auguste Agnes", fügt er Speichel leckend hinzu, „auch wenn sie nur ein Drittel der Reifezeit erlangt hat. Aber die vielen Vornamen machen mich ganz gierig."

Mirabella hat den Eindruck, dass sie es mit einem irren Kannibalen oder dem zweiten Graf Dracula zu tun hat. Das würde auch vom Namen her passen.

Draxxus – Dracula.

„Ich habe keinen Schlüssel", betont sie.

„Aber du weißt, wo einer ist. Ich wette, im Archiv!"

„Sind Sie eigentlich ein Mensch oder eine Maschine?", fragt sie unverblümt, um ihn zu entlarven.

„Ich bin beides. Mal Mensch, mal Maschine. Darin liegt die Zukunft der irdischen Zivilisation."

„Ohne Herz?"

„Ohne das, was ihr gefühlvoll so nennt. Deshalb muss ich ab und zu möglichst wertvolle und junge Herzen zu mir nehmen, damit ich im Kontakt zu Menschen die Emotionen behalte. Dagegen werden die rein biologischen Funktionen elektronisch durch Motoren und Pumpen aus Aluminium gesteuert. Dafür bekomme ich viermal im Jahr ein neues Update, entsprechend den Jahreszeiten. Aber manchmal weiß ich nicht genau, wer oder was ich eigentlich bin."

Nachdenklich blickt die Studentin ihn an. *Das hört sich ehrlich an, fast tragisch. Doch ich muss aufpassen, dass er nicht versucht, Mitleid zu erwecken. Dann würde ich von ihm abhängig sein und emotional in seine Falle tappen. Wer weiß, ob er es nicht auf mein eigenes Herz abgesehen hat.*

„Das ist die Tragik des Seins", kommentiert sie philosophisch kühl.

Um Zeit zu gewinnen, rappelt sie sich hoch und humpelt ins Bad. Der Blick in den Spiegel ist grauenvoll. Aber es hilft nichts, sie kann froh sein, noch zu leben. So schnell es möglich ist, wäscht sie sich und zieht frische Kleidung an. Aus einer Schatulle kramt sie eine Kette mit einem goldenen Kreuz hervor und legt sie sich um. Die wird ihr helfen. Sie tritt wieder in den Flur, wo das Monster ungeduldig wartet.

„Los, beeil dich", drängelt er, „wir fahren mit deiner Karre zum Archiv am Schlossplatz."

Ängstlich wühlt sie in ihrer Handtasche nach den Papieren und dem Autoschlüssel. Da liegt auch ihr Handy. *Vielleicht gelingt es mir, einen Notruf abzusetzen.* Hastig wirft sie sich ihren Mantel über, zieht die Wohnungstür hinter sich zu und stolpert mit dem Fremden die Treppe hinunter. *Hoffentlich kommt jetzt einer der Nachbarn heraus. Bitte, bitte!*

Niemand erscheint. Alle schlafen tief und fest. *Wenn man die Leute braucht, sind sie nicht da. Und wenn man sie nicht braucht, gehen sie einem auf die Nerven. Verrückt.*

„Mach keine Mätzchen“, bläut er ihr ein, als sie das Haus verlassen.

Um seine Warnung zu unterstreichen, zieht er für einen Augenblick seinen blitzenden Dolch hervor. Das reicht. Mirabella zuckt vor Schreck zusammen und fasst sich unwillkürlich an den Hals. Ihre Kette fühlt sich eiskalt an, vom Kreuz geht keinerlei Wärme aus.

„Her mit dem Handy“, raunt er ihr zu.

„Ich hab's nicht dabei.“

„Lügnerin!“

Rücksichtslos reißt er ihre Handtasche an sich und greift das Gerät heraus. Mit voller Wucht schmettert er es auf den gepflasterten Boden. Das Teil zerspringt in tausend Stücke, der Akku fliegt ins nahe Gebüsch.

„Das war's“, grunzt er zufrieden.

Mit zitternden Händen startet sie ihren blutroten Golf und sie fahren durch menschenleere Straßen. Weil das Schlossareal nicht auf dem kürzesten Weg für Autos erreichbar ist, müssen sie einen Umweg machen. Es beginnt zu regnen, das Licht der trüben Straßenlaternen spiegelt sich auf dem Asphalt wider. Ab und zu kommen ihnen Fahrzeuge entgegen. Ihr Beifahrer ist schweigsam. Während sie den Unterwallweg hochfahren, fleht sie innerlich um Hilfe.

Hoffentlich gibt es eine Polizeikontrolle. Wenn man die Jungs braucht, sind sie nicht da. Vielleicht sollte ich auffälliger fahren und Regeln missachten. Einfach bei Rot rüber ...

Der Wagen beschleunigt. 60 ... 70 ... 80 Stundenkilometer. Mehr ist in der Innenstadt nicht möglich. Der Golf schießt über die Straße. Es ist, als wollte Mirabella davonfliegen, irgendwohin, nichts wie weg. Schweißtropfen sammeln sich auf ihrer Stirn. Krampfhaft umklammert sie das Lenkrad. *Bloß die Kontrolle behalten!*

An der Ampelkreuzung gegenüber der katholischen Kirche missachtet sie das Rotlicht, reißt mit quietschenden Reifen das Steuer scharf nach links in die Obertorstraße und brettert zur Ulmenallee. Dort liegt die Polizeiwache. *Hoffentlich ...*

„Was soll das, bist du lebensmüde? Hör sofort mit dem Blödsinn auf", befiehlt Draxxus und starrt sie wütend von der Seite an. „Außerdem machen wir einen unnötigen Umweg. Über die Lange Straße wären wir viel schneller da, du Miststück!"

Mürrisch gehorcht sie und bremst scharf. Aus Trotz fährt sie nun langsamer als erlaubt, wie im Schneckentempo. Jetzt werden sie von anderen Autos bedrängt.

In der Ferne leuchtet matt das blaue Schild der Polizei. Wild hämmert ihr Herz. Sie kommen näher und näher heran. *Bitte, bitte, haltet uns auf. Kontrolliert uns – egal warum.*

Angestrengt späht sie zum Gebäude hinüber. Aber dort rührt sich niemand. Nur hinter einem Fenster brennt schwaches Licht. Gerade will sie die Hupe drücken, als der Beifahrer kräftig ihre Hand wegschlägt.

„Noch so ein Versuch und ich mache dich kalt."

Enttäuscht kriecht Mirabella an der Wache vorbei. Am Ende der Ulmenallee will sie nach rechts in die Herminenstraße biegen, als Draxxus unruhig wird und laut flucht. Mitten auf dem Weg steht spärlich beleuchtet ein großer Bagger. Quer, da kommt niemand vorbei. Der Führer scheint mühsam zu rangieren. Zwei graue VW-Busse lauern direkt vor dem Tor zum Palais. Beide Wagen sehen zivil aus, ebenso die Personen, sofern man sie in der Dunkelheit erkennen kann.

„Das ist eine Straßensperre", zischt Draxxus mit sicherem Gespür. „Los, fahr weiter geradeaus!"

Die junge Frau drückt das Gaspedal herunter und der Wagen beschleunigt in die Parkstraße, die steil bergauf zum Gebirgszug des Harrl führt.

„Dieser Wald ist heiliger Boden", erklärt er, weil ihn im Nu eine kraftvolle Gelassenheit durchströmt. „Der Name stammt aus dem Altgermanischen und bedeutet *Heiliger Hain*. Hier errichteten die Germanen Altäre und Opferstätten und nutzten die Kräfte der Quellen und Bäume. Wasser und Wald – von dort kommt der Mensch her und braucht sie zum Leben bis heute."

Die Straße macht eine Kurve nach links. Hier ist es noch düsterer als in der Stadt. Nebel zieht auf. Die Scheinwerfer des Wagens tasten wie Fühler die Strecke ab. Angestrengt starren beide aus dem Fenster. „Hier muss er sein", ruft er. „Bieg hinter den Bäumen scharf nach links."

Das Auto rumpelt über Stock und Stein. Schwere Äste kratzen über das Dach. Es hört sich schaurig an, wie verzweifelte Warnschreie.

Auf einmal erhebt sich vor ihnen ein imposanter Turm, dessen Spitze sich in der Finsternis verliert. Mirabella staunt, davon hat sie nichts gewusst. Es ist der kolossale Wasserturm der fürstlichen Residenzstadt, der 1895 unter Fürst Stephan Albrecht Georg zu Schaumburg-Lippe errichtet wurde. Jener ließ auch das Palais bauen.

Mit zwei Schlüsseln öffnet der Großmeister eine schwere Eisentür, die entsetzlich quietscht. Behände drückt er die Frau ins Ungewisse und sperrt hinter sich wieder ab. Erst jetzt schaltet er die Beleuchtung ein. Unruhig flackern alte Glühbirnen auf, die noch aus Zeiten von Edison zu stammen scheinen. Es riecht modrig, die stehende Luft ist kühl. Deutlich hört man kräftiges Rauschen. Aus den Quellen des Berges fließt hier das Wasser in ein riesiges Reservoir. Von dort gelangt es in die Schächte und Rohre, die zur Stadt führen. Pumpen, Regler und Ventile steuern das Ganze. Was früher der fürstlich beamtete Wasserwärter verrichtete, geschieht heutzutage vollautomatisch.

Der Turm wird von einer schwindelerregenden Wendeltreppe aus Eisen durchzogen, die sich zu den Etagen windet. Ganz oben, mit einem herrlichen Blick über die Wipfel des Waldes, befindet sich die Wärterstube. Stolz präsentiert Draxxus die moderne Umgestaltung, die er in den letzten Jahren vorgenommen hat. Hier gibt es nicht nur eine runde Einbauküche, sondern ein Luxusbad unter einer gläsernen Dachkuppel, die sich motorisch öffnen lässt. Baden und duschen unter freiem Himmel – ob tagsüber bei herrlichem Sonnenschein oder nachts unter dem glitzernden Sternenzelt. Was ist das für ein berauschendes Gefühl mit einem Glas Champagner in der Hand – und dabei menschliche Emotionen zuzulassen!

Eine Etage tiefer gibt es den Kontrollraum, der mit Hypercomputern und Funkgeräten vollgestopft ist. Hier hat der Großmeister seine Kommandobrücke zu den einzelnen Stationen der Tredici errichtet, wo alle Fäden zusammenlaufen. Dennoch plant er, sobald wie möglich, seine Zentrale in den Turm des Palais zu verlegen. Dort gibt es nicht nur mehr Platz, sondern er wäre standesgemäßer untergebracht und würde dadurch den Machtanspruch des Imperiums betonen.

Das tiefe Geheimnis hat er jedoch noch nicht gezeigt.

„Wir dürfen keine Zeit verlieren", drängt er.

Gemeinsam steigen sie die vielen Stufen wieder hinab. Im Erdgeschoss angekommen, öffnet Draxxus eine unscheinbare Tür, hinter der sich ein Brunnen befindet. Eine steinerne Treppe führt innen auf unzähligen Windungen in den Untergrund. Er schaltet seine Taschenlampe ein. Hier ist es deutlich kälter, von den Wänden tropft Wasser.

„Ich will wieder zurück", streikt die Studentin. Der Hauch ihrer Worte kondensiert als leichter Dunstschleier.

„Stell dich nicht an", ruft er verächtlich und stößt sie drei Stufen hinunter. Sein hämisches Lachen hallt vom Gestein wider.

„Hilfe! Nein!", winselt sie ängstlich und klammert sich an der nassen Wand fest. „Ich gehe keinen Meter weiter."

„Du gehorchst mir bedingungslos!“

Unvermittelt packt der Dämon sie von hinten und drückt seinen spitzen Dolch an ihren verletzlichen Hals. Das reicht, um sie gefügig zu machen. Dann zerrt er sie brutal in den düsteren Schlund. Unwillig stolpert sie hinterher. Je tiefer sie steigen, desto bedrückender wird die Atmosphäre. Es stinkt, eine Belüftung scheint es nicht zu geben. Mit jedem Schritt steigt der Puls, trotz der Kälte bricht ihr der Schweiß aus.

Irgendwann enden die Stufen und vor ihnen öffnet sich ein schmaler Tunnel. Der untere Teil ist gekachelt, durch den das Wasser in Knöchelhöhe rauscht. An den meisten Stellen kann man aufrecht stehen. Es gibt aber auch verschüttete Bereiche, wo man mühsam hindurchkriechen muss. Überall ist es glitschig, leicht kann man ausrutschen.

Kaum jemand von den Einwohnern ahnt, dass es im Untergrund der Stadt ein weit verzweigtes Netz von solchen Tunneln und Röhren in allen möglichen Größen gibt. Die wichtigsten Strecken sind hoch genug, um sie durchqueren oder durchschwimmen zu können. Das System existiert seit den Zeiten der Germanen, wurde immer weiter ausgebaut und hat inzwischen zahlreiche Verbindungen zu Nachbarorten. Das Brisante ist, dass sich etwa fünf Meter unter der Schlossgraft eine gemauerte Zisterne befindet. Sie muss, wie bereits erwähnt, aus der Zeit um 1600 stammen und war von Graf Ernst zu Holstein-Schaumburg mit Bedacht angelegt worden. Auf jeden Fall scheint dieses Wissen verloren gegangen zu sein, denn kein Historiker oder der Heimatverein haben je darüber berichtet. Das Besondere ist der Trockenraum, der unabhängig vom

Wasserstand durch Schleusen zugänglich ist. Er ist groß genug, um sich darin mit mehreren Personen aufzuhalten. Ein ausgeklügeltes Luftsystem, kaum wahrnehmbar durch Rohre in den Schlosspark geführt, sorgt für Frische.

Draxxus treibt die junge Frau wie Freiwild vor sich her. Er ist sich sicher, dass sie ohne seine Taschenlampe nicht entkommen kann.

„Immer geradeaus, Mädchen. Wir können uns nicht verlaufen", spottet er hinter ihrem Rücken.

Das Echo dröhnt geisterhaft. Dicht bleibt er ihr auf den Fersen, sie spürt seine heißen Abgase im Nacken. Unmerklich ballt sie die Fäuste. *Im Moment gibt es keine Alternative, als mich zu fügen und das Monster in Sicherheit zu wiegen. Aber irgendwann werde ich es überlisten. Wo steckt eigentlich Christian Sonnthag? Schon lange habe ich nichts mehr von ihm gehört. Wenn er doch hier wäre, er würde mich bestimmt retten!*

Die Strecke führt stetig bergab. An einigen Stellen gibt es ausgetrocknete Etappen. Dort huschen immer wieder Ratten vorbei oder sie tritt auf Kadaver. Jedes Mal bekommt Mirabella eine Gänsehaut, wenn es unter den Sohlen knirscht. Ein grausiger Sound der Vergänglichkeit.

Plötzlich taucht im matten Schein der Lampe eine Treppe auf, die steil nach oben führt. Angespannt bleibt die junge Frau stehen. Ihr Herz klopft nervös.

„Wir befinden uns exakt unter meinem Palais. Wenn man hier hochsteigt, erreicht man eine verborgene Luke im Keller. Ich habe diesen Weg schon oft genutzt", erklärt er bereitwillig.

Alsbald macht der Tunnel eine leichte Biegung nach rechts und die Höhe wird niedriger, sodass sie sich bücken müssen.

„Wir befinden uns ja unter Bückeburg!"

Wie witzig.

Wenig später führen andere Stufen hinauf. Genau hier liegen das Landgericht und der Staatsgerichtshof. Nur Eingeweihte wissen von der idealen Fluchtmöglichkeit durch Gullys in den Untergrund. Wer unbemerkt verschwinden will, muss seit Kurzem eine saftige Gebühr an das Imperium zahlen. Der Großmeister sorgte dafür, dass vor jeder Treppe ein Sperrgitter installiert wurde, welches sich nur durch eine bargeldlose Zahlung öffnen lässt. Dieses System möchte er in Zukunft deutlich ausbauen, auch in anderen Städten. Ein kostenloses Ab-und-weg soll es nicht mehr geben. Deshalb wird in der Tiefe ein trediciieigenes Netz aufgebaut, um die Ortung und Orientierung zu erleichtern.

Verstört hält die Studentin inne. Der Tunnel gabelt sich.

„Wohin?", fragt sie knapp.

„Wir wenden uns nach links. Rechts führt der Weg unter den alten Friedhof, der bis 1778 genutzt wurde. Gleich daneben liegt die Stadtkirche. Dort gibt es hinter dem Altar, im Boden der Sakristei, einen geheimen Zugang, von dem die Pfarrer keine Ahnung haben. Auch der Küster scheint davon nichts zu wissen, sonst wäre er mir sicherlich mal begegnet", spottet Draxxus mit seiner mechanischen Stimme. „Wenn man den Tunnel weitergeht, steht man genau unter dem Tresorraum der Commerzbank. Ein wahrlich lohnender Abstecher. Jetzt ahnst du, warum die Filiale jüngst geschlossen wurde“, grinst er. „Schließlich geht es weiter am Museum vorbei direkt zum stattlichen Brunnen auf dem Marktplatz. Dort lässt sich die Bodenplatte durch einen geheimen Mechanismus bewegen. Der heimliche Umbau war für uns eine echte Herausforderung.“

Dass damals sein Auftauchen großen Wirbel verursachte, verschweigt er. Noch immer ärgert er sich maßlos darüber, dass die wertvolle Maske nicht die gewünschte Wirkung zeigte und dieser Christian Sonnthag sie jüngst rauben konnte. Das war absolut unverzeihlich.

Der eingeschlagene Weg entpuppt sich als schwierig. Immer wieder behindern Steine oder Erdhaufen. Eine weiß-rot-blaue Markierung an der Wand zeigt, dass sie sich jetzt auf fürstlichem Terrain befinden.

Fieberhaft grübelt Mirabella, wie sie das Scheusal loswird, „Ich muss dringend mal“, drängt sie mit flehentlichem Blick und hofft auf eine Möglichkeit zur Flucht.

„Keine Chance, Madame“, höhnt er. „Das musst du schon hier machen – fairerweise drehe ich mich dabei rum.“

Sie lässt es sein und zwingt sich zum Durchhalten. Ihre Schritte werden hastiger, so schnell wie möglich will sie diesen Hades verlassen.

Auf einmal versperren Felsbrocken den Weg, hier ist der Tunnel eingestürzt, das Wasser staut sich. Atemlos erstarrt sie. Draxxus leuchtet die Stelle sorgfältig aus. *Ist das ein Hinterhalt, eine unterirdische Polizeisperre?*

Widerwillig übergibt er ihr die Taschenlampe, schiebt sich vorbei und beginnt, die Brocken zur Seite zu räumen. Dabei steigt seine Betriebstemperatur rasant an, immer wieder wischt er über seine nasse Front und wundert sich, dass die Ventilatorkühlung so schlecht funktioniert. Schon lange hat er so schwere Arbeit nicht mehr machen müssen. Dafür waren seine Sklaven zuständig. Das hier kostet Energie.

Die Studentin beobachtet ihn genau. Ihr Herz klopft bis zum Halse. Unruhig wartet sie auf eine Chance.

Endlich gelingt es dem Großmeister, Stein um Stein beiseitezuschaffen. Nur noch wenige versperren den Weg.

Sie hält den Atem an.

Als er den letzten anpackt und das Wasser wieder fließt, knipst sie das Licht aus. In Sekundenschnelle herrscht absolute Finsternis.

„Was soll das, du Satansweib?", brüllt er und donnert den Brocken in ihre Richtung. Sein Laserlicht ist schon seit einiger Zeit ausgefallen, seine Augen glühen nur schwach.

Ohne zu zögern, quetscht sich Mirabella an seinem kantigen Leib vorbei, stolpert über Geröll und stürmt in die Dunkelheit. Dabei merkt sie gar nicht, wie oft sie sich an den engen Wänden blutig stößt. Erst nach einer Kurve schaltet sie die Lampe wieder an. Ängstlich blickt sie sich um. Vom Dämon ist nichts zu sehen. *Geschafft?*

Aufgeregt leuchtet sie die Wände ab. Alte Graffiti sind in den Fels geschlagen. Sie entdeckt F. K. 1678 und R. T. 1709 – Zeugnisse von Menschen, die hier gefangen waren und elendig zugrunde gegangen sind. Sie fühlt sich wie eine Noch-Lebende im Totenreich. *Nun bin ich muttersee-*

lenallein. Wie schrecklich. Hoffentlich halten die Batterien durch. Sonst wäre das mein Ende.

Zögerlich schleppt sie sich weiter. Zweifel drängen sich auf. Es ist fast so, als würde sie ihren Entführer herbeisehnen. Lieber wieder in die Rolle des Opfers schlüpfen. Einfach nur gehorchen. Keine Verantwortung tragen und sich nicht rechtfertigen müssen. In diesen dunklen Augenblicken spürt sie die Widersprüchlichkeit des Seins. Ihrer Existenz.

Doch dann reißt sie sich zusammen. *Gib dich nicht auf! Ich bin frei, dem Teufel entkommen und werde meinen Weg in die Freiheit schon finden.*

Der Tunnel macht eine scharfe Biegung.

Da – was ist das? Ihre Anspannung steigt.

Eine schmale Treppe kommt in Sicht, die in den Fels gehauen ist. Mit klopfendem Herzen eilt sie darauf zu und leuchtet nach oben. Dummerweise kann sie nichts Genaues erkennen, weil das Licht langsam schwächer wird. Hastig klettert sie empor. Ein Geländer gibt es nicht. Sie zwingt sich zur Vorsicht. Jetzt darf sie nicht übermütig werden, weil ein Sturz ihr Todesurteil bedeuten würde. Denn vom Ungeheuer wäre keine Hilfe zu erwarten.

Die Stufen wenden sich, bis sie mit dem Kopf an etwas Hartes stößt. Mit aller Kraft stemmt sie sich mit den Händen dagegen. Immer und immer wieder. Doch die eiserne Platte bleibt eisern, sie gibt keinen Millimeter nach.

„Hilfe, Hilfe! Ich bin entführt worden und hier gefangen!“

Tränen kommen hoch. Sie trommelt gegen die Sperre, bis ihre Fäuste bluten.

Hört mich denn keiner? Ich kann nicht mehr.

Nichts geschieht. Ihre Rufe verhallen.

Mirabella ist am Ende. Apathisch kauert sie sich auf eine klamme Stufe und heult hemmungslos. Ihre Tränen kullern in die traurige Tiefe und mischen sich mit dem brausenden Wasser. Dem Lebenselixier im Totenreich. Die Studentin versinkt in dunkle Trostlosigkeit. Raum und Zeit nimmt sie nicht mehr wahr. Kleine Ewigkeiten verrinnen.

Schlurfende Schritte reißen sie in die Wirklichkeit zurück.

„Hab ich dich endlich gefunden", tönt eine blecherne Stimme von unten. „Her mit der Lampe, du Miststück!"

Im Nu ist sie hellwach. „Draußen sind Passanten auf mich aufmerksam geworden und rufen die Polizei", behauptet sie.

„Kein Problem", reagiert er. „Dann steigen wir nicht hier hinaus, sondern gehen noch ein Stückchen im Untergrund weiter. Das hast du dir eingebrockt. Die Eisenplatte lässt sich nämlich mit einem Trick öffnen, den nur ich kenne. Genau über uns befindet sich der andere Brunnen, der fürstliche von 1552, der direkt vorm Schloss steht. Die Einwohner nennen ihn *Tugendbrunnen*, während er bei uns *Brunnen der Tredici* heißt. Was aufs Gleiche hinauskommt. Er ist ein Dreizehner, zähl mal die Ziffern zusammen. Darum Tredici." Nach einer Pause fährt er fort. „Dieser Brunnen führt schon lange kein Wasser mehr, deshalb ist der Ausstieg besonders leicht und ohne großes

Risiko. Er liegt gegenüber dem Staatsarchiv, wo wir ja den Schlüssel zur Schlosskirche holen wollten."

„Nicht wir, sondern Sie", keift sie giftig.

Er grinst schief. „Anfangs wir. Wenn ich dich beseitigt habe, nur noch ich. C'est la vie – Einer wird gewinnen, das ist das schonungslose, alles entlarvende Spiel des Lebens."

Mirabella spürt, wie unbändiger Hass in ihr hochsteigt und ungeheure Kräfte freisetzt. *Ich werde dieses Spiel umkehren*!

Draxxus greift zur Taschenlampe und schiebt die junge Frau wieder vor sich her. Man merkt ihm an, dass er unzufrieden ist, weil sein Programm, den Schlüssel aus dem Archiv zu holen, durchkreuzt wurde. Nun muss er direkt ins Schloss vordringen, ohne die Alarmanlage auszulösen oder vom Nachtwächter bemerkt zu werden.

Zum Glück ist das Wasser nur knöcheltief. Der Tunnel führt aus statischen Gründen tief unter dem massiven Turm aus dem frühen 14. Jahrhundert hindurch. Wenige Schritte danach folgt die Kapelle, die bis heute als evangelisch-reformierte Kirche genutzt wird.

Aufmerksam leuchtet der Großmeister die Wände ab. Weil er in diesem Bereich noch nie war, merkt man ihm eine gewisse Unruhe an. Er spürt, wie seine Kräfte schwinden und er unbedingt die Herzensspeise braucht. Wie ein Drogensüchtiger seinen Stoff.

Stufen kommen in Sicht, die stark abgetreten sind und in unregelmäßigen Abständen nach oben führen. Er drängelt sich an der Frau vorbei und steigt empor. Die schwankende Lampe wirkt wie ein Bootslicht auf hoher See. Ohne dass Mirabella verfolgen kann, wie er es macht, schiebt er mit wenigen Handgriffen eine schwere Eisenplatte zur Seite. Das Quietschen der Scharniere schallt schaurig im Tunnel wider. Wie Todesschreie.

Beide klettern heraus und befinden sich in einem Gewölbekeller, der die Größe eines Festsaals hat. Der Hall ist gewaltig. Im Licht der Taschenlampe wirken die Tische und Bänke übergroß. Aus alten Dateien weiß Draxxus, dass es hier historisch wichtige Treffen mit Geheimrat Amberger und den Tredici gegeben hat. *(Siehe meinen ersten Roman: Der Schlüssel der Tredici; (2015).*

Am Ende des Raums gibt es eine Wendeltreppe, die in die Sakristei der Schlosskirche führt. Genau dort liegen unter dem Marmorboden die Herzen der fürstlichen Kinder bestattet, die sorgfältig in Metallkapseln gehüllt sind. Dem Großmeister läuft schon das Wasser im Munde zusammen. Noch ist es nicht so weit. Angestrengt mustert er den Raum und leuchtet die Ecken aus. Er braucht etwas Stabiles aus Eisen, das er als Werkzeug nutzen kann, um den Boden aufzustemmen. Eine kräftige Stange oder ein Hammer wären ideal – die wird es in jedem Schloss geben. Damit würde er auch die lästige Frau beseitigen, denn bei seinem Festschmaus will er allein sein. Dabei soll niemand stören.

In diesem Augenblick erlischt die Taschenlampe. Die Batterien sind leer. Im Nu ist es stockdunkel.

„Wo ist der Lichtschalter?“, ruft er ungehalten.

„Nachts wird im Schloss in bestimmten Bereichen der Strom abgestellt. Aus Feuerschutzgründen“, erklärt sie zaghaft.

„Wie kommst du darauf?“

„Das ist allgemein bekannt“, behauptet sie.

Fluchend tastet sich der Dämon durch den Raum, wobei er heftig gegen das Mobiliar, Säulen oder Wände stößt.

„Wo ist die Treppe nach oben? So kurz vor dem Ziel lasse ich mich nicht abspeisen.“

Voller Angst drückt sich Mirabella in eine Nische und betet darum, dass der Schrecken aufhört. Sie wagt kaum zu atmen.

Gerbert Gerster übernimmt heute die Nachtwache im Bückeburger Schloss. Eigentlich wollte sein Hausarzt ihn wegen seelischer Belastungen krankschreiben, weil der vermisste Fabian noch immer nicht gefunden ist. Weil jedoch sein Kollege mit Grippe zu Bett liegt, hat er sich mit dem Dienst einverstanden erklärt.

In der kleinen Wachstube neben dem linken Portal beobachtet er aufmerksam die flackernden Monitore, die mit einem separaten Stromsystem betrieben werden. Heute Abend scheint alles normal zu laufen – so wie immer.

„Keine besonderen Vorkommnisse“, trägt er neben der Uhrzeit ins Protokollbuch ein.

Sein Blick gleitet aus dem schmalen Fenster auf den Vorplatz. Niemand ist zu sehen, auch im fürstlichen Schlafzimmer sind die Lampen erloschen. Selbst der Mond ruht heute Nacht. Nur eine schwarze Katze streunt umher. Von ferne hört er den Schlag der Rathausuhr, es ist weit nach Mitternacht. Jedermann weiß, dass heute der 15. Oktober ist, aber kaum einer, dass damit die *Toten Tage* in diesem Jahr vorbei sind.

Auf einmal nähert sich ein Fahrzeug. Die grellen Scheinwerfer leuchten jeden Winkel aus.

Gerberts Puls wird schneller.

Es ist die Polizei, die verstärkt patrouilliert.

Er verlässt die Wachstube, öffnet das Portal und läuft dem Auto einige Schritte entgegen. Der Polizeiwagen stoppt auf seiner Höhe.

„Wie sieht es bei euch aus?“, forscht der Beamte durch das geöffnete Seitenfenster. „Wir haben eine Meldung über seltsame Geräusche erhalten.“

„Davon weiß ich nichts. Hier ist alles ruhig. So wie immer.“

„Okay. Wenn was ist, meldet euch!“

Gerbert nickt. Bald ist der Wagen verschwunden und lässt die Dunkelheit zurück. Die bohrende Ungewissheit.

Verstohlen wischt er sich über die Augen. Seine Gedanken sind bei Fabian. *Wo mag er wohl sein und wie geht es ihm – entführt, gefangen oder missbraucht? Lebt er überhaupt noch?* Dasselbe gilt für die Lisa. Alles sind schreckliche Vorstellungen, die er gar nicht zulassen will. Ab und zu ruft er zu Hause an und fragt nach. Doch Frieda weint nur und bekommt vor Schmerzen kaum ein Wort heraus. Es ist zum Verzweifeln. Das Nichts-Machen-Können, dieses Abwarten-Müssen. *Warum melden sich der oder die Entführer nicht?*

Er gähnt. Die Stunden schleichen dahin. Wie ein schleppender Güterzug. *Gleich werde ich noch mal einen Rundgang machen. Das lenkt ein wenig ab.*

Es klopft an der Tür.

Gerbert zuckt zusammen und greift hastig nach seiner Waffe. Angespannt reißt er die Tür auf.

Silva, die früher ihr Gemüse auf dem Wochenmarkt feilgeboten hat, steht mit einer weißen Schürze vor ihm. Seit dem traumatischen Ereignis mit dem Dämon am Marktbrunnen konnte sie dort nicht mehr arbeiten. Seine unheimliche Fratze verfolgte sie in die Träume hinein. Bis heute macht sie einen großen Bogen um den Platz. Nach Monaten der Arbeitslosigkeit und einer Therapie ist sie froh, eine Anstellung als Köchin in der Schlossküche gefunden zu haben. Genau dort, wo vor Jahrhunderten Gerhild Groothaus gearbeitet hat. Daher besitzt sie einen eigenen Schlüssel zu den Räumlichkeiten.

„Moin, Gerbert", grüßt sie freundlich, „ich hoffe, ich störe dich nicht zu dieser ungewöhnlichen Stunde."

„Was machst du denn hier, mitten in der Nacht?"

„Heute Mittag soll es einen großen Empfang im Festsaal zum 300. Geburtstag von Georg August Wilhelm zu Schaumburg-Lippe geben, der in London geboren wurde. Etwa hundert Leute sind geladen. Unser Fürst möchte zu Ehren der Gäste die berühmte schaumburg-lippische Hochzeitssuppe servieren lassen. Und dafür bin ich zuständig."

„Dann hast du damit ja genug zu tun", stellt er fest.

„Weil ich vor Aufregung nicht schlafen konnte, hab ich mir gesagt, ich fang schon mal mit dem Kochen an. Lieber in Ruhe, als später in Hektik. Zum Glück konnte ich gestern schon einiges vorbereiten. Die anderen Kochfrauen kommen später dazu. Nur damit du Bescheid weißt, wer da in der Küche wirbelt", lacht sie, macht spaßeshalber einen Knicks und verlässt fröhlich die Nachtwächterstube.

Langsam graut der Morgen und das Grauen steigert sich.

Draxxus randaliert. Alles, was beweglich ist und ihm im Wege steht, fegt er wütend beiseite. Dabei flucht er mit heftigen Ausdrücken und brüllt die Studentin an, als wäre sie an allem schuld. Seinen ganzen Frust lädt er bei ihr ab.

Zitternd verharrt sie und fleht darum, dass er sie nicht findet.

Bis er sie doch entdeckt. Seine Kameraaugen vermögen die Dunkelheit besser zu durchschauen. Wie ein Schutzschild zerrt er sie zur Treppe, die sich schemenhaft abbildet, weil von oben schwaches Morgenlicht aus der Kirche fällt. Rücksichtslos schleift er sie die Stufen hoch, vorbei am roten Vorhang der Sakristei, bis sie im Kirchenraum stehen.

„Lassen Sie mich endlich in Ruhe", stößt sie atemlos hervor, „wir sind hier in einem Gotteshaus!"

„Bald werde ich wie Gott sein", lästert er, „und dann regiere ich über die ganze Welt!"

Der Großmeister starrt auf den Marmorboden in der Mitte des Kirchenschiffs. Dort sind goldene Sterne in den Stein gelassen, genau an der Stelle, wo ein fürstliches Herz begraben liegt. Große für Erwachsene und kleine für Kinder. Nach Letzteren gelüstet es ihn.

„Ich brauche eine Brechstange oder einen kräftigen Vorschlaghammer", brummt er und seine Worte hallen schaurig von den hohen Wänden wider. „Irgendwo muss es im Schloss eine Werkstatt geben. Du kennst dich hier ja aus. Los, zeig sie mir, wir dürfen keine Zeit verlieren. Wehe, du machst Zicken. Dann dreh ich dir den Hals um."

„Nein, das wäre ein Sakrileg, die Herzen brauchen ewige Ruhe", zischt sie. „Ohne heftige Höllenstrafen werden Sie nicht davonkommen."

„Halt's Maul!"

Um seine Entschlossenheit zu unterstreichen, zieht er abermals seinen scharfen Dolch hervor, presst die Klinge an ihren Hals und ritzt leicht ins Fleisch, bis es blutet.

Der Nachtwächter starrt auf einen der Monitore. *Seltsam, ist da jemand in der Schlosskirche? Sehe ich zwei undeutliche Schemen, die sich im Zwielicht bewegen? Da stimmt etwas nicht. Das muss ich mir genauer anschauen.*

Er geht zum Sicherungskasten und schaltet den Strom für die Kapelle ein. Im Nu flammt der große Kronleuchter auf. Er taucht den Raum in heiligen Schein, der krass im Widerspruch zu dem steht, was er dort wahrnimmt.

Im Nu spürt der Mann den Ernst der Lage. Um sich selbst nicht in Gefahr zu bringen, überlegt er, ob er den Fürsten aus dem Bett klingeln soll. Schließlich ist er der Hausherr. Aber dann zögert er nicht länger und wählt den Notruf der Polizei.

„Hier ist Gerbert Gerster, ich bin der Nachtwächter im Bückeburger Schloss. In der Kirche befinden sich zwei unbekannte Personen. Dabei bedroht ein Mann eine Frau mit dem Messer. Kommen Sie schnell! Ich warte und werde das linke Portal öffnen."

Nach dem Anruf blickt er wieder auf den Monitor. Die Gestalten sind verschwunden. Keine Spur mehr von ihnen.

Hat er sich verguckt, die Bilder eingebildet?

Angespannt starrt er aus dem kleinen Fenster auf den Schlossplatz. In den Bäumen ringsum krächzen Krähen auf hohen Ästen. Warnschreie. *Hoffentlich kommen die Beamten bald.* Nachdenklich kratzt er sich den Kopf. *Vielleicht sollte ich zu Silva gehen, um davon zu berichten und sie zu warnen.*

Gerbert greift zur Pistole und entsichert sie. *Man kann ja nie wissen.* Gerade will er die Stube verlassen, als er kräftige Schritte hört. Instinktiv verriegelt er die Tür und lauscht. Die Tritte führen an seinem Raum vorbei in den Flur, der direkt zur Küche führt. Seine Nervosität steigt, plötzlich schwitzt er aus allen Poren und reißt sich das Hemd auf.

Er hetzt zur Telefonanlage und wählt die Nummer dorthin.

Tuuut ... tuuut ... tuuut ...

Niemand hebt ab.

Verzweifelt rauft er sich die Haare.

Mensch, Silva, geh doch bloß ran. Verdammt!

Tuuut ... tuuut ... tuuut ...

Er gerät in Panik.

Immer wieder rennt er zum Fenster.

Kein Polizeiwagen ist weit und breit zu sehen.

In diesem Augenblick schlägt die hohe Turmuhr sechsmal. Es hört sich wie verzweifelte Hilfeschreie an. Der Schall geht ihm durch Mark und Bein.

Wenn die Beamten nicht gleich hier sind, werde ich eingreifen müssen. Ich fürchte das Schlimmste. Noch nie habe ich mit der Waffe einen Menschen bedroht, noch nie auf jemanden geschossen.

Der Dämon treibt Mirabella den Flur entlang.

„Ich weiß nicht, wo eine Werkstatt ist", stammelt sie voller Angst. „Vielleicht finden wir in der Küche was Passendes. Die liegt in dieser Richtung", zeigt sie mit zitternder Hand.

Der Weg macht eine Biegung durch das Foyer. Unweigerlich bahnt sich eine Tragödie an, die niemand zu stoppen vermag.

Draxxus reißt die Tür auf. Dichter Kochdampf schlägt ihm entgegen. Die Neonröhren an der Decke wirken wie an einem Nebeltag, die Fenster sind beschlagen.

Silva erstarrt zu Tode.

Klirrend fällt ihre Schöpfkelle zu Boden.

Sekundenlang stehen sie sich stumm gegenüber.

Es ist, als würde die Welt den Atem anhalten und die Zeit für einen Augenblick verharren. Als würde der riesige Kessel auf dem Herd gleich explodieren.

Im Nu hat sie ihn erkannt, obwohl er keine Maske trägt. Intuitiv spürt sie das Grausen, das Teuflische, das Dämonische.

Und dann schreit sie, ohrenbetäubend so laut sie kann.

Sämtliche Dämme brechen, es gibt keinerlei Halten mehr.

Keine Contenance, wie in einem Schloss üblich.

Alles schreit sie heraus, was sich tief in ihrer Seele und der der Vorfahren festgesetzt hat. Dem kollektiven Gedächtnis.

Das Grauen reicht weit zurück bis ins dunkle Jahr 1582. Ansgar Albrecht, Baumeister Lambertus, Gerhild Groothaus und Graf Friedrich stimmen gleichsam mit ein.

Jetzt kreischt auch Mirabella.

Es ist die Solidarität mit der anderen.

Aber genauso für sich und ihre Ängste.

Der Widerspruch gegen das Böse. Gegen den Bösen.

Beide Frauen brüllen hysterisch, bis sich in der gekachelten Küche der Hall tausendfach überschlägt.

Worte wirken, auch unartikulierte Laute verfehlen ihre Wirkung nicht. Für Sekunden steht der Großmeister ratlos da und versteht nicht, was vor sich geht. Sein Programm der Logik ist nicht in der Lage, diesen Fall so schnell zu analysieren. Seine Kameraaugen zucken wild umher, er kann sich kein rechtes Bild machen. Vor allem spürt er, wie seine Energie rapide nachlässt.

Er braucht frische Herzen. Jetzt und sofort. Wenn nicht von den Fürstenkindern, dann von diesen beiden Frauen.

Er zückt seinen Dolch und stürzt sich auf Mirabella.

Sein massiver Körper erdrückt sie fast.

Wütend sticht er zu.

Blut spritzt auf und besudelt den reinen Boden.

Im Nu verstummt Silva, glasklar erkennt sie die Situation. Sie zögert keinen Augenblick. Das Nächstliegende ist das Richtige. Mit beiden Händen packt sie zu und zerrt den schweren Kessel vom glühenden Herd.

Sie kippt ihn direkt über dem Dämon aus.

Die brodelnde Suppe ergießt sich über seinen breiten Rücken. Ein Bruchteil davon dringt genau dort ein, wo dieser Satan verletzlich ist. Es ist nur eine winzige Menge, doch sie hat fatale Folgen.

Es ist seine Achillesferse, sein letztes Geheimnis.

Hinten im Nacken, unten am Metallkopf, befindet sich ein offener USB-Anschluss. Der Ein- und Ausgang seiner Existenz. Der Schlüssel zum Großmeister des Imperiums der Tredici und all ihren Strukturen, sie bündeln sich in diesem einen Zugang.

Die kochende Flüssigkeit, nach überliefertem Rezept von Generation zu Generation für fröhliche Feste und Feiern weitergegeben, verträgt sich nicht mit einer Welt von brutaler Macht und Unterdrückung. Ausgerechnet die sonst so harmlose schaumburg-lippische Hochzeitssuppe ist es, die solch eine einschneidende Wirkung entfaltet.

Dieses Gericht wird zum Gericht.

Draxxus und Dracus wollen das Geschehen nicht wahrhaben. Damals wie heute geht es um den letzten Kampf: *Waffen klirren, Metall schlägt gegen Metall, Funken sprühen. Kräftige Männerarme holen zum nächsten Schlag aus. Wieder und immer wieder. Bis einer der beiden blutend zusammenbricht und der Gegner nochmals zustößt. Befehle werden erteilt, auf Germanisch oder Latein. Worte werden gehört oder überhört, es gibt das Gebrüll zum Angriff oder Freudenschreie über einen Sieg. Aber auch das Röcheln im Todeskampf, das leise Stöhnen und Weinen in der Niederlage. Freund und Feind – die Grenzen verschwimmen. Ein unbeschreiblicher Kampf tobt. Die Germanen gegen die Römer und die Römer gegen die Germanen. Unerbittlich bis zum Letzten. Die Pferde gehen durch, jede vorher streng geübte Ordnung löst sich auf. Es herrscht völliges Chaos. Es sterben Zigtausende. Die Erde färbt sich blutrot …*

Die Brühe bewirkt chemische Reaktionen mit den Flüssigkeiten und Metallen im Großmeister und sickert durch seinen Schädel. Dort schaltet sie sämtliche Steuerungssysteme ab, besonders den Verstand. Die Mischung tropft weiter durch den Schlund und verätzt Magen und Lunge. Ebenso rinnt sie durch die Adern und erreicht die Zentrale. Schließlich explodiert die Aluminiumpumpe mit dumpfem Knall und reißt den Körper auseinander. Genau in dreizehn Stücke.

Fleischfetzen, Knochen- und Metallteile, Kabelbündel, Chips und Platinen fliegen umher.

Kurzschluss. Tot. Aus und vorbei.

Das Ende der Schöpfung der Tredici?

Eine pechschwarze Wolke wabert durch den Raum.

Es stinkt bestialisch.

Klirrend fällt ein Dolch auf den Boden. Es ist symbolhaft, die allerletzte Schlacht des Geheimbunds scheint verloren.

In diesem Augenblick stürmt die Polizei in die Küche. Kreidebleich starrt Gerbert in den Raum und bekreuzigt sich. Seine Angst gilt den beiden Frauen.

„Heute wird es keine Hochzeitssuppe geben. Was der Dämon mir und uns eingebrockt hat, musste er nun selbst auslöffeln“, bemerkt Silva trocken und lässt sich erschöpft auf einen Hocker fallen.

Mirabella blutet stark, doch sie ist bei Bewusstsein. Der Dolch ist in ihren Bauch gedrungen und keiner weiß, wie gefährlich sie verletzt ist. *Hoffentlich nicht an den Organen.*

„Hauptsache, wir haben den Kampf der Maschine gegen den Menschen gewonnen. Gott sei Dank!“, haucht sie schwach.

Ein herbeigeeilter Notarzt und zwei Sanitäter knien neben ihr und kümmern sich um die Erstversorgung.

„Wir müssen sie mitnehmen, sie schwebt in Lebensgefahr!“

Unverzüglich wird die Verletzte auf eine Trage gehoben und nach draußen gebracht. Auf dem Schlossplatz, direkt vor dem alten Brunnen, ist ein Rettungshubschrauber gelandet. Seine Rotoren drehen sich langsam in Bereitschaft. Es handelt sich um einen ehemaligen Kampfhubschrauber, ein ausgemusterter Sikorsky CH-53 der spanischen Luftwaffe, der jetzt europaweit fliegt. Die übliche Tarnfarbe ist reinem Weiß gewichen, an den Seiten prangen rote Kreuze. Wer nicht genau hinschaut, meint, sie stammen von einer Hilfsorganisation. Aber der täuscht sich, denn ihre Form ist leicht anders gestaltet.

Rasch fixieren beide Sanitäter die Trage. Schließlich knallen sie mit kräftigem Ruck die Schiebetür zu und nehmen an der Seite Platz. In diesem Augenblick biegt ein Krankenwagen um die Ecke und rast mit Blaulicht herbei.

Der Pilot zögert nicht und startet.

Schnell steigt die Maschine mit dröhnendem Knattern in den grauen Himmel und entschwindet den Blicken derer, die verstört vor dem Bückeburger Schloss zurückbleiben.

Für einen Moment öffnet Mirabella die Augen.

Entsetzt starrt sie zum Piloten hinüber. *Das darf doch nicht wahr sein! Ist das nicht ...?* Die Gestalt wendet sich ihr zu und verzieht das Gesicht zu einer Fratze. Sein gezwirbelter Schnauzbart glänzt wie metallische Fühler.

„Nicht gedacht, dass wir uns hier wiedersehen!" Die Stimme hört sich vertraut an, aber mit fremdem Unterton.

„Carlos – du?", stößt sie atemlos hervor.

„Sie haben mich brutal erpresst und gründlich manipuliert. Ich hatte keine andere Wahl", gibt er zu.

Aber dann geht ein Ruck durch seinen Körper, als wollte er das eben Gestandene wie eine Datei löschen. Dennoch bleiben seine folgenden Worte ambivalent. „Jetzt bin ich Carlos 2.0! So leicht werdet ihr die Tredici nicht besiegen. Benutzt endlich eure menschliche Intelligenz, anstatt immer stärker auf eine künstliche zu setzen", leiert er mit abgehackter Computerstimme und ändert den Kurs. „Erinnert euch! Längst habt ihr die geistlichen Grundlagen eurer Tradition vergessen und rennt dem Materialismus und der Technikgläubigkeit hinterher. Daher wollen *wir* uns heute einmal von der menschlichen Seite zeigen. Ich bringe dich zu einer guten Klinik. Niemand soll behaupten, wir hätten kein Herz."

Die Studentin hebt zum Widerspruch an, doch Carlos dreht den Helikopter voll auf. Ihre Worte gehen im Getöse der Motoren hoffnungslos unter.

Die junge Frau ahnt nicht, dass das Imperium bereits begonnen hat, auch ihren Willen zu brechen.

Etliche Tage verbringt Mirabella auf der Intensivstation einer modernen Klinik der Tredici, die sich als Hotel getarnt am Steinhuder Meer befindet.

Nur langsam heilen die Wunden und sie kommt wieder zu Kräften. Doch einschneidende Narben bleiben. Vor allem in ihrer Seele.

Für Silva dagegen war das dramatische Ereignis in der Schlossküche die beste Therapie. Endlich fühlt sie sich grenzenlos befreit.

So, wie vor Jahrtausenden die Germanen.

Aber was ist mit Christian Sonnthag?

Epilog
Anfang ohne Ende oder Ende ohne Anfang?

Schauen wir ein letztes Mal zurück, diesmal in das Jahr 24 nach Christi Geburt. Noch immer gibt es das kleine cheruskische Runddorf in Germanien, welches am Nordrand des Wesergebirges liegt. Auch hier ist die Zeit nicht stehen geblieben.

Im Laufe der Jahre litt der Stammesälteste Christhor unter Schmerzen in der Brust. Ebenso taten die Gelenke von der schweren Arbeit höllisch weh. Manchmal verließ er sein Lager nicht und dämmerte vor sich hin. Fiebrige Krämpfe schüttelten ihn. Vor seinem geistigen Auge kam die Vergangenheit mit Macht zurück: Er sah sich als Bub zur Schule gehen, später war er Student der Physik. Ein besonderes Erlebnis bot sich 1970 in den USA. Dort konnte er den Start von Apollo 13 mitverfolgen. Dieser Flug zum Mond scheiterte dramatisch und löste Krisen aus, die ihn in den Bann zogen.

Durch eine Verkettung von scheinbar zufälligen Ereignissen wurde er beauftragt, einen ominösen Mordfall aufzuklären. Dabei spielte der Diebstahl eines alten Schlüssels aus dem Bückeburger Schloss eine zentrale Rolle. Bei den Ermittlungen stieß er auf den zwielichtigen Geheimbund der Tredici. In jener Zeit erkannte er, dass es hinter der sichtbaren Welt eine unsichtbare gab, die sich durch Zeichen und Symbole bemerkbar machte. Deshalb wandte er sich intensiv dem Studium der Geschichte zu und arbeitete am Historischen Seminar der Universität Göttingen. In einem späteren Fall, der sich um eine Mumie in der gotischen Klosterkirche zu Stadthagen rankte, tauchte in anderer Zielsetzung genau dieser Bund wieder auf. *(Siehe meinen zweiten Roman: Die Fälschung der Tredici; (2019).*

Es schien, als sollten die Tredici fortan sein Leben bestimmen, als er jüngst auf dem Jakobsweg dem dämonischen Draxxus in die Quere kam. Diese Begegnung hatte für ihn Zeit und Raum sprengende Folgen. Denn nun war er im cheruskischen Germanien gestrandet und fühlte, dass sich sein Lebenskreis schloss. Er wusste, dass die Stunde kommen würde, um zurückzutreten und endgültig heimzukehren.

Seine Frau Freya tat, was sie konnte, und träufelte ihm liebevoll Kräutertinkturen ein. Jeden Tag erhitzte sie auf dem Ofen Wasser und wusch ihn, vermischt mit Tränen.

Der Medicus des Dorfes bemühte sich mit Salben, und auf dem Thingplatz am Brunnen flehten die Einwohner Wodan um Hilfe an. Sogar der Zenturio Titus bot an, auf seine Kosten einen tüchtigen römischen Arzt vom fernen Lager in Vetera holen zu lassen und schwor dem Sterbenden ewige Treue. Doch Christhor lehnte zusätzliche Hilfe ab.

„Bald ist meine Zeit für die Ewigkeit gekommen und ich muss von euch Abschied nehmen", hauchte er. „Ich tue das in tiefer Dankbarkeit. Seid alle Gott befohlen!"

Es war ein Thingstag – die Sonne schien von einem wolkenlosen Himmel herab und schickte ihre warmen Strahlen in jeden Winkel – als Christhor die Augen für immer schloss.

Bewegt kniete Freya vor dem Lager und hielt liebevoll seine Hand, auch dann noch, als sie bereits erschlafft war. Der Strom ihrer Tränen benetzte seinen Leib wie eine letzte Ölung. Lange verharrte sie. Es war, als ob die Welt stillstand. Bis sie sich erhob und langsam ins Licht der Sonne schritt. Gleichsam auf Wolken, erhaben und getragen. Der Zukunft zugewandt.

Es sollte noch Jahrzehnte dauern, bis endlich friedliche Ruhe in Germanien einkehrte und die Römer ihre Eroberungspläne aufgaben. Obwohl es dem Imperium schwerfiel, akzeptierten sie Rhein und Limes als die nördliche Grenze ihres Reiches. Arminius, der Cheruskerfürst, hatte mit seinen Mitstreitern endgültig die Freiheit ihrer Länder verteidigt. Damit wurde die germanische Sprache bewahrt, die in Umformungen zum Englischen hin unsere Welt heute miteinander verbindet. Zwischen dem Großen Moor und dem Teutoburger Wald bei Kalkriese – da fiel die Entscheidung.

Bückeburg, Schaumburger Land, Gegenwart

„Wieder so ein riesiger Stein", schimpft der Baggerführer und klettert aus seinem Gefährt.

Quer über den sagenumwobenen Jetenburger Friedhof, neben der alten Kirche, soll eine neue Wasserleitung in die Stadt verlegt werden. Dazu ist es notwendig, tief greifende Erdarbeiten durchzuführen. Nur widerwillig hatte die

Kirchengemeinde dem Plan zugestimmt, weil das Areal als Ruheort gilt. Allerdings fanden hier seit Jahrzehnten keine Beisetzungen mehr statt. Ein Archäologe und der Friedhofsgärtner überwachen mit Argusaugen die Arbeiten. Auf keinen Fall darf die Totenruhe gestört werden.

„Ich schaue mal nach.“ Mit sportlichem Schwung springt der Fachmann in die Tiefe und untersucht den Gegenstand.

„Ich glaube, wir haben einen besonderen Fund“, ruft er nach einer Weile aufgeregt nach oben. „Auf dem Stein sind Buchstaben zu erkennen, das muss ein sehr alter sein. Er gleicht einer Stele.“

Der Gärtner wirft ihm einen Handbesen zu, damit er die Fläche säubern kann.

„Was steht denn drauf?“, fragt er ungeduldig.

Die Spannung steigt.

„Moment, es ist Latein. Gleich hab ich's:

HIC REQUIESCANT IN PACE
CHRISTHOR SONNTHAG
ET FREYA CHERUSKA

Das heißt auf Deutsch:

Hier ruhen in Frieden
Christhor Sonnthag
und Freya, die Cheruskerin.

Das ist eine echte Sensation!“, erklärt der Archäologe. „Mit hoher Wahrscheinlichkeit stammt die Stele aus dem frühen 1. Jahrhundert, weil danach die Cherusker nicht mehr literarisch bezeugt sind. Da die Germanen damals noch keine Schrift kannten, muss ihnen ein wohlgesonnener Römer dieses Denkmal gesetzt haben. Vielleicht ein Bewunderer von Arminius und Unterstützer der Cherusker. Folglich war er ein heimlicher Gegner von Varus und dem übermächtigen Imperium."

„Wir sollten den Stein und das Grab unverändert lassen und die Wasserleitung ein paar Meter versetzen", entscheidet der Gärtner. „So stört keiner die Ruhe der Toten."

Der Archäologe nickt. „Ich mache ein paar Fotos zur Dokumentation. In der nächsten Woche werden wir alles wieder sorgfältig zuschütten, damit das Ganze erhalten bleibt. In der Zwischenzeit kann sich die Öffentlichkeit ein Bild davon machen. Aber danach ist Schluss."

„Zur Sicherheit werden wir eine Wache aufstellen, damit keine Grabräuber ihr Unwesen treiben", bekräftigt der Friedhofsgärtner und greift zum Handy.

Am folgenden Tag wird in der Presse ausführlich über den außergewöhnlichen Grabstein berichtet. Auch Radio und Fernsehen senden darüber. Dabei werden etliche Vermutungen angestellt, wer wohl die beiden Personen waren, die dort begraben liegen. Und welche Umstände zu dem besonderen Stein ausgerechnet an dieser Stelle führten.

Niemand kommt ernsthaft auf die Idee, den zum Jakobsweg aufgebrochenen Historiker Christian Sonnthag mit dem Begrabenen in Verbindung zu bringen. Allenfalls wird auf eine Ähnlichkeit des Namens hingewiesen. Aber keiner kann sich vorstellen, dass Zeiten und Räume überwindbar sind. Dass letztlich alles Geschichte ist und permanent die Vergangenheit regiert.

Fünf Frauen – aus den verschiedenen Lebensphasen des Verstorbenen – haben verstanden. Sie treffen sich auf diesem Friedhof. Es ist früh am Morgen, kalter Nebel kriecht über das Land. Schwarze Krähen flattern umher.

„Da hinten muss es sein", stammelt eine von ihnen.

Petra mit der neunjährigen Laura, Aprikose, Esokirpa und Mirabella betrachten die Grabstelle mit bewegten Gefühlen.

„Trotz der Scheidung habe ich ihn all die Jahre hindurch geliebt", schluchzt Petra. „Leider verloren wir uns irgendwann aus den Augen."

„Wäre sonst die Geschichte mit Papa anders verlaufen?", fragt Laura bedrückt und blickt ihre Mutter von der Seite an.

Nachdenklich starrt Petra auf den Boden. „Ich weiß nicht."

„Vergangenheit und Gegenwart bleiben für immer ein Mysterium. Sie sind auf geheimnisvolle Weise wie ein Netz miteinander verwoben. Ich weiß am eigenen Leib, wovon ich rede", erklärt Aprikose bewegt.

„Niemand kann dabei die einzelnen Fäden auseinanderhalten – und muss es auch nicht. Alles stellt eine große, göttliche Einheit dar", haucht Esokirpa, wobei sie ihren Blick vom Erdboden wendet und durch den Nebel hindurch gen Himmel lächelt.

Mirabella schweigt. Mit verengten Augen mustert sie die Frauen. Eine latente Nervosität macht sich breit.

Schließlich ergreift sie die Initiative. „Lasst uns zum Brunnen auf den Marktplatz gehen", lockt sie mit ungewohnter Stimme. „Symbolhaft zur Quelle, von der wir alle herkommen."

Während sie nacheinander den Friedhof verlassen, hängt jede ihren eigenen Gedanken nach.

Sie erreichen den Brunnen. Aprikose beugt sich über den Rand und schaut lange auf das sich bewegende Wasser. Es ist, als würde sie darin das friedliche Angesicht von Christian Sonnthag entdecken, der nun in einer anderen Wesenheit zugegen ist. Behutsam taucht sie ihre Hände hinein und trinkt von dem köstlichen Nass.

Ihr kommt eine Idee. „Was meint ihr, sollen wir nicht mal gemeinsam den Jakobsweg pilgern? Ich bin mir sicher, das würde uns körperlich und geistig gut tun."

„Puh, achthundert Kilometer zu Fuß", stöhnt Laura.

„Wenn wir das wirklich wollen, schaffen wir es auch."

„Aber wenn uns irgendwo diese mörderischen Tredici auflauern?", fragt Petra besorgt.

Plötzlich geht ein Ruck durch Mirabella. Das Schlüsselwort ist gefallen. Sie zückt ihr Handy.

Eine erhöhte Anspannung breitet sich aus.

„Laura, ich möchte gerne ein Foto von uns beiden vorm Brunnen machen", säuselt sie und fordert die anderen auf, schon mal im Café Plätze zu reservieren.

Petra, Aprikose und Esokirpa trotten langsam davon.

Die Neunjährige positioniert sich fröhlich.

Mirabella stellt sich betont lächelnd daneben.

Auf einmal bückt sie sich, als wäre etwas mit den Schuhen.

Sie zögert keinen Augenblick.

Blitzschnell packt sie die Fesseln des Kindes und drückt sie nach oben.

„Was soll das?", ruft Laura verstört. „Lass das sein!"

Höher und höher.

Das Mädchen schreit panisch auf. „Hilfe, Hilfe!"

Noch höher.

Mit ungeahnter Kraft drückt Mirabella sie zum Brunnenrand.

Die Neunjährige strampelt und windet sich.

Petra hat die verzweifelten Rufe gehört und stürmt herbei.

In diesem Moment schiebt sich ein Laster der Müllabfuhr dazwischen.

Eine hohe Mauer tut sich auf.

Für Augenblicke unüberwindbar.

Petra kreischt vor Angst.

Sie versucht, um das Fahrzeug zu rennen. Dabei stößt sie mit einem Radfahrer zusammen.

Mirabella hält keine Sekunde inne. Entschlossen klettert sie auf den Brunnenrand und reißt ihr Opfer mit sich, ein zitterndes und hilfloses Bündel.

Wieder ist es so, als würde die Zeit stehen bleiben und die Erde in ihrem Lauf verharren. Die Sonne sich hinter dicken Wolken verkriechen, als wollte sie ihr Antlitz vor dem drohenden Verbrechen verbergen.

Es gibt kein Zurück.

Alles geht so rasend schnell, dass aus der Ferne zuschauende Passanten nicht erkennen, was vor sich geht. Dennoch wählt ein Mann sicherheitshalber den Notruf.

Zu spät?

Mirabella drückt einen Sensor. Lautlos öffnet sich der Schlund. Verführerisch glitzert das bläuliche Wasser.

Die Tiefe übt ihren Bann aus. Unentrinnbar.

Laura erschlafft.

Mit eisernem Griff umklammert die Frau das Kind und beide stürzen in die nasse Unendlichkeit.

„Nein! Nein!“ Atemlos hastet Petra hinzu und will hinterherspringen, doch Aprikose und Esokirpa halten sie mit Macht zurück. Voller Entsetzen starren sie ins leere, aufgewühlte Wasser. Es ist, als würde der Marktplatz anfangen sich zu drehen und alle Gewissheiten sich auflösen. Schneller, immer schneller.

Petra heult hemmungslos und kauert zitternd auf dem Boden. „Laura, mein geliebtes Kind!“

Sie kann das Grauen nicht fassen.

„Ist Mirabella auch so ein wahnsinniger Dämon geworden?“, stottert Aprikose nach einer Weile.

Es ist keine Frage, sondern eine unglaubliche Feststellung.

Am schnellsten fängt sich Esokirpa. „Wie auch immer – wir werden nicht aufgeben. Wir sind stärker, weil wir ein menschliches Herz haben und damit die Tredici überwinden können.“

„Das kannst du leicht sagen. Ist es möglich, dass sich die ganze Geschichte wiederholt?“

„Sie darf es nicht. Dafür müssen wir mit aller Kraft sorgen!“

„Aber wenn vielleicht doch?“

Niemand weiß am frühen Morgen, wie der Tag verlaufen wird, und keiner ahnt, in welcher Dramatik er endet – mit Folgen weit über die Zeiten hinaus.

Die ersten Stunden an jenem 13. Oktober beginnen gewöhnlich so wie an jedem Freitag. Es ist angenehm mild und eine blasse Sonne schimmert durch die Wolkendecke. Dennoch greift eine latente Angst wie ein bösartiges Geschwür um sich.

Eine unerklärliche Spannung liegt in der Luft.

Am Anfang war das Wasser.
Es ist das Lebenselixier des Dramas der ganzen Geschichte.
Kleine, weiße Wolken ziehen über das sonnendurchflutete Land – und irgendwo kräht ein Hahn.
Auf den zweiten Blick scheint alles nicht zufällig zu sein.
Doch das ist es.

Nachwort

Bei den meisten historischen Personen, Beschreibungen und Daten habe ich versucht, mich so nah wie möglich an den geschichtlichen Fakten zu orientieren. Das schloss dichterische Freiheiten in den Dialogen und Handlungsweisen nicht aus, wo sie für den Duktus des Romans nötig waren.

Bückeburg besaß um 1580 lediglich eine Umwallung mit Graben. Die drei Stadttore wurden später errichtet, vermutlich unter Graf Ernst (ab 1619 Fürst); man hat sie 1861–1875 abgerissen. Nur das Schloss war durch eine Mauer geschützt.

Eine verheerende Feuerkatastrophe 1585, ausgelöst durch die Unachtsamkeit mit einem Backofen, zerstörte viele Häuser.

Der erste urkundlich belegte Brunnen auf dem Marktplatz wird 1608 erwähnt; ihn zierte eine Bronzefigur von Adriaen de Vries („Raub der Proserpina“, heute im Bode-Museum in Berlin). Im Roman habe ich die Situation in das Jahr 1582 vordatiert. Während der Regentschaft von Graf Ernst, der 1606 seine Residenz von Stadthagen nach Bückeburg verlegte, erhielt der Ort 1609 das Marktrecht. Das Schloss wurde ausgebaut und prachtvolle Gebäude geschaffen wie die Stadtkirche, Lateinschule und das Renthaus. Eine Zisterne unter der Graft ist nicht bezeugt.

1740 wurde der Brunnen erneuert, als die Stadt eine Wasserleitung bekam. 1781 wurde beschlossen, den Marktplatz zu pflastern, die dort wachsenden Bäume zu fällen und den Brunnen zu schließen. Das passierte jedoch nicht, denn ein Foto aus der Zeit um 1840 zeigt ihn. Dieser wurde erst in den 1870er-Jahren abgerissen, sodass es danach lange Zeit keinen mehr auf dem Markt gab. Der heutige frühklassizistische Bau wurde 1994 an derselben Stelle errichtet und bildet wie damals das Zentrum des Platzes.

Graf Adolf XIII. zu Holstein-Schaumburg wurde als Erzbischof 1556 im Dom zu Köln beigesetzt. Ob sein Grabstein noch erhalten ist und wie er gestaltet war, konnte ich bislang nicht feststellen.

Absichtlich habe ich einen Namen verändert: Graf Friedrich zu Holstein-Schaumburg gab es nicht. Vielmehr regierte in jenen Jahren Graf Adolf XIV. zu Holstein-Schaumburg. Dieser heiratete 1583 Elisabeth von Braunschweig-Wolfenbüttel. Aus der Ehe ging 1585 Julius hervor; ein unehelicher Sohn Ansgar Albrecht ist nicht bekannt.

Tatsächlich liegen in der Schlosskirche zu Bückeburg etliche Herzen der fürstlichen Familie begraben, während sich die Körper im Mausoleum von Stadthagen befinden. Unter ihnen sind fünf Herzen von Kindern; zwei seien genannt:

1. Ernst August, Sohn von Fürst Georg Wilhelm zu Schaumburg-Lippe und Ida Karoline, geb. zu Waldeck und Pyrmont, wurde 1822 geboren. Sein Herz wurde 1831 beigesetzt.

2. Emma Elisabeth Bathildis Auguste Agnes, Tochter von Fürst Adolf Georg zu Schaumburg-Lippe und Hermine, geb. zu Waldeck und Pyrmont, wurde 1865 geboren. Ihr Herz wurde 1868 beigesetzt.

Eine beeinflussende Verbindung der Tempelritter zu Papst Gregor XIII. und zum Leiter der Vatikanischen Sternwarte, Christoph Clavius, hat es nicht gegeben. Der Geheimbund der Tredici ist fiktiv.

Der gregorianische Kalender löste den julianischen ab, indem der Papst die Tage vom 5.–14. Oktober 1582 streichen ließ. Er wurde zu verschiedenen Zeiten in den jeweiligen Ländern eingeführt. Ab 1668 galt er in Preußen, während er in Schaumburg-Lippe und im hessischen Hameln erst um 1700 angewandt wurde. Daher herrschten in den Grenzregionen 32 Jahre lang verwirrende Zustände wegen der Differenz von zehn Tagen.

In Osteuropa wird bis heute Weihnachten am 6./7. Januar gefeiert, weil dort noch der julianische Kalender gilt. Die Differenz zum gregorianischen beträgt inzwischen 13 Tage!

Im 16. Jahrhundert waren Aberglaube und Magie im Volk weit verbreitet. So gab es heimliche Rituale, bei denen Leichen exhumiert, Teile gekocht oder zu Pulver zermahlen wurden. Solche heidnischen Praktiken ahndeten Kirche und Obrigkeit streng.

Es ist nicht bekannt, ob es vom Kölner Erzbischof Gero ein goldenes Kreuz aus der Zeit um 970 gab. Ein Exemplar aus Holz ist dagegen bis heute erhalten.

Im September und Oktober 2019 bin ich selbst den Jakobsweg von Saint-Jean-Pied-de-Port bis nach Santiago de Compostela gepilgert (über 800 km zu Fuß). In dichterischer Freiheit habe ich einige Szenen überzeichnet oder neu geschaffen. Etliches ist jedoch authentisch. Die Strecke habe ich verkürzt dargestellt und manchmal die Orte der Übernachtungen verändert. Zum Beispiel war die Herberge in Puente la Reina die, die ich in Los Arcos aufsuchte. Die Casa Paderborn in Pamplona wurde übrigens liebevoll von Rita und Arno aus Deutschland geführt; ein Alfredo trieb dort zum Glück nicht sein Unwesen.

Keine Sorge: Die Herberge Casa Roja in Agés steht noch. Allerdings verbrachte ich dort im September 2019 wegen der räumlichen Enge und der sanitären Situation eine schreckliche Nacht.

In Puente la Reina und Torres del Río werden die mittelalterlichen Kirchen dem Orden der Templer zugeschrieben.

Die Burganlage in Ponferrada war bis Anfang des 14. Jahrhunderts im Besitz der Tempelritter. Danach kam sie in staatliche Hände und verfiel. 1924 wurde sie zum nationalen Baudenkmal erklärt und wieder aufgebaut. Heute dient sie als Museum und beherbergt eine Templer-Bibliothek.

Über dem Eingangsportal ist kein *S* eingemeißelt, sondern ein *T* (Tau), das Symbol der Tempelritter. Oder der Tredici?

Ähnlich wie die Templer, jedoch mit Schwerpunkt im nördlichen Spanien, gab es den Santiago-Orden, der 1175 zum Ritterorden erhoben wurde. Der erste Großmeister war Pedro Fernández de Fuentecalada in der Zeit von 1170–1184. Er wurde durch den Rat der Dreizehn (er besteht aus dreizehn Rittern) gewählt. Eine Analogie zu den Tredici ist unverkennbar.

In Germanien gab es um Christi Geburt überwiegend einzeln gelegene Langhäuser, die als Bauernhöfe dienten. Eine dörfliche Struktur mit Palisaden lässt sich archäologisch erst ab 100 nach Christi Geburt nachweisen. Das gilt auch für die Werkstätten von Handwerkern.

Die Germanen teilten die Zeit nicht nach Tagen, sondern Nächten ein.

Damit keine Zweifel aufkommen: ein Jahr Null gibt es aus arithmetischen Gründen nicht. Nach dem Jahr 1 vor Christi Geburt folgt das Jahr 1 nach Christi Geburt.

Einen heimlichen Tunnel vom Bückeburger Marktbrunnen zur etwa 9 Kilometer entfernten Weser bei der Porta Westfalica gab es nicht. Ob es andere unterirdische Verbindungen gibt oder gab, bleibt ein Geheimnis.

Nachweislich dienten auch Spanier im römischen Heer, genauso wie Gallier, Griechen oder Nordafrikaner. Im Bereich von Barkhausen an der Porta Westfalica wurden

2008 Artefakte des römischen Militärs an der Weser gefunden. Diese mögen nicht nur vom Heereszug des Varus stammen, sondern auch vom späteren Feldzug des Germanicus 16 nach Christi Geburt.

Eine Ebene östlich des Flusses namens Idistaviso wurde zum Schauplatz einer großen Schlacht. Dort wurde Arminius verwundet. Doch es gelang ihm zu fliehen, weil Chauken dabei halfen, die sich unter den Hilfstruppen befanden. Jener Ort könnte im Raum von Bückeburg gelegen haben, jedoch gibt es dafür bislang keine archäologischen Beweise.

2021 und 2022 wurden Funde gemacht, die auf germanische Gehöfte seit dem 3. Jahrhundert hinweisen, also Spuren von Ur-Bückeburg darstellen. Dass die Gegend schon länger besiedelt war, zeigen Relikte einer vermuteten Siedlungsstelle in Bückeburg-Evesen aus der vorrömischen Eisenzeit.

Es ist erwiesen, dass es bei den Germanen kämpferische Geheimbünde der waffenfähigen Jugend gab. Ihr Schutzherr war Wodan, der auch als Gott der Masken und Menschenopfer verehrt wurde. Darauf basiert im Roman der Ursprung der Tredici.

Die 1990 in Kalkriese bei Osnabrück entdeckte Gesichtsmaske stammt nicht vom Feldherrn Varus. Sie gehörte einem unbekannten Soldaten, besteht aus Eisen und war mit Silberblech überzogen, wovon sich Reste erhalten haben. Dieses Exemplar aus dem Jahr 9 nach Christi Geburt ist das älteste bislang gefundene der römischen Kaiserzeit.

Eine Maske (von arabisch *mashara*) diente ursprünglich religiösen Zwecken, um damit Gottheiten anzubeten und böse Geister abzuwehren. Der Träger galt nicht einfach als verkleideter Mensch, sondern verschaffte sich Zugang in eine andere Welt (Transformationsmaske) und eignete sich deren Kräfte an. Im antiken Theater benutzten Schauspieler typisierte Masken. Diese Art wird als *persona* bezeichnet.

Im Roman wird davon ausgegangen, dass es bei Kalkriese einen germanischen Hinterhalt gegeben hat. Nach neuesten Forschungen scheint sich dort ein Marschlager der Römer befunden zu haben. Deshalb spricht der wissenschaftliche Leiter der Grabung, Prof. Dr. Salvatore Ortisi (mit dem ich 2013 in der Eifel archäologisch gearbeitet habe), eher von einem Varusereignis als von der Varusschlacht (im Interview mit der Schweriner Volkszeitung vom 10. März 2019).

In Kapitel 12 sind verschiedene Handlungsstränge auf den 14. Oktober, dem letzten der *Toten Tage*, fokussiert. Damit soll eine gewisse Gleichzeitigkeit ausgedrückt werden.

Der Wasserturm in Bückeburg hat nicht die Höhe, wie im Roman beschrieben, sondern ist mit circa 12 Metern relativ niedrig, weil er am Berghang steht. Dennoch dient der 1895 errichtete Bau bis heute der städtischen Versorgung.

Mit der Abkürzung für Draxxus als *SHG – Seine Heiligkeit (der) Großmeister* – wird der heutige Landkreis Schaumburg bezeichnet. Unzählige Fahrzeuge tragen dieses Kürzel auf dem Nummernschild und kurven nichtsahnend durch die Weltgeschichte.

Der Jetenburger Friedhof liegt außerhalb der Bückeburger Altstadt. Als berühmteste Person wurde dort 1795 der Hofmusiker Johann Christoph Friedrich Bach beigesetzt, der Sohn von Johann Sebastian Bach. Die erste Kirche ist 1153 urkundlich erwähnt worden, der heutige Bau stammt aus den Jahren 1570–1573.

Der geneigten Leserschaft mögen die Zeitreisen der Protagonisten unlogisch und unmöglich vorkommen. Unser Empfinden von Vergangenheit, Gegenwart und Zukunft ist linear und damit unumkehrbar. Der Roman möchte jenseits der klassischen Physik fantasievoll aufzeigen, dass geistige Ereignisse zeitunabhängig und dadurch real wirksam sein können. Somit gibt es in gewisser Weise eine Einheit, eine Gleichzeitigkeit. Denn „Die Zeit ist eine Erfindung des Menschen", postulierte bereits Albert Einstein.

Literaturverzeichnis

Folgende Literatur habe ich benutzt und danke herzlich den jeweiligen Autoren:

- Dülmen, Richard van: Kultur und Alltag in der Frühen Neuzeit (Band 3: Religion, Magie, Aufklärung), München 1994
- Höing, Hubert: Das Schaumburger Land, in: Niedersachsenbuch '99, Bückeburg, Hameln 1999
- Hokamp, Heinrich: Residenz Bückeburg, Frankfurt am Main 1981
- Jones, Dan: Die Templer, München 2019
- Joos, Raimund: Jakobsweg Camino Francés, Welver 2019
- Kerkeling, Hape: Ich bin dann mal weg, München 2006
- Krause, Arnulf: Die Götter und Mythen der Germanen, Wiesbaden 2016
- Lau, Daniel: Römerzeitliches Kunsthandwerk, in: Geschichte Schaumburgs in 30 Objekten, Göttingen 2021
- Pohanka, Reinhard: Die Römer, Wiesbaden 2014
- Pohanka, Reinhard: Das Rittertum, Wiesbaden 2011
- Rabe, Cordula: Spanischer Jakobsweg, München 2018

- Reichardt, Hans: Die Germanen, Hamburg 1978
- Schreiber, Hermann und Georg: Geheimbünde von der Antike bis heute, Augsburg 1993
- Steinwascher, Gerd und Seeliger, Matthias: Bückeburg, Düsseldorf 1992
- Wieden, Brage Bei der: Bückeburg-Stadtführer, Bückeburg 1995
- Wieden, Helge Bei der: Schaumburgische Genealogie, Melle 1999
- Wieden, Helge Bei der: Schaumburg-Lippische Genealogie, Melle 1995
- Wiegmann, Wilhelm: Heimatkunde des Fürstentums Schaumburg-Lippe, Stadthagen 1912, Hameln 1990
- Wolters, Reinhard: Die Schlacht im Teutoburger Wald, München 2017

Herzlich danken möchte ich Dr. Oliver Glißmann, Dr. Daniel Lau und Dr. Roswitha Sommer, die mir bei historischen Fragen halfen. Ebenso gilt mein Dank SHD Alexander Fürst zu Schaumburg-Lippe (er fährt zwar einen Audi, aber nicht das Modell *TT*), der seiner Erwähnung im Roman wohlwollend zugestimmt hat, während wir an einem Frühlingsabend 2022 auf dem Bückeburger Marktplatz standen – unweit des besagten Brunnens.

Bückeburg, Anno Domini 2023
Thomas Gottfried Krage